Marta Donato ist Kunsthistorikerin und arbeitet seit vielen Jahren für ein Münchner Medienunternehmen. Ihren Urlaub verbringt sie fast ausschließlich in Italien. Verschiedenste Regionen und wunderbare Städte, ob im Norden oder im Süden des Landes, hat sie inzwischen kennen- und lieben gelernt. Als Hobbyköchin holt sie Bella Italia mit Pasta, Vino e Dolce für die Familie und Freunde zu sich nach Hause.

MARTA DONATO

Veroneser Finale

KRIMINALROMAN

COMMISSARIO FONTANAROS
ERSTER FALL

ROWOHLT TASCHENBUCH VERLAG

3. Auflage Januar 2025
Veröffentlicht im Rowohlt Taschenbuch Verlag,
Rowohlt Verlag GmbH, Kirchenallee 19, 20099 Hamburg

Originalausgabe
Zuerst veröffentlicht im Rowohlt Taschenbuch Verlag,
Reinbek bei Hamburg, August 2014
Copyright © 2014 by Rowohlt Verlag GmbH,
Reinbek bei Hamburg
Die Nutzung unserer Werke für Text- und Data-Mining
im Sinne von § 44b UrhG behalten wir uns explizit vor.
Redaktion Tobias Schumacher-Hernández
Umschlaggestaltung any.way, Barbara Hanke / Cordula Schmidt
(Abbildung: plainpicture / Konstanze)
Satz aus der Dante MT, InDesign,
bei Pinkuin Satz und Datentechnik, Berlin
Printed in Germany
ISBN 978-3-499-24186-4

Kontaktadresse nach EU-Produktsicherheitsverordnung:
produktsicherheit@rowohlt.de

*«Nessun maggior dolore
che ricordarsi del tempo felice
ne la miseria.»*

*«Kein größerer Schmerz,
als sich zu erinnern an glückliche Zeit
im Unglück.»*

Aus: Die Göttliche Komödie,
Inferno V, 121–123,
von Dante Alighieri (1265–1321)

1

Er hatte Glück. Die Straßen von Verona waren an diesem Montagmorgen um kurz vor fünf menschenleer. Nur wenige Autos kamen ihm entgegen. Sein Puls war leicht beschleunigt. Er zwang sich jedoch, in gemäßigtem Tempo an der Questura vorbeizufahren, und wünschte den Carabinieri einen besonders guten Schlaf, denn sehr bald schon würden sie reichlich Arbeit bekommen.

Seine zweite Tat innerhalb weniger Stunden war die wichtigste. Es durfte ihm kein Fehler unterlaufen. Sein dritter Streich allerdings bereitete ihm noch Sorgen. Er barg das größte Risiko, entdeckt zu werden. Doch Perfektion war seine Stärke. Immer konzentriert eine Sache nach der anderen erledigen, sagte er sich, dann konnte kaum etwas schiefgehen. Zugegeben, bei Cuméo hatte er auch ein wenig Glück gehabt. Übergewichtig und angetrunken, wie dieser gewesen war, hatten die Tropfen rasch und hoffentlich endgültig gewirkt. Er hatte keine Zeit mehr gehabt, das Ergebnis zu überprüfen. Vermutlich hatten sie ihn inzwischen gefunden.

Er fuhr den Lungadige in nördliche Richtung. Sein Ziel lag in der Via Marsala, einer schnurgeraden Straße, die mitten hinein in die Hügel am Rande der Stadt führte. Das Viertel dort oben, eingebettet in das satte Grün der Olivenbäume, Palmen, Zypressen und Weinstöcke, gehörte zu den schönsten Veronas. Die sehr herrschaftlichen Häuser waren umgeben von riesigen Gärten, die, perfekt angelegt, rund ums Jahr zeigten, was mediterranes Klima hervorzubringen vermochte. Im Frühling blühten Flieder und Jasmin, jetzt im Spätsommer leuchteten die Rosen und die Oleanderbüsche in feurigem Rot und zartem Rosé.

Obwohl die Zeit drängte, behielt er sein Tempo bei, um keine

Aufmerksamkeit auf sich zu lenken. Bei der Kirche Santo Stefano bog er rechts in die Via Marsala ein, und nach vierhundert Metern fuhr er den Wagen in eine spärlich beleuchtete Seitenstraße. Die Leute hier wollten unter sich bleiben, umgrenzten ihre Grundstücke mit hohen Mauern und Hecken. Das konnte ihm nur recht sein. Er sah sie nicht, und sie sahen ihn nicht.

Allmählich wich das Schwarz der Nacht einer zarten Morgendämmerung. Palmen erschienen wie Scherenschnitte vor einem klaren tiefen Blau. – Ein weiterer wunderschöner Herbsttag zog herauf. Er dachte an Letizia, die sich gerade in einer psychiatrischen Klinik in der Nähe von Vicenza erholte. Ihre Nerven hatten den Kummer nicht länger ertragen und sie in Dunkelheit gestürzt, die sie stumpf machte für die Schönheiten des Lebens um sie herum. Ein Grund mehr für ihn, endlich aktiv zu werden, Fakten zu schaffen.

Er stieg aus dem Wagen und öffnete die Tür zum Fond. Auf der Rückbank hatte er die altmodische, bauchige Doktortasche seines Vaters abgestellt. Dass dieses Erbstück heute für immer verlorenging, war schade, aber nicht zu ändern. Einen Moment zögerte er und besah seine Hände. Die feinen Latexhandschuhe trug er schon, seit er losgefahren war. Obwohl es ihm im Prinzip nichts bedeutete, dass sie ihn über kurz oder lang finden würden, wollte er doch nicht wie ein Stümper dastehen. Commissario Fontanaro soll ein schlauer Fuchs sein. Persönlich begegnet waren sie sich nie. Er wollte ihm die Arbeit nicht zu leicht machen und ihn keinesfalls langweilen.

Entschieden packte er den Henkel der Tasche und griff sich den Sommermantel, der ebenfalls auf der Rückbank lag.

Möglichst leise drückte er die Wagentür ins Schloss. Er schlüpfte in den leichten schwarzen Mantel aus Popeline, während er sich die Tasche zwischen die Beine klemmte. Letizia passte schon seit Jahren nicht mehr in dieses elegante Kleidungsstück. Gott sei Dank hatte sie sich bislang nicht davon trennen wollen. Ungeachtet ihrer ungesunden Essgewohnheiten, die zwischen Fressattacken und tagelangen Hungerkuren mit Gemüsesaft wechselten, glaubte sie immer noch daran, eines Tages jene ansprechende Figur wiederzuerlangen, die ihr das Tragen des Mantels erlauben würde. Inzwischen war er ihr mindestens eine Nummer zu groß. Sie hatte sich sehr verändert im letzten Jahr. Nicht nur figürlich.

Im Schutz einer Lorbeerhecke spähte er die Via Marsala entlang. Wie nicht anders zu erwarten, ließ sich keine Menschenseele blicken. Auch das Haus, auf das er es abgesehen hatte, lag friedlich und still da. Keines der Fenster des breiten dreistöckigen Gebäudes war erleuchtet. Im vierten Stock, einem quadratischen Aufbau mit vorgelagerter Terrasse, brannte Licht. Ein Lächeln huschte über sein hageres Gesicht. Er war nicht umsonst gekommen. Angespannt lauschte er in den Morgen. Sehr leise, aber unüberhörbar ertönte Klaviermusik.

Die Wirtschafts- und Behandlungsräume lagen auf der Rückseite, genauso wie der Eingang für Angestellte und Lieferanten. Gemessenen Schritts betrat er die breite Toreinfahrt, die von den Krankenwagen genutzt wurde, durchschritt den Klinikgarten, der mit Rosenbüschen und Buchsbaumkugeln in Terrakottatöpfen übersichtlich gestaltet war, ging um die rechte Hausecke herum und schob die schmale Metalltür auf. Immer wieder verblüffte ihn die Nachlässigkeit der Angestellten und des Nachtportiers. Er hatte diese Tür mehrmals überprüft in den letzten Wochen. Kein einziges Mal hatte er sie verschlossen vorgefunden. Sie machten es ihm wirklich leicht. Behände stieg er die Stufen hinauf. Im ersten Stock hörte er Schritte und Stimmen im Treppenhaus. Rasch öffnete er die Tür zur Damentoilette. Jetzt konnte er nur hoffen, dass niemand ein dringendes Bedürfnis hatte.

«Das wird heute noch mal ein richtig warmer Herbsttag. Wart ihr am Meer gestern?», fragte eine Frau.

«Nein, leider nicht. Mein Mann hat sich beim Rasenmähen den Fuß verstaucht. Einmal tut er etwas im Haus, schon verletzt er sich.» Die Frauen lachten. Eine Eisentür fiel ins Schloss. Dann war es wieder still.

Vorsichtig spähte er durch einen schmalen Spalt den Korridor entlang und hastete nun etwas schneller, immer zwei Stufen auf einmal nehmend, bis ganz nach oben. Aus der Hosentasche zog er einen Schlüsselbund und öffnete mit einem leisen Klick die Tür zum Apartment von Dottor Fabrizio Talenti. Der Arzt schlief regelmäßig in der Klinik. Die Mondscheinsonate von Beethoven perlte aus dem hellerleuchteten Musikzimmer. Die Tür stand sperrangelweit offen. Der Hausherr saß am Flügel und konzentrierte sich auf seine Noten.

Geradezu perfekt präsentierte Talenti seinen charaktervollen Hinterkopf mit den graumelierten, gewellten Haaren. Einen Augenblick später traf ihn dort ein voluminöses medizinisches Handbuch mit gezielter Wucht. Der Hausherr verharrte einen Moment wie erstarrt in seiner Haltung und kippte dann von seinem Klavierstuhl nach hinten, wo ihn starke Arme auffingen.

2

VERONA
MONTAG, 24. SEPTEMBER 2012
9.00 UHR

Commissario Antonio Fontanaro saß an seinem Schreibtisch und schaute lustlos in die Tageszeitung. Er hatte für dieses täglich wiederkehrende Ritual heute absolut keinen Nerv. Entschieden schob er die *L'Arena* von sich und zerrte stattdessen an seinem Krawattenknoten, der ihm unangenehm den Hals einschnürte. Er war müde und fühlte sich wie erschlagen nach einem Wochenende, das alles andere als ersprießlich verlaufen war. Er hatte es nicht für möglich gehalten, sich eines Tages als Ehemann und Familienvater wie ein kompletter Versager vorzukommen. Doch der Streit, den er gestern Abend, dem ersten gemeinsamen Sonntag seit Wochen, mit seiner Frau gehabt hatte, lag ihm schwer auf der Brust. Er liebte Marissa und seine Tochter Giulia. Nichts war für ihn wichtiger als das Wohlergehen seiner kleinen Familie. Für sie legte er sich jeden Tag krumm. Umso mehr brachte es ihn auf, dass Marissa ihm vorwarf, er würde sich zu wenig um sie und Giulia kümmern. Bei Gott, sein Tag hatte auch nur vierundzwanzig Stunden. Und sechzehn davon, mindestens, verbrachte er in der Questura. Und das war wahrlich nicht immer ein Vergnügen. Marissa konnte doch nicht ernsthaft glauben, dass ihn die Fälle, die nicht selten einen geradezu vernichtenden Blick in die Untiefen der menschlichen Natur eröffneten, mehr interessierten als die schulischen Erfolge seiner Tochter, die gemeinsamen Freunde oder das neue Kleid seiner Frau! Tatsache war jedoch, das musste er leider zugeben, dass ihm genau dieses neue Kleid entgangen war und das berühmte Fass zum Überlaufen gebracht hatte.

Marissa, eine lebenslustige, quirlige Person, brauchte wahrlich kein neues Kleid, um ihm oder anderen Männern zu gefallen. Das wusste er nur zu gut. Doch darum ging es ihr in der hitzigen Auseinandersetzung gar nicht. So begriffsstutzig war nicht einmal er.

Dass er das Abendessen am Freitag bei ihrer besten Freundin Gabriella vergessen hatte, war unverzeihlich. Stattdessen war er bis nach Mitternacht in seinem Büro gesessen und hatte die Fäden im Fall Miguel zusammengeführt. Nach vier Monaten konnte er den Mord an dem portugiesischen Jungen endlich abschließen. Seine ganze Abteilung hatte aufgeatmet, als klar war, wer den Siebenjährigen auf dem Gewissen hatte. Als er Marissa am Samstag beim Frühstück davon erzählte, hatte sie ihn nur schweigend angesehen. Strafend war das einzige Wort, das ihm dabei einfiel, und er hatte sich gewundert. Ihre Anteilnahme am Schicksal des kleinen Miguel war ihm in all den Monaten sicher gewesen.

Als sie am Sonntag dann Marissas Eltern zum Mittagessen begrüßten, konnte er das Gewitter, das sich über ihm zusammenbraute, in jeder Haarspitze fühlen. Doch er hatte absolut keinen Schimmer gehabt, weshalb seine Frau innerlich kochte. Sie spielte die lustige Tochter. Umwarb den neapolitanischen Vater mit aller ihr zu Gebote stehenden weiblichen Raffinesse, dass es selbst der Mutter zu viel wurde und diese meinte, sie könne ja jetzt mal mit ihrem Schwiegersohn auf den Balkon gehen. Ihr Mann und ihre Tochter würden sie gar nicht vermissen. Ja, sie würden es nicht einmal bemerken, dass sie nicht mehr mit ihnen am Tisch saß. Die Krise war so greifbar gewesen, dass Antonio wirklich am liebsten ins Büro geflüchtet wäre.

Kaum waren die Eltern fort, als das Unwetter auch schon über ihn hereinbrach. Wut und Tränen hatten sich bei Marissa die Waage gehalten. Viel aufgestauter Kummer hatte sich entladen. Wo er denn seine Augen habe, hatte sie ihn gefragt. Sogar dem Vater sei ihr hübsches Sommerkleid aufgefallen, nur ihr eigener Mann habe Tomaten auf den Augen. Er sei ein unmöglicher *stoccafisso*, ein wortkarger Stockfisch, der blind und taub durch die Gegend laufe. Antonio war aus allen Wolken gefallen. Er hatte sich im Laufe des Sonntagabends mindestens ein halbes Dutzend Mal entschuldigt. Er versicherte ihr, sie sei die schönste Frau für ihn, ob mit oder ohne neuem Kleid. Eine Bemerkung, die die Tränen erneut zum Fließen gebracht hatte. Marissa warf ihm vor, er mache es sich zu leicht, zu bequem. Er habe nur seine Arbeit im Kopf und kümmere sich zu wenig um ihre Bedürfnisse. Da konnte er nur wenig dagegenhalten. Aber wo blieben seine Bedürfnisse? Fragte danach irgendjemand? Zu Hause? Im Büro?

«Ciao, Tonio. Was ist los? Hast du schlecht geschlafen?» Ispettore Enrico Brandino sah seinen Chef überrascht an. Und Antonio fühlte sich ertappt. Er ließ seine Hände sinken, mit denen er sich gerade in einer verzweifelten Geste durch die schwarzen Haare gefahren war. Er hatte überhaupt nicht bemerkt, dass sein Ispettore mitten in seinem Büro stand.

«Wach auf! Wir müssen los. Die Klinik Sacra Madre hat ein Problem. Der Kopf des Chefarztes steckt in einer Tüte fauler Eier!»

Antonio reagierte immer noch nicht, sondern sah Enrico verständnislos an.

«He ... Hallo!» Enrico wedelte mit seiner rechten Hand vor Antonios Augen hin und her. «Ich rede mit dir. Es hat den bel Dottore erwischt!»

«Sì, sì, ist ja schon gut. Wer ist tot? Talenti?»

Enrico nickte, und es war ihm deutlich anzusehen, dass er an dieser Leiche fast ein wenig Freude hatte.

«Ich hab keine Zeit, Enrico.» Antonio schüttelte abwehrend den Kopf. «Schau dich doch um. Es liegen immer noch die Akten vom Fall Miguel auf meinem Schreibtisch. Ich muss zusehen, dass ich den Abschlussbericht fertigbekomme, sonst ersticke ich noch in Papier. Das muss alles», und dabei machte er eine raumgreifende Armbewegung, «schnellstens ins Archiv, sonst bekomme ich noch einen Koller.» Dass er den eigentlich schon hatte und sich nur mit Mühe beherrschte, musste er seinem jungen Ispettore nicht auf die Nase binden. «Und du kommst schon mit der nächsten Katastrophe. Noch dazu mit einer Promileiche. Das gibt nur Ärger und Verwicklungen. Und am Ende sind wir die Dummen. Du wirst schon sehen. Frag doch den Vice, ob er dich zu Talentis Klinik begleiten kann.»

Er konnte nur hoffen, dass Vice Commissario Fausto Castillio schon in seinem Büro war. Fausto war ein Gemütsmensch, etwas über sechzig Jahre alt und einer der erfahrensten Köpfe im Mordkommissariat von Verona. Eigentlich hätte er Commissario

Capo werden sollen. Doch er hatte die Beförderung abgelehnt. Er wollte seine Hobbys nicht aufgeben und nicht den ganzen Papierkram der Abteilung erledigen. Zu viel Arbeit, zu viel Verantwortung und zu wenig Zeit für die schönen Dinge des Lebens. Antonio konnte ihm mittlerweile nur beipflichten. Damals hatte er begierig zugegriffen. Und, er war ehrlich zu sich selbst, er würde es wieder tun.

Fausto besaß einen großen Obst- und Weingarten in einem Dorf in der Nähe von Verona, der ihn voll auslastete. Deshalb hatte er Antonio Fontanaro bei seiner Ernennung zum jüngsten Hauptkommissar der Provincia di Verona, den es je gegeben hatte, von Herzen gratuliert und ihm seine Unterstützung zugesichert. Bislang hatte er ihn selten im Stich gelassen. Antonio hoffte sehr, dass er auch dieses Mal für ihn einspringen würde.

«Wenn ich mich recht erinnere, hat Dottor Talenti Faustos Enkel zur Welt gebracht. Es ist dem Vice sicher eine Herzensangelegenheit, die Todesumstände des Dottore persönlich in Augenschein zu nehmen.»

«D'accordo.» Enrico lachte. Die Ausweichmanöver seines Chefs kannte er schon. Der Ispettore machte eine neckische Verbeugung und grinste dabei frech über sein ganzes Gesicht.

Als er endlich zur Tür hinaus war, fiel Antonios Blick erneut auf die Zeitungen des Tages. Missmutig griff er nochmals nach *L'Arena*. Er sollte sich endlich informieren, was am Wochenende in der Provincia alles geschehen war. Selten lohnte sich die Lektüre. Aber er wollte auch nichts übersehen. Doch auf der Titelseite prangten zwei bekannte Gesichter aus der Politik, die ihm inzwischen ziemlich auf die Nerven gingen. Irgendetwas hatte der italienische Ministerpräsident gesagt oder nicht getan, was den Deutschen in Berlino nicht passte. Seit Monaten ging das nun so. Wen sollte das noch beunruhigen oder interessieren? Er schob die Zeitung weg und sah zum Fenster hinaus. Der Blick aus dem vierten Stock half ihm etwas über die schlechte Laune hinweg. Die Spitzen silbriger Pappeln bogen sich leicht im Wind vor einem azurblauen Himmel. Es hatte den Anschein, als befände sich die Questura irgendwo draußen auf dem Land. Keine Häuser versperrten die Sicht. Der dichtbefahrene Lungadige, eine breite Straße entlang der Etsch, lag tief unten. Kein Straßenlärm drang von dort in sein Büro. Dieser Umstand und die Aussicht waren das Beste an diesem Gebäude, das ansonsten sehr in die Jahre gekommen war. Seit die Questura vor über 40 Jahren eingezogen war, war nichts mehr getan worden. Kein neuer Anstrich, keine neuen Böden, keine neuen Möbel. Doch wie üblich fehlte das Geld für Renovierungen. Seit Jahren schon versprachen das Innenministerium und die Stadt eine grundlegende Sanierung. Mindestens einmal im Monat berichtete *L'Arena* über einen neuen Beschluss der zuständigen Behörden. Antonio glaubte nicht mehr daran, und es war ihm inzwischen fast egal. Es änderte auch nichts, wenn er sich aufregte.

Ungelesen warf er die Zeitung in den Papierkorb und griff sich die *Gazzetta dello Sport*. Für Fußball hatte er eine große Schwäche. Zügig überblätterte er die ersten Seiten und suchte die Tabelle mit den Ergebnissen vom Wochenende. Inter hatte zu Hause gegen Siena verloren. Die Mailänder Vereine entwickelten sich mehr und mehr zu einem sehr teuren Desaster. Dass Chievo Verona gegen Juve keine Chance gehabt hatte, war dagegen keine Überraschung. Seine heimliche Fußballliebe jedoch gehörte dem FC Bayern. Öffentlich zugegeben hätte er dies natürlich nie. Seine Kollegen hätten ihn schlicht für verrückt erklärt oder als Verräter bezeichnet. Auch die rosafarbene *Gazzetta* landete im Papierkorb. Stattdessen griff er sich die *Süddeutsche Zeitung*, die er für sein Büro abonniert hatte. Doch bevor er sich den deutschen Neuigkeiten widmen konnte, wurde er erneut unterbrochen.

«Was ist noch?», fragte Antonio nicht gerade freundlich, als er seinen Ispettore im Türrahmen lehnen sah.

«Ich kann Fausto nirgends auftreiben. Seine Frau sagt, er ist beim Nachbarn, Äpfel ernten. Jetzt musst du dich doch von deiner spannenden Arbeit losreißen.» Enrico grinste ihn nun offen an. «Zumindest *ein* Commissario sollte am Tatort auftauchen. Ich bin sicher, dass der neue Staatsanwalt dies zu schätzen weiß.»

Hastig schlüpfte Antonio in sein Sakko, das er über den Stuhl gehängt hatte, und folgte seinem Ispettore auf den Gang hinaus. Den neuen Staatsanwalt hatte er völlig vergessen. Jetzt musste er sich auch noch eine gute Ausrede für die Verzögerung einfallen lassen, sonst hatte er bereits den ersten Minuspunkt gesammelt, bevor die Zusammenarbeit überhaupt erst richtig begonnen hatte.

3

10.00 Uhr

Eine Viertelstunde später fuhr Commissario Fontanaro seinen Dienst-Alfa auf den Parkplatz der Sacra Madre, der Privatklinik von Dottor Talenti. Sie wurde von einer Stiftung geführt, deren Fördermitglieder zu den oberen Zehntausend der Stadt gehörten. Nicht nur Antonio wusste das. Dottor Fabrizio Talenti behandelte ausschließlich Privatpatientinnen und leistete zudem hervorragende PR-Arbeit. Unter Kollegen galt er als Koryphäe. Und «il bel Dottore», wie Talenti auch scherzhaft genannt wurde, erfreute sich bei der Damenwelt enormer Beliebtheit. Er war ein großer, schlanker Mann Mitte vierzig gewesen, dreimal geschieden, reich verheiratet, immer reicher geworden und mit einer dunklen, nur mäßig ergrauten, lockigen Haarpracht gesegnet, um die ihn viele Männer glühend beneideten. Das war aber dann auch so ziemlich alles, was Antonio spontan zu ihm einfiel. Er war ihm einmal auf einer Benefizveranstaltung begegnet. Mehr als einige höfliche Worte hatten sie nicht gewechselt.

Ein Carabiniere erwartete sie bereits und führte die Kollegen der Mordkommission über mehrere Gänge zu einem Treppenhaus im hinteren Trakt des Gebäudes. Das private Apartment von Dottor Talenti lag im Dachgeschoss.

Bereits im Erdgeschoss hatte Antonio sich ein Taschentuch vor die Nase gehalten. Der penetrante Geruch nach faulen Eiern verpestete das ganze Treppenhaus. Oben angekommen, standen sich jede Menge Herren gegenseitig im Wege. Die Kollegen der Spurensicherung waren in alle Zimmer der Wohnung ausgeschwärmt. Einer von ihnen war damit beschäftigt, Türrahmen und Türblatt genauestens zu begutachten. Der Chef der Kriminaltechnik, Silvano Petrelli – Antonio kannte ihn gut vom Fußballtraining des Polizeiclubs –, ließ sich nicht stören und machte Fotos. Zwei Leichenträger, die auf ihren Einsatz warteten, hatten auf dem Metallsarg Platz genommen und blockierten damit den gesamten Vorraum der Wohnung im Treppenhaus.

Eine junge Frau in weißem Arztkittel lehnte an der Wand. Ihre bleichen Wangen schimmerten ungesund grünlich. Sie rang nach Atem, obwohl sie neben einem geöffneten Fenster stand. Eine Krankenschwester redete ihr gut zu und kämpfte dabei sichtlich selbst gegen die Übelkeit an. Antonio verwünschte Fausto mitsamt seiner Apfelernte. Notgedrungen folgte er dem Carabiniere, der sich einen Weg zwischen den Ermittlern der Kriminaltechnik bahnte. Im Vorbeigehen winkte ihm Petrelli nachlässig zu.

«Ist die Dottoressa schon eingetroffen?»

Überrascht drehte sich der Carabiniere um.

«Welche Dottoressa, Commissario?»

«Flavia di Silva.»

«Ach, die Pathologin meinen Sie. No.» Der Polizist schüttelte den Kopf. «Dottoressa di Silva hatte heute Morgen noch einen anderen Termin. Irgendwo außerhalb. Sie nimmt unsere Leiche später in der Questura in Empfang.»

An ihrer Stelle hätte ich auch einen anderen Termin gehabt, dachte Antonio grimmig. Diesen Gestank hätte er sich wahrlich gern erspart. Der Carabiniere drehte sich wieder um und lief nun weiter vor ihm den Korridor entlang, an Küche und Bad vorbei, um schließlich vor einer Zimmertür abrupt stehenzubleiben. Enrico, der den beiden sehr zögernd folgte, schnappte hörbar nach Luft. Der Geruch war so dicht und schwer geworden, dass der Carabiniere aufgab, sich umdrehte und zurück zum Treppenhaus stürzte. Im Türrahmen stand ein kräftiger Mann, der Antonio und Enrico mit seinem breiten Rücken den Blick ins Zimmer versperrte.

«Mach du das alleine, Tonio!» Enrico stürzte dem Kollegen hinterher.

Antonios Versuch, seinen Ispettore zur Ordnung zu rufen, scheiterte. Gottergeben sagte er stattdessen zu dem breiten Rücken: «Permesso!» Keine Reaktion. «Permesso, per favore!», wurde Antonio etwas lauter und deutlicher.

Der Mann drehte sich zu ihm um. «Sì?» Sein Tonfall war barsch und tief. Der Herr fühlte sich hörbar gestört. Antonio blickte in zwei dunkelbraune Augen, die ihn hinter starken Gläsern einer Hornbrille ärgerlich musterten. Die speziellen Umstände des Tatorts schienen an dem Mann und seinem perfekt geschnittenen, dunkelgrauen Anzug abzuprallen. Sein weißes Hemd stach von seinem gebräunten Gesicht ab. Seine Miene zeigte keinerlei Anzeichen von Übelkeit oder auch nur Unbehagen. Es blieb Antonio nichts anderes übrig, als das Taschentuch von Nase und Mund zu nehmen und sich ordentlich vorzustellen. Er ahnte, wen er vor sich hatte, und diese Art des ersten Zusammentreffens gefiel ihm gar nicht.

«Piacere», sagte er höflich, «Commissario Fontanaro.»

Der Blick des anderen wurde noch eine Spur kühler.

«Vincenzo Mauro. Ich bin der neue Staatsanwalt.»

«Dottor Mauro!» Antonio machte eine knappe Verbeugung. «Ich bin sehr erfreut, Sie kennenzulernen, wenngleich die Umstände alles andere als angenehm sind.» Während er ihm die Hand reichte, hasste er sich gleichzeitig für diesen platten Satz.

«Piacere Commissario.» Knapper ging es kaum.

Staatsanwalt Mauro tat ihm jedoch endlich den Gefallen und trat zur Seite. Eine männliche Leiche lag mit dem Gesicht nach unten und in einer seltsam verkrümmten Seitenlage vor einem schwarz lackierten Flügel. Die elegante, hochgewachsene Gestalt des Klinikchefs war kaum noch zu erahnen. Sein Kopf steckte in einer durchsichtigen Plastiktüte, die am Hals mit einem breiten Klebeband luftdicht abgeklebt war. Ganz erfolgreich war der Täter allerdings dabei nicht gewesen. Eine grünlich gelbe Lache hatte sich unter dem Kinn der Leiche auf dem Parkettboden gebildet und war die Ursache des bestialischen Gestanks. Den Todeskampf des Dottore konnte sich Antonio nur als höchst grausam vorstellen: Erstickt in einem Plastikbeutel mit faulen Eiern. So etwas hatte er noch nie gehört oder gar gesehen. Er war dankbar dafür, dass das Gesicht nicht erkennbar war. Es konnte nur entstellend verzerrt sein. Dottoressa di Silva war um ihre Arbeit später im Keller der Questura nicht zu beneiden.

Der Commissario sah sich im Musikzimmer um und stellte fest, dass es geradezu penibel aufgeräumt war. Eine Bücherwand nahm die ganze Seite des Raums ein, die sich vis-à-vis zur Fensterfront befand. Davor standen zwei schwarze Ledersessel. Es lagen weder Bücher, Zeitungen noch Kleidungsstücke herum. Der Täter, und er ging eindeutig von einem männlichen Täter aus, weil er es für ausgeschlossen hielt, dass eine Frau auf eine derart abwegige Art töten würde, hatte, wie es auf den ersten Blick schien, nichts gesucht und nichts geraubt. Es war ihm einzig und allein um Dottor Talenti gegangen. Wenn er an den großen Bekanntheitsgrad des Gynäkologen und an seine umfangreiche Patientinnenkartei dachte, wurde ihm schwindlig. Dieser Fall würde ihn und seine Leute einige Zeit beschäftigen. Da hatte er gar keinen Zweifel.

Mit seiner Selbstbeherrschung war es nun ebenfalls vorbei. Die Übelkeit kroch immer weiter nach oben. Er hatte genug gesehen und gerochen. Entschieden presste er sich sein Taschentuch wieder vor den Mund, mochte der Staatsanwalt doch von ihm denken, was er wollte, und strebte dem Treppenhaus zu. Er wusste, dass die Kollegen der Spurensicherung, allen voran Silvano Petrelli, ordentlich arbeiteten. Auf seinen Bericht konnte er sich im Zweifel mehr verlassen als auf seine eigenen Augen. Im Treppenhaus fand Antonio immer noch die Ärztin zusammen mit der Krankenschwester vor.

«Dottoressa, darf ich Sie etwas fragen?» Er hielt ihr seinen Dienstausweis hin. «Wir können dazu gern hinunter in den Garten gehen, wenn Sie möchten.» Es war der reine Egoismus. «Schwester, wollen Sie uns begleiten?»

«Ich soll hier auf den Staatsanwalt warten», brachte die Ärztin schließlich mühsam hinter ihrem Taschentuch hervor. «Er möchte mich befragen.»

«Das möchte ich auch. Sie laufen ihm ja nicht davon. Kommen Sie.»

Entschlossen griff er sie am Ellbogen und führte sie die Treppen hinunter. Gemeinsam traten sie durch den Hinterausgang ins Freie. Beide Frauen schnappten nach Luft, und es dauerte einen Moment, bis sie sich gefangen hatten.

«So etwas habe ich noch nie erlebt», sagte die Ärztin. Dann hielt sie Fontanaro die rechte Hand hin. «Sabrina Giordano. Ich bin die Oberärztin.» An die Schwester gewandt, sagte sie: «Und das ist Schwester Anna. Sie hilft uns im OP und im Kreißsaal.»

«Hat eine von Ihnen beiden den Chefarzt gefunden?», kam Antonio gleich zur Sache. Er wollte möglichst viel erfahren, bevor der Staatsanwalt dazukam.

Schwester Anna nickte.

«Wann war das?»

«Heute Morgen, kurz vor sechs Uhr. Ich wollte ihm das Frühstück bringen.»

«Stand der Doktor immer so früh auf?»

«Nein, nein. Der Doktor hatte überhaupt noch nicht geschlafen. Wir hatten eine sehr schwere Geburt, die bis kurz nach vier Uhr morgens gedauert hat. Wenn der Doktor so lange arbeiten muss, nimmt er anschließend immer ein Bad, und danach spielt er Klavier, um sich abzulenken und richtig müde zu werden. Direkt nach einer OP oder einer Geburt kann er nie schlafen, egal wie spät es ist.»

Armer Teufel, dachte Antonio bei sich.

«Für sieben Uhr war die nächste OP gemeinsam mit Dottoressa Giordano geplant. Er wollte zumindest dabei sein. Deshalb habe ich ihm einen starken Kaffee und zwei Brote mit Schinken gemacht.»

«War die Tür zu seiner Wohnung offen?»

«Ich habe einen Schlüssel.»

«Und an dem Schloss ist Ihnen nichts aufgefallen?»

«No, no, es war alles wie immer.»

Mal sehen, dachte Antonio, ob Silvano Petrelli da nicht anderer Meinung war.

«Nur dieser fürchterliche Geruch», sagte Schwester Anna, «hat mich erschreckt. Ich konnte mir nicht erklären, woher er kam.»

«Wer hat alles einen Schlüssel zur Wohnung des Dottore?»

Die beiden Frauen sahen sich fragend an.

«Ehrlich gesagt, habe ich keine Ahnung», antwortete nun die Ärztin. «Ich selbst habe auch einen.»

Antonio fand das seltsam, fragte aber so neutral wie möglich: «Wer könnte das genauer wissen?»

«Ich nehme an, die Klinikverwaltung.»

Er zog sein kleines Notizbuch aus der Sakkotasche und schrieb sich zum ersten Mal etwas auf.

«Wer ist ein möglicher Nachfolger von Dottor Talenti?» Interessiert und gespannt sah er von einer zur anderen. Die Stirn der Dottoressa überzog sich mit einer feinen Röte.

«Das hat der Verwaltungsrat der Stiftung zu entscheiden!»

Die Schwester sah die Ärztin eigenartig von der Seite an, schwieg aber. Antonio machte sich erneut eine kleine Notiz.

«Wie viele Geburten hatten Sie denn heute Nacht?»

«Nur die eine, und die war schwer genug.»

«Und die anschließende OP? Wer hat sie durchgeführt?»

«Ich habe das mit dem Assistenzarzt und Schwester Anna gemacht.»

«Aha, einen Assistenzarzt gibt es also auch noch.» Erwartungsvoll sah er in die Gesichter der beiden Damen und hielt seinen Kugelschreiber bereit.

«Corrado Salento.»

«Wie war denn das Verhältnis von Dottor Talenti zu seinen Angestellten? Gab es Ärger, Streit, Unstimmigkeiten?»

Entschieden schüttelten beide den Kopf. Antonio hatte auch nichts anderes erwartet. Er würde jeden einzeln befragen müssen, um hier etwas Licht in den Klinikalltag zu bringen.

«Ist Ihnen heute Morgen jemand aufgefallen, der nicht hierhergehört? Zu dieser frühen Stunde sind wohl noch keine Angehörigen da, um Patientinnen zu besuchen, oder?»

Wieder schüttelten sie beide den Kopf. Der Schock war ihnen anzusehen. Die Leiche dort oben unter dem Dach fiel schon etwas aus dem üblichen Rahmen. Auch bei der Drogenfahndung hatte es hin und wieder Tote gegeben, Dealer, die sich in die Quere gekommen waren, Drogensüchtige, die sich den goldenen Schuss verpasst hatten. Doch das blieben Einzelfälle. Seit er für die Mordkommission arbeitete, gehörten grausam getötete Personen zu seinem Berufsalltag. Mit diesem

Aspekt seiner Arbeit konnte er sich noch immer nur schwer arrangieren.

«Ich danke Ihnen, meine Damen. Ganz gewiss werden wir uns noch einmal sprechen.» Es war nicht als Drohung gemeint, aber die beiden Damen sahen ihn erschrocken an.

Er holte seinen Autoschlüssel aus der Hosentasche und erinnerte sich in diesem Moment an seinen Ispettore. Wo war Enrico abgeblieben? Vermutlich war er mit dem Carabiniere zur Questura zurückgefahren. Das würde er ihm nicht durchgehen lassen. Da mussten sie schon noch ein Wörtchen miteinander reden. Bevor er den Wagen aufsperrte, drehte er sich nochmals um.

«Erlauben Sie mir noch eine Frage?» Die Ärztin sah ihn unverhohlen ärgerlich und, wenn er sich nicht täuschte, auch etwas schuldbewusst an. «Wissen Sie zufällig, Dottoressa, wer den Vorsitz der Klinikstiftung zurzeit innehat?»

Sie versuchte ein Lächeln, das etwas schief geriet.

«Signor Andrea Cuméo.»

«Grazie tante!»

4

CHIEMING
12.00 UHR

Georg Breitwieser saß auf seiner Terrasse beim Mittagessen. Ein weißblauer Himmel spannte sich über den Chiemsee, und die Bergkette mit der Kampenwand leuchtete föhnig blau zu ihm herüber. Allerfeinstes Wiesn-Wetter war das, dachte Georg nicht ohne Neid. Er konnte sich nur an ganz wenige Male erinnern, als es am ersten Wiesn-Wochenende geregnet hatte. Und genauso wenig konnte er sich erinnern, dass er den Einzug der Wiesn-Wirte am Samstag jemals versäumt hätte. Aber seit einem halben Jahr war nichts mehr so wie früher, und das ließ sich nun auch nicht mehr ändern. Das Oktoberfest würde in diesem Jahr ohne ihn stattfinden.

Ein leichter, luftiger Wind brachte den typischen Geruch des Sees zu ihm nach oben: ein wenig fischig und brackig nach einem langen Sommer. Sein Elternhaus, in dem er seit mehreren Monaten wieder wohnte, befand sich am Ortsausgang von Chieming. Ein noch unverbauter Blick auf den See, seine Inseln und die Alpen machte das Anwesen zu einem der begehrtesten des Ortes. Allerdings bedurfte es schon eines solchen Ausnahmetags, dass es Georg bewusst wurde, welch grandiose Aussicht er hatte. Ansonsten fluchte er über das große, leicht zum See hin abschüssige Grundstück, die riesige Rasenfläche, die er alle zwei Wochen zu mähen hatte, die Beerensträucher am Rande des Gartens und die viele Meter lange Thuja-Hecke, die die Frontseite vor allzu neugierigen Blicken der Spaziergänger schützte und einmal im Jahr geschnitten werden musste. Von den Rosen- und Dahlienbeeten, die seine Mutter Katharina angelegt und bis vor einem halben Jahr selbst gepflegt hatte, ganz zu schweigen.

Er wandte sich wieder seinem gut gefüllten Teller zu: Kalter Schweinebraten in dünnen Scheiben und saure Semmelknödel mit reichlich Zwiebeln wurden von einer kühlen Weißen begleitet. Georg ließ es sich schmecken. Den Braten hatte er selbst am Sonntag zubereitet. Schön saftig war er geworden, und auch die Knödel waren ihm wunderbar gelungen. Prüfend sah er zu seiner Mutter hinüber, die am anderen Ende des Tischs saß und unschlüssig auf ihrem Teller herumstocherte. Nie hätte er es sich träumen lassen, dass er einmal seine Mutter bekochen würde.

«Schmeckt's dir, Mama?», fragte er pflichtschuldig.

«Ja, ja, schmeckt schon!» Gehorsam schob sie ein Stück Knödel in den Mund.

Seine Mutter hatte noch nie viel geredet. Doch seit ihrem Schlaganfall sparte sie mehr denn je mit Worten.

Gerade als Georg sich eine Scheibe von den Essiggurken nehmen wollte, vibrierte sein Handy in der Hosentasche. Er beschloss, es erst einmal zu ignorieren. Er hatte Mittag, und dabei ließ er sich nicht gern stören. Die Kollegen wussten, wo er sich aufhielt und dass ihm die Essenszeit heilig war. Sie mussten sich halt noch eine knappe Stunde gedulden. Dann war er wieder auf dem Kommissariat. Doch der Anrufer war hartnäckig. Genervt legte Georg sein Besteck auf den Teller und langte nach seinem Handy. Ein Blick auf das Display zeigte ihm seine eigene alte Nummer von der Dienststelle in München.

Sein ehemaliger Kollege, Kurt Lachner, jetzt Hauptkommissar der Mordkommission in München, hatte anscheinend mal wieder eine Frage. In den letzten Wochen hatte sich Kurt zur Nervensäge entwickelt. Anstatt seine Kollegen vor Ort um Rat zu fragen, wollte er immer alles «aus erster Hand» haben, wie Lachner sich ausdrückte.

«Breitwieser!», bellte Georg deshalb nicht sehr freundlich in sein Mobiltelefon. Seine Mutter verzog ihren Mund zu einem schiefen, amüsierten Lächeln und ließ ihren Sohn nicht aus den Augen. Was Georg augenblicklich mit dem Anrufer versöhnte. Es waren diese kleinen Anzeichen von Lebendigkeit, die ihm versicherten, dass sich seine Mutter zwar nur noch eingeschränkt bewegen konnte, geistig aber vollkommen auf der Höhe war.

«Lachner hier!»

«Servus, Kurt. Was gibt's?»

«Entschuldige, Schorsch, dass ich dich störe. Ich weiß, es ist Mittagszeit.»

«Stimmt genau.» Georg griff sich sein Weißbierglas und nahm einen Schluck. Die Gespräche mit Lachner waren meist etwas länger als gewöhnlich. Er ruckelte etwas auf seinem Stuhl herum, bis er bequem saß, blinzelte seiner Mutter zu und wartete.

«Wir haben ein Problem!» Diese nicht unerwartete Einleitung Kurts trieb nun auch Georg ein breites Grinsen auf sein Gesicht. Doch er schwieg.

«Wir haben eine Bierleiche!»

«Wenn es nur *eine* ist nach dem ersten Wiesn-Wochenende, dann taugt das Bier heuer nicht viel, oder?» Georg lachte. «Damit wirst du schon fertig, Kurt.»

«Du verstehst mich falsch. Also wir haben eine Leiche, die erst wie eine Bierleiche ausgesehen hat, aber dann doch eine echte Leiche war.»

«Aha! Und was hab ich jetzt damit zu tun?»

«Ja, also die Leiche fällt in deinen Dienstbereich, Georg. Nach allem, was wir herausgefunden haben, bist du für den Toten zuständig.»

«Warum? Ist es ein Traunsteiner?»

«Nein, ein Italiener!» Lachner machte eine Pause. «Ich habe schon mal eine Obduktion veranlasst und schicke dir den Bericht zusammen mit der Leiche im Laufe des Nachmittags nach Traunstein.»

«Moment, Moment, ganz langsam und zum Mitschreiben! Was, bitte schön, habe ich mit eurer italienischen Leiche zu schaffen?»

«Ich wollte mich kurz fassen, weil du das letzte Mal über unser langes Telefonat gemosert hast. Aber ich kann dir den Sachverhalt gern genauer erklären.»

Georg fügte sich in sein Schicksal. «Schieß los!»

«Der Italiener hat nach Aussage der Bedienung vom Schottenhamel am Sonntagabend gemeinsam mit drei weiteren Herren einen Tisch auf dem Balkon des Festzelts belegt. Gegen 21.30 Uhr sind die Herren aufgebrochen. Einer von ihnen, unsere Leiche, war stark angetrunken und konnte nur noch eingeschränkt laufen. Die ganze Vernehmung der Bedienung schicke ich dir natürlich.»

Georg nickte ergeben. Er konnte nur hoffen, dass Kurt das Protokoll nicht selbst verfasst hatte, sonst bekäme er einen umständlich geschriebenen Roman zu lesen.

«Bei der Leiche haben wir eine Hotelchipkarte gefunden. Der Italiener, der laut Ausweis aus Verona stammt, hat bei euch am Chiemsee im Seebrucker Hof übernachtet.»

«Und warum hast du ihn gleich obduzieren lassen? Wie alt war denn der Italiener?»

«Fünfundsechzig.»

«Wozu die ganze Aufregung? Wahrscheinlich hat er einfach einen Herzinfarkt gehabt. Zu viel Bier, zu viel Essen, zu wenig Sauerstoff. Da kann schon mal die Pumpe streiken.»

«Das hat der Arzt auch gedacht. Die Leiche wurde im Übrigen auf der Wiese hinter dem Schottenhamel-Zelt gefunden.»

«Na, also, wo ist das Problem? Wolltest mal wieder besonders schlau sein, Kurti, oder was?»

«Nein, besonders vorsichtig, Schorsch.» Kurt Lachner war hörbar beleidigt. «Mein früherer Kollege Breitwieser pflegte zu sagen: ‹Vorsicht ist die Mutter der Porzellankiste.›»

Georg brummelte etwas, schwieg aber. Warum konnte ihn sein alter Kollege nicht einfach Georg nennen? War das so schwierig? Wenn er sich mit Kurti rächte, war das nur eine matte Sache.

«Ich habe inzwischen im Seebrucker Hof angerufen», fuhr Kurt Lachner fort. «Die Wirtin, Hildegard Brunner …»

Georg stöhnte innerlich auf. Die Hilde kannte er noch vom Trachtenverein während seiner Schulzeit. Sie hatte den reichen Bauern Hans Brunner geheiratet. Dessen Familie hatte mehr Seegrundstücke, als andere Vieh auf der Weide stehen hatten. Inzwischen betrieb das Ehepaar Brunner in Seebruck ein Viersternehotel mit gehobener Gastronomie. Er war nicht oft dort zum Essen gewesen. Sein Beamtengehalt erlaubte solche Ausflüge eher weniger.

«… hat mir mitgeteilt, dass zwei der Italiener heute Morgen wohl sehr früh, mehr oder weniger bei Nacht und Nebel, aufgebrochen sind. Was sagst jetzt da dazu, Schorsch? Feine Freunde hat unsere Leiche, oder? Bezahlt haben sie übrigens auch nicht, die sauberen Herren. Nach einem kurzen Frühstück sind sie gegen 6.30 Uhr aufgebrochen. Als Frau Brunner die Zimmer kontrollierte, weil ein Gast fehlte, stellte sie fest, dass dessen Bett unbenutzt, das Gepäck aber immer noch da war.

Das alles schien mir sehr verdächtig. Deshalb habe ich eine Obduktion angeordnet. Doktor Wallner ist noch damit beschäftigt.»

«Was meint der Staatsanwalt dazu?»

«Der ist auf Dienstreise. Da Gefahr im Verzug war, habe ich gehandelt.»

Weshalb Kurt Lachner Gefahr im Verzug annahm, danach fragte Georg lieber nicht. Denn im Prinzip hatte sein Nachfolger recht. Er an seiner Stelle hätte es nicht anders gemacht.

«Was sagst du jetzt, Schorsch? Übernimmst du den Fall?»

Georg rutschte unruhig auf seinem Stuhl herum. Wenn er nicht mitspielte, hatte Kurt Lachner keine Handhabe, ihm den Fall aufzuzwingen. Andererseits sprach einiges dafür, ihn von Traunstein aus weiterzuverfolgen.

«Georg, jetzt mach es nicht so spannend. Ich kann kein Wort Italienisch. Du bist doch fit in der Sprache. Außerdem arbeitet dein Spezl, der Toni Fontanaro, in Verona bei der Mordkommission. Ihr beide könnt doch den Fall gemeinsam bearbeiten. Ich bin hier in München wirklich mit anderen Fällen gut beschäftigt. Neben der Leiche haben wir hier noch mit einer Epidemie zu kämpfen.»

«Was denn für eine Epidemie?», fragte Georg pflichtschuldig nach, obwohl ihn das nun gar nicht interessierte. Mit Antonio Fontanaro an dem Fall zu arbeiten, hatte hingegen in der Tat etwas Verlockendes. Er hatte den Veroneser schon seit über einem Jahr nicht mehr gesehen. Die Wiesn-Leiche begann ihn nun wirklich sehr zu interessieren, doch das musste er dem Lachner nicht unbedingt unter die Nase reiben.

«Epidemie ist wahrscheinlich das falsche Wort. Ich bin kein Mediziner.»

Welche Einsicht! Georg amüsierte sich.

«Jedenfalls haben wir mehrere Fälle von Salmonellenvergiftung auf der Wiesn. Vorhin habe ich die Mitteilung bekommen, dass sogar ein Patient im Schwabinger Krankenhaus daran gestorben ist. Stell dir mal vor, was die Zeitungen daraus machen werden! Die Pressesprecherin vom Rathaus macht uns schon die Hölle heiß und die Chefin vom Fremdenverkehrsbüro. Dauernd läutet das Telefon.»

«Also gut», sagte Breitwieser so gnädig wie möglich. «Fax mir alle Unterlagen zu dem Fall. Aber lass die Leiche erst mal bei euch in der Kühlung. Ist ja egal, wo sie aufbewahrt wird. Vielleicht kann ich dann auch noch mit Doktor Wallner sprechen. Dann hat er das Anschauungsobjekt noch bei sich im Keller.»

Georg hörte, wie Kurt Lachner erleichtert ausatmete.

«Danke, Schorsch. Ich stell dir gleich alle Papiere zusammen. Kümmerst du dich dann auch noch um die Spurensicherung? Die Hotelwirtin hat versprochen, die Zimmer nicht anzufassen, bis jemand von euch dort aufkreuzt. Servus, bis bald!»

Hoffentlich nicht, dachte Georg und legte auf.

«Hast Arbeit?», fragte die Mutter listig nach.

«Hab ich doch immer!» Nachdenklich sah Georg sie an. Jeden Moment würde die polnische Pflegerin Maria auftauchen und sich um die Mutter kümmern, bis er irgendwann abends aus dem Kommissariat nach Hause kam. In weniger als einer halben Stunde würde sie bei dem herrlichen Wetter im Bett liegen und einen Mittagsschlaf machen.

«Bist müd, Mama?»

«Warum? Schau ich so aus?»

«Hast Lust auf einen Ausflug?»

«Wo willst denn hin?»

«Ich muss zum Seebrucker Hof. Dienstlich! Willst mitkommen? Du könntest auf der Terrasse einen Kaffee trinken und vielleicht ein Stück Kuchen essen!» Bei ihren Zuckerwerten war das zwar wirklich keine gute Idee, aber ein wenig Freude sollte sie doch ab und zu haben.

«Sag's doch gleich, dass du die Hildegard besuchen willst.»

Georg schüttelte den Kopf. Auf welche Ideen die Mutter manchmal kam.

«Die braucht jetzt wieder einen Mann! Seit der Hans im letzten Winter beim Skifahren auf der Kampenwand ums Leben gekommen ist.»

Georg sah sie überrascht an. Das hatte er gar nicht gewusst. Die arme Hilde!

«Da hat sie ja jetzt Arbeit für drei!»

«Du auch!», sagte Katharina Breitwieser sehr bestimmt. Georg musste schmunzeln. Die Mutter schimpfte zwar immer, dass sie keine Enkelkinder hatte. Aber auf eine Schwiegertochter legte sie keinen Wert. Er selbst hatte das Thema Familienplanung abgehakt. Ein Kriminaler war in seinen Augen eine schlechte Partie.

Eine gute halbe Stunde später fuhr Georg auf den Parkplatz des Seebrucker Hofs. Die Mutter hatte seit der Abfahrt kein Wort mehr gesprochen, sondern nur interessiert zum Fenster hinausgeschaut. Georg hatte keine Ahnung, wie lange es her war, dass die Mutter mit dem Auto am See entlanggefahren worden war. Einen Führerschein hatte sie nie besessen. Ihr sehnsüchtiger, fast gieriger Blick machte ihm ein sehr schlechtes Gewissen. Er schwor sich, häufiger mit ihr solche Ausflüge zu unternehmen.

Georg öffnete den Kofferraum.

«Wart einen Moment, Mama. Ich klapp dir den Rollstuhl auf.»

Kurz darauf schob er die Mutter über eine Rampe in die Empfangshalle des Hotels. Hildegard Brunner stand hinter dem Rezeptionstresen, als hätte sie auf die beiden gewartet.

«Na endlich!», waren dann auch ihre ersten Worte. «Ich hab schon geglaubt, von der Kripo lässt sich heute keiner mehr blicken. Servus, Georg. Wir haben uns lange nicht gesehen.» Sie hielt ihm eine kräftige Rechte hin und lachte. «Und deine Mutter hast du auch mitgebracht. Herzlich willkommen, Frau Breitwieser. Wie geht es Ihnen?» Sie kam um ihren Tresen herum und beugte sich ihrem Gast entgegen. Katharina kniff die Augen zusammen, als blende sie die Sonne. Mehr als ein Kopfnicken entkam ihr nicht, während sie sich die Hände gaben.

«Darf ich Ihnen eine Tasse Kaffee und ein Stück Käsesahnetorte anbieten, Frau Breitwieser?»

«Warum nicht!», entgegnete Katharina gnädig. Ganz so, als täte sie der Wirtin einen Gefallen.

Georg beobachtete nicht ohne Amüsement die beiden Frauen, die sich offensichtlich nicht grün waren. Er hatte jedoch keine Ahnung, was zwischen ihnen vorgefallen war. Und er wollte es auch gar nicht wissen.

Hildegard Brunner rief nach einer Kellnerin, die Katharina Breitwieser auf die Hotelterrasse hinausschob.

«Mein Kollege Lachner in München hat mich schon grob informiert», begann Georg. «Also, Hilde, jetzt erzähl mal. Was hat es mit deinen italienischen Gästen auf sich?»

«Sag mir erst, wann deine Leute kommen, um die Zimmer zu untersuchen! Ich kann unmöglich bis heute Abend auf drei Zimmer verzichten. Und ein BMW steht auch noch in der Tiefgarage. Der muss schnellstens weg, verstehst! Ich hab nur sechs Plätze, die zu den Suiten gehören. Es ist Wiesn!»

Georg nickte verständnisvoll. Das Oktoberfest bescherte

Oberbayern jährlich einen Touristenstrom ohnegleichen. Den ganzen Sommer war nicht so viel los wie während der beiden Wiesn-Wochen.

«Die Spurensicherung kommt sicher jeden Moment. Wann sind die Italiener bei dir eingezogen, und wie viele Personen waren es?», begann er seine Fragen herunterzuspulen. «Und haben sie die Meldezettel ausgefüllt?»

Hildegard Brunner bekam einen hochroten Kopf. «Na, du hast vielleicht Nerven, so eine Frage zu stellen.» Sie wandte sich dem PC auf dem Tresen zu, drückte einige Tasten, und nach wenigen Augenblicken spuckte ein Drucker mehrere Blatt Papier aus.

«Eingecheckt haben fünf Herren», begann Hildegard Brunner dienstmäßig und reichte Georg die Papiere. «Sie kamen spätabends am Freitag. Andrea Cuméo hatte zuvor im Bayerischen Hof in München Zimmer reserviert. Aber dort ist die Reservierung nicht eingegangen oder nicht registriert worden. Egal, jedenfalls standen die Herren aus Verona ohne Betten da. Irgendwann gegen sechs Uhr abends bekam ich einen Anruf vom Tourismusbüro in Prien, ob ich noch Zimmer frei hätte. Um neun Uhr trafen die Italiener dann ein. Sie kamen mit zwei Autos. Am nächsten Tag haben sie ein Taxi nach München zur Wiesn bestellt. Einer der Herren, ein Arzt, wenn ich das richtig verstanden habe, hat seinen kleinen Trolley gleich wieder mitgenommen und ausgecheckt. Er wollte abends von München aus nach Verona zurückfliegen.»

«Die übrigen vier kamen irgendwann nachts wieder zurück?»

«Richtig. Es war sicher nach vier Uhr früh. Die haben in München nichts ausgelassen. Nach dem Bierzelt sind sie noch ins Weinzelt und anschließend ins P1, diese Disco. Einer der Herren konnte ein bisschen Deutsch und hat mir das beim Frühstück am Sonntag erzählt.»

«Und sind sie dann vormittags schon wieder zurück nach München?»

Hildegard Brunner schüttelte entschieden den Kopf.

«Nein. Sie haben unser Spa ausgenützt: Hallenbad, Massagen, Sauna, Dampfbad.» Nicht ohne Stolz ließ sie Georg das umfangreiche Angebot wissen. «Um drei Uhr nachmittags habe ich ihnen ein Taxi bestellt. Und wieder hat einer ausgecheckt.» Sie nahm nochmals die Papiere zur Hand. «Cattarese hieß der. Genau. Bezahlt hat ja keiner von denen», fügte sie vorwurfsvoll hinzu.

«Ist der auch von München noch zurückgeflogen? Dazu waren sie eigentlich schon ein bisschen spät dran.»

«Keine Ahnung, Georg. Das weiß ich wirklich nicht.»

Hinter ihnen schob sich wischend die Drehtür über den blanken Marmorboden, und lautes Gelächter unterbrach ihre Unterhaltung. Georg drehte sich um und sah die Herren von der Spurensicherung mit viel Gepäck und bester Laune mehr hereinfallen als -gehen.

«Dann schauen wir uns doch jetzt einmal die Zimmer an.» Georg forderte die Hotelbesitzerin mit einer Geste auf, den Kollegen und ihm den Weg zu zeigen. Er erwartete nicht viel von dieser Aktion. Schließlich gab es hier nur das Zimmer eines Toten zu besichtigen, keinen Tatort. Vermutlich war das Ganze eine absolute Luftnummer und dem Übereifer Lachners geschuldet. Aber nachdem dieser den Dienstweg schon einmal beschritten hatte, mussten sie jetzt weitermachen, auch wenn dabei vermutlich nichts herauskam.

5

VERONA
13.00 UHR

Nach einem kurzen Abstecher ins Büro, in der vergeblichen Hoffnung, Enrico oder Fausto anzutreffen, machte Antonio einen Spaziergang in die Altstadt. Er brauchte frische Luft und Zeit zum Nachdenken. Der Klinikgeruch haftete an seinem Sakko, an den Haaren und vor allem unter der Nase. Er meinte beständig, sich dort abwischen zu müssen. Schließlich gab er den Kampf auf und besorgte sich in der ersten Parfümerie, an der er in der Via Mazzini vorbeikam, ein Aftershave, kippte es großzügig in sein Taschentuch und roch ausgiebig daran. Es besänftigte etwas seine Geruchsnerven, aber gänzlich los wurde er das Gefühl nicht, von faulen Eiern umweht zu sein.

Gedankenverloren schlenderte er mit dem Touristenstrom weiter in Richtung Piazza delle Erbe. Die Via Mazzini, eine schmale, sehr elegante Geschäftsstraße ohne Autoverkehr mit perfekt renovierten Palazzi und Ladengeschäften, sicherte der Stadt und den Inhabern der Mode- und Parfümerieläden fast das ganze Jahr über stabile Einnahmen.

Antonios Besuch bei Valentina di Brazzi, der Witwe von Dottor Talenti, war denkbar kurz ausgefallen. Talenti bewohnte eine gut hundert Jahre alte Villa nur wenige Meter von seiner Klinik entfernt. Sie war ein wahres Schmuckstück, umgeben von einem gepflegten Garten. Jedes Beet war mit einer Buchsbaumhecke eingefasst. Kräftige Rosen in voller Blüte und Zitronenbäume in schweren Terrakottatöpfen zeigten den Geschmack der Besitzer. Eine Hauswirtschaftsdame in strengem schwarzem Kleid hatte ihm die Tür geöffnet und ihm mitgeteilt, dass die Signora zurzeit vom Hausarzt betreut würde. Der plötzliche Tod ihres Gatten setze der Signora sehr zu. Antonio hatte verständnisvoll genickt und seinen Besuch für die nächsten Tage angekündigt. Natürlich nicht, ohne seine tiefempfundene Anteilnahme ausdrücken. Er war heilfroh gewesen, die Befragung der Witwe auf später verschieben zu können. Obwohl ihm natürlich klar war, dass eventuell belastendes Beweismaterial dann auf Nimmerwiedersehen verschwunden sein würde. Dennoch sagte ihm sein Gespür nach wie vor, dass der Täter männlich war. Zu übertriebenem Aktionismus bestand kein Grund. Dazu neigte er ohnehin nicht.

Und deshalb gab er jetzt seinem Hungergefühl den Vorrang. Leider hatte sein Lieblingsrestaurant, «Da Bruno», montags Ruhetag. Bruno, ein Koch nahe am Sternenniveau und mit einem ganz ausgezeichneten Weinkeller, war nicht nur ein Spitzengastronom, sondern auch ein sehr guter Freund und Zuhörer. Als Informationsquelle war er außerdem so manches Mal schon hilfreich gewesen. Die oberen Zehntausend von Verona ließen sich gern bei ihm sehen. Bruno und er hatten schon so manchen Abend bei einer Flasche Rotwein zugebracht, wenn die anderen Gäste längst nach Hause gegangen waren, und den neuesten Tratsch ausgetauscht.

Antonio lief weiter die Via Mazzini entlang, an den großen Schaufenstern der Bekleidungsketten vorbei bis zur Piazza delle Erbe und tat, was er nur sehr selten machte: er ging zu «Filippini», dem gastronomischen Platzhirsch der Piazza. Der Familie gehörten dort seit mehr als hundert Jahren ein Caffè und eine Brasserie. Sie bestimmten die Preise und verdienten sich an Touristen und Einheimischen gleichermaßen eine goldene Nase. Doch der Tag hatte so fürchterlich begonnen und war dennoch so wunderbar leuchtend und herbstlich schön, dass er alle Vorbehalte über Bord warf. Irgendwo musste er ja schließlich essen.

Die Kellner standen gelangweilt in der Sonne und warteten auf Kundschaft. Antonio steuerte einen Tisch im Schatten eines hellen Sonnenschirms an. Er legte die *Süddeutsche Zeitung*, die er immer noch keines Blickes gewürdigt hatte, auf den Stuhl neben sich und sein telefonino in Reichweite auf den Tisch. Ein Kellner brachte die Speisekarte. Antonio bestellte ein stilles Wasser und vertiefte sich in eine Auswahl von Nudel- und Fleischgerichten. Als Sohn eines Weinbauern und Hoteliers mit Restaurantbetrieb war er wählerisch. Noch schwankte er zwischen spaghetti alle vongole, zarte Muscheln als Erinnerung an einen fast vergangenen Sommer, und tagliatelle ai finferli, Pfifferlinge als Auftakt für etwas gehaltvollere Herbstgenüsse. Er sah immer wieder zu seinem Handy. Marissa müsste eigentlich schon zu Hause sein. Sie arbeitete halbtags in einem Reisebüro. Er legte die Speisekarte offen auf den Tisch und rief zu Hause an.

«Ciao, Tonio!» Ihre Stimme klang wie immer. Ein wenig gehetzt, aber gut aufgelegt und heiter. Erleichtert atmete er auf. Der Sturm von gestern hatte sich offenbar endgültig verzogen.

«Ciao cara», wagte er sie zu begrüßen. «Wie geht es dir? Wie war dein Tag?»

«Ich bin gerade zur Tür herein. Mir geht es gut. Giulia ist bei ihrer Freundin heute Nachmittag.»

«Mach was Schönes», schlug er ihr vor.

Einen Moment herrschte Stille. «Wie meinst du das?»

«Nun ja», begann er vorsichtig. Er an ihrer Stelle würde sich aufs Rad schwingen und in die colline fahren, die Hügel im Norden der Stadt. Aber Marissa machte sich nichts aus solchen Unternehmungen. Wenn er ehrlich war, wusste er nicht so recht, womit sie sich nachmittags die Zeit vertrieb, wenn sie nicht mit Hausarbeit beschäftigt war oder sich um Giulia kümmerte. Unbewusst hatte er sich erneut auf gefährliches Terrain begeben.

«Wo bist du?», fragte sie ihn stattdessen.

Augenblicklich bekam er auch noch ein schlechtes Gewissen. Er konnte ihr unmöglich sagen, dass er auf der Piazza saß und es sich gleich gut schmecken ließ, während sie vermutlich mit einem Naturjoghurt vorliebnahm.

«Ich habe noch nicht gegessen!» Das war zwar nicht die Antwort auf ihre Frage, aber es entsprach zumindest der Wahrheit.

«Poverino!», sagte sie mitleidig. «Was soll ich heute Abend kochen? Kommst du zum Essen?»

Das war die tägliche Schicksalsfrage, die er um diese Zeit noch nicht beantworten konnte.

«Certamente. Ganz sicher, cara. Spätestens um sieben Uhr bin ich zu Hause.» Gott steh mir bei, dachte er. Schon wieder riskierte er Kopf und Kragen.

«Lass dich überraschen!» Er hörte die Freude in ihrer Stimme. Und er schwor sich, sie heute Abend nicht zu enttäuschen. Dottor Talenti würde nicht mehr lebendig, auch wenn er bis in die Nacht hinein arbeitete. Die Befragungen und Berichte mussten warten. Es konnte doch nicht so schwer sein, sich den Tag richtig einzuteilen.

«Ciao, a dopo!»

Er widmete sich wieder der Lektüre der Speisekarte. Jetzt war ihm bedeutend leichter ums Herz. Als der Kellner kam, um seine Bestellung aufzunehmen, hatte er sich für ein kleines Menü entschieden. Er musste sich für den Abend noch etwas Hunger aufsparen.

«Als antipasto bringen Sie mir bitte den gebratenen Radicchio mit einer gegrillten Polentascheibe auf Balsamicojus und als primo nehme ich die spaghetti al ragù.»

«Darf es auch ein Wein sein, Signore?»

«Ein Glas Frizzante, bitte.»

Entspannt lehnte sich Antonio zurück und beobachtete das Treiben auf der Piazza. Die Stände mitten auf dem Platz waren noch gut bestückt. Bunte Seidenschals wehten in der Brise, die auch an windstillen Herbsttagen immer durch den engen Korridor zwischen den hohen Häuserfronten strich. Souvenirs, wie venezianische Masken, Giulia-Balkone und Gondeln aus Plastik in unterschiedlichsten Größen, bunter Glasschmuck aus Murano, aber made in China, Wimpel der italienischen Fußballnationalmannschaft, bunte Drucke mit den Sehenswürdigkeiten der Stadt in abscheulichen Rahmen, lagen für die Touristen bereit. Antonio kannte das Sortiment auswendig. Er fragte sich immer, wer all den Plunder kaufte.

Um die Zeit, bis das antipasto serviert wurde, sinnvoll zu nutzen, griff er nach der *Süddeutschen Zeitung*.

Die Abbildung auf der Frontseite ließ ihn leise auflachen. Sie zeigte einige Männer, die verstreut auf einer abschüssigen Wiese lagen und teilweise in wenig bequemen, verrenkten Stellungen schliefen. Im Hintergrund war ein Bierzelt zu erkennen. Fast wehmütig betrachtete er das Bild. Nur zu gut erinnerte er sich an seinen Wiesn-Besuch vor ein paar Jahren. Die Reise hatte zu den Festivitäten rund um den fünfzigsten Jahrestag der Partnerschaft zwischen Verona und München gehört. Damals im Mai war der Bürgermeister von München mit einer zwanzigköpfigen Delegation nach Verona gekommen und hatte zu einem Gegenbesuch im September zum Oktoberfest, zur Festa di Birra, wie die Italiener das riesige Volksfest nannten, eingeladen. Daran angeschlossen hatte sich für Antonio ein Lehrgang bei der Münchner Mordkommission. Ihm, dem gebürtigen Südtiroler aus Bozen, hatte man bei der Auswahl den Vorrang gegeben, weil er perfekt Deutsch sprach. Seit damals funktionierte die Zusammenarbeit mit den bayerischen Kollegen hervorragend. Immer wieder gab es Fälle, die den Austausch von Informationen notwendig machten. Die Grenze am Brenner stellte seit dem Schengener Abkommen keine Barriere mehr dar. Die Täter tauchten spielend im Strom der Urlauber unter.

Georg Breitwieser, damals noch Hauptkommissar der Mordkommission in München, und er hatten gemeinsam eine Datenbank erstellt, die kriminelle Aktivitäten auf beiden Seiten des Brenners erfasste. Inzwischen verfügten sie über eine große Datenmenge, die dazu beitrug, die Aufklärungsrate zu steigern.

Doch leider arbeitete Breitwieser seit dem Schlaganfall seiner Mutter nicht mehr in München, sondern in Traunstein. Wie es ihm dort gefiel, wusste Antonio noch gar nicht.

Wenn der Kontakt in letzter Zeit auch etwas eingeschlafen war, so war ihm Georg, oder Schorsch, wie ihn die bayerischen Kollegen nannten, dennoch ein guter Freund geworden. Gemeinsam hatten sie an manchen Samstagen den FC Bayern in der Arena spielen gesehen. Im letzten Herbst hatte er dann mit Giorgio, auf diesen Namen hatte schließlich Marissa bestanden, die mit dem Aussprechen des deutschen wie des bayerischen «Schorsch» ihre liebe Not hatte, eine Hüttentour in den Dolomiten gemacht.

Breitwieser war ihm von Anfang an sympathisch gewesen. Er hatte ihn während des Lehrgangs dazu überredet, auf die Festa di Birra zu gehen, anstatt sich dem Tross der Delegation der Partnerstädte anzuschließen. Unnötig zu sagen, dass er diese Entscheidung nicht bereut hatte. Niemals hätte er es für möglich gehalten, dass er selbst einmal auf eine Bierbank steigen und mit Tausenden anderer Gäste aus vollem Hals singen und tanzen würde. Das Starkbier hatte Wirkung gezeigt. Sonst eher zurückhaltend, hatte ihn der Alkohol locker gemacht. Antonio war kein Freund großer Menschenansammlungen. Aber er hatte einen unvergesslichen Abend auf der Wiesn verbracht und jede Menge anderer Italiener getroffen, die das starke Bier genauso wenig vertrugen wie er. Und er hatte es büßen müssen. Keine Frage! Breitwieser hatte ihn am nächsten Tag freundlich gefragt: «Na, Toni, hast einen Brummschädel?» Er hatte das Wort zuvor noch nie gehört, aber sofort gewusst, was der Schorsch damit meinte.

Der Kellner brachte das antipasto und beendete damit Antonios Erinnerungen an seinen feuchtfröhlichen Oktoberfestbesuch. Mit Vorfreude schnitt er ein Stück von der Polenta ab. Sie war herrlich knusprig gegrillt. Auch der Radicchio war perfekt gebraten. Der strohgelbe, leicht moussierende Frizzante passte hervorragend dazu. Es schmeckte köstlich und versöhnte ihn für den nicht ganz so perfekten Tag.

«Buona sera!»

Eine tiefe Stimme riss ihn aus seinem verdienten Genuss.

«Posso?»

Antonio sah irritiert auf und blickte in dunkelbraune Augen, die ihn durch dicke Gläser einer Hornbrille aufmerksam musterten.

«Dottor Mauro!» Antonio erhob sich andeutungsweise aus seinem Sessel und machte mit dem Messer, das er in der rechten Hand hielt, wenig vornehm eine einladende Bewegung. Das hatte ihm gerade noch gefehlt. Der Staatsanwalt! Nicht einmal in Ruhe essen konnte man in dieser kleinen Stadt.

Ohne Umschweife nahm der große Mann ihm gegenüber Platz, winkte einen Kellner herbei und bestellte sich ein Glas Cognac.

«Ich bewundere Ihren Appetit, Commissario!»

Fast beschämt sah Antonio auf seinen Teller und dann sehr aufmerksam in das Gesicht seines Gegenübers.

«Ist Ihnen der Fall Talenti auf den Magen geschlagen?» Er bemühte sich um einen mitfühlenden Ton. Denn er hatte am Tatort nicht den Eindruck gehabt, als wäre Vincenzo Mauro in irgendeiner Weise betroffen gewesen.

«Also dieser Geruch! Ich werde ihn einfach nicht los.»

«Mögen Sie ‹Acqua di Giò›?»

«Armani?»

Antonio nickte, griff in die Seitentasche seines Sakkos und förderte den Flakon zutage.

«Ein paar Tropfen ins Taschentuch wirken Wunder.» Er nahm wieder sein Besteck zur Hand und schnitt sich einen weiteren Bissen der Polenta ab. Gleichzeitig versuchte er, den Staatsanwalt im Blick zu behalten. Er unterdrückte mühsam ein breites Grinsen, als er dessen erleichterte Miene sah. Geradezu andächtig hielt sich Mauro das getränkte Taschentuch unter die Nase.

Der Kellner brachte einen gut gefüllten Cognacschwenker, den ihm sein Gast aus der Hand nahm, noch bevor er das Glas auf den Tisch stellen konnte. Gierig nahm Mauro einen großen Schluck. Seine gute Erziehung hielt ihn zumindest davon ab, befriedigt laut auszuatmen.

«Kann man hier gut essen?»

«Ah, meldet sich nun auch bei Ihnen der Hunger? Ja, das Essen hier ist sehr ordentlich. Auch wenn man einen Teil des Preises der Lage opfern muss.»

«Ich bin erst seit einer Woche in Verona. Bislang habe ich in Rom gearbeitet.»

Was hast du ausgefressen, fragte sich Antonio, dass man dich in die Provinz strafversetzt hat? Für einen Großstädter musste Verona geradezu ein Kulturschock sein.

«Mein Spezialgebiet sind Wirtschaftsdelikte. Doch auf dem Weg nach oben», hier lachte Mauro etwas gekünstelt, «muss man sich auch einmal anderen Gebieten widmen.»

«Sì, sì.» Antonio erwiderte das Lächeln und nickte weiter sehr verständnisvoll. Der Typ war noch schlimmer, als er bislang gedacht hatte.

«Der Mord an diesem Chefarzt hat ganz sicher einen handfesten wirtschaftlichen Hintergrund.»

«Certo», pflichtete ihm Antonio unverzüglich bei. «Certo!»

«Ich habe mir mal Unterlagen der Stiftung der Sacra Madre, ihre Satzung, diverse Sitzungsprotokolle und die Mitgliederliste von der Sekretärin Talentis kopieren lassen.»

Antonios Herzschlag setzte für einen Moment aus. Tief beugte er sich über seinen Teller in der Hoffnung, Mauro würde die Röte in seinem Gesicht, die heiß in seine Wangen stieg, nicht bemerken. Er hatte einen unverzeihlichen Fehler begangen. Mehr noch, er hatte sich wie ein verdammter Neuling, ein blutiger Anfänger verhalten. Es war völlig klar, dass Talenti nicht nur eine Privatwohnung in der Klinik hatte! Nein, sehr viel wichtiger und logischer war es doch, dass er dort auch ein Büro besaß. Antonio konnte nur auf die Umsicht der Spurensicherung hoffen. Ihm war es total entgangen, sich im Büro des Chefarztes umzusehen.

Während er noch mit sich und seiner Dusseligkeit haderte, öffnete Mauro eine flache Ledertasche, die er zuvor an ein Tischbein gelehnt hatte, und zog zwei schmale Ordner heraus. Einen davon legte er direkt vor Antonios Teller.

«Ein Exemplar ist für Sie, Commissario.» Gönnerhaft lächelte er ihn an.

«Grazie, Dottore. Sehr freundlich!» Das konnte ja heiter werden. Der Staatsanwalt beabsichtigte also allen Ernstes, an dem Fall mitzuarbeiten. Normalerweise forderten die Hüter des Rechts lediglich einen wöchentlichen Bericht. Und wenn dieser nicht kam, schimpften sie ein wenig am Telefon herum und gaben noch eine weitere Woche Verschnaufzeit. Antonio hatte das untrügliche Gefühl, dass diese Form der Zusammenarbeit der Vergangenheit angehörte.

«Ich möchte», führte Vincenzo Mauro aus, «dass Sie alle Mitglieder», und dabei tippte er nachdrücklich auf den Ordner vor Antonios Teller, «eingehend befragen. Ich bin sicher, dass wir in ihren Reihen fündig werden. Dort ist der Täter zu suchen.»

Antonio nickte bekräftigend und fragte sich gleichzeitig, wo er die Hundertschaft von Kollegen hernehmen sollte, um eine so großangelegte Zeugenbefragung durchzuführen.

«Und dann ist da noch diese Ärztin! Wie heißt sie noch?»

«Sabrina Giordano!»

Überrascht blickte Mauro Antonio ins Gesicht. Ein kleines, arrogantes Lächeln umspielte seinen Mund, und die Augenbrauen wanderten ein Stückchen hinauf in die gefurchte Stirn. Er mag es nicht, dachte Antonio mit etwas Schadenfreude, wenn andere ihm einen Schritt voraus sind.

«Wussten Sie, dass diese junge, unerfahrene Ärztin die Nachfolgerin von Talenti werden wird? Zumindest so lange, bis der Stiftungsrat einen neuen Nachfolger bestimmt?»

«Sì!», log Antonio, diesmal ohne rot zu werden. Das war in der Tat eine interessante Neuigkeit. Damit hatte die junge Frau, die ja immerhin Oberärztin und keineswegs so unerfahren war, ein handfestes Motiv. Krankhafter Ehrgeiz! Doch würde sie wirklich mit faulen Eiern hantieren?

«Ich bin sicher», fuhr Mauro fort, «Sie denken das Gleiche wie ich!»

Erwartungsvoll blickte Antonio seinem Gegenüber ins Gesicht.

«Die junge Frau ist zu so einer Tat gar nicht fähig!»

«Sehr richtig. So sehe ich das auch», beeilte sich Antonio zu sagen. Gleich morgen würde er der Ärztin einen Besuch abstatten.

«Andererseits ist diese Todesart schon sehr beziehungsreich», sinnierte Mauro. «Also bei Eiern kommt man ja auf alle möglichen Gedanken! Und der Dottore war bei den Damen sehr beliebt. Zumindest behauptet das seine Sekretärin.» Aufmerksam sah er zu Antonio hinüber, neugierig darauf, ob er ihm zustimmte. «Möglich, dass es einen gehörnten Ehemann gibt, der auf Rache aus war.»

«Einen?» Antonio lachte ein bisschen.

«Es ist also bekannt, dass Talenti fremdging? Was sagt seine Frau dazu?»

Antonio hielt sich mühsam zurück, nicht befreit aufzulachen. Was war das denn für ein Komiker? So ernst, wie es ihm nur möglich war, antwortete er: «Man müsste sie vielleicht einmal nach ihrer Ansicht fragen!»

Bedächtig nickte Mauro zu diesem Vorschlag.

«Das scheint mir im Moment nicht sehr pietätvoll, aber unabdingbar, wenn ich das so sagen darf.» Sorgenvoll zog er die Stirn in Falten. «Wollen Sie das gleich morgen übernehmen?»

Antonio schob sich ein inzwischen kaltes Stück Polenta in den Mund. Das glaubte ihm im Kommissariat niemand. Dieses Gespräch war absolut filmreif.

«Doch bevor Sie sich die Witwe vornehmen, Commissario, gibt es einen ganz anderen Verdächtigen. Ich denke, dass ich da eine heiße Spur aufgetan habe.»

Mauro blätterte weiter in seinem Ordner. «Suchen Sie sich einmal das letzte Protokoll der Sitzung des Stiftungsrates heraus», forderte er Antonio auf. «Die Sekretärin hat uns alle Protokolle der letzten zwei Jahre kopiert. Sehr aufschlussreich, das Ganze.»

Notgedrungen legte Antonio sein Besteck beiseite. Bedauernd sah er auf die beträchtlichen Reste seiner Polenta. Je mehr sie auskühlte, desto fader schmeckte sie am Ende. Jammerschade.

«Wollen Sie sich nicht erst etwas zu essen bestellen, Dottore?», versuchte Antonio den anderen zu animieren.

Vincenzo Mauro sah auf seine flache goldene Uhr und schüttelte den Kopf.

«Ich habe in einer knappen halben Stunde einen Termin in der Magistratura. Das wird zu knapp.»

Erleichtert atmete Antonio auf. Seine spaghetti al ragù konnte er dann hoffentlich in Ruhe essen. Er griff nach dem Ordner und fand das Protokoll vom 20. Juli. Er überflog die zwei Seiten. Doch bevor er noch zu Ende gelesen hatte, erklärte ihm der Staatsanwalt, was ihm daran suspekt vorkam.

«Im zweitletzten Absatz heißt es, dass sich die Herren Talenti und Cuméo heftig gestritten haben. Cuméo war angeblich nicht bereit, umfangreiche Geldmittel für ein neues Gerät zur Computertomographie zu bewilligen. Ja, mehr noch, eine entsprechend hohe Summe an die Stiftung zu spenden.»

«Sie denken, Cuméo hat Talenti um die Ecke gebracht, weil dieser Geld von ihm wollte?» Ihm selbst kam das ziemlich einfach gestrickt vor.

Mitleidig lächelte ihn Mauro an. Er will auch nicht unterschätzt werden, dachte Antonio, und konnte dieses Gefühl durchaus nachvollziehen. Dieser Mann war mit Vorsicht zu genießen.

«Dann blättern Sie doch noch ein Protokoll zurück, Commissario.»

Folgsam kam er auch dieser Aufforderung nach und las, dass es Talenti abgelehnt hatte, Cuméos Nichte als Assistenzärztin einzustellen. Stattdessen bekam ein junger Mann mit erstklassigen Zeugnissen die Stelle. Das musste Salento sein. Mit ihm würde Antonio ganz sicher auch noch sprechen müssen.

«Ich verstehe Ihren Punkt, Dottore. Die beiden Herren waren sich alles andere als grün. Einem von beiden ist die Sicherung durchgebrannt.»

«Ganz genau so ist es, Commissario. Aber vermutlich steckt da noch mehr dahinter.» Vincenzo Mauro zog einen 10-Euro-Schein aus der Sakkotasche, hob sein Cognacglas und legte den Geldschein darunter. So unvermittelt, wie er auf der Bildfläche erschienen war, so abrupt stand er jetzt auf und wandte sich zum Gehen.

«Sie erreichen mich morgen ab neun Uhr in meinem Büro in der Magistratura. Ich bin neugierig, was Cuméo Ihnen für eine Geschichte auftischt.» Er nickte kurz und sagte: «Bis morgen dann, Commissario», griff sich die Aktentasche und eilte über den Platz.

6

16.00 Uhr

Immer noch leicht konsterniert über das Gespräch mit dem Staatsanwalt, war Antonio wieder in seinem Büro eingetroffen. Hilflos sah er auf den Aktenberg, den er dringend abtragen musste, bevor der neue Fall ebenfalls ausuferte und die verbliebene Fläche seines Schreibtischs für sich beanspruchte. Doch er konnte sich weder dazu aufraffen, Berichte zum Fall Miguel zu schreiben, noch sich den Bedingungen von Vincenzo Mauro zu beugen. Er würde den Fall Talenti so bearbeiten, wie er das für richtig hielt. Und zuallererst musste er einen Obduktionsbefund und den Bericht der Spurensicherung haben, bevor er sich daranmachte, einzelnen Leuten auf den Zahn zu fühlen.

Der Ordner, den Mauro ihm aufgedrängt hatte, lag ungeöffnet vor ihm. Mit spitzen Fingern schob er ihn an den Rand des Schreibtischs. Obenauf legte er die *Süddeutsche Zeitung*. Sie war voluminös genug, ihn vollends unter sich zu begraben. Antonio lächelte. Das gefiel ihm schon besser. Er klappte seinen Laptop auf und beschloss, erst einmal die E-Mails des Tages zu lesen. Vielleicht ergaben sich daraus ja schon neue Erkenntnisse.

«Ah, Commissario. Schön, dass du auch wieder da bist.» Ispettore Brandino stand in der Tür.

«Enrico, nerv nicht. Du hast es im Übrigen gerade nötig, mir Vorhaltungen zu machen.» Strafend sah er ihn an. «Fahnenflucht nennt man so etwas.» Der junge Mann tat ihm zumindest den Gefallen und sah verlegen zu Boden.

«Du siehst doch, ich habe zu tun», fuhr Antonio ungnädig fort.

«Seit einer geschlagenen Stunde schon wartet eine Signora auf dich.»

«Was will die Signora von mir?»

«Sie möchte ihren Mann vermisst melden.»

«Willst du mich auf den Arm nehmen, Enrico? Wir arbeiten für die Mordkommission und nicht für das Fundbüro.»

«Signora Rigoni beruft sich auf ihre ganz besondere persönliche Bekanntschaft mit dir», verteidigte sich Enrico, «und sie hat es abgelehnt, mit einem Kollegen der Carabinieri zu sprechen.»

Antonio stöhnte innerlich auf. Verona war ein Dorf. Jeder kannte jeden. Signora Rigoni hatte unweit der Arena einen kleinen Laden für Glas- und Silberwaren. Gelegentlich trafen sie sich in der Liston Bar auf der Piazza Brà. Antonio nahm für gewöhnlich einen Macchiato und ein Cornetto als zweites Frühstück im Stehen. Die Signora begnügte sich meist mit einem Cappuccino am Bartresen. Hin und wieder unterhielten sie sich über das Wetter. Er konnte sich nicht erinnern, dass ihre Bekanntschaft über den gängigen Smalltalk hinausgekommen war. Ihren Mann hatte er seines Wissens noch nie gesehen. Sie hatte ihn nicht einmal erwähnt. Aber das wollte er nicht beschwören. Meistens hörte er ihr nur mit halbem Ohr zu.

«Bene.» Er fügte sich in sein Schicksal. «Wir gehen in dein Büro, Enrico.» Einen weiteren Vorgang auf seinem Schreibtisch duldete er keinesfalls.

Doch sie kamen nicht weit. Kaum betraten sie den Gang, als sich Signora Rigoni aufgeregt plappernd auf ihn stürzte.

«Signora … bitte … beruhigen Sie sich», versuchte er betont höflich und leise ihren Wortschwall einzudämmen.

Wohl wissend, dass ihm die Frau auf den Fuß folgte – er hörte sie schwer atmen und unterdrückte Schluchzer von sich geben –, gingen sie in Enricos Büro.

«Bitte, Signora, nehmen Sie doch Platz. Der Ispettore wird sofort die Personalien Ihres Mannes aufnehmen. Aber ich bin sicher, dass Ihr Mann bald wieder auftauchen wird. Vielleicht ist er ja schon, während wir hier miteinander reden, zu Hause eingetroffen.»

Die Signora schüttelte vehement den Kopf.

«No, no, Commissario. Das kann nicht sein. Er wollte spätestens heute Mittag zurück sein.»

Antonio unterdrückte ein Lächeln. Ein paar Stunden war der Gatte zu spät, und seine Frau sah Gespenster.

«War Ihr Mann denn verreist?», fragte er pflichtschuldig nach.

«Ja, er ist am Freitag mit Avvocato Cattarese nach Torino gefahren.»

«Hm.» Der Commissario bemühte sich weiterhin, ernst zu bleiben. «Und haben Sie bei dem Avvocato auch schon angerufen? Ist er denn inzwischen nach Hause gekommen?»

Die Signora schüttelte etwas hochmütig den Kopf.

«Ich halte nicht viel von Simone Cattarese. Er ist ein ziemlich arroganter Typ. Ich habe Andrea schon ein paarmal gesagt, er soll sich einen anderen Anwalt besorgen. Cattarese taugt nichts.»

«Und in welcher Angelegenheit hat Avvocato Cattarese Ihren Mann vertreten?»

Erstaunt sah die Signora Antonio an. Ganz so, als nähme sie selbstverständlich an, dass er das nun wirklich wissen sollte.

«Er ist unser Justiziar. Er vertritt meinen Mann in allen juristischen Fragen, die im Zusammenhang mit unserer Firma auftreten.»

«Sie meinen Ihren Laden in der Via Mazzini?»

«Ach was.» Signora Rigoni machte eine wegwerfende Handbewegung. «Das ist nur mein ganz persönliches Hobby. Den Laden habe ich von meiner Mutter geerbt. Wir haben leider keine Kinder, und mein Mann ist ja wenig zu Hause. Immer unterwegs.» Sie schüttelte den Kopf und kam sofort wieder auf ihr eigentliches Anliegen zurück: «Doch sein Bruder wird heute 70 Jahre alt. Andrea hat sich selbst um eine Feier, ein Mittagessen für alle Verwandten, gekümmert. Niemals hätte er diese Feier versäumt. Sein Bruder ist außer sich. Der Arme ist krank und hat sich auf diese Familienzusammenkunft sehr gefreut. Und nun das!»

Antonio nickte pflichtschuldig und besorgt. Und mit einem kurzen Blick zu Enrico sagte er: «Allora, Signora Rigoni. Wie heißt Ihr Mann, wann wurde er geboren und wo? Dann benötigen wir Ihre Adresse und Telefonnummer.»

Enrico warf seinem Chef einen verzweifelten Blick zu. Antonio verstand und bremste sein Tempo.

«Mein Mann heißt Andrea Cuméo, geboren am 24. März ...»

«Ihr Mann heißt Cuméo?», unterbrach sie Antonio überrascht.

«Sì, Andrea Cuméo. Was ist mit ihm?» Signora Rigoni sah die Überraschung in Antonios Gesicht und wurde sofort misstrauisch.

«Niente! Nichts, Signora. Ich bin sicher, mit Ihrem Mann ist alles in bester Ordnung. Sie sagten, Ihr Mann hätte ein Geschäft?»

«Uns gehören die Spedition ‹Trans Brennero› und andere, kleinere Betriebe. Aber ‹Trans Brennero› ist die größte Firma meines Mannes.»

Das konnte sich Antonio gut vorstellen. Die Spedition war selbst ihm ein Begriff. Egal zu welcher Tages- oder Nachtzeit man die autostrada entlangfuhr, man konnte sicher sein, dass man Lkws von «Trans Brennero» überholte.

«Aber dann ist es doch durchaus möglich, dass sich Ihr Mann einfach verspätet. Irgendetwas ist vielleicht in Turin nicht so gelaufen, wie er sich das vorgestellt hat.»

«Und Sie glauben, mein Mann hätte mich nicht angerufen, wenn es so wäre, wie Sie vermuten, Commissario?»

Dagegen war schwer etwas einzuwenden. Antonio verlegte sich auf eine andere Strategie.

«Haben Sie denn schon versucht, ihn anzurufen?»

Der Blick, den die Signora ihm zuwarf, war vernichtend.

«Haben Sie zufällig die Telefonnummer seines Avvocato bei sich?»

Unwillig schnaubte Signora Rigoni auf, griff aber folgsam in ihre Handtasche und zog ein Notizbuch heraus, in dem sie hastig blätterte. Antonio war überzeugt, dass sich nach dem Telefonat die Probleme der Signora in Luft auflösten. Er wählte die Nummer von Enricos Telefon aus.

«Pronto!»

«Avvocato Cattarese?»

«Sì, am Apparat.»

«Hier spricht Commissario Fontanaro. Neben mir sitzt Signora Rigoni. Sie macht sich Sorgen um ihren Mann. Sie waren mit Signor Cuméo geschäftlich in Turin. Ist das richtig?»

«Ja, das ist korrekt.»

«Ist Signor Cuméo bei Ihnen?»

Einen Moment herrschte Stille am anderen Ende der Leitung. Dann fragte Cattarese zögerlich: «Wollen Sie damit sagen, Signor Cuméo ist noch nicht bei seiner Familie eingetroffen? Sein Bruder hat doch heute Geburtstag.»

Eifrig nickte Signora Rigoni, die angestrengt mithörte.

«Wann haben Sie ihn denn zuletzt gesehen?»

«Ich bin heute Vormittag mit dem Zug angekommen. Ich hatte um zwölf Uhr eine Verhandlung. Signor Cuméo wollte ausschlafen und erst später losfahren. Seit gestern Abend hatte ich keinen Kontakt mehr zu ihm.»

«Mille grazie, Avvocato!» Antonio legte das Telefon zurück in die Ladestation.

«Wie ich schon sagte», beschwerte sich Signora Rigoni, «auf den Mann ist kein Verlass.»

Antonio behielt seine Meinung für sich. «Enrico, bitte nimm alle Personalien und Daten auf und setz dich anschließend mit der Autobahnpolizei in Verbindung. Und lass Assistente Lavinia Strano die Krankenhäuser der Lombardia und des Veneto abtelefonieren.» Zu Signora Rigoni gewandt sagte er: «Das sind nur Vorsichtsmaßnahmen. Ich bin sicher, es wird sich alles in Wohlgefallen auflösen. Der Ispettore kümmert sich um alles.» Er nickte den beiden zu und flüchtete aus dem Büro seines Mitarbeiters.

Wieder zurück an seinem Schreibtisch, holte er den Ordner hervor und begann, ihn systematisch von vorne bis hinten durchzulesen. Auf den ersten Blick fiel ihm nichts Besonderes auf. Die Sitzungen des Stiftungsrats verliefen nicht immer ohne kleinere Reibereien, aber er konnte sich nicht vorstellen, dass einer der Beteiligten dem anderen deshalb nach dem Leben trachtete.

Aber war es wirklich nur ein Zufall, dass ausgerechnet der Hauptverdächtige des Staatsanwalts am Tag der Tat von seiner Geschäftsreise nicht zurückkehrte? Antonio schüttelte ungläubig den Kopf. Das gefiel auch ihm nicht. Zudem war Cuméo als Stiftungsratsvorsitzender für die Geschicke der Klinik verantwortlich, deren Chefarzt nun bei der Pathologie auf dem Tisch lag. Sollte Vincenzo Mauro mit seinem Verdacht richtig liegen?

Cuméo reist bei Nacht und Nebel nach Verona, spekulierte Antonio gedanklich. Dann bringt er Talenti gegen fünf Uhr morgens um die Ecke und verschwindet wieder zurück in Richtung Turin, nimmt bestenfalls weitere Termine dort wahr. Er braucht Zeugen, die seinen Aufenthalt weitab von Verona bestätigen können. Irgendwann abends, mit reichlich Verspätung und vielen Entschuldigungen, trifft er zu Hause ein, bittet seinen Bruder und seine Frau mit vielen Worten um Verständnis. Er sei schließlich der arme Teufel, der wegen seiner Geschäfte oder einer Unpässlichkeit – irgend so ein Märchen würde er ihnen auftischen – nicht rechtzeitig hatte zurück sein können. Er, der sich mit so viel Mühe eine schöne Feier für seinen Bruder ausgedacht hatte, war nun leer ausgegangen. Antonio hörte förmlich die Verwandten, wie sie den Spätheimkehrer bemitleideten. Damit hätte er sich für die Tatzeit ein glaubhaftes Alibi verschafft, das erst zu widerlegen wäre. Abwarten, sagte sich Antonio, und sah auf die Uhr.

Es war kurz vor halb sechs. Entschlossen klappte er seinen Laptop auf und schrieb eine Mail an seinen Ispettore und die junge Polizistin Lavinia Strano, eine Venezianerin, die erst seit Kurzem in seinem Team war. Beiden stellte er einen Aufgabenkatalog für den folgenden Vormittag zusammen. In der Hauptsache wollte er Informationen über das Klinikpersonal der Sacra Madre und den Dienstplan vom vergangenen Wochenende. An Staatsanwalt Mauro schickte er ebenfalls eine Mail und teilte ihm mit, dass der Hauptverdächtige, Andrea Cuméo, von dessen Ehefrau als vermisst gemeldet worden war. Eine Befragung in der Causa Talenti sei aus diesem Grund zum jetzigen Zeitpunkt nicht möglich. Falls er Neuigkeiten für ihn hätte, würde er sich selbstverständlich unverzüglich bei ihm melden, vergaß Antonio nicht in seiner Mail anzukündigen. Er war sich sicher, dass diese Nachrichten dem ehrgeizigen Römer nicht gefielen. Ihm selbst kamen die Umstände mehr als gelegen. Er ließ sich nicht gerne in seine Arbeit hineinreden.

Antonio klappte seinen Laptop zu, zog sein Sakko von der Lehne seines Schreibtischstuhls und verließ sein Büro. Auf dem Heimweg wollte er noch in einen Blumenladen, um einen Strauß wilder Rosen für Marissa zu besorgen. Er freute sich auf den Abend mit ihr und auf seine kleine Tochter, die seit zwei Wochen in die Schule ging. Sicher hatte Giulia wieder aufregende und spannende Dinge erlebt und gelernt, die sie ihm freudig berichten würde.

7

Er saß in einem Polstersessel, starrte auf den Fernsehbildschirm und drehte ein Glas Rotwein am Stiel hin und her. Die Flasche Bordeaux, die er sich vor Jahren von einer Geschäftsreise nach Nantes mitgebracht hatte, war fast leer. Sein Appetit dagegen hatte sich in Grenzen gehalten. Etwas Käse und ein panino hatten ihm als Abendessen vollkommen genügt. Der Wein beruhigte ihn und machte schläfrig. Vielleicht konnte er sogar einmal auf seine Tropfen und Pillen verzichten. Er wollte sich nur noch die Spätnachrichten ansehen und dann zu Bett gehen. In den Abendnachrichten hatten sie kein Wort über den gewaltsamen Tod des bekannten Gynäkologen Fabrizio Talenti gebracht. Wenn er ehrlich war, hatte ihn die Nichtbeachtung seiner bis in die letzten Einzelheiten durchdachten Tat ein wenig enttäuscht. Doch vermutlich hatte Commissario Fontanaro dafür gesorgt, dass die Presse außen vor blieb. Talenti war nicht irgendjemand. Wenn sein Tod publik wurde, würden die Wellen hochschlagen. Da war er sich sicher. Seine Zeit der Genugtuung würde schon noch kommen. Er konnte warten.

Mit halbem Ohr verfolgte er die Berichterstattung eines neuen Justizskandals in Rom. Irgendein Politiker hatte sich wieder mal als korrupt herausgestellt, und die Richter sahen seine Schuld nicht als erwiesen an, obwohl es schon die Spatzen von den Dächern pfiffen, wo der saubere Herr das Geld für seinen neuen Mercedes SLS AMG herhatte. Dann folgten die Lokalnachrichten aus Venetien. Eine Bande Jugendlicher hatte auf einem Traghetto in Venedig mitten auf dem Canal Grande eine Gruppe japanischer Touristen um ihre Fotoapparate und Geldbeutel erleichtert. Bis die Polizei an Ort und Stelle eintraf, waren die Jugendlichen bereits über alle Berge.

Er lächelte still in sich hinein und trank sein Glas leer. Die Carabinieri kamen doch meist zu spät oder stellten sich zu dumm und ungeschickt an. Er war neugierig, wie lange es dauern würde, bis sie ihn aufspürten.

Bei der letzten Meldung vor dem Wetterbericht kam er dann endlich noch auf seine Kosten. Sie zeigten einen völlig ausgebrannten, langgestreckten Flachbau, der zu einem Geflügelbetrieb gehörte. Der Reporter berichtete, dass das Gebäude aus bisher ungeklärter Ursache am Montagmorgen gegen sieben Uhr Feuer gefangen hatte und bis auf die Grundmauern abgebrannt war. Ungefähr fünftausend Hühner hätten in dem Inferno ihr Leben gelassen. Menschen seien dabei nicht zu Schaden gekommen. Man gehe von einer defekten Gasleitung aus.

Er schaltete den Fernseher ab und stand auf. Überall waren nur Stümper unterwegs. Eine defekte Gasleitung! Dass er nicht lachte. Selten hatte er einen größeren Unsinn gehört. Und dass niemand zu Schaden gekommen wäre, war der größte Unsinn überhaupt. Sie würden sich alle noch wundern, wenn die Carabinieri den Tatort gründlich untersucht hatten.

Auf dem Weg ins Schlafzimmer kam er am Garderobenspiegel vorbei. Er sah ein blasses, graues Gesicht. In den letzten Stunden schien er nochmals gealtert. Und Zweifel überkam ihn, ob er an alles gedacht hatte, ob alle Beweisstücke im Hühnerstall eine Beute der Flammen geworden waren. Der schwarze Florentinerhut, auf den Letizia so stolz gewesen war und den er ihr einmal von einer Dienstreise mitgebracht hatte, hatte zweifelsohne gebrannt wie Zunder. Auch die wertvolle Echthaarperücke, ohne die seine Verkleidung nicht perfekt gewesen wäre, hatte das Flammeninferno sicherlich nicht überstanden. Er konnte nur hoffen, dass Letizia ihn nie nach dieser Perücke fragen würde. Aber weshalb sollte sie das tun? Längst waren ihre Haare nachgewachsen.

Schade war es nur um die alte Doktortasche. Sie hatte all die Dinge enthalten, die für seine Tat notwendig gewesen waren und deshalb unter allen Umständen vernichtet werden mussten: vor allem das medizinische Handbuch, das große Schraubglas, in das er die gallertartige Flüssigkeit verquirlter und verdorbener Eier gegeben hatte, und die Perücke. Die Erinnerung an den Gestank der faulen Eier ließ ihn lächeln. Er war immer noch ein wenig stolz auf seine perfide Idee. Lächelnd öffnete er die Tür zum Schlafzimmer und begann, sich auszukleiden. Er hatte sich nichts vorzuwerfen. Er hatte alles getan, was in seiner Macht stand. Nachdenklich nahm er die Fotografie von Letizia in die Hand, die in einem Silberrahmen auf seinem Nachttisch stand. Zärtlich strich er mit dem Zeigefinger über ihr Gesicht. Er vermisste sie. Ihr Lachen, ihren Witz, ihren Charme. Alles war vorbei und unwiederbringlich verloren. Daran konnte er nichts mehr ändern, egal, was er tat. Aber in dieser Nacht würde er seit langem wieder tief und fest schlafen.

8

DIENSTAG, 25. SEPTEMBER 2012
VERONA, 9.00 UHR

Pünktlich um 9 Uhr morgens betrat Antonio sein Büro. Er war bester Stimmung. Der gestrige Abend war sehr harmonisch verlaufen. Die Gewitterwolken des Wochenendes hatten sich endgültig verzogen. Marissa hatte ihn mit einem Lammragout verwöhnt, und Giulia hatte von einer neuen Freundin geschwärmt, die ihre Banknachbarin in der Schule war. Er beneidete seine Tochter um ihre uneingeschränkte Begeisterungsfähigkeit, einen unbekannten Menschen innerhalb kurzer Zeit als Freundin zu bezeichnen und in dieser neu gewonnenen Freundschaft unvoreingenommen aufzugehen. Diese Fähigkeit hatte er schon lange verloren. Möglicherweise hatte er diese Offenheit niemals gehabt. Es war ihm nicht vergönnt, vertrauensvoll auf fremde Menschen zuzugehen. Ein gesundes Maß an Misstrauen, wie er sich einredete, war nur realistisch und schützte vor Enttäuschungen.

Marissa und er hatten mehrere Anläufe gebraucht, bis sie geheiratet hatten. Er trug daran die Hauptschuld. Das war ihm wohl bewusst. Doch ein Eheversprechen zu geben, war keine leichte Entscheidung. Aber er hatte es nicht bereut. Er liebte seine Frau, und das hatte er sie später in der Nacht auch spüren lassen. Zumindest in seinen eigenen vier Wänden, so bildete er sich ein, war alles wieder in Ordnung. Und er nahm sich fest vor, in Zukunft mehr an seine Familie und etwas weniger an seine Fälle zu denken. So schwer konnte das doch schließlich nicht sein.

Ohne großes Interesse warf er alle Tageszeitungen in den Papierkorb. Stattdessen griff er nach der Akte, die Enrico schon vorbeigebracht hatte. Obenauf lagen Fotografien vom Tatort. In diesem Moment war Antonio dankbar, dass die Technik noch nicht in der Lage war, Fotos mit Geruch zu entwickeln.

Neugierig begann er zu blättern. Die Mitarbeiterliste der Klinik war nicht so lang, wie er erwartet hatte. Die Stiftung arbeitete kostenbewusst. Putz- und Küchenpersonal stellten externe Firmen. Die Putzkolonne kam zweimal am Tag. Frühmorgens gegen 5.30 Uhr und spätnachmittags gegen 17.00 Uhr, wenn die Besucher aus dem Haus waren. Die Namen der Damen, die am Montagmorgen den Putzdienst im Hintergebäude erledigt hatten, waren aufgeführt. Für den OP- und für den Kreißsaal gab es eigene Putzkolonnen, die auf Abruf warteten.

Außer Tee und Kaffee wurde in der Klinik nichts gekocht. Die Mahlzeiten lieferte eine Cateringfirma. Die Verteilung der Mahlzeiten übernahmen zwei Lernschwestern.

Außer der Oberärztin und dem Assistenzarzt gab es noch eine Anästhesistin, eine OP-Schwester und drei Pflegeschwestern. Der Chefarzt beschäftigte zudem halbtags eine Sekretärin. Es gab eine Dame am Empfang, die vom Nachtportier um 16.00 Uhr abgelöst wurde. Dieser sperrte den Haupteingang um 21.00 Uhr ab. Danach war die Pforte bis 8.00 Uhr morgens nicht besetzt. Die Nachtschicht teilten sich die drei Schwestern im Wechsel.

Antonio lehnte sich in seinem Sessel zurück und dachte über die straffe Organisation der Klinik nach. Verglichen mit dem städtischen Krankenhaus von Verona, das zu Recht einen hervorragenden Ruf hatte, war das eine absolute Minimalbesetzung. Der Stiftungsrat achtete darauf, dass nicht zu viel Geld ausgegeben wurde, und der Chefarzt achtete mit Sicherheit darauf, dass möglichst viel von den Einnahmen bei ihm hängenblieb. Es war Antonio völlig klar, dass man sich zu der frühen Morgenstunde, als der Mord passiert war, Einlass in das Klinikgebäude verschaffen konnte, ohne auch nur von einer Menschenseele bemerkt zu werden. Möglicherweise hatten die beiden Putzfrauen etwas beobachtet. Sie sollte sich Enrico als Erstes vornehmen. Antonio glaubte zwar nicht, dass von dort ein brauchbarer Hinweis kam. Aber unversucht lassen wollte er es nicht.

In der Akte folgte der vorläufige Bericht der Spurensicherung. Außer den Fingerabdrücken von Talenti selbst, seiner Sekretärin und Schwester Anna, die das Frühstück gebracht hatte, gab es weitere, die sie noch nicht zuordnen konnten. Die Klaviatur und der Klavierdeckel waren penibel abgewischt worden. Es gab keine Anzeichen für einen Kampf. Die Wohnungstür und das Schloss waren unbeschädigt. Also hatte der Täter einen Schlüssel gehabt, was Antonio nicht weiter überraschte. Oder Talenti kannte seinen Mörder und hatte ihm die Tür geöffnet. Nur der Personenkreis, der dafür in Frage kam, war vermutlich riesig. Il bel Dottore war ein Mann, der die Öffentlichkeit gesucht hatte, weil er sie für eine gut florierende Klinik brauchte.

Antonios telefonino in der Sakkotasche klingelte.

«Pronto!»

«Ciao, alter Schwede, wie geht es dir?»

Antonio lachte.

«Ciao, Giorgio, altes Haus! Wo bist du?»

«Ja, wo werd ich denn sein? Wieder und immer noch auf dem Land! Wie geht es deiner Familie? Alles paletti?»

«Sì, grazie. Alles wunderbar! Und bei dir? Was macht die mamma?»

«Es geht! Wir kommen zurecht!» Georg lachte ein wenig. Aber es klang nicht gerade heiter.

«Toni, sag, hast du einen Moment Zeit für mich?»

«Aber sicher. Seit gestern habe ich zwar einen Mord, der mir ziemliche Rätsel aufgibt, aber für dich habe ich immer Zeit.»

Georg Breitwieser am anderen Ende der Leitung wurde unwillkürlich ernst.

«Bei mir ist es ähnlich. Ich habe auch einen Toten. Mein Nachfolger in München, Kurt Lachner, ich glaub, du kennst ihn auch, hat mir seinen Fall aufs Auge gedrückt. Der Tote hat hier am Chiemsee in einem Hotel übernachtet, obwohl er eigentlich das Oktoberfest mit Freunden besucht hat. Vielleicht hast du zufällig gestern die *Süddeutsche* gelesen?»

«Gelesen ist übertrieben. Aber das Titelbild habe ich gesehen.»

«Sehr gut. Pass auf, Toni. Schau dir das Bild noch mal genau an. Der dritte Mann von links, der liegt ziemlich verrenkt, mit dem Gesicht nach unten. Der ist aus seinem Bierrausch nicht mehr aufgewacht und hat buchstäblich ins Gras gebissen. Sehr viel wissen wir noch nicht über die Todesumstände. Zurzeit beschäftigt sich der Pathologe Wallner in München mit ihm. Ich warte noch auf den Bericht. Der Tote ist bei mir in der Nähe, im Hotel ‹Seebrucker Hof›, abgestiegen. Der Mann heißt Andrea Cuméo und kommt aus Verona. Kannst du vielleicht …»

«Sag das noch mal, Giorgio!»

«Sagt dir der Name etwas?»

«Allerdings.» Antonio schilderte den Mord an Talenti und den Verdacht, Cuméo könnte der Täter sein.

«Das kannst du vergessen. Der Todeszeitpunkt steht nicht genau fest, aber unser Opfer starb in der Nacht von Sonntag auf Montag, zwischen 22 Uhr und Mitternacht. Der Fotograf, der die Aufnahme gemacht hat, ist dort kurz nach zehn Uhr vorbeigekommen. Gefunden hat den Toten ein anderer Wiesn-Besucher, ein Arzt, dem die Lage des Betrunkenen eigenartig vorkam. Also für eure Tat um kurz vor sechs morgens kommt er definitiv nicht in Betracht. Da müsst ihr neu nachdenken.»

Das hatte Antonio ohnehin befürchtet.

«Was hast du denn sonst noch herausgefunden, Giorgio?»

«Nicht so wahnsinnig viel. Cuméo ist zusammen mit vier anderen Herren unterwegs gewesen. Die Namen und Meldedaten vom Hotel kann ich dir faxen. Unsere Spurensicherung hat im Zimmer des Toten nichts Außergewöhnliches gefunden. Außer einigen Kleidungsstücken und dem BMW in der Hotelgarage hatte Cuméo nur eine Aktentasche mit Dokumenten bei sich. Die will ich mir im Laufe des Vormittags noch genauer ansehen.»

«Wisst ihr schon, wann ihr den Toten nach Verona überführt?»

«Nein. Aber sicher erst Ende dieser Woche.»

Antonio nickte ergeben. Ihm graute vor dem Besuch bei Signora Rigoni.

«Was ein wenig auffällig ist an der Sache, sind die Abfahrtszeiten der Herren. Einen Moment, ich hole mir die Meldezettel noch einmal her.»

Antonio hörte Geraschel und Gemurmel im Hintergrund. Georg schimpfte etwas vor sich hin. Dann war er wieder am Telefon.

«Wie heißt der tote Arzt, von dem du gerade erzählt hast?»

«Fabrizio Talenti! Warum? Jetzt sag bloß, der war auch auf dem Oktoberfest.»

«Aber wie der da war! Er ist am Freitag mit den anderen angekommen und hat als Erster, nämlich bereits am Samstagfrüh, wieder ausgecheckt. Die Hotelwirtin sagte, er wollte am Abend nach Verona zurückfliegen.»

Jetzt lachte Antonio leise in sich hinein. «Die feinen Herren waren alle in München und nicht in Turin. Ich bin sicher, dass sie alle ihren Ehefrauen den gleichen Bären aufgebunden haben.»

Georg lachte laut auf. «Es ist doch immer die gleiche Masche!»

«Aber an einen Zufall glaube ich jetzt nicht mehr. Die beiden Todesfälle hängen mit Sicherheit irgendwie zusammen», sagte Antonio langsam. «Giorgio, da bekommen wir Arbeit.»

«Es wird mir ein Vergnügen sein!»

«Kannst du mir noch die Namen der anderen Herren durchgeben?»

«Der, der frühzeitig abgereist ist, heißt Simone Cattarese.»

«Das ist der Anwalt von Cuméo. Mit dem habe ich schon telefoniert. Er hat auch keine Ahnung, wo sein Mandant abgeblieben ist.»

«Dann sind da noch: Ugo Brione und Attilio Menasi. Kannst du mit diesen Namen auch etwas anfangen?»

«Nein, absolut nicht, Giorgio. Vielleicht kannst du noch herausfinden, ob die Herren nur zum Vergnügen nach München gefahren sind oder ob es dafür handfeste geschäftliche Gründe gab.»

«Mach ich! Ciao, Toni, a dopo!»

Kurze Zeit später saß Antonio in seinem Dienst-Alfa und fuhr zu Avvocato Cattarese. Den Besuch bei Signora Rigoni verschob er auf später. Am besten nahm er dazu Enrico oder die junge Kollegin Lavinia mit. Todesnachrichten überbrachte er nicht gern allein. Auch die Witwe von Dottor Talenti sollte er eigentlich möglichst bald besuchen. Aber auch diesen Besuch schob er auf. Er war feige. Das gab er vor sich gerne zu. Zunächst wollte er von Anwalt Cattarese mehr über diese eigenartige Dienstreise erfahren, bevor er den betroffenen Frauen Fragen stellte. Die Titelseite der *Süddeutschen* vom Montag hatte er sicherheitshalber mitgenommen.

Vor einem der Palazzi in der Via Armando Diaz, in unmittelbarer Nähe der römischen Porta Borsari, suchte er vergeblich nach einem Parkplatz. Schließlich stellte er den Wagen am Straßenrand ab und legte seine Polizeiplakette hinter die Windschutzscheibe. Neben der Eingangstür des Palazzo prangten hochglänzende Messingschilder mit klangvollen Namen diverser Avvocati und Steuerberater. Die blassgelbe Fassade hätte einen Anstrich gut vertragen. Aber das traf auf fast alle Häuser der Umgebung zu. Die alten Gebäude waren renovierungsintensiv, und das konnte sich kaum einer leisten. Nicht einmal ein vermutlich ganz ordentlich verdienender Anwalt.

Antonio betrat den Palazzo, stieg die Stufen ins zweite Geschoss und läutete. Als sich die Tür öffnete, stand der Commissario einem normal großen, überaus schlanken Mann mit grauem, schütterem Haar und fahler Gesichtsfarbe gegenüber.

«Signor Cattarese? Wir haben bereits telefoniert», begann Antonio.

«Prego, Commissario!» Der Anwalt trat zur Seite und ließ Antonio in seine Kanzleiräume. Er ging voraus, einen dunklen Flur entlang, der mit einer Persergalerie ausgelegt war, und führte seinen Besuch in ein großzügiges Büro mit Blick auf die Piazza. Ein schwerer, antiker Schreibtisch, auf dem sich dicke Akten stapelten, zog unweigerlich Antonios Aufmerksamkeit auf sich. Der Anwalt hatte gut zu tun. Unter dem Fenster stand ein runder Glastisch, um den drei schwarze Ledersessel gruppiert waren, die Cattarese jetzt ansteuerte.

«Prego, Commissario», wiederholte er höflich.

Sie nahmen Platz. Simone Cattarese musterte seinen Besuch aufmerksam, aber ohne erkennbare Neugierde. Seine feingliedrigen Hände lagen locker auf den Stuhllehnen und er wartete darauf, dass Antonio das Gespräch begann.

«Leider ist Signor Cuméo bislang nicht aufgetaucht», begann der Commissario vorsichtig. «Signora Rigoni ist sehr beunruhigt, wie Sie sicher verstehen, Dottore.» Antonio hielt die entscheidende Nachricht zurück. «Ich frage mich, ob Sie mir nicht noch ein paar Hinweise geben könnten, was Ihre gemeinsame Dienstreise betrifft.»

Avvocato Cattarese nickte stumm. Ob er sich Sorgen um seinen Mandanten machte, war aus seinem Gesicht nicht abzulesen. Und ob ihn der Besuch eines Kommissars der Mordkommission verwunderte, ebenso wenig.

Wie viele Kunden vom Kaliber Cuméos er wohl hatte, fragte sich Antonio. Cuméo war ein Mittelständler mit einer großen Speditionsfirma, die international tätig war. Er hatte keine Ahnung, was man als Anwalt an so einem Mandanten verdiente. Wie oft und in welchen Angelegenheiten man überhaupt für ihn tätig wurde?

«Wann sind Sie denn nach Turin aufgebrochen und zu welchem Zweck?»

«Signor Cuméo hatte am frühen Nachmittag einen Termin bei einem großen Lebensmittelhändler in der Nähe von Turin. Um genauer zu sein, bei einer Käserei. Wir sind gegen 10 Uhr vormittags von seiner Villa in Bussolengo losgefahren.»

«Das sollte wohl ein größerer Speditionsauftrag werden?»

Der Anwalt zögerte einen Moment. «Signor Cuméo hat in erster Linie eine Spedition, das ist richtig. Aber er ist außerdem auch Lebensmittelgrossist. Er beliefert Feinkost- und Spezialitätengeschäfte sowie Spezialabteilungen von Supermärkten mit Feinkostware, Schinken, Käse, handgefertigten Nudeln et cetera. Die Käserei in Turin ist spezialisiert auf Käse, der mit Rotweinen aromatisiert ist und besonders in Frankreich und Deutschland geschätzt wird.»

«Waren Sie bei dem Termin zugegen?»

«Selbstverständlich!»

«Um was zu tun?»

«Wir haben mit der Käserei einen Dreijahresvertrag ausgehandelt. Einen Exklusivvertrag, um genau zu sein. Ich habe Signor Cuméo beraten und die Verträge aufgesetzt.»

«Ist es denn schon zu einem Geschäftsabschluss gekommen?»

«Nein, bislang nicht. Wir warten auf die Zustimmung der Gegenseite.»

«Aber diese Verhandlungen haben doch sicher keine drei Tage gedauert?», bohrte Antonio weiter. «Und Sie sind, nach eigener Aussage, mit dem Zug zurückgereist, während Signor Cuméo noch andere Pläne hatte.»

«Das ist richtig.»

Als der Avvocato erneut schwieg, wurde Antonio ungeduldig.

«Dürfte ich Sie bitten, etwas konkreter zu werden? Was hatte Signor Cuméo vor? Wohin wollte er nach Abschluss der Verhandlungen?» Gespannt blickte er seinem Gegenüber ins Gesicht.

Cattarese räusperte sich und sah zum ersten Mal an Antonio vorbei und zum Fenster hinaus. Er schien sich seine Antwort genau zu überlegen.

«Was ich Ihnen jetzt erzähle, Commissario, muss unter uns bleiben.»

Aha, dachte Antonio, jetzt bin ich aber neugierig.

«Mein Mandant hat seit Jahren eine Geliebte und sehr oft seine Dienstreisen für ein Stelldichein genutzt. Er will seine Frau nicht verletzen. Das verstehen Sie doch sicher, Commissario?»

Erneut verfiel Cattarese in bedeutungsvolles Schweigen. Mit dieser Information sollte sich Antonio jetzt wohl zufriedengeben.

«Und hat die Dame auch einen Namen?»

Jetzt reagierte Cattarese doch etwas gereizt. «Nehmen Sie es mir nicht übel, Commissario, aber es gibt keinen Grund, die Privatsphäre der Dame zu verletzen.»

Das sah Antonio etwas anders. Schließlich lag ihr Liebhaber in der Pathologie. Doch das behielt er noch für sich.

«Und Sie selbst, Avvocato? Was haben Sie mit dem verbleibenden Wochenende gemacht?»

«Ich glaube nicht, dass ich Ihnen darüber Rechenschaft schuldig bin.» Ohne auch nur einen Moment zu zögern, kam dieser sicher schon oft erprobte Satz aus seinem Mund.

Antonio lächelte ihn an und freute sich, dass er nun dem Avvocato auf den Pelz rücken konnte. Er griff in die Innentasche seines dunkelblauen Sakkos und zog die sauber gefaltete Titelseite der *Süddeutschen Zeitung* hervor. Ohne Hast faltete er das Blatt auseinander und legte es auf die leere Glasplatte des Couchtisches.

«Sehen Sie sich das Foto genau an, Avvocato!»

«Ich spreche kein Deutsch.»

«Ich habe auch nicht gesagt, dass Sie lesen sollen. Sie sollen sich das Bild anschauen. Lassen Sie sich ruhig Zeit.»

Steif und sehr widerwillig beugte sich Cattarese vor. Ein kurzer Blick genügte ihm. Ärgerlich musterte er sein Gegenüber.

«Was soll das? Wenn ich das richtig einordne, sind das alles Betrunkene auf einer Wiese, die ihren Rausch ausschlafen.»

«Sehr gut. Complimenti, Avvocato!»

«Eh?»

«Der dritte Mann von links ist Signor Cuméo. Das Foto ist am Sonntag gegen 22 Uhr auf dem Münchner Oktoberfest aufgenommen worden. Kurze Zeit später wurde Cuméos Tod festgestellt.»

Avvocato Cattarese war sehr bleich geworden, griff nach der Zeitung, starrte das Foto konzentriert an und zerknüllte es dann mit beiden Händen.

Antonio stand auf und nickte ihm abschließend zu.

«Halten Sie sich zu unserer Verfügung, Avvocato. Ich bin gespannt auf Ihre neue Geschichte, wenn wir uns das nächste Mal unterhalten. Bemühen Sie sich nicht! Ich finde allein hinaus.»

9

14.00 UHR

Auf dem Schreibtisch des Commissario machte sich nun doch Unordnung breit. Ein Tramezzino mit Thunfischpaste auf Salatblättern, eine leere Wasserflasche, eine zerknüllte Papierserviette, Reste einer Toblerone und sein telefonino lagen zwischen Papieren und schmalen Ordnern. Hin und wieder biss Antonio gedankenlos Stücke vom Sandwich ab, war aber ansonsten vollends damit beschäftigt, die neuen Berichte von Enrico zu lesen. Sein Ispettore war sehr fleißig gewesen. Es wurde Zeit, ihn ein wenig zu loben, damit er in seinem Eifer nicht nachließ. Enrico hatte eine Aufstellung aller Firmen gemacht, bei denen Cuméo seine Hände im Spiel hatte. Auch die Namen von Brione und Menasi, den beiden weiteren Begleitern in München, tauchten auf. Brione hatte eine Baufirma, an der Cuméo mit 30 Prozent beteiligt war. Menasi besaß eine Supermarktkette. Auch an dieser hatte Cuméo einen Anteil von 25 Prozent.

Antonio schob die Blätter hin und her. Es lag auf der Hand, dass Cuméo sich nicht nur mit Freunden umgab, wenn er ein so umtriebiger Geschäftsmann war. Auch von seinen Begleitern war anzunehmen, dass sie nicht nur wegen des Oktoberfestbiers oder der schmackhaften bayerischen Brotzeitteller die Fahrt nach München unternommen hatten, sondern dass hinter all dem eine gehörige Portion Geschäftssinn und Kalkül steckte. Irgendetwas war schiefgelaufen in «Monaco di Baviera», irgendeiner der Herren hatte plötzlich rot gesehen. Inzwischen war sich Antonio ziemlich sicher, dass Cuméo keines natürlichen Todes gestorben war. Ungeduldig sah er auf seine Armbanduhr. Giorgio könnte sich auch endlich melden! Der Obduktionsbericht musste doch längst fertig sein.

Fahrig schob Antonio die Papiere beiseite und aß den Rest seines Thunfisch-Tramezzino. Das Gespräch mit Avvocato Cattarese wollte ihm nicht aus dem Kopf. Dieser überhöfliche, arrogante Anwalt hatte ihn mit seiner Lüge unglaublich wütend gemacht. Er sollte es inzwischen besser wissen. Täter, Zeugen, Anwälte, Familienangehörige, sie alle taten nichts anderes, als die Polizei an der Nase herumzuführen. Doch jedes Mal, wenn er einen oder eine von ihnen der Lüge überführen konnte, wurde er immer noch zornig. Er würde sich nicht daran gewöhnen und wollte das eigentlich auch gar nicht.

Ungeduldig und nervös stand er von seinem Schreibtischstuhl auf, griff sich sein Jackett und stürmte in das Zimmer von Enrico Brandino, der erschrocken von seinen Papieren aufsah.

«Was ist los? Ist schon wieder etwas passiert?»

Antonio schüttelte den Kopf. «Ich möchte, dass du mich zu zwei Zeugen im Fall Cuméo begleitest. Du hast dich ja sehr gut in die Firmenbeteiligungen unseres toten Spediteurs eingearbeitet. Ich kann mir das nicht alles merken.»

Enrico wurde ein kleines bisschen rot. Er freute sich über die, wenn auch nur indirekt ausgesprochene, Anerkennung seines Vorgesetzten. Eifrig raffte er zahlreiche Papiere zusammen, die er in eine Aktentasche stopfte, und schlüpfte in die Jacke seiner Uniform. Antonio unterdrückte ein Lächeln. Brandino war vor einem halben Jahr zum Ispettore befördert worden und war mächtig stolz auf die blitzenden Abzeichen auf seinen Schulterklappen. Er selbst dagegen trug ausschließlich Zivil. Er mochte es nicht, wenn man vor ihm auf dem Fußweg oder in der Fußgängerzone der Altstadt respektvoll auswich oder ihn völlig fremde Leute grüßten. Eine gewisse Anonymität war seiner Arbeit dienlicher, meinte er zumindest.

Sie durchschritten den langen Gang, der mit grauen, über die Jahre stumpf gewordenen Steinfliesen ausgelegt war, fuhren mit einem schmuddeligen Aufzug ins Erdgeschoss und liefen dann über die Außentreppe auf den Parkplatz.

«Wo fahren wir hin, Tonio?», fragte Enrico schließlich doch neugierig nach.

«Wir besuchen die Herren Brione und Menasi. Bitte tu so, als wäre Cuméo immer noch vermisst. Ihr habt seinen Tod doch noch nicht an die große Glocke gehängt, oder?»

Enrico schüttelte energisch den Kopf.

«Signora Rigoni weiß noch nichts davon?»

«Von mir jedenfalls nicht.»

Antonio konnte sich nicht vorstellen, dass Avvocato Cattarese

Überbringer dieser schlechten Nachricht sein wollte. Von ihm würde Signora Rigoni gar nichts erfahren.

«Bene! Denn sonst bekommen wir von den beiden Herren keine brauchbaren Auskünfte mehr. Der Avvocato jedenfalls hat mir vorhin immer noch die Fahrt nach Torino schmackhaft gemacht. Kein Wort davon, dass sie zu fünft in München auf dem Oktoberfest waren.»

Enrico grinste. Er hatte verstanden.

Antonio fuhr in Richtung A22, der autostrada, die zwischen Modena und Brenner die Hauptachse für den Warenaustausch Italiens bildete. An der Anschlussstelle Verona Nord befand sich eines der größten Industriegebiete der Stadt. Hauptsächlich Speditionen, Gemüsegroßhändler, Weinexporteure sowie kleine und größere Handwerksbetriebe hatten dort ihre Lagerhallen und Werkstätten. In diesem 20 000 Hektar großen Areal hatten auch die Herren Brione und Menasi ihre Firmensitze. Sie lagen nur wenige Häuserblocks voneinander entfernt.

Antonio hielt auf dem Parkplatz von «Hochbau Brione». War der Flachbau von außen wenig ansehnlich, glänzte das Foyer mit Edelstahl-Möbeln, Glasfronten und aufpolierten Carrara-Marmorböden. Die junge Dame hinter dem Tresen vergewisserte sich, ob der Chef Zeit hatte, begleitete sie in den ersten Stock und entließ sie in ein geräumiges, modern eingerichtetes Büro.

«Ah, die Signori von der Polizia!» Jovial und ein wenig zu laut begrüßte Brione, ein stattlicher Mann um die fünfzig, seine Gäste. Der dunkelgraue, seidig glänzende Anzug schien maßgeschneidert, und die schwarzen Lederschuhe glänzten mit seinem Schreibtisch aus Glas und Chrom um die Wette. Der Bauunternehmer trat mit großer, freundlicher Geste auf Antonio und Enrico zu, um sie mit einem festen Händedruck zu begrüßen. Brione entsprach dem Prototyp des Selfmademan in geradezu klischeehafter Weise.

«Commissarii, was kann ich für Sie tun? Bitte nehmen Sie Platz.»

Zum zweiten Mal an diesem Tag setzte sich Antonio in einen schwarzen Ledersessel, der zusammen mit drei weiteren eine Sitzgruppe bildete und von einem Chromtisch mit Marmorplatte ergänzt wurde.

«Es tut uns leid, Ihre Zeit in Anspruch zu nehmen», begann Antonio überhöflich, «aber wie Sie sicher wissen, wird Signor Cuméo seit gestern vermisst.»

Augenblicklich bildete sich auf Briones Stirn eine Sorgenfalte. Bedeutungsschwer nickte er mit dem Kopf.

«Sì, sì, Signora Rigoni hat mich gestern Abend angerufen und nachgefragt, ob ich etwas über den Verbleib ihres Mannes wüsste. Aber ich konnte ihr nicht helfen. Ich bin genauso überrascht wie die Signora und vermutlich auch Sie, meine Herren.» Aufmerksam sah er in die Gesichter seiner Besucher.

«Wir müssten Ihnen trotzdem einige Fragen stellen, Signor Brione!», sagte Antonio und behielt sein Gegenüber genau im Blick.

«Naturalmente, Commissario! Was möchten Sie wissen?»

«Sind Sie verheiratet?»

«Bitte?» Nun war Brione doch einigermaßen überrascht. Auch Enrico sah verwundert seinen Chef an, hielt aber den Mund. Brione räusperte sich und sagte: «Nein. Ich bin seit über zehn Jahren geschieden. Meine Frau wollte mich nicht länger mit Baustellen teilen.»

Antonio entschlüpfte ein kleines Lächeln. Er zweifelte keine Sekunde daran, dass Brione alles andere als ein einsamer Ritter zwischen all seinen Baustellen geblieben war.

«Haben Sie Kinder?»

«Nein, leider nicht. Aber entschuldigen Sie, Commissario, was hat mein Privatleben mit dem Verschwinden von Signor Cuméo zu tun?»

«Das muss Ihnen selbstverständlich komisch vorkommen, Signor Brione. Entschuldigen Sie meine Indiskretion, aber ich mache mir gern ein Bild vom Privatleben der Zeugen. Eine Marotte von mir.» Er lachte ein wenig, um dann gleich wieder sehr ernst weiterzufragen.

«Können Sie uns bitte kurz den Zweck und das Ziel Ihrer Dienstreise mit Andrea Cuméo und den beiden anderen Herren beschreiben?»

«Aber das wissen Sie doch sicher längst!»

«Wir hätten es aber gerne nochmals von Ihnen gehört, Signor Brione, wenn es keine Mühe macht!»

Ugo Brione schlug die Beine übereinander, lehnte sich bequem in seinem Sessel zurück, ganz so, als wollte er seinen neugierigen Freunden seine letzten Reiseerlebnisse schildern.

«Die Reise nach Monaco di Baviera am letzten Freitag war überhaupt nichts Besonderes und verfolgte auch keinen anderen Zweck, als das Oktoberfest zu besuchen. Diese Reise hat Tradition. In den letzten fünf Jahren waren wir regelmäßig und immer in gleicher Besetzung in München. Andrea machte das, um unseren geschäftlichen Kontakten auch einen persönlichen Rahmen zu geben. Kleine Geschenke erhalten die Freundschaft, meine Herren, wenn Sie verstehen, was ich meine?»

Antonio und Enrico nickten und lächelten ganz automatisch. Das war ja nun nicht schwer zu verstehen. Und der geschiedene Brione sah wohl auch keine Notwendigkeit, ihnen die Geschichte von der Dienstreise nach Turin zu verkaufen.

«Und Ihr Weg führte Sie direkt nach München? Sie haben kein anderes Ziel zuvor angefahren?»

«Wir sind am Freitagvormittag mit zwei Wagen losgefahren, haben in Bozen haltgemacht und zu Mittag gegessen und sind gegen vier Uhr nachmittags am Hotel ‹Bayerischer Hof› eingetroffen. Dann allerdings begann der Ärger.»

«Wie dürfen wir das verstehen?»

«Diese Nobelherberge hatte die Reservierung von Andrea verschlampt. Versuchen Sie einmal, um diese Zeit ordentliche Zimmer in München aufzutreiben! Unmöglich! Assolutamente impossibile!»

Zu gern hätte Antonio jetzt Cattareses Gesicht gesehen. Seine Geschichte löste sich gerade in Luft auf. Ob Brione die Wahrheit sagte?

«Nach einigem Hin und Her haben wir dann an einem lago, warten Sie, Chiemsee? Kann das sein? Ja, ja, ein großer See mit berühmten Inseln. Ich kann mir diese deutschen Begriffe nicht merken. Sie entschuldigen, meine Herren!»

Wieder nickten Antonio und Enrico freundlich, ohne den Redefluss des mitteilsamen Bauunternehmers zu stoppen.

«Da haben wir dann sehr ordentliche Zimmer bekommen. Großartige Lage am See mit Blick auf die Berge. Also, wenn es nach mir geht, könnten wir dort wieder wohnen. Cuméo hat sich da auch noch eine Stange Geld gespart, wenn ich das nebenbei bemerken darf. Selbst die Taxifahrten haben da nichts ausgemacht.»

«Ich darf das so verstehen, dass Sie alle gemeinsam am Samstag mit dem Taxi nach München gefahren sind und abends auf dem gleichen Weg wieder zurück?»

«Esatto!»

«Und Sie sind die ganze Zeit über zusammengeblieben?»

Wieder nickte Ugo Brione zustimmend.

«Und am Sonntag wiederholte sich das Spiel? Abfahrt Richtung München am Vormittag?»

«No, no, Signori. Wir sind schon etwas in die Jahre gekommene Herren, wissen Sie!» Brione lachte laut und sehr herzlich.

«Wir waren am Samstag von Mittag an bis zum Schluss, so gegen halb elf, wenn die Bierzelte schließen, auf der Festwiese. Anschließend sind wir ins Weinzelt gegangen bis kurz nach Mitternacht. Dann haben wir ein Taxi genommen und noch eine

Diskothek besucht. Es war so gegen vier Uhr morgens, als wir wieder im Hotel ankamen. Am Sonntag wollten wir ausschlafen, dann das Spa benutzen. Um drei Uhr nachmittags hat uns dann ein Taxi wieder nach München gebracht.»

«Mit gleichem Programm?»

Brione lachte. «Mit gleichem Programm!»

«Für alle Herren?»

«No, no! Sie haben ganz recht, danach zu fragen. Fabrizio Talenti ist bereits am Samstagabend nach Verona zurückgeflogen.» Er stockte einen Moment und sah seine Besucher fragend an. «Es wäre wohl besser gewesen, er wäre bei uns geblieben.»

«Sie wissen, dass Talenti tot in seiner Klinik gefunden wurde?»

«Ja, Valentina, seine Frau, hat mich gestern Vormittag angerufen. Sie war außer sich. Haben Sie schon mit ihr gesprochen, Commissario?» Dabei sah er Antonio so scharf an, dass es ihm heiß im Gesicht wurde. Er fühlte sich wie ein Schuljunge, der nach einem Streich ertappt wurde. Schnell stellte er ihm eine Gegenfrage.

«Und am Sonntag sind Sie alle, das heißt dann noch vier Personen, wieder ins Hotel am Chiemsee zurückgefahren?»

«No! Simone Cattarese, der Anwalt von Cuméo, ist vor 22 Uhr aufgebrochen, um zum Bahnhof zu fahren. Er wollte den letzten Zug nach Verona erwischen. Wenn ich mich recht erinnere, musste er gestern Mittag an einer Gerichtsverhandlung teilnehmen. Er hat sich tierisch aufgeregt, weil es ihm nicht gelungen war, den Termin zu verschieben. Wir sind alle sehr erpicht darauf, dieses Oktoberfestwochenende in vollen Zügen zu genießen.»

«Dann sind Sie also nur noch zu dritt an den Chiemsee spätnachts oder frühmorgens mit dem Taxi zurückgefahren?»

«Richtig!», bestätigte Ugo Brione, ohne rot zu werden.

Antonio bedauerte es, dass er sich von der Frontseite der *Süd-*

deutschen keine Kopie gemacht hatte. Doch er bekam Brione auch ohne den Beweis noch an den Haken.

«Und Sie sind gemeinsam am Montagmorgen zurückgefahren?»

«No! Andrea wollte länger ausschlafen. Er hatte keine so große Eile. Außerdem waren wir mit zwei Wagen angereist. Es war von Anfang an klar gewesen, dass Cuméo allein zurückfahren würde. Attilio Menasi und ich mussten schon um sechs Uhr morgens los. Wir hatten am späteren Vormittag bereits die ersten Termine in der Stadt.»

«Es war also nicht geplant, morgens noch gemeinsam im Hotel zu frühstücken?» Über den Restalkohol der beiden wollte Antonio erst gar nicht nachdenken. Gute Fahrt konnte man da nur wünschen!

«No!»

«Haben Sie eine Ahnung, wo Signor Cuméo abgeblieben sein könnte?»

Ugo Brione schüttelte langsam und nachdenklich den Kopf. «Nein. Mir ist das ein völliges Rätsel. Vielleicht sollten Sie einmal im Hotel an diesem bayerischen See nachfragen!»

«Haben Sie denn auf dem Oktoberfest keine Bekanntschaften gemacht? So ein Festzelt ist doch ideal, um mit Damen ins Gespräch zu kommen, ganz ungezwungen, feuchtfröhlich bei lustiger Musik?»

Brione lachte laut auf. «Jetzt verstehe ich Ihr Interesse an meinem Privatleben. Sie sind nicht nur Polizist, sondern fühlen sich auch für die Moral zuständig, Commissario?»

Antonio maß ihn mit einem scharfen Blick. «Ich fühle mich allein für die Wahrheit zuständig, Signor Brione. Darf ich nach Ihrer Beziehung zu Andrea Cuméo fragen? Sie verwenden gern seinen Vornamen. Sind Sie enger befreundet?»

«Wir sind Geschäftsfreunde!» Nun war Ugo Brione ernsthaft verschnupft.

Das war das Stichwort für Enrico Brandino. Er kramte in seiner Aktentasche herum, legte die Tasche in den Schoß und einige Papiere obenauf.

«Erlauben Sie mir eine Frage, Signor Brione», begann er. «Sie haben vor zwei Jahren einen Prozess gegen Ihren Geschäftsfreund Cuméo verloren. Ist das richtig?»

Antonio sah seinen Mitarbeiter dankbar an. Enrico Brandino, gebürtiger Veroneser, mit einer schier unerschöpflichen Verwandtschaft und einem Freundeskreis gesegnet, der den Begriff «Netzwerk» einfach kümmerlich aussehen ließ, hatte wieder erfolgreich im Trüben gefischt. Die Internetrecherche beherrschte er im Schlaf. Antonio musste neidlos zugeben, dass er in seinen Südtiroler Bergen rund um Bozen davon nicht viel mitbekommen hatte. Allerdings waren die Mittel, derer sich Enrico gern bediente, nicht immer ganz legal, und Antonio war froh, dass er nicht alle Wege kannte, die sein Mitarbeiter beschritt.

Ugo Brione jedenfalls war etwas blass unter seiner Sonnenbräune geworden, bemühte sich aber weiter um eine offene Miene. «Das stimmt ... ja.»

«Um was ging es in dem Prozess, wenn ich fragen darf?»

Briones Zeigefinger richtete sich unvermittelt auf Enrico, und er entgegnete spitz: «Das können Sie doch in den Unterlagen lesen, woher Sie diese auch immer haben.» Angriffslustig sah er den Ispettore an. «Andrea hat mir Geld geschuldet, und das habe ich versucht, per Prozess einzutreiben. Ein ganz normaler Vorgang zwischen Geschäftsleuten.»

Enrico blätterte aufreizend laut. «Ah, hier ist es.» Er lächelte Brione an. «Simone Cattarese hat Andrea Cuméo in dem Prozess vertreten, den Sie verloren haben. Wie fühlt sich das an, gemeinsam am Tisch zu sitzen, Bier zu trinken, lustige Lieder zu singen und zu wissen, dass die zwei Herren gegenüber Sie um», Enrico blätterte erneut, «insgesamt 50 000 Euro erleichtert haben, zuzüglich Gerichtskosten?»

«Auf was wollen Sie hinaus? Was soll das werden?»

«Beantworten Sie doch einfach die Frage von Ispettore Brandino. Wie hat sich das angefühlt, als Unterlegener, Betrogener gute Miene zum bösen Spiel machen zu müssen?»

«Andrea und ich haben uns später außergerichtlich geeinigt.»

«Aha! Und weiter?»

«Andrea hat seine Schulden zurückgezahlt.»

«Einfach so? Nachdem er vorher keine Kosten und Mühen scheute, Sie vor Gericht dumm dastehen zu lassen? Wie passt denn das zusammen?»

Ugo Brione wand sich nun sichtlich auf seinem eleganten Ledersessel und suchte nach Worten. Doch Enrico Brandino nahm ihm diese Bürde ab. Er reichte seinem Chef mehrere zusammengeheftete Blätter. Aufmerksam verfolgte Brione das Treiben der beiden. Antonio überflog interessiert den Text. Dann sah er den Bauunternehmer lächelnd an.

«Sie haben mit Andrea Cuméo eine vertragliche Vereinbarung getroffen, die ihren Niederschlag im Handelsregister gefunden hat! Demnach ist Signor Cuméo Teilhaber Ihrer Firma geworden. Mit 30 Prozent. Und damit Sie das auch unterschreiben, hat er Ihrer Firma noch eine Zahlung von 100 000 Euro geleistet. Ich nehme aber an, dass der erworbene Anteil deutlich mehr wert ist. Oder irre ich mich da?»

Der Bauunternehmer schwieg und starrte auf seine Lederschuhe.

Antonio nahm an, dass Cuméo irgendetwas gegen Brione in der Hand gehabt und ihm den Anteil an dessen Firma regelrecht abgepresst hatte. Vielleicht kamen sie noch dahinter, was das gewesen sein könnte. Er erhob sich von seinem Sessel und setzte zum entscheidenden Schlag an.

«Sie wissen genauso wie wir, dass Andrea Cuméo nicht mit Ihnen und Signor Menasi in der Nacht auf Montag an den Chiemsee zurückgefahren ist. Vielmehr blieb Ihr geschätzter Geschäftsfreund tot auf der Wiese hinter dem Bierzelt zurück. Sein Tod kommt Ihnen vielleicht nicht ganz ungelegen, wenn ich mir diese Bemerkung erlauben darf. Wir wünschen Ihnen noch einen schönen Tag, Signor Brione. Bitte halten Sie sich zu unserer Verfügung.»

10

«Nun aber rasch! Jede Minute zählt.» Antonio lief zum Dienstwagen, sprang hinein, ließ den Motor aufheulen und fuhr, kaum dass sein Kollege Platz genommen hatte, mit durchdrehenden Rädern vom Parkplatz der Bauunternehmung Brione. Keine zwei Minuten später hatte er die Firmeneinfahrt von Menasi erreicht. Über dem Eingang des schmucklosen Flachbaus prangte in blauen Lettern *Paga meno – supermercato speciale*.

Antonio blieb keine Zeit, sich mit diesem Slogan näher auseinanderzusetzen. Gemeinsam stürmten er und Enrico in das Foyer, das weit weniger elegant und teuer ausgestattet war als das bei Brione. Das verdiente Geld investierte Menasi jedenfalls nicht in seine Immobilie. Wahrscheinlich hatte er dafür ein gut ausgestattetes Privatkonto. Eine sichtlich nervöse Dame hantierte mit dem Telefon und drückte immer wieder eine Taste.

«No, Signor Brione, ich kann meinen Chef nicht erreichen. Offensichtlich ist er gerade nicht in seinem Büro. Kann ich etwas ...» Antonio zückte seinen Ausweis, hielt ihn der Sekretärin vors Gesicht und drückte auf die Telefongabel.

«Ma, Signore! Das geht doch nicht.»

«Polizia, Signora. Der Anruf von Signor Brione ist nicht wichtig. Wir hätten auch gern Ihren Chef gesprochen. Können wir in seinem Büro auf ihn warten?»

Die nicht mehr ganz junge Büroangestellte erkannte, dass dies eine rein rhetorische Frage war, und beeilte sich, hinter ihrem Schreibtisch hervorzukommen.

«Ich kann mir wirklich nicht erklären, wo Signor Menasi geblieben ist.»

Sie eilte voraus, einen schmalen, wenig ansprechenden Korridor entlang, der bereits um diese Tageszeit von grellen Neonröhren beleuchtet wurde, um schließlich an einer einfachen, weiß gestrichenen Holztür zu klopfen. Das ganze Gebäude strömte die Geschmacklosigkeit eines Zweckbaus aus. Das könnte genauso gut eine Etage in der Questura sein, schoss es Antonio durch den Kopf. Aber dass ein Unternehmer so wenig Wert darauf legte, seine Firma im bestmöglichen Licht zu zeigen, war schon ein wenig auffällig. Bevor die Sekretärin ein weiteres Mal klopfte, hörten sie eilige, laute Schritte den Gang entlangkommen. Im Gegenlicht erschien eine stämmige, etwas untersetzte Gestalt, die schwungvoll, mit beiden Armen rudernd, rasch näher kam. Attilio Menasi war leicht außer Atem.

Bevor jemand etwas sagen konnte, überfiel die Sekretärin ihren Chef mit der wichtigen Botschaft: «Signor Brione hat schon mehrfach versucht, Sie zu erreichen, Signore, er bittet dringend um Ihren Rückruf.»

Menasi nickte gnädig und sah dann seine Besucher ärgerlich an.

«Wie Sie hören, bin ich beschäftigt. Ich habe absolut keine Zeit für Sie», er blickte etwas irritiert den uniformierten Ispettore an, den er bis dahin offenbar nicht wahrgenommen hatte, und fügte etwas freundlicher hinzu: «Meine Herren. Meine Sekretärin gibt Ihnen einen Termin.» Mit diesen Worten öffnete er die Tür zu seinem Büro und wollte diese auch gleich wieder hinter sich zuziehen, doch Antonio hinderte ihn daran, indem er dicht hinter ihm das Büro betrat.

Empört drehte sich der Geschäftsmann zu ihm um. Sein rundes Gesicht färbte sich rot, und seine Stirn legte sich in zahlreiche zornige Falten. Doch er wagte es nicht, sich gegen die Staatsgewalt, die ihm in Form von Enrico Brandino deutlich gegenüberstand, Widerstand zu leisten. Mühsam quälte er sich den Satz ab: «Was kann ich für Sie tun, Signori?»

«Mein Name ist Fontanaro, Commissario der Mordkommission Verona. Und das ist mein Kollege, Ispettore Enrico Brandino.» Beiläufig fast wies er mit dem rechten Arm auf seinen Mitarbeiter. «Es tut mir leid, dass wir Ihre kostbare Zeit in Anspruch nehmen müssen, Signor Menasi, aber wir hätten ein paar Fragen an Sie.»

Menasi sah etwas verunsichert von einem zum anderen. Eine Empfangsecke mit bequemen Ledersesseln, an die sich Antonio zu gewöhnen begann, fehlte. Hinter einem wuchtigen, alten Schreibtisch, der von Papieren geradezu überquoll, stand ein altersschwacher Schreibtischstuhl. Sitzmöglichkeiten für Gäste gab es nicht. Attilio Menasi ließ sich nun schwerfällig auf den Drehstuhl fallen und schaute seine Besucher fragend an.

Antonio war sich fast sicher, dass sie nun eine weitere Variante des Torino-Märchens zu hören bekämen.

«Sind Sie verheiratet, Signor Menasi?», fragte er höflich.

«Sì, naturalmente», antwortete dieser wie aus der Pistole geschossen. «Seit über dreißig Jahren, wenn Sie es genau wissen wollen. Außerdem habe ich noch drei Enkelkinder, wenn Ihnen das irgendwie weiterhilft.» Die Harmlosigkeit der Frage ließ ihn sofort wieder Oberwasser gewinnen. «Und was sagt Ihnen das, Commissario?»

«Ich freue mich für Sie, dass Sie offensichtlich ein erfülltes Privatleben haben.» Freundlich lächelte Antonio ihn an. «Was können Sie uns denn über Ihre gemeinsame Dienstreise mit Andrea Cuméo erzählen?»

«Es kommt darauf an, was Sie wissen möchten.» Menasi war augenblicklich auf der Hut.

«Es ist Ihnen sicher bekannt, dass Signor Cuméo vermisst wird?»

«Ja, Camilla, seine Frau, hat mich gestern Abend angerufen. Sie war ganz verstört, die Arme. Immer wieder rief sie: ‹Er kommt nicht wieder, Attilio! Ich bin sicher, mein armer Andrea ist tot.› Sie war völlig hysterisch!»

«Konnten Sie sie denn beruhigen?»

«Ich habe es versucht, aber sie hat mir nicht zugehört. Es war völlig aussichtslos.»

Er wirkte dabei so unbefangen, als hätte er wirklich keine Ahnung, wo sich Cuméo aufhielt. Antonio wollte es genau wissen.

«Können Sie sich vorstellen, wo Signor Cuméo geblieben ist?»

Vehement schüttelte Menasi seinen breiten Schädel.

«No, assolutamente, no!»

«Wo sind Sie denn hingefahren und weshalb? Waren Sie nur zu zweit, oder wurden Sie noch von anderen begleitet?»

Attilio Menasi lehnte sich in seinem Schreibtischstuhl zurück und sah auf seine ineinander verkrampften Hände. Er nahm sich Zeit für seine Antwort. Er vermied es tunlichst, seine Besucher anzusehen, als er schließlich zu sprechen begann.

«Wir waren insgesamt fünf Geschäftsfreunde und haben in Turin einige Geschäftspartner getroffen.»

«Weshalb?»

Attilio Menasi lachte trocken auf. Herausfordernd sah er Antonio ins Gesicht. «Um Geschäfte zu machen. Weshalb denn sonst?» Er machte eine Kunstpause und fuhr dann selbstbewusst fort: «Wenn Sie es so genau wissen möchten: Wir hatten Termine bei einer Käserei, einem Weinhändler und einem Großbäcker. Es dürfte Ihnen ja nicht entgangen sein, dass ich mehrere Supermärkte besitze. Ich brauche Zulieferer, damit ich etwas in die Regale legen und verkaufen kann.»

«Wenn ich Ihr Motto ‹paga meno› richtig interpretiere, sind Sie eine Art Discounter?»

«Richtig. So ist es. Zahle wenig! Was gleichzeitig bedeutet: Bekomme viel oder mehr für dein Geld als anderswo! Eine ganz klare Botschaft für unsere Kunden.»

Antonio hatte von dieser Discountkette noch nie gehört. Viele Läden konnte Menasi in der Gegend nicht haben.

Verstohlen gab er Enrico einen kleinen Wink mit der rechten Hand. Dieser verstand. Nun war er als Recherchekünstler an der Reihe, Menasi mit überraschenden Tatsachen aus der Reserve zu locken. Allerdings musste er auf seine schlauen Blätter verzichten, weil er seine Aktentasche in der Eile im Wagen hatte liegen lassen. Freundlich wandte er sich an den Händler: «Wie lange kennen Sie Signor Cuméo schon?»

«Wir sind zusammen zur Schule gegangen. Anschließend haben wir gemeinsam in einer Spedition eine Lehre gemacht. Mit Anfang 30 haben wir eigene Firmen gegründet.»

«Das ist ja interessant», sagte Enrico ehrlich erstaunt. «Sie sind also wirklich alte Freunde?»

«Natürlich! Was soll diese Frage? Unsere Frauen gehen gemeinsam Tennis spielen. Einmal im Jahr fahren wir zusammen in Urlaub. In diesem Jahr waren wir zwei Wochen in Thailand. Eine scheußliche Reise übrigens. Das Land kann ich nicht empfehlen. Nur pappiger Reis, feuchte Hitze und viel zu viele Menschen. Und von Wein haben die Thais absolut keine Ahnung, meine Herren. Das Geld können Sie sich sparen, wenn Sie meinen Rat hören wollen.»

Enrico ging auf den Smalltalk nicht ein: «Dann ist es also nicht verwunderlich, dass Cuméo Anteile im Wert von 25 Prozent an Ihrer Firma hält?»

Einen Moment schien es so, als müsste Menasi sich zusammenreißen. Sein Blick wurde äußerst wachsam, und seine dunkelbraunen Augen musterten die beiden Polizisten mit unverhohlenem Ärger.

«Darf ich fragen, was Sie das angeht? Weshalb interessieren

Sie sich für meine Geschäfte? Was wollen Sie überhaupt von mir?»

Wie schon zuvor bei Ugo Brioni übernahm Antonio die Rolle des strengen Commissario.

«Darf ich Sie bitten, uns einfach zu erzählen, wie es dazu kam? Haben Sie denn auch Anteile an einer seiner Firmen?»

Attilio Menasi fuhr sich mehrmals mit der Hand über das Gesicht. Ganz offensichtlich wollte er verhindern, dass ihn sein Mienenspiel verriet. Antonio kannte diese Geste zur Genüge. Unzählige Verhöre hatte er schon geführt, und über kurz oder lang griffen die Befragten auf dieses Mittel zurück. Doch die schlichte Erkenntnis, dass etwas faul war, half ihm nicht weiter.

Signor Menasi vermied konsequent den Blickkontakt und schaute über seinen Schreibtisch auf eine bilderlose Wand. Mit möglichst gleichgültiger Stimme erklärte er: «Ich hatte vor einigen Jahren einen finanziellen Engpass. Andrea hat mir großzügig Geld geliehen. Ich wusste nicht, ob ich ihm das Geld jemals zurückzahlen könnte, also habe ich ihn zum stillen Teilhaber meiner Firma gemacht.» Dann wandte er seinen Blick wieder Antonio zu und sagte sehr bestimmt: «Nein, ich habe keine Anteile an den Firmen meines Freundes.»

«Und Sie konnten Ihre Anteile nie zurückkaufen», bohrte Enrico weiter. «War Ihnen das nicht wichtig?»

Attilio Menasi sah ihn verächtlich an und presste die Lippen aufeinander. Einige Sekunden verstrichen, ohne dass ein Wort fiel.

«Hatte Sie Ihr Freund in der Hand? Gibt es zurzeit Verbindlichkeiten, die Sie nicht bedienen können?» Enrico gab nicht nach.

«Ich bin Andrea nichts schuldig.»

Wer's glaubt, wird selig, dachte Antonio. «Sind Sie sicher, dass Sie uns nicht noch etwas über Ihre Dienstreise nach Turin oder über Ihr Verhältnis zu Cuméo erzählen wollen?»

Menasi schüttelte den Kopf und schwieg.

«Sie wissen so gut wie wir, dass Sie uns ein einziges Lügenmärchen aufgetischt haben. Ihr Freund Andrea Cuméo war nicht mit Ihnen und anderen Geschäftsfreunden in Turin, sondern Sie haben sich alle in Monaco di Baviera aufgehalten, um die Festa di Birra zu besuchen. Ein Besuch, der, wie Sie ebenfalls nur zu gut wissen, für Signor Cuméo tödlich endete.»

Völlig überraschend sprang Attilio Menasi ungestüm von seinem Drehstuhl auf, der dadurch in eine heftige Rotation geriet. Er eilte auf Antonio zu und ergriff das Revers seines Jacketts.

«Was sagen Sie da! Andrea ist tot?» Seine Stimme klang ungläubig und verzweifelt. «Das ist nicht wahr! Sie stellen mir nur eine Falle!» Flehentlich fast sah er in Antonios Augen und suchte darin nach der Wahrheit. «Sagen Sie, dass das nicht wahr ist! Ich weiß nicht, was das Ganze soll, aber eines weiß ich genau, Andrea ist nicht tot.» Erschöpft ließ er den Stoff los und stand mit hängenden Armen vor seinen Besuchern.

«Leider doch, Signor Menasi.» Antonio strich sein Jackett glatt. Er hatte es nicht gerne, wenn andere ihn anfassten. Und er wurde mächtig wütend, wenn man ihn belog. Und seit gestern hatte er den Eindruck, die Herren Geschäftsleute machten sich einen Spaß daraus, die Polizei hinters Licht zu führen. Einer war so unglaubwürdig und verdächtig wie der andere. Es interessierte ihn sehr, was Cuméo gegen Menasi in der Hand hatte.

«Ich denke, Sie begleiten uns jetzt am besten in die Questura. Dort spricht es sich leichter.» Antonio hatte keine Lust mehr, weiter in diesem scheußlichen Büro herumzustehen. Die Räume der Questura waren zwar auch nicht besonders hübsch, aber zumindest gab es dort Sessel und Tische, um Papiere auszubreiten. Er hatte beschlossen, mit Attilio Menasi das erste ernsthafte Verhör zu führen. Mit einem dieser Lügenbarone musste er schließlich beginnen. Er hoffte, dass Georg Breitwieser schon alle

Unterlagen gefaxt hatte und der Bericht über Fabrizio Talentis Todesursache aus der Pathologie inzwischen fertig war und in seinem Büro bereitlag. Die Dottoressa ließ sich ungewöhnlich viel Zeit damit.

11

TRAUNSTEIN
17.00 UHR

Georg Breitwieser saß an seinem Schreibtisch und trommelte ungeduldig mit den Fingern auf die ramponierte Holzplatte. Nicht einmal neue Möbel hatten sie ihm spendiert. Sein Vorgänger, ein gewisser Albert Staudinger, war plötzlich schwer erkrankt und dann sehr rasch in Pension geschickt worden. Er hatte ihn nicht mehr persönlich kennengelernt. Alles war so schnell und überstürzt geregelt worden, dass sich niemand die Zeit nahm, die Fälle, an denen Staudinger gearbeitet hatte, in irgendeine Ordnung zu bringen, geschweige denn das Büro zu renovieren. Immer noch war Breitwieser damit beschäftigt, sich einen Überblick über dessen ungelöste Fälle zu verschaffen.

Doch an diesem frühen Abend wollte ihm das so gar nicht gelingen. Der Italiener und die besonderen Umstände seines Todes beschäftigten ihn. Und Kurt Lachner, diese Trantüte, meldete sich nicht. Georg starrte sein Tischtelefon an und versuchte, es zu hypnotisieren. Zweimal schon hatte er in München angerufen und nach den Ergebnissen gefragt. Aber Fehlanzeige. Es hieß immer nur, Lachner sei nicht zu sprechen. Der Hauptkommissar, da war Georg förmlich zusammengezuckt, als der Titel fiel, sei auf dem Oktoberfest beschäftigt.

Georg trat ans Fenster. Die Hände in die Taschen seiner Jeans geschoben, schaute er hinaus auf den Parkplatz und ein von der Sonne gebräuntes Rasenstück. Die Polizeiinspektion Traunstein lag in einem eher ruhigen, wenig spannenden Ortsteil.

Verglichen mit seinem ehemaligen Büro in der Ettstraße, mitten in der Innenstadt von München, verbreitete die Anliegerstraße an der Peripherie von Traunstein ein eher tristes Bild. Wenn Georg es genau betrachtete, dann verströmte die Gegend rund um die Polizeiinspektion mit den Mietsblöcken, die einen etwas verwahrlosten Eindruck machten, eine verstörende Anonymität.

Doch seine Unzufriedenheit hatte noch einen weiteren, sehr viel persönlicheren Grund. Da machte er sich nichts vor. Der gestrige Nachmittag lag ihm schwer im Magen. Er konnte sich nicht erinnern, in München jemals einen so absurden Arbeitstag hinter sich gebracht zu haben. Die Großstadt, die ihm so ans Herz gewachsen war, die ihm so viel Freiraum verschafft hatte, fehlte ihm schmerzlich. Selten hatte er sich das so klar eingestanden, und natürlich wusste er, dass er sich München gerade schönredete.

Aber nicht ohne Grund war er vor 20 Jahren zum Studium hergekommen. Mit aller Gewalt wollte er damals raus aus der Provinz, aus dem kleinen Dorf, das sich im Sommer unerträglich mit Freizeitkapitänen von überdimensionierten Schlauchbooten, Großfamilien aus dem Pott und Rudeln von Caravanern und Campern füllte, dass man sich selbst als Fremder vorkam. Im restlichen Jahr schlief Chieming vor sich hin, waren die Feste der Trachtenvereine, der freiwilligen Feuerwehr und der Sportschützen die einzige Abwechslung im trägen, vor sich hin dümpelnden Alltag, abgestanden wie der See nach einem warmen Sommer. Als Zwanzigjähriger hatte es ihn rasend gemacht, dass ihn jeder kannte, jeder wusste, was er trieb, wie seine Freundin hieß und welche Besitztümer die Schwiegereltern in spe ihr Eigen nannten. Es war bekannt, ob er am Sonntag die Messe besucht oder am Samstag beim Fußball den Heimsieg mit einem verschossenen Elfmeter vergeigt hatte.

Natürlich hatte ihn die Arbeit als Hauptkommissar in der Millionenstadt voll gefordert. Freie Wochenenden waren rar gewesen. Doch auch in Traunstein erforderte ein Mord seinen vollen Einsatz. Eine Leiche war nicht unspektakulärer oder weniger tot, nur weil sie auf einer Landstraße, in einem Dorfschuppen oder im gepflegten Garten eines Einfamilienhauses am See gefunden wurde. Auch hier lag der Ermittlungserfolg im raschen Handeln. Dann musste er auch in Traunstein Überstunden machen. So wie gerade in diesem Fall. Die italienische Leiche war eine besondere Herausforderung. Das wurde ihm mehr und mehr klar. Und nicht nur, weil sie auf dem größten Volksfest der Welt gefunden worden war und er seine Informationen in ungewohnter Weise aus zweiter oder dritter Hand bekam. Was ihm überhaupt nicht gefiel.

Zu allem Überfluss war die Ortsbegehung und die Zeugenbefragung im Hotel «Seebrucker Hof» eine ganz spezielle Sache gewesen. Und obendrein noch ziemlich erfolglos. Georg fuhr sich mit beiden Händen durch die gelockten, dunkelbraunen Haare, die ihm wie üblich widerspenstig vom Kopf abstanden.

Der Umstand, dass er Hildegard Brunner noch von der Schulzeit her kannte, hatte ihm seinen Job in ihrem Hotel nicht leichter gemacht. Im Gegenteil. Das vertrauliche Du, die persönliche Beziehung, und lag sie auch schon Jahre zurück, machten es ihm schwer, mit der nötigen Härte nachzufragen oder aufzutreten. Da musste er unbedingt noch an sich arbeiten. In München hatte er nie Schwierigkeiten damit gehabt, sich Respekt zu verschaffen. Doch die Hotelwirtin war am Ende doch etwas zu vertraulich geworden.

«Und den Wagen da, von dem Italiener, den schaffst weg, Schorsch, so bald wie möglich. Am besten gleich!» Als er nicht sofort reagierte, setzte sie noch hinzu: «Und deine Leut nimmst mit. Wie schaut denn das vor meinen Gästen aus, wenn die Spurensicherung das ganze Hotel auf den Kopf stellt? Geschäftsschädigend ist das, und das kann ich mir nicht leisten, verstehst!»

Nur mit Mühe hatte er sich beherrscht. Er ließ sich nicht gern vorschreiben, was er zu tun hatte. Und von wegen Schorsch! Mehr denn je hatte er in diesem Moment seinen Vornamen verwünscht. So fiel dann seine Antwort frostig aus: «Die Spurensicherung bleibt hier, bis sie ihre Arbeit beendet hat. Und wenn du mir verrätst, wie sich ein 7er-BMW ohne Autoschlüssel bewegen lässt, bist du ihn auch sofort los.»

Er hoffte, dass Lachner bei den persönlichen Sachen von Andrea Cuméo auch den Autoschlüssel gefunden hatte. Sonst mussten sie noch den Abschlepper aus München kommen lassen. Aber das Auto konnte erst einmal warten. Das wütende Gesicht von Hildegard Brunner hatte ihn für den wenig ergiebigen Besuch entschädigt.

Aber für die größte Pleite des Tages war er selbst verantwortlich. Immer noch fassungslos schüttelte er über sich den Kopf. Die Mutter mit nach Seebruck zu nehmen war eine absolute Schnapsidee gewesen. Das würde er nicht so bald wiederholen. Das war sicher. Aber wie hätte er denn ahnen sollen, dass sie sich neben der Käsesahne auch noch ein Stück Schwarzwälder Kirschtorte bestellen würde? Er hätte vor dem Sahneberg kapituliert. Nicht so Katharina Breitwieser!

Als er mit dem Team der Spurensicherung das Hotelzimmer von Andrea Cuméo versiegelt hatte und auf die Hotelterrasse zurückkam, sah er gerade noch die Reste der üppigen Sahnetorte auf dem Teller. Verschmitzt hatte ihn die Mutter angesehen.

«Schau net so streng», hatte sie gesagt. «Dein Magen ist es ja nicht!»

Aber sein Wagen war es gewesen, der die Übelkeit seiner Mutter auf der Rückfahrt nach Chieming abbekommen hatte. Als sie die Seepromenade von Seebruck entlangfuhren, hatte ihn die Mutter plötzlich mit Panik im Gesicht angesehen und sich krampfhaft die Hände vor den Mund gehalten. Dann war alles sehr schnell gegangen. Bis er am Straßenrand zum Halten gekommen war, gab die Mutter erste Würgelaute von sich.

Auch jetzt noch schüttelte es ihn, wenn er daran dachte. Zu Hause hatte er mit der Pflegerin die Mutter ins Bad geschleppt. Da war sie nur noch ein Häuflein Elend gewesen, und sie hatte ihm schon wieder leidgetan. Ihre Hinfälligkeit machte ihn manchmal richtiggehend fertig. Es war so schwer zu akzeptieren, was für ein fragiler, fast apathischer Mensch aus seiner energischen, humorvollen und schlagfertigen Mutter geworden war. Der Ausflug hatte sie richtig aufleben lassen und Wünsche in ihr geweckt, die sie anschließend leider furchtbar hatte büßen müssen. Aber vielleicht war es für ihn schlimmer als für sie selbst. So tröstete er sich. Nachdem sie dann glücklich im Bett lag, zu einer völlig unmöglich frühen Zeit – das war ihm dann aber egal gewesen –, hatte er den Wagen an der nächsten Tankstelle reinigen lassen.

Was ihn jedoch am meisten ärgerte, war die insgesamt erfolglose Fahrt. Bei der Durchsuchung der drei Hotelzimmer, die die Italiener bewohnt hatten, war absolut nichts herausgekommen.

Es klopfte, und Brigitte Hufnagel, seine Mitarbeiterin, streckte den Kopf zur Tür herein.

«Kommens nur rein, Frau Hufnagel. Was gibt es denn?»

Die Sekretärin hatte er wie den Schreibtisch von seinem Vorgänger Staudinger übernommen. Eine tüchtige, unauffällige Person Ende vierzig, die ihre Arbeit machte, aber ihm ansonsten tunlichst aus dem Weg ging.

«Hauptkommissar Lachner aus München hat Unterlagen gefaxt», teilte sie knapp mit und reichte ihm eine dunkelblaue Eckspanner-Mappe. Noch bevor es ihm gelang, weitere Fragen zu stellen, war sie auch schon zur Tür hinaus. So ging es eigentlich nicht, dachte er. Und den Kaffee, den diese Büroperle mit einer altersschwachen Kaffeemaschine produzierte, konnte kein Mensch trinken. Es wurde höchste Zeit, dass er eine ordentliche Espressomaschine besorgte. Vermutlich kam seine schlechte Laune vom Kaffee-Entzug. Und das nächste ordentliche italienische Restaurant war auch nicht fußläufig erreichbar. An die vielen Italiener in München durfte er gar nicht denken, sonst wurde er definitiv schwermütig.

Georg ging zurück an seinen Schreibtisch und zog energisch die Gummibänder der Mappe nach hinten und klappte den Pappdeckel auf. Verdammt ruhig war es hier, ging es ihm durch den Kopf. Die Kollegen waren um diese Uhrzeit sicher alle schon ausgeflogen. Um kurz nach fünf arbeitete niemand mehr in Traunstein, wenn es sich vermeiden ließ. Sie hatten es alle eilig, an den See zum Baden oder Segeln zu kommen. Mitte September musste jeder Tag ausgenützt werden. Ein Gewitter genügte, und die Wassertemperatur war nur noch etwas für hartgesottene Wasserratten. Da gehörte er eindeutig nicht dazu. Überhaupt badete er lieber im Meer. Der See mit seinen großen, moosigglitschigen Steinen, die das Hineingehen zur Qual machten, war absolut nicht sein Fall. Im Sommer entwickelte sich das Ufer zur Brutstätte von Millionen von Stechmücken. Eine Plage, die auch den letzten aufrechten Schwimmer in die Flucht schlug.

Ja, das Meer! Einen kurzen Moment dachte er an Elba und das feine Fischrestaurant am Strand von Procchio. Da sollte er unbedingt einmal wieder hinfahren, nahm er sich vor. Der Toni hatte es gut. Nach knapp drei Stunden Autofahrt konnte er links wie rechts des Stiefels Meer, Strand und gutes Essen genießen. Und was hatte er? Jede Menge Berge, die sich ihm schwer auf das Gemüt legten, und einen See, der mehr und mehr verlandete und die meiste Zeit im Jahr zu kalt zum Baden war.

Komm, reiß dich am Riemen, sagte er sich. Er griff nach dem Obduktionsbericht von Doktor Wallner. Georg fühlte, wie sein Adrenalinspiegel anstieg. Wallner war ein hervorragender Pathologe. Ganz sicher hatte er bei Andrea Cuméo irgendetwas gefunden. Aufmerksam las Georg die zwei Seiten des Berichts. Und er wurde nicht enttäuscht. Er sah auf die Uhr. Kurz nach sechs. Toni war sicher schon auf dem Weg nach Hause. Diese Neuigkeiten wollte er ihm auf jeden Fall persönlich erzählen. Anschließend konnte er die Papiere immer noch faxen.

Georg blätterte weiter. Er fand Lieferscheine und Rechnungen, die Cuméo interessanterweise bei sich hatte. Eine Liste mit den persönlichen Dingen des Toten lag ebenfalls dabei. Unter anderem war ein Transponder, eine Art Fernbedienung, für den Wagen erwähnt. Auch eine Brieftasche hatte der Tote bei sich gehabt. Also war Raub mit Todesfolge an einem alkoholisierten Wiesn-Besucher auszuschließen. Georg suchte nochmals den Wert in Wallners Bericht. Stolze 1,5 Promille hatte Cuméo im Blut gehabt. Respekt, dachte Georg. Damit geht keiner mehr weit. Kein Wunder, dass hinter dem Schottenhamel-Zelt Schluss für Cuméo gewesen war. Das Wiesn-Bier war schon ein besonderer Saft. Es machte nicht nur einen Rausch, sondern auch extrem müde.

Der Inhalt der Brieftasche war genauestens aufgeführt. Cuméo hatte nach dem Wiesn-Besuch immer noch 200 Euro Bargeld bei sich, diverse Kreditkarten und ein Foto von einer blonden Frau. Die Kollegen in München hatten eine Farbkopie beigelegt. Sie sah sehr gut aus und war etwa 35 bis 40 Jahre alt. Auf der Rückseite des Fotos hatten die Kollegen auch einen Text entdeckt: «Tanti baci della tua cara Cornelia!» Viele Küsse von deiner lieben Cornelia. Das Foto zeigte ganz sicher nicht Cuméos Ehefrau. Georg nickte zufrieden. Das alles gab doch schon einiges her.

Er suchte die Liste nach einem Handy ab. Aber Fehlanzeige. Blieb in dieser Hinsicht als letzte Chance noch das Auto. Im Hotelzimmer hatten sie außer der üblichen Wäsche und einem umfangreichen Kosmetikbeutel im Bad nichts Aufregendes gefunden. Jedenfalls kein Handy. Möglicherweise hatte er es auf der Festwiese oder im Bierzelt verloren. Im Gedränge und in feuchtfröhlicher Stimmung war das durchaus möglich. Aber selbst wenn es jemand im Fundbüro auf der Wiesn abgegeben hatte, half ihnen das nicht weiter. Die Schubladen in dem kleinen Fundbüro, das am Rande des Oktoberfests in einem Container untergebracht war, quollen geradezu über. Bis sie seines identifiziert hätten, würde es eine Ewigkeit dauern.

Georg schob die Papiere säuberlich zusammen und klappte die Mappe zu. Eines war jetzt zweifelsfrei sicher: Cuméo war keines natürlichen Todes gestorben, und diese sensationelle Nachricht würde er Antonio unverzüglich telefonisch mitteilen.

12

VERONA
17.00 UHR

Enrico, begleite Signor Menasi in mein Büro. Ich komme sofort nach, möchte nur noch Lavinia fragen, ob sich die Dottoressa inzwischen gemeldet hat.» Mit diesen Worten verschwand Antonio in Lavinias Büro. Sie stand am Fenster mit dem Rücken zu ihm und telefonierte. Die Pathologin di Silva, die er so dringend sprechen wollte, sah ihm erschrocken entgegen. Beschwörend legte sie ihren Zeigefinger an die Lippen.

«No, Dottor Mauro, Commissario Fontanaro ist nicht in der Questura. Soll ich ihm etwas ausrichten?»

Antonio versuchte, leise den Rückzug anzutreten, doch in diesem Moment drehte sich Lavinia zu ihm um. Hektisch machte er mit beiden Armen abwehrende Bewegungen. Der Staatsanwalt hatte ihm gerade noch gefehlt. Lavinia lächelte. Auch die Dottoressa entspannte sich.

«Sì, Dottor Mauro. Ich gebe dem Commissario Bescheid, dass er Sie zurückruft. Selbstverständlich.» Die Polizistin verdrehte die Augen. Antonio war dankbar. Sie hatte schnell gelernt, wie sie die Prioritäten zu setzen hatte. Zusammenhalt in der Abteilung war wichtig, das hatte sie rasch begriffen. Dabei war das nicht selbstverständlich.

Nach seiner Versetzung von Bozen nach Verona hatte er fast ein Jahr gebraucht, um seinen Mitarbeitern diese Notwendigkeit klarzumachen. Sie hatten dem Südtiroler, der von Fausto als neuer Commissario vorgestellt worden war, wenig Vertrauen entgegengebracht. Und Fausto, der sich mehr um seine Weinberge und seine Apfelplantage kümmerte als um seine Aufgaben in der Questura, war ihm keine große Hilfe gewesen. Südtiroler galten im restlichen Italien gemeinhin als Fremde, Ausländer, als ehrgeizig und stur. Ihr Dialekt war unverständlich, die Sprache hart, kehlig und wenig italienisch. Sie galten als derbe, etwas schwerfällige Gesellen, die einen merkwürdigen Humor hatten. Wie man das Leben genießt, wie man sich elegant kleidet, davon hatten sie keine Ahnung. Antonio hatte die Vorurteile zu spüren bekommen. Wenn sie ihn aufgrund seiner Position auch nicht offen aufziehen oder ignorieren konnten, so blieb doch Fausto grundsätzlich ihr Ansprechpartner, wenn es beruflich ernst wurde.

Als die Kollegen dann noch mitbekamen, dass Antonio mit einer Neapolitanerin verheiratet war, wenn auch in dritter Generation, war er ihnen nur noch suspekt. Südtirol und Süditalien in Kombination war eindeutig zu viel. Wie schon so oft, hatte er die Integrationspolitik Mussolinis, die fast hundert Jahre zurücklag, verflucht. Die Mischung von Süditalienern mit den Südtirolern, ob oben in Bozen oder unten in Neapel oder Sizilien, hatte Hass, Misstrauen und Vorurteile gefördert. Eine Saat, die immer noch aufging und selbst seine Generation noch belastete. Von den separatistischen Bemühungen Südtirols, die unter der Oberfläche nach wie vor schwelten, ganz zu schweigen. Der Riss ging selbst durch seine eigene Familie. Sein Vater hatte es immer noch nicht verwunden, dass Antonio nach Verona gegangen war, dass er das Hotel und das Weingut nicht übernehmen wollte. Doch das war eine andere Geschichte. Energisch schob er diese Gedanken beiseite.

Das Verhältnis zu den Kollegen stand auf einem anderen Blatt. Erst eine große Einweihungsparty in der neuen Wohnung im Quartiere Borgo Trento, die er mit seiner kleinen Familie bezogen hatte, brachte das Eis zum Schmelzen. Marissa hatte tagelang gekocht, ein riesiges Büfett gezaubert, und er hatte großzügig seinen Weinkeller geplündert. Die Party dauerte bis in den frühen Morgen. Anschließend glaubte keiner der Kollegen mehr, sie hätten es mit einem unterkühlten Bergler zu tun. Dass er astreines Italienisch sprach, nahmen sie als selbstverständlich hin. Fausto unterstützte schließlich seine Ernennung zum Hauptkommissar und machte dem letzten Zweifler klar, dass Antonio Fontanaro ab sofort das Sagen hatte. Sein Team war zwar klein, aber zuverlässig, loyal und extrem erfolgreich.

«Sobald der Commissario die Questura betritt», versicherte in diesem Moment Lavinia, «wird er Sie zurückrufen, Dottore. Certamente! Buona serata! Sì, sì! Einen schönen Abend!» Lavinia legte auf und lachte.

«Was wollte er denn?», fragte Antonio pflichtschuldig nach.

«Ergebnisse! Und den Obduktionsbericht.»

Sie sahen beide erwartungsvoll die Dottoressa an.

«Wo waren Sie denn gestern früh? Ich kann mich nicht erinnern, dass Sie einmal nicht am Tatort erschienen wären.» Antonio konnte diese neugierige Frage nicht zurückhalten.

Dottoressa di Silva lachte. «Sie haben recht, Commissario. Und ich war auch ziemlich sauer, weil man mich morgens um kurz nach sechs Uhr aus dem Bett holte und nach Pordenone zitierte.»

«Nach Pordenone? Aber das macht doch keinen Sinn. Dort ist doch sicher ein Kollege von Ihnen zuständig!»

«Normalerweise ja. Doch Dottor Cavallino ist krank. Er liegt seit Freitag mit einem Herzinfarkt in der Klinik. So schnell war keine Vertretung zu bekommen, und deshalb hat man mich geholt. Wer konnte denn auch ahnen, dass nur wenige Minuten später unsere Spurensicherung mich ebenfalls dringend brauchte.»

«Und was war dort los?»

«Eine völlig überflüssige Fahrt war das. Es gab keine Toten. Nur ein völlig ausgebranntes Auto in einem ebenfalls niedergebrannten Hühnerstall. Es waren nur eine Menge toter Hühnchen zu beklagen. Das war alles. Sachschaden, nichts weiter! Die restliche Spurenuntersuchung hat das Team von Pordenone übernommen.»

«Und was haben Sie bei Dottor Talenti herausgefunden, Dottoressa?»

Die Pathologin griff nach einem Ordner, den sie auf Lavinias Schreibtisch abgelegt hatte.

«Ich fürchte, nicht wirklich viel Neues. Fabrizio Talenti ist letztlich erstickt. Zuvor hat ihm der Täter einen heftigen Schlag auf den Hinterkopf verpasst, der ihn bewusstlos machte und ein großes Hämatom hinterließ. Sonst gibt es keine Hinweise auf Abwehr- oder Kampfspuren.»

Sie blätterte ein wenig in ihrem Bericht herum. «In den Haaren des Opfers habe ich kleinste Flusen von rotem Leinenstoff gefunden, der mit den Kleidungsstücken Talentis nicht zusammenpasst.»

«Das heißt, der Gegenstand, mit dem man auf seinen Hinterkopf geschlagen hat, war mit Leinen umwickelt oder überzogen?»

«Möglich.» Die Dottoressa zog die Schultern nach oben. «Keine Ahnung, was das gewesen sein könnte. Auch eine Jacke oder ein Sakko könnte Rückstände hinterlassen haben. Vielleicht beim Bewegen der Leiche.»

Antonio rief sich den Tatort ins Gedächtnis. Eine Frage stellte er sich immer wieder: Wie war der Täter, und er ging nach wie vor von einem Mann aus, in die Wohnung Talentis gelangt? Er war unbemerkt von hinten an sein Opfer herangetreten, hatte zugeschlagen und dann dem wehrlosen Arzt die Plastiktüte über den Kopf gestülpt.

Die Krankenschwester hatte ausgesagt, dass Talenti nach einem anstrengenden Arbeitstag zur Entspannung Klavier spielte. Und direkt vor seinem Flügel liegend hatten sie ihn auch gefunden. Vermutlich kannte er die Gewohnheiten des Dottore. Das Opfer hatte ihn nicht gehört und keine Möglichkeit gehabt, sich zu wehren. Der perfekte Überfall von hinten! Außerdem musste er einen Schlüssel gehabt haben. Oder aber Talenti rechnete mit Besuch und hatte vorsorglich die Haustür offen gelassen, damit er sein Spiel nicht unterbrechen musste. Dieses letztere Szenario ließ vielleicht doch den Schluss zu, dass er Besuch von einer Dame bekommen hatte? Ein kleines Stelldichein, bevor der Klinikalltag weiterging?

«Haben Sie in den Kleidungsstücken des Toten etwas gefunden?»

Wieder konsultierte die Pathologin ihre Unterlagen.

«Ein Feuerzeug, eine Packung Nazionali-Zigaretten und ein Schlüsselbund befanden sich in den Taschen seiner Jeans.»

«Wer hat den Schlüsselbund jetzt?»

«Ich habe ihn an die Spurensicherung weitergereicht. Von meiner Seite gibt es im Fall Talenti keine weiteren Erkenntnisse, Commissario.» Die Dottoressa reicht ihm die Akte. «Wenn der Staatsanwalt keine Einwände hat», hier lächelte sie Lavinia an, «würde ich die Leiche freigeben. Die Witwe wartet sicher schon darauf.» Sie nickte und zog leise die Tür hinter sich zu.

Petrelli, der Chef der Spurensicherung, hatte bislang auch

nichts Auffälliges gefunden. Wie die Privatwohnung wies auch das Büro des Chefarztes im Erdgeschoss der Klinik keine Spuren von Fremdeinwirkung auf. Der Täter hatte sich dort, sehr zur Erleichterung Antonios, offensichtlich nicht aufgehalten.

Und wie hing das nun alles mit Andrea Cuméo zusammen? Attilio Menasi, der noch in Antonios Büro wartete, würde ihm wahrscheinlich auch keine große Hilfe sein.

«Ist Fausto eigentlich mittlerweile aufgetaucht?»

Lavinia schüttelte bedauernd den Kopf. «Er ist bei der Apfelernte in ein Nest von Erdwespen getreten und kann die nächsten Tage nicht ins Büro kommen. Seine Frau hat angerufen und plastisch geschildert, wie sehr ihr armer Fausto unter den Stichen und der Geschwulst am Bein leidet.»

«Madre di Dio!», entfuhr es Antonio. «Fausto und seine Ökonomie. Dann müssen Sie jetzt bitte mit mir kommen, Lavinia! Enrico und ich führen in meinem Büro ein Verhör durch. Nehmen Sie das Aufnahmegerät mit und etwas zum Schreiben. Eine weitere Zeugin bei der Vernehmung kann nicht schaden.»

«Signora Rigoni hat mehrmals angerufen, Commissario!»

Augenblicklich bekam Antonio ein schlechtes Gewissen. Aber was sollte er der armen Frau sagen? Dass sie immer noch nicht wussten, wie genau Cuméo in München ums Leben gekommen war? Bevor er nichts aus München gehört hatte, würde er sich bedeckt halten.

«Was haben Sie ihr denn gesagt?»

«Dass Sie daran arbeiten und deshalb nicht im Büro zu sprechen sind.»

Antonio nickte. «Esatto!»

Sie durchschritten gemeinsam den schlecht beleuchteten Korridor. Ihre Schritte hallten von den kahlen, rissigen Wänden wider. Die Ähnlichkeit mit den Räumen von «paga meno» war wirklich verblüffend. Vielleicht sollte er doch einen erneuten Vorstoß beim Bauamt machen, dachte Antonio.

«Erinnern Sie mich bitte daran, Lavinia, dass ich morgen Paolo Carlino anrufe!»

«Wer ist das?»

«Ein Beamter, der die Aufträge für Sanierungen von öffentlichen Gebäuden erteilt. Seit Jahren schon heißt es, in der Questura würde umfangreich saniert. Ich muss mich bei Signor Carlino wieder einmal in Erinnerung bringen.»

Mit diesen Worten öffnete er die Tür zu seinem Büro und ließ Lavinia Strano den Vortritt.

«Allora, Signor Menasi. Sie hatten inzwischen Zeit, sich ein wenig zu sammeln und zu überlegen, ob Sie in irgendeiner Weise kooperativ sein wollen.» Antonio sah dem untersetzten Mann mit den dunklen Augen prüfend ins Gesicht. Doch dieser verzog keine Miene. Unbeteiligt saß er auf seinem Stuhl und sah an ihm vorbei, so als galten einem anderen diese aufmunternden Worte.

«Haben Sie Ihrer Zeugenaussage, die Sie vorhin in Ihrem Büro gemacht haben, irgendetwas hinzuzufügen?»

Arrogant hob Attilio Menasi die rechte Augenbraue und schüttelte den Kopf.

«Und was sagen Sie dazu, dass Andrea Cuméo am Sonntagabend in München, weit weg von Turin, tot aufgefunden wurde?»

«Das ist eine Verwechslung. Andrea geht es gut.»

«Und woher nehmen Sie diese Sicherheit?»

Menasi schwieg hartnäckig. Antonio schüttelte leicht den Kopf. Dieser sture, dumme Mensch ging ihm gehörig auf die Nerven. Außerdem stahl er ihm unnötig Zeit. Da von Georg noch immer keine Nachrichten vorlagen, musste Antonio ohne die Gewissheit, dass Cuméo eines unnatürlichen Todes gestorben war, weitermachen.

«Signor Menasi», begann er, «wir haben die Aussage von Ugo Brione, der uns eine ganz andere Geschichte erzählt hat.»

«Das glaube ich gern, der lügt, wenn er nur den Mund aufmacht», kam es postwendend von Attilio Menasi.

«Das heißt, Ihr Verhältnis zu Signor Brione ist nicht das beste?»

«Ich mache mit ihm Geschäfte. Ich will ihn nicht heiraten.»

«Ihr Verhältnis zu Andrea Cuméo ist demnach ein ganz anderes?»

Menasi nickte nur. Der Unternehmer hatte sich anscheinend eine neue Strategie zurechtgelegt. Er würde ab sofort kaum noch den Mund aufmachen. Was er nicht laut sagte, fehlte auf dem Aufnahmeband und war später nur schwer gegen ihn zu verwenden.

«Dann erzählen Sie uns doch einmal ausführlich von Ihrer Fahrt nach Turin.»

«Bin ich ein Papagei oder was? Die Geschichte wird nicht anders, wenn ich sie Ihnen nochmals herunterbete.»

«Meine Kollegin hier, Lavinia Strano, hätte sie auch gern gehört.»

Für diese Bemerkung erntete Antonio lediglich einen bösen Blick.

«*Wir* haben Zeit, Signor Menasi. Im Gegensatz zu Ihnen. Sie sind ein vielbeschäftigter Geschäftsmann. Es wäre besser für Sie, Sie würden uns weiterhelfen. Sonst müssten wir Ihnen eine Zelle für die Nacht anbieten.»

«Mit welcher Begründung halten Sie mich fest, Commissario?»

«Wegen Mitwirkung an einer Straftat», konterte Antonio schnell. «Verdacht auf Körperverletzung mit Todesfolge, außerdem besteht Flucht- und Verdunklungsgefahr. Im Moment sind Sie unser Hauptverdächtiger, was den Todesfall Cuméo angeht.» Solange Georg nicht anrief und den Mord an Cuméo bestätigte, befand er sich rechtlich auf dünnem Eis.

«Ich möchte meinen Anwalt sprechen», verlangte Menasi prompt.

«Das ist Ihr gutes Recht, Signore.» An Lavinia gewandt sagte er: «Rufen Sie bitte Avvocato Cattarese an. Sein Mandant braucht Beistand.»

«Nicht Cattarese! Mein Anwalt heißt Pietro Rubino.»

«Interessant!», mischte sich überraschend Enrico Brandino ein. «Was haben Sie plötzlich gegen Simone Cattarese?» Dabei deutete er mit dem Zeigefinger auf Papiere, die er auf dem Tisch ausgebreitet hatte. «Sie bedienen immer noch einen Kredit, den Ihnen Andrea Cuméo gewährt hat.»

«Von wem haben Sie diese Information?» In Menasis Stimme mischte sich ein drohender Unterton.

«Wir haben unsere Quellen, Signor Menasi.»

Offenbar hatte Enrico wieder seinen Bruder beim Finanzamt ins Vertrauen gezogen. Antonio schüttelte leicht den Kopf. Legal war das nicht.

«Ohne richterliche Genehmigung können Sie diese sogenannten Quellen nicht benutzen!» Menasi kannte seine Rechte.

«Das stimmt, Signor Menasi. Aber wer sagt denn, dass wir diese Unterlagen gegen Sie verwenden wollen? Ich frage mich einfach nur, weshalb Sie nicht die Hilfe des Anwalts in Anspruch nehmen wollen, dem Sie bei der Kreditvergabe eine Generalvollmacht ausgestellt haben, Sie in allen Rechtsgeschäften zu vertreten.» Aufmunternd sah er den kräftigen Mann an, der in sich zusammengesunken auf dem Stuhl saß und nicht so recht wusste, wie er sich am besten verhielt.

«Es interessiert mich einfach. Reine Neugierde.» Enrico lächelte immer noch.

«Ich möchte, dass Sie Avvocato Rubino herbestellen.»

Antonio nickte. «D'accordo. Kein Problem.» Er hatte genug und sah auf die Uhr. Es war kurz nach sechs. In weniger als einer Stunde erwartete Marissa ihn zum Abendessen. Hoffentlich war dieser Rubino zu Hause. Es sah nicht danach aus, als würde sich hier so schnell etwas bewegen. Doch bevor er selbst zum Telefonhörer greifen konnte, läutete es.

«Pronto!» Antonios Miene hellte sich deutlich auf. «Ciao, Giorgio. Finalmente!» Er blickte auf seine Kollegen und den Zeugen Menasi. «Lass uns Deutsch sprechen, Georg. Ich stecke mitten in einer Zeugenbefragung, muss aber dringend wissen, was du Neues zu berichten hast. Ich befinde mich in einer Sackgasse. Diese sogenannten Geschäftsfreunde, die Cuméo nach München begleitet haben, lügen, dass mir die Ohren tropfen.»

Attilio Menasi sah Antonio abschätzig an. Dann stützte er beide Arme auf den Knien ab und vergrub sein Gesicht in den Handflächen. Ab sofort war er ganz Ohr. Antonio musste auf der Hut sein. Menasi konnte vermutlich auch Deutsch, oder zumindest verstand er Brocken davon.

Georg lachte laut in den Hörer.

«Ja, ich glaube, ich habe was für dich, Toni, was dich so richtig freuen wird. Hör zu! Der Pathologe in München hat festgestellt, dass Cuméo neben einem Alkoholspiegel von 1,5 Promille auch eine gehörige Überdosis K.-o.-Tropfen und Digitalis im Blut hatte. Dieser Medikamentencocktail in Verbindung mit Alkohol in dieser Menge, bei einem Mann vom Alter und Körpergewicht Cuméos, ist absolut tödlich.»

«Du meinst, es war Mord?»

Antonio ließ Menasi keinen Augenblick aus den Augen. Diese Feststellung nahm er ohne erkennbare Reaktion auf.

«Definitiv. Ohne jeden Zweifel.»

«Digitalis ist doch ein gängiges Herzpräparat?»

«Bei Überdosis wird ein Gift daraus, sagt unser Pathologe.»

«Gibt es brauchbare Zeugen?»

«Wie man's nimmt. Die Bedienung, die die Italiener im Schottenhamel-Zelt den ganzen Abend über versorgt hat, sagt aus, dass die Herren im Laufe des Abends junge Damen an den Tisch gelassen und ihnen auch Brotzeit und Bier spendiert haben. Es wurde eine fidele Runde. Herren wie Damen tanzten auf Bänken und Tischen. Alles ganz normal. Nichts Auffälliges.

Bezahlt hat Cuméo. Nur das Trinkgeld hätte üppiger ausfallen können, beklagt sich die Bedienung.» Wieder lachte Georg laut und fügte hinzu: «Es ist ihnen ja immer zu wenig. Ich kenne es nicht anders.»

«Und weiter?» Antonio spürte, dass Georg ihn ein wenig auf die Folter spannte.

«Nur die Ruhe, Toni! Gegen halb zehn Uhr abends, die Damen waren schon gegangen, da machte unser Freund Andrea Cuméo schlapp. Zwei seiner Begleiter haben ihn untergehakt und zur Toilette gebracht.»

«Das heißt, nur einer blieb am Tisch und wartete?»

«Vermutlich! Später saß einer der Herren allein am Tisch.»

«Konnte die Bedienung die Begleiter von Cuméo beschreiben?»

«Nur sehr vage. Das letzte Bier war ausgeschenkt und bezahlt. Die Bedienung hat sich ans Aufräumen gemacht und ihre Gäste nicht weiter beobachtet. Außerdem war das Zelt den ganzen Abend über gerammelt voll. Sie hat immer sofort abkassiert und sich keine Gesichter gemerkt.»

Nur mit Mühe konnte sich Antonio seinen Unmut verkneifen.

«Ich weiß, das ist nicht günstig, Toni. Ich werde selbst mit der Bedienung nochmals sprechen. Aber viel wird wahrscheinlich nicht dabei herauskommen.»

«Bene!»

«Ich hör schon, du kannst nicht richtig reden!»

«Genau.»

«Nur noch so viel: Neben allem anderen Kleinkram haben die Kollegen in München bei Cuméo diverse Lieferscheine und Rechnungen gefunden. In seiner Aktentasche habe ich außerdem einen Vertragsentwurf entdeckt. Diese Papiere und das Zeugenprotokoll der Wirtin vom Hotel ‹Seebrucker Hof›, in dem die Italiener abgestiegen sind, faxe ich jetzt umgehend nach Verona. Sie beweisen, dass Cuméo nicht allein zum Vergnügen nach München gereist ist. Der Lieferschein ist dabei besonders wichtig. Er betrifft eine Lieferung von 1000 Hühnchen an den ‹Giggerl Wirt› auf der Wiesn. Der Wirt, Franz Schmidtbauer mit Namen, ist in ziemlicher Bedrängnis. Sein Zelt, das er heuer zum ersten Mal auf der Wiesn aufstellen durfte, ist am Montagmittag vom Gesundheitsamt geschlossen worden. Es gilt als erwiesen, dass die Fälle von Salmonellenvergiftung von seinen Brathähnchen ausgingen. Franz Schmidtbauer ist erledigt. Die Kollegen fahnden nach ihm. Seit Montagfrüh fehlt von ihm jede Spur.»

Antonio brauchte einen Moment, bis er begriff, was ihm Georg gerade erzählte. Es war noch keine halbe Stunde her, da hatte ihm Dottoressa di Silva von ihrem Einsatz in einem Geflügelbetrieb berichtet.

«Kannst du dem Lieferschein entnehmen, woher die Sendung kam?»

«Moment.»

Antonio hörte Georg mit Papier hantieren.

«Hier steht: *Allevamento di pollame di Giuseppe Spiro S.r.l., Pordenone*.»

Antonio traute seinen Ohren kaum. Da tat sich gerade eine völlig neue Sachlage auf.

«Es gab am Montagmorgen einen Brand in einem Hühnerbetrieb in Pordenone», sagte er so unaufgeregt wie möglich zu Georg. Dennoch blickte Menasi interessiert auf.

«Also *allevamento di pollame* heißt Hühnerfarm?», fragte Georg nach.

«Genau. Vielleicht hatte Franz Schmidtbauer mit Cuméo eine offene Rechnung?»

«Ganz sicher. Wenn es Cuméo war, der ihm die verseuchten Hühnchen verkauft hat, dann ist er am Ruin von Schmidtbauer schuld. Was glaubst du, was die Errichtung eines neuen Festzeltes auf der Wiesn kostet? Da sind schnell ein paar Millionen Euro im Spiel. Wenn anschließend das Zelt in den zwei Wiesn-

Wochen täglich voll besetzt ist, hat sich die Investition in zwei bis drei Jahren amortisiert. Jede Bank in München gibt dafür günstige Kredite. Für Franz Schmidtbauer sieht die Sache allerdings böse aus. Der arme Kerl kann sich glatt die Kugel geben, und das befürchten die Kollegen in München auch.»

«Ein super Mordmotiv!»

«Das kannst du laut sagen!»

«Ciao, Giorgio, du hast mir sehr geholfen.»

Antonio legte betont langsam den Telefonhörer auf. Versonnen sah er Attilio Menasi an, der ihn mit finsterem Blick musterte. Zu gern hätte er gewusst, was im Kopf des Geschäftsmannes vor sich ging. So dumm konnte er nicht sein, um nicht zu ahnen, dass sich eine unsichtbare Schnur um seinen Hals legte, die Antonio langsam, aber sicher immer enger zog.

«Avvocato Rubino geht nicht ans Telefon!», teilte Lavinia in die aufgeladene Stimmung hinein mit.

Antonio stand von seinem Stuhl auf und schob beide Hände in die Hosentaschen seiner Jeans. Mit einem kleinen, ironischen Lächeln sah er auf Menasi herab, der sofort den Kopf senkte und seine Schuhe betrachtete.

«Für heute Nacht müssen wir Sie leider hierbehalten, Signor Menasi. Unsere Behausungen sind nicht schlecht, aber die Zimmer mit Meerblick sind leider schon vergeben.»

Mit einem Kopfnicken gab er Enrico zu verstehen, dass er ihm die weiteren Schritte überließ, die Attilio Menasi zum Gast der Questura machten. Ohne großen Widerstand ließ sich der Unternehmer aus dem Büro des Commissario führen.

Es war spät geworden. Antonio trat ans Fenster und sah hinaus in die Dämmerung. Ein letzter schmaler, rosafarbener Streifen am sonst dunklen Horizont zeigte den Beginn der Nacht. Die Lichter entlang der Etsch zauberten eine etwas verträumte Stimmung, sie schickten Reflexe auf das schimmernde Wasser und täuschten eine Romantik vor, die in diesem Teil von Verona tagsüber fehlte. Hierher verirrte sich kaum ein Tourist, und er versäumte auch nichts. Antonio wandte sich von der Aussicht ab. Er schaffte es nicht mehr, pünktlich zum Abendessen zu Hause zu sein. Wieder einmal. Kurz war er versucht, Marissa anzurufen. Doch dann schickte er ihr nur eine SMS und bat sie, nicht auf ihn zu warten. So ging er einer Diskussion mit ihr aus dem Weg, und er schämte sich deswegen. Sein Vorsatz, seine Familie mehr in sein Leben einzubinden, hatte genau einen Tag vorgehalten.

Doch bevor er sich weiter mit seinem schlechten Gewissen herumschlug, suchte er die Telefonnummer des Staatsanwalts heraus. Er fand nur seine Handynummer. Vincenzo Mauro, dieser etwas eigenartige Staatsbeamte, wollte immer und überall erreichbar sein. Bereits beim zweiten Klingelton meldete er sich.

«Pronto!»

«Dottor Mauro, entschuldigen Sie die späte Störung.»

«Wer spricht dort?»

Antonio hörte Gelächter und Geschirrklappern im Hintergrund. Der Staatsanwalt saß offensichtlich in einem Restaurant beim Abendessen.

«Commissario Fontanaro, Dottore!»

«Ah, il Commissario! Welche Freude! Welche Überraschung!»

Antonio nahm den Hörer etwas vom Ohr. Er sah förmlich das sarkastische Lächeln des Staatsanwalts vor sich. Und wenn er sich nicht sehr irrte, dann hatte dieser bereits einen leichten Zungenschlag. Oder täuschte das bei dem Lärm im Hintergrund?

«Ich dachte schon, ich müsste Ihren Fall alleine lösen. Was haben Sie Neues, Commissario?»

Antonio ignorierte die Spitze und schilderte ihm in knappen Worten, wie es zur vorübergehenden Unterbringung von Attilio Menasi gekommen war und welche Ergebnisse die Befragung von Simone Cattarese und Ugo Brione erbracht hatten.

«Außerdem müssen wir davon ausgehen, dass auch Andrea Cuméo ermordet wurde. Der Kollege, der in Deutschland mit dem Fall betraut ist, gab noch einen weiteren entscheidenden Hinweis: Cuméo hat ganz offensichtlich verdorbenes Hühnerfleisch für die Festa di Birra geliefert. Dort ist bereits ein toter Gast zu beklagen. Ob es einen Zusammenhang zwischen den Todesfällen Talenti und Cuméo gibt, müssen wir klären. Dazu brauche ich von Ihnen und Richter Gioberti Genehmigungen für die Durchsuchung von Privat- und Geschäftsräumen.»

Antonio machte eine Pause in seinem Redefluss. Nur diese Genehmigungen wollte er letztendlich haben, und er hoffte, dass Vincenzo Mauro sich hier kooperativ zeigte und sich ansonsten mit seiner Berichterstattung zufriedengab.

Als der Staatsanwalt stumm blieb, fragte Antonio: «Sind Sie noch dran, Dottore?»

«Certamente!» Unüberhörbar kaute und schluckte Mauro am anderen Ende der Leitung. «Ein Lebensmittelskandal also! Interessante!» Wieder schob er sich etwas in den Mund und kaute darauf herum. Jetzt fängt er gleich zu schmatzen an, dachte Antonio und blickte angewidert aus dem Fenster. Er hatte die Beine auf den Schreibtisch gelegt und wartete ab. «Wissen Sie schon, wer die Hühner produziert hat?»

«Sì, ein Hühnermastbetrieb in Pordenone. Dort gab es am Montagmorgen einen Brand. Ob es ein Unfall war oder ein gezielter Anschlag, weiß ich noch nicht.» Dies war der Teil seines Berichts, der eine Steilvorlage für Mauro bot, wenn er es darauf anlegte.

«Ich werde mich gleich morgen früh mit dem Kollegen in Pordenone unterhalten und die Ergebnisse der Untersuchung anfordern. Wir werden dann gemeinsam zu dem Geflügelmäster fahren, Commissario, und uns dort umsehen.»

Antonio fluchte innerlich, aber hielt den Mund.

«Die Durchsuchungsgenehmigungen zu bekommen, ist kein

Problem. Nur bei Avvocato Cattarese wird es schwierig. Er unterliegt der Schweigepflicht, und er hat eine Menge Mandanten, die geschützt werden müssen. Hier brauche ich von Ihnen eine detaillierte Liste, welche Akten Sie einsehen wollen. Schicken Sie mir eine Mail. Dann kann ich heute Nacht noch alles vorbereiten. Wir brauchen von allen Beteiligten Auskünfte über laufende Verfahren, Testamente und Verträge, die die Herren untereinander abgeschlossen haben. Mein Referendar wird sich darum kümmern. Und überprüfen Sie die Alibis der Herren. Da scheinen Sie mir noch nicht wirklich weit gekommen zu sein.»

Antonio sah zur Zimmerdecke. So schlau war er auch. Je mehr er und seine Leute in den beiden Fällen herumwühlten, desto mehr Fragen taten sich auf. Das war ein lästiger, aber normaler Vorgang. Er hatte es noch selten anders erlebt. Der nächste Tag würde ihm und seinen Leuten sicher keine Langeweile bescheren.

«Im Übrigen ist dieser Valpolicella Ripasso, den sie hier anbieten, wirklich ganz hervorragend.»

«Es tut mir wirklich sehr leid, Dottore, dass ich Sie beim Abendessen störe. Wo sind Sie denn?» Diese Frage konnte sich Antonio dann doch nicht verkneifen.

«Wie heißt das hier?»

Antonio hörte im Hintergrund eine Stimme, die ihm bekannt vorkam.

«‹Da Bruno›! Kennen Sie das, Commissario? Sehr feine Sache! Versöhnt mich fast ein wenig mit meiner Versetzung nach Verona.»

Nun sank Antonio endgültig in sich zusammen. Vincenzo Mauro hatte ohne Verzug sein Lieblingslokal entdeckt. Kein Wunder, dass er begeistert war.

«Congratulazione, Dottore. Sie haben auf Anhieb das beste Restaurant der Stadt entdeckt. Bestellen Sie bitte herzliche Grüße an Bruno.»

Vincenzo Mauro lachte. «Mach ich, Commissario, mach ich! Bis morgen dann. Und vergessen Sie die Liste nicht.» Dann war die Leitung tot.

13

BUSSOLENGO
20.00 UHR

Lavinia Strano steuerte den Polizeiwagen auf die Landstraße SS12 in Richtung Bussolengo. Antonio saß neben ihr, dankbar dafür, dass er nicht selbst fahren musste. Er war hundemüde. Die junge Polizistin war sofort bereit gewesen, ihn zu begleiten. Sie durften Camilla Rigoni nicht länger im Ungewissen lassen. Sie mussten sie endlich über den Tod ihres Gatten informieren. Damit fiel das Abendessen mit Marissa endgültig aus. Den Gedanken daran schob er ganz schnell beiseite. Zudem plagten ihn Gewissensbisse, Enrico nicht für diese Fahrt in die Pflicht genommen zu haben. Doch er sagte sich, dass er die junge Frau nicht weiter schonen durfte. Je eher sie die Schattenseiten des Berufs kennenlernte, desto besser konnte sie entscheiden, ob sie überhaupt bei der Polizia und in seinem Team bleiben wollte. Er hoffte es. Lavinia Strano gefiel ihm. Sie hatte Humor und arbeitete zuverlässig.

Antonio sah in die Nacht hinaus und versuchte, etwas abzuschalten. Andrea Cuméo und seine Frau wohnten vor den Toren Veronas im Grünen. Die flache Ebene zwischen der Stadt und dem Vorort Bussolengo wurde hauptsächlich von Kleinindustrie, Outlets und großen Hotels für Kongressbesucher und Busreisende verunstaltet. Das einstmals für Obst- und Gemüseanbau genutzte Land wurde mehr und mehr zubetoniert und verlor seinen ruhigen, ländlichen Charakter.

Jedes Mal, wenn Antonio die SS12 in Richtung Bussolengo fuhr, hatte er den Eindruck, dass weitere Lagerhallen, Hotels und Wohnblocks dazugekommen waren. Er kannte sich hier gut aus und dirigierte Lavinia durch das Häuser- und Straßengewirr.

Am Ortsende von Bussolengo jedoch, bevor man die SS62 weiterfuhr, um an den Gardasee zu gelangen, gab es ein Viertel, das in den achtziger und neunziger Jahren mit zahlreichen Einfamilienhäusern bebaut worden war, die von großen Gärten und imposanten Mauern umgeben wurden. Nur die wenigsten Anwesen konnten eingesehen werden. Auch Cuméo besaß eine solche Trutzburg. Überraschenderweise stand um diese Uhrzeit das Tor zu seinem Anwesen sperrangelweit offen. Lavinia fuhr mit dem Polizeiwagen über die gekieste Einfahrt direkt auf das Grundstück und parkte neben einem schneeweißen Mercedes-Cabrio. Antonio pfiff anerkennend durch die Zähne. Die weinroten Ledersitze und das Holzlenkrad ließen darauf schließen, dass eine Frau diese Luxuskarosse fuhr. Signora Rigoni? Konnte das wirklich sein? Antonio und Lavinia stiegen aus ihrem Dienst-Alfa und sahen sich um.

Das in die Breite gebaute Haus hatte ein tief nach rechts reichendes Schleppdach, unter dem sich eine riesige Terrasse befand, die mit schweren Teakmöbeln zugestellt war. Rundbögen stützten das Dach. Davor erstreckte sich ein nierenförmig geschwungener Swimmingpool. Große Scheinwerfer unter Wasser ließen ihn türkisblau leuchten. Cuméo hatte bei seinem Eigenheim nicht gespart.

Weitere Details konnte Antonio nicht mehr aufnehmen, denn Signora Rigoni stürzte aus dem Haus, als hätte sie auf die beiden Polizisten gewartet. Dicht hinter ihr folgte eine junge Frau, die sich vergeblich bemühte, der älteren Dame nachzukommen. Mit ihren hochhackigen Pumps drohte sie jeden Moment im tiefen Kies zu stürzen.

«Finalmente, Commissario!», rief Signora Rigoni, die mit ausgestreckten Armen auf Antonio zueilte, noch bevor die junge Frau sie erreicht hatte.

«Wie konnten Sie uns nur so lange warten lassen!» Sie klammerte sich mit aller Kraft an die Ärmel seines Sakkos. Das Flehen in ihren Augen ließ Antonio Schlimmstes ahnen. Dieser Abend würde nicht leicht werden. Die junge Frau und Lavinia Strano bemühten sich, die Signora vom Commissario zu lösen und zurück ins Haus zu begleiten. Gemeinsam betraten sie schließlich eine geräumige Diele, die nur schwach von Wandleuchten erhellt wurde. Mehrere Türen öffneten sich in Räume, die alle bis auf einen im Dunkel lagen.

Das riesige Zimmer, mehr schon ein großer Salon, war mit überdimensionierten cremefarbenen Ledersofas und -sesseln um einen niedrigen Rauchglastisch mit Messingfüßen möbliert. An der Wand hingen moderne Ölgemälde in grellen Farben. Über einem offenen Kamin, dessen Öffnung schwarz und kalt in den Raum blickte, war ein ovaler Spiegel im goldenen Barockrahmen angebracht. Dunkelbraune Samtvorhänge, mit schweren Quasten seitlich gerafft, begrenzten große Fenster, die auf den Garten hinausgingen. Ein bunter Terrazzoboden war mit zahlreichen Orientteppichen belegt, die großzügig übereinander lagen und sich gegenseitig die Show stahlen. Antonio sah sich ungläubig um. Es war ihm noch selten ein pompöserer und geschmackloserer Raum untergekommen. Die Zeit war hier in den Siebzigern stehengeblieben. Ganz offensichtlich spielte Geld keine Rolle. Cuméo wollte aller Welt zeigen, was für ein erfolgreicher Geschäftsmann er war. Das Ergebnis seiner Bemühungen war allerdings mehr als peinlich.

Camilla Rigoni, seine zierliche Frau, die einen ausgesprochen geschmackvollen Antiquitätenladen in der Via Mazzini führte, saß auf einem der wuchtigen Ledersessel, in dem sie fast verschwand. Wie konnte sie diese Monstrosität in ihren eigenen vier Wänden nur ertragen, fragte sich Antonio beklommen. Furchtsam blickte die alte Dame ihm entgegen. Sie ahnte, was kommen würde. Doch ein letzter Hoffnungsschimmer lag in ihrem Blick, den Antonio so gerne nicht zerstört hätte. Die junge Frau hatte sich auf das Sofa gesetzt und sah Antonio ebenfalls reichlich blass an. Sie kam ihm irgendwie bekannt vor. Doch er konnte sich nicht darauf besinnen, woher.

«Darf ich fragen, wer Sie sind, Signora?»

«Mein Name ist Cornelia Cuméo. Ich bin die Nichte von zio Andrea.»

Antonio begriff: Sie war die junge Frau auf dem Foto, das der Münchner Kollege an Georg geschickt hatte. *Tanti baci* hatte sie für ihren Onkel übrig gehabt. Konnte es wirklich sein, dass Onkel und Nichte …?

«Sie stehen Ihrer Tante in dieser schweren Zeit bei», entfuhr es Antonio, und er verwünschte sich im selben Moment. Wie konnte er nur so taktlos sein?

«Was meinen Sie damit, Commissario?», fragte prompt Signora Rigoni nach. «Meine Nichte ist am Montagmorgen aus Turin angereist, um an der Geburtstagsfeier ihres Vaters teilzunehmen. Wie im Übrigen 20 andere Verwandte auch. Der Einzige, der sich nicht blicken ließ, war mein Mann.»

«Ja, das stimmt, Signora», begann Antonio vorsichtig. «Ihr Mann konnte nicht teilnehmen. Sie hatten leider ganz recht, sich Sorgen zu machen. Ihre Vermisstenmeldung am Montagnachmittag war richtig. Ihrem Mann ist leider ein Unglück zugestoßen, Signora. Ich fürchte, er wird nicht wieder nach Hause kommen.» Antonio brachte es nicht fertig, auszusprechen, dass Andrea Cuméo tot war.

Doch Camilla Rigoni hatte ihn verstanden. Ein kurzer spitzer Schrei kam über ihre Lippen, und dann brach sie in Tränen aus. Ihr schmaler Oberkörper wurde von heftigen Schluchzern geschüttelt. Ihre Nichte eilte zu ihr, nahm sie in die Arme und sprach beruhigend auf sie ein.

Antonio beobachtete aufmerksam die beiden Frauen. Sie schienen ein sehr vertrauensvolles Verhältnis zueinander zu haben. Es dauerte geraume Zeit, bis sich Signora Rigoni etwas gefasst hatte. Sie schnäuzte sich schließlich und sah Antonio vorwurfsvoll an. Das kannte er schon. Der Überbringer schlechter Nachrichten musste meist für den ersten Zorn, die erste Wut herhalten.

«Weshalb kommen Sie mit dieser schlimmen Nachricht erst jetzt? Mitten in der Nacht? Haben Sie keinen Anstand?»

«Es tut mir sehr leid, Signora. Aber auch ich habe erst vor gut einer Stunde Gewissheit darüber erhalten, wie Ihr Mann gestorben ist.»

Nun war es ausgesprochen und löste wie erwartet einen neuen Tränenstrom bei beiden Frauen aus. Antonio übte sich in Geduld. Prüfend sah er zu Lavinia hinüber, die tapfer auf dem Sofa saß. Schließlich stand sie auf und führte Cornelia Cuméo zum Sofa zurück, damit Antonio fortfahren konnte.

«Ihr Mann wurde am Sonntagabend gegen 22 Uhr auf dem Oktoberfest in München tot aufgefunden.» Mehr sagte er nicht, sondern wartete gespannt ab. Und er wurde nicht enttäuscht. Wie auf Knopfdruck versiegten die Tränen bei Signora Rigoni. Ihr Kopf schnellte nach oben, und sie sah ihn an, als wäre er von allen guten Geistern verlassen.

«Wo haben Sie meinen Mann gefunden? In Monaco di Baviera? Auf der Festa di Birra? Unmöglich. Ganz ausgeschlossen. Es muss sich um einen Irrtum handeln. Mein Mann trinkt kein Bier. Nie!»

«Das glaube ich Ihnen gerne, Signora, darum hat er das starke Bier wohl auch nicht vertragen. Es gibt keinen Zweifel an seiner Identität. Er hat gemeinsam mit den Herren Cattarese, Talenti, Brione und Menasi das Oktoberfest besucht. Die Herren sind am Freitag gemeinsam angereist und an unterschiedlichen Tagen wieder nach Verona zurückgekommen. Die Letzten, die am Montagvormittag ankamen, waren Brione und Menasi.»

«Immer wieder dieses Pack», schimpfte sie. «Approfittatori tutti! Allesamt bekommen sie den Hals nicht voll.»

Antonio registrierte diesen Ausbruch mit leichtem Erstaunen. Bislang war er davon ausgegangen, dass es Cuméo verstanden hatte, seine Geschäftspartner mehr oder weniger offen über den Tisch zu ziehen. Die vertragliche Grundlage verschaffte ihm dabei regelmäßig Anwalt Cattarese. Die beiden waren ein eingespieltes und sehr erfolgreiches Team. Da gab es für ihn gar keinen Zweifel. Oder sollte Signora Rigoni mit den approfittatori, den hemmungslosen Abstaubern, auch ihren Mann gemeint haben?

«Wie darf ich das verstehen, Signora?»

«Alle schuldeten sie Andrea Geld. Glauben Sie, auch nur einer hätte jemals einen Euro zurückgezahlt?» Herausfordernd sah sie Antonio an. Als sie seine Zweifel sah, reagierte sie heftig. «Aber wenn sie in finanzielle Nöte kamen, dann wussten sie, an wen sie sich wenden mussten.»

Völlig unvermittelt sprang Signora Rigoni von ihrem Sessel auf, lief um die Sofagruppe herum, schob eine der Samtportieren zur Seite und deutete mit ihrer Hand in die dunkle Zimmerecke.

«Baut man einem Freund ein solches Haus, Commissario?»

Antonio erhob sich pflichtschuldig, um besser sehen zu können.

Ein Riss verlief vom Boden bis zur Zimmerdecke in einer Breite von fast einem Zentimeter. Wortlos ging die Signora einige Schritte weiter, hob erneut den Saum des schweren Vorhangs hoch und deutete auf einen vergleichbar breiten Riss, der parallel zur Sockelzone des Terrazzobodens verlief.

«Ein mittleres Erdbeben genügt, Commissario, und die ganze Bude stürzt in sich zusammen. Im Bad warte ich täglich darauf, dass die Fliesen von den Wänden fallen. Es ist ein Skandal. Eine unglaubliche Frechheit, die sich Brione und seine sauberen Handwerker aus Polen hier geleistet haben.» Dabei reckte sie anklagend den Zeigefinger ihrer rechten Hand vor Antonios Augen in die Höhe, dass er erschrocken zurückwich.

«Und was macht mein Mann?» Mit müden Schritten ging Camilla Rigoni zu ihrem Sessel zurück und ließ sich erschöpft darauf nieder.

«Er lädt den Schlawiner zur Festa di Birra ein. Wenn das stimmt, was Sie mir gerade erzählt haben, Commissario! Kann man noch dümmer sein?»

In diesem Moment wurde ihr die ganze Tragweite der Katastrophe bewusst, und sie fing erneut herzzerreißend zu weinen an. Lavinia sprang nun auf und eilte der alten Dame zu Hilfe, umarmte sie und setzte sich dann zu ihren Füßen auf den Boden.

Cornelia Cuméo dagegen saß wie versteinert auf dem Sofa. Sie hatte bislang noch kein Wort gesagt. Antonio konnte ihr Verhalten schwer einschätzen, welche Gedanken sie in ihrem Kopf wälzte. Ob allein der Tod des Onkels sie erstarren ließ oder ob noch andere Probleme damit einhergingen?

«Weshalb hat Avvocato Cattarese den Bauunternehmer Brione nicht im Auftrag Ihres Mannes verklagt, Signora?», fragte Antonio nach, als er sich langsam wieder seinem Sessel näherte. «Diese Baumängel sind ja so offensichtlich, dass es nicht schwerfallen dürfte, von Brione Schadenersatz zu bekommen.»

Signora Rigoni lachte trocken auf. Sie wischte sich mit ihrem Taschentuch energisch die Tränen aus dem Gesicht.

«Wie wollen Sie denn von einem Bauunternehmer Schadenersatz fordern, der permanent am Rande des Ruins entlangspaziert? Außerdem baute Brione auch Lagerhäuser und Hallen für meinen Mann. Andrea steckte viel zu sehr in den Geschäften seines Partners mit drin. Hätte er ihn verklagt, dann hätte er auf andere Bauvorhaben verzichten müssen, weil Brione nicht hätte weitermachen können. Sie einigten sich immer irgendwie. Am Ende hatte mein Mann wieder ein paar Anteile mehr von Briones maroder Baufirma. So wirft man schlechtem Geld noch gutes hinterher. Mein Mann war unbelehrbar. Ich habe immer wieder auf ihn eingeredet. Doch es hat nichts genützt. Auf seine sogenannten Geschäftsfreunde ließ er nichts kommen.» Resigniert schüttelte sie den Kopf.

«Und Sie sind sicher, dass Ihr Mann letztes Wochenende mit diesen Geschäftsfreunden nach Turin wollte?»

«Halten Sie mich für senil, Commissario? Er wollte mit Cattarese nach Turin. Von den beiden anderen Herren war nie die Rede.» Sie drehte sich zur Seite und sah ihre Nichte an. «Oder hat dir Andrea etwas anderes erzählt?»

Cornelia Cuméo schüttelte den Kopf. Schwieg aber. Antonio beobachtete die junge Frau. Sie schien einen regelrechten Schock zu haben. Aus ihrem Gesicht war jegliche Farbe gewichen. Blass und verkrampft saß sie da und hielt den Kopf leicht gesenkt, peinlich darauf bedacht, niemandem in die Augen zu schauen. Im Haus der Tante würde sie nicht viel oder nicht viel Wahres sagen. Antonio wandte sich wieder an Camilla Rigoni. Er musste ihr leider noch weiteren Kummer bereiten, wenn ihm das auch alles andere als leichtfiel.

«Signora, es tut mir sehr leid, aber ich muss Ihnen sagen, dass Ihr Mann nach unserem derzeitigen Kenntnisstand ermordet wurde.»

«Das ist nicht wahr!» Sehr leise sagte sie das und sah Antonio fassungslos an. «Das ist doch nicht wahr? Wer um Himmels willen sollte so etwas tun?»

Antonio ließ ihr einen Moment Zeit, sich zu fassen, dann hakte er nach: «Ja, das ist genau die Frage, die wir uns stellen, Signora. Wer hätte einen Grund, Ihren Mann zu töten? Oder wer würde am meisten vom Tod Ihres Mannes profitieren?»

Camilla Rigoni schüttelte nur den Kopf und blickte ungläubig von einem zum anderen. «All diese sauberen Geschäftsfreunde hatten sicher einen Grund, Andrea zu töten. Und sei es nur der, endlich die vielen Schulden los zu sein.»

«Kannten Sie Dottor Talenti?»

«Selbstverständlich kannte ich Talenti.» In ihren Blick mischte sich Argwohn. «Stimmt es, dass ihn jemand in seiner Klinik ermordet ...» Krampfhaft hielt sie sich ihr Taschentuch vor den Mund und mühte sich tapfer ab, Haltung zu bewahren.

Antonio nickte. «Auch hier tappen wir leider vollkommen im Dunkeln. Doch nachdem auch Dottor Talenti mit Ihrem Mann in München war, halten wir es für sehr wahrscheinlich, dass beide Todesfälle in einem Zusammenhang stehen.»

Während Signora Rigoni nur den Kopf schüttelte, sah Cornelia Cuméo endlich auf. In ihrem Blick stand die reine Verzweiflung. Sie hatte die Arme um ihren Oberkörper geschlungen, als wollte sie sich selbst Trost spenden. Antonio wandte sich erneut an die Witwe.

«Kennen Sie auch die Frau von Dottor Talenti, Valentina di Brazzi?»

Signora Rigoni lachte zum ersten Mal an diesem Abend laut auf. «Wer kennt sie nicht, die schöne, reiche und extrem eifersüchtige Gattin des Dottore. Die beiden haben eine überaus turbulente Ehe geführt. Und das weiß ich nicht nur vom Hörensagen, Commissario.»

Antonio schmunzelte und nutzte die etwas gelockerte Atmosphäre, um die Signora zum Plaudern zu verführen. «Das müssen Sie uns jetzt aber näher erklären.»

Camilla Rigoni schlug ihre Beine übereinander und entspannte sich endlich etwas in ihrem Ledersessel.

«Es ist gerade einmal drei Wochen her. Talenti und seine Frau gaben eine Wohltätigkeitsveranstaltung im Palazzo dei Brazzi. Der Dottore wollte Geld für ein neues Untersuchungsgerät sammeln. Mein Mann hatte dafür keine Stiftungsgelder freigegeben.» Sie unterbrach sich und sah zu ihrer Nichte hinüber. «Sie müssen wissen, Commissario, Cornelia ist Gynäkologin. Sie hatte sich als Assistenzärztin bei Talenti beworben. Doch der eitle Typ hat sie einfach abgelehnt. Hat einen völlig unbekannten Arzt aus Messina eingestellt. Aus Messina! Da hat mein Mann den Geldhahn zugedreht. Das ging doch alles etwas zu weit!»

«Lass es gut sein, Tante Camilla», schaltete sich Cornelia Cuméo endlich ein. Die Sache war ihr sichtlich peinlich. «Der junge Arzt hatte sehr viel bessere Referenzen und auch einen besseren Examensabschluss als ich. Die Wahl fiel völlig zu Recht auf Corrado Salento, egal, woher er kommt. Warum sollte sich Dottor Talenti mit der zweiten Wahl zufriedengeben?»

«Ha», ereiferte sich Signora Rigoni, «du gibst immer nach, Cornelia. So kommst du nicht weiter im Leben, glaub es mir. Jetzt, wo Andrea nicht mehr ist», sie schluckte, fuhr dann aber tapfer fort, «musst du selbst für dich sorgen. Dein Vater ist ja in dieser Hinsicht ein Komplettausfall. Mein Schwager ist krank, müssen Sie wissen, Commissario, er ist sehr schwach. In gewisser Weise war das nie anders, er hat sich immer auf seinen Bruder verlassen. Doch wir haben uns alle auf diese Geburtstagsfeier gefreut. Vielleicht war es seine letzte.» Erschrocken schlug sie die Hand auf den Mund. «Entschuldige, Cornelia, das wollte ich nicht sagen. Es tut mir leid.»

«Ich glaube nicht», entgegnete die Nichte kühl, «dass den Commissario unsere Familiengeschichte interessiert.»

Antonio hätte ihr gern widersprochen. Diese ganze Unterhaltung war für ihn sehr aufschlussreich, und die vermeintlich turbulente Ehe der Talentis interessierte ihn besonders.

«Wir waren alle auf diesem Wohltätigkeitsfest», fuhr Signora Rigoni fort, «und haben uns ein Konzert von Mozart und Brahms angehört. Allora, Verdi ist mir lieber, aber bitte. Man will ja nicht kleinlich sein. Im Anschluss gab es noch ein Glas Spumante und Crostini dazu. Wir standen locker plaudernd in Grüppchen beieinander, da kamen Talenti und seine Oberärztin … wie heißt sie noch?» Sie stockte. «Ja, ich erinnere mich, Sabrina Giordano. Sie kamen auf meinen Mann und mich zu. Talenti hatte locker seinen Arm um ihre Taille gelegt. Er dirigierte sie zwischen den Leuten hindurch. Es war mehr eine beschützende Geste als wirklich anstößig. Plötzlich ertönte ein Geschrei wie eine Sirene durch den Saal. Commissario, so etwas haben Sie noch nicht gehört.»

Antonio glaubte es ihr gern. Die Augen von Camilla Rigoni blitzten. Für wenige Augenblicke hatte sie den eigenen Kummer vergessen. Die Erinnerung an den Auftritt von Valentina di Brazzi bereitete ihr größtes Vergnügen.

«Wie eine Furie stürzte sich Signora di Brazzi auf ihren Mann. Was ihm einfiele, diese Person in ihren Palazzo zu bringen, auf ihre Veranstaltung. Und er solle sofort die Hände von ihr nehmen, und die Dottoressa solle augenblicklich den Palazzo verlassen. Sie fuchtelte mit den Armen herum, verlangte nach dem Wachpersonal. Talenti rang nach Fassung. Er war bleich wie ein Gespenst und zischte seine Frau an, doch endlich in Gottes Namen den Mund zu halten. In dem riesigen Ballsaal war es still wie bei der Christmette, Commissario. Selten habe ich eine peinlichere Situation erlebt.» Camilla Rigoni lachte befreit. «Es war grandios. Endlich hatte das lausige Orchester die Tragik des Augenblicks erkannt und weitergespielt. Die Leute begannen, sich wieder zu unterhalten. Aber das Gesprächsthema der nächsten Tage war, egal, wo man hinkam, der Auftritt von Valentina di Brazzi.»

«Ich meine», begann Antonio Fontanaro vorsichtig, «es wird gemunkelt, dass es Dottor Talenti mit der ehelichen Treue nicht besonders ernst nahm.»

«Das ist die eleganteste Umschreibung, Commissario, die ich seit langem gehört habe. Aber bitte, was erwartet Valentina? Sie war die dritte Ehefrau des Dottore. Sie selbst war jahrelang seine Geliebte. Hat sie wirklich geglaubt, sie wäre jetzt seine große, einzige Liebe? Oder hat sie gedacht, ihr Geld mache ihn zum Heiligen?»

«Sie halten die Ehe der beiden für zerrüttet?»

«Was heißt zerrüttet, Commissario! Ich bin sicher, dass Valentina niemals auf Talenti verzichtet hätte. Sie hätte sich niemals von ihm scheiden lassen. Nur über ihre Leiche.» Erschrocken schlug sie erneut die Hand vor den Mund. «So habe ich das nicht gemeint», versuchte sie abzuschwächen. «Seien wir doch ehrlich! Vielen Frauen genügt es, dass sie versorgt sind, dass sie die erste Wahl sind, wenn es ums Repräsentieren in der Öffentlichkeit geht. Und sonst verschließen sie die Augen vor der traurigen Realität. Aber Valentina di Brazzi kommt aus bestem Haus. Ihr Vater ist schwerreich. Sie duldet keine Nebenfrau und hat dies, unter uns gesagt, auch gar nicht nötig. Doch sie hätte mit etwas mehr Noblesse, mit etwas mehr Stolz reagieren sollen und nicht wie ein Marktweib auf der Piazza.»

«Übt Valentina di Brazzi einen Beruf aus? Hat sie Hobbys, Signora? Treibt sie Sport? Spielt sie Golf?»

«Was Sie alles wissen wollen, Commissario. Keine Ahnung. Das fragen Sie sie am besten selbst.»

«Trauen Sie ihr einen Mord aus Eifersucht zu?»

«So eine Frage stellt man nicht, Commissario. Schämen Sie sich!»

Antonio lächelte. Die alte Dame gefiel ihm. Sie hatte ihre Prinzipien. Man baute einem Freund keine Bruchbude. Man führte sich nicht wie ein Waschweib auf, und man stellte keine unanständigen Fragen. Ob ihr Ehemann so ein integrer Geschäftsmann gewesen war, wie sie ihn glauben ließ? Ob Andrea Cuméo wirklich nur von seinen Geschäftspartnern ausgenommen worden war? Oder hatte es sich nicht vielmehr andersherum abgespielt? Von seiner Frau würde er es ganz gewiss nicht erfahren. Sie würde dafür sorgen, dass ihr Ehemann in bestem Lichte dastand. Denn alles andere gehörte sich nicht.

«Wie ging es Ihrem Mann gesundheitlich, Signora?» Es blieb Antonio keine Wahl, er musste das Gespräch nochmals auf Andrea Cuméo lenken. «Nahm er regelmäßig Medikamente ein?»

Sofort war ihr Argwohn wieder geweckt. Aus schmalen Augenschlitzen sah sie Antonio an.

«Weshalb wollen Sie das wissen, Commissario?»

Er schwieg und sah sie an.

«Mein Mann war kerngesund. Das können Sie mir glauben. Er hatte noch viele Jahre vor sich!» Sie drückte sich ihr Taschentuch auf den Mund und sah ihn vorwurfsvoll an.

Antonio stand auf und verbeugte sich leicht. Seine Frage berührte offenbar ein weiteres Tabu-Thema. Er würde nicht daran rühren. Cuméo war ein guter Ehemann gewesen. Diese Illusion zu zerstören, kam ihm nicht zu. «Haben Sie vielen Dank, Signora. Und entschuldigen Sie nochmals die späte Störung. Mir schien es nicht angebracht, Sie eine weitere Nacht im Ungewissen zu lassen.»

Lavinia Strano erhob sich ebenfalls und sah zu Cornelia Cuméo hinüber. In ihrem Gesicht arbeitete es. Noch bevor Antonio einschreiten konnte, hatte seine Mitarbeiterin sich an die Nichte gewandt und fragte:

«Sie leben doch in Turin, Dottoressa? Wann hat Ihr Onkel Sie das letzte Mal dort besucht?»

Die junge Frau sah unsicher zu ihrer Tante hinüber, die ebenfalls von dieser Frage überrascht schien.

«Tut mir leid. Das weiß ich nicht mehr genau. Weshalb fragen Sie?»

«War Ihr Mann in letzter Zeit des Öfteren in Turin?», griff Antonio die Frage auf. Lavinia hatte beim Verhör von Menasi genau zugehört und sich offenbar gefragt, weshalb er so stur dabei blieb, sie alle hätten eine Geschäftsreise nach Turin unternommen.

«Ja, schon. Er hatte in den letzten Wochen mehrmals dort zu tun.»

«Wissen Sie, was er dort gemacht hat, Signora?»

«Es ging wohl um Zulieferverträge, neue Lieferanten für

seine Delikatessenabteilungen in den Supermärkten. Fragen Sie Cattarese, er ist ja sein wandelnder Terminkalender.»

Signora Rigoni sah argwöhnisch zu ihrer Nichte hinüber. Sie stand etwas verkrampft im Raum und vermied es, der Tante in die Augen zu sehen. Für eine angehende Ärztin wirkte sie extrem unsicher. Kein Wunder, dass Dottor Talenti den ruhigen Corrado Salento eingestellt hatte, dachte Antonio. Selbst er hatte Mühe, sich die junge Frau in einem OP vorzustellen. Irgendetwas machte ihr Angst, was sie mehr schlecht als recht zu verbergen suchte.

«Wie lange ist es her, Signora Cuméo, fragte Antonio, «dass Sie sich bei Dottor Talenti um die Stelle beworben haben?»

«Das war vor etwa einem halben Jahr.»

«Und haben Sie inzwischen eine Stelle gefunden?»

«Ja, natürlich.» Die junge Frau war nun ernsthaft beleidigt. «Ich arbeite in der Universitätsklinik von Turin. Das ist ein hervorragendes Krankenhaus», fügte sie noch hinzu, als müsste sie sich dafür rechtfertigen.

«Waren Sie Patientin von Dottor Talenti?»

«Nein, weshalb sollte ich? Ich lebe in Turin.»

«Sicher. Natürlich», beeilte sich Antonio zu sagen, «aber Sie wollten doch unbedingt nach Verona zurück, wollten hier arbeiten. Ich nehme an, Sie sind auch hier geboren?»

«Das stimmt. Mein Vater ist krank. Das hat Ihnen meine Tante bereits erklärt. Meine Mutter ist vor zwei Jahren verstorben. Es wäre hilfreich gewesen, wieder zurückzukommen. Aber es hat eben nicht geklappt. Ende der Geschichte.» Cornelia Cuméo sah Antonio endlich an. Und der Ausdruck in ihren Augen hinderte ihn daran, weiter in sie zu dringen. Er hatte das sichere Gefühl, dass es da noch ein Geheimnis gab, das die junge Frau und Nichte des Opfers Cuméo um jeden Preis für sich behalten wollte. Beim Hinausgehen allerdings musste er noch eine Bemerkung loswerden.

«Ein wunderschönes Auto haben Sie da, Signora Rigoni.»

«Wenn Sie den weißen Mercedes meinen, so irren Sie sich. Er gehört meiner Nichte. Mein Mann hat ihn ihr zum Studienabschluss geschenkt.»

«So einen Onkel möchte ich auch mal haben!», murmelte Lavinia, als sie mit Antonio vor die Haustür trat.

14

CHIEMING
22.00 UHR

«Ciao, Giorgio. Bist du schon im Bett?»

«Servus, Toni, und sonst noch was? Glaubst wohl, ich lieg nur auf der faulen Haut herum?» Georg stand im Keller vor seinem Weinregal und wunderte sich, dass er hier Handy-Empfang hatte. Das Telefonat mit Toni kam ihm gerade recht. Seine Laune besserte sich zusehends. «Ich steh vor meinen Rotweinen und frage mich, welchen Tropfen ich heute Abend noch trinken soll. Ich brauch ein wenig Aufmunterung. Die Abende im Haus meiner Mutter schlagen mir aufs Gemüt. Das kann ich dir sagen. Nix ist los in dem Dorf!» Er war zwar nicht der größte Wirtshausgeher und Kneipenbesucher vor dem Herrn. Aber allein die Möglichkeit, gehen zu können, wenn man denn wollte, fehlte ihm.

«Das tut mir aber leid, dass du dich langweilst. Vielleicht kann ich für etwas Abwechslung sorgen.»

«Da bin ich aber neugierig. Wart einen Moment. Ich nehme mir jetzt eine Flasche Brunello nach oben in die gute Stube, und dann können wir zwei in Ruhe weiterreden.»

«Halt. Stopp, Giorgio. Ich sitze im Auto und hab nicht viel Zeit. Wir haben gerade mit der Witwe von Cuméo, Camilla Rigoni, und deren Nichte, Cornelia Cuméo, gesprochen.»

«Aha!» Georg stellte sich ganz nahe ans Kellerfenster, damit die Verbindung auch sicher nicht abbrach.

«Du erinnerst dich doch an das Foto von der jungen Frau, das bei Cuméos Sachen gefunden worden ist.»

«Sowieso! Hübsche Person. Ja, richtig! Hieß die nicht Cornelia?»

«Esatto! Das ist seine Nichte. Du wolltest doch ohnehin auch selbst mit der Kellnerin vom Bierzelt sprechen. Frag sie doch bitte, ob diese junge Frau unter den Damen war, die Cuméo freigehalten hat.»

«Mach ich, Toni. Aber ich glaube, das führt dich nicht weiter. Die Hotelwirtin in Seebruck zumindest hat nur von männlichen Gästen gesprochen. Wenn es stimmt, dass die Nichte mit dem Onkel ... du weißt schon, was ich meine.» Georg lachte. «Dann wären sie doch im selben Hotel abgestiegen. Verstehst!»

«Oder er hat sich in München irgendwann alleine mit ihr getroffen. Cuméo wollte sein Verhältnis zur Nichte vielleicht nicht an die große Glocke hängen. Seine Frau ahnt jedenfalls in dieser Hinsicht gar nichts. Capito!»

«Auch wieder wahr. Dann sollten wir aber auch die Meldungen in den Hotels überprüfen. Dennoch glaube ich, du bist da auf dem Holzweg.»

«Überprüfst du die Meldezettel?»

«Du bist hartnäckig. Ich bin sicher, die Geschäftsfreunde wissen längst, was die Stunde geschlagen hat. Sonst wären sie sich nicht so überraschend einig. Die Geschichte mit Turin erzählen sie bestimmt nicht zum ersten Mal. «

«Giorgio? Kümmerst du dich um die Sache?»

«Certamente, Signore! Dein Wunsch ist mir Befehl. Aber was hast du denn Neues von der Witwe erfahren?»

Antonio setzte seinen Freund kurz ins Bild.

«Die frische Witwe lässt auf ihren Mann nichts kommen», bemerkte er abschließend. «Und die Nichte hält mit irgendetwas hinterm Berg. Wirklich interessant an diesem Gespräch war der Hinweis auf die eifersüchtige Frau unseres bel Dottore.»

«Schau mal einer an. Dein Staatsanwalt muss mit einer ganzen Reihe von Durchsuchungsgenehmigungen rüberkommen. Da bekommt ihr Arbeit und vor allem viel zu lesen. Sonst bist du ganz rasch am Ende mit deinem Latein, Toni.»

«Mach dir mal um mich keine Sorgen!»

Georg lachte.

«Hat euer Doc die Leiche von Cuméo schon freigegeben?»

«Hat er. Aber ich muss mit München noch klären, wie wir das alles organisatorisch machen. Wir haben nicht nur die Leiche, sondern auch eine Reihe von persönlichen Sachen, Reisegepäck, Originalpapiere und ein schickes, dickes Auto. Das kann man alles nicht so einfach faxen, verstehst.»

Die beiden lachten.

«Buona notte, Giorgio. Mach's gut. Bis morgen.»

Georg kehrte zu seinem Weinregal zurück. Der Raum, den er sich im wirklich nicht kleinen Keller seiner Mutter erkämpft hatte, indem er einfach rigoros in seinen Augen alte und überflüssige Sachen weggeworfen hatte, glänzte jetzt durch große Übersichtlichkeit. Das Weinregal nahm eine ganze Raumseite ein. An der gegenüberliegenden Wand befand sich ein ebenso großes Regal, das mit Schuhschachteln zugepflastert war. Wein und Schuhe waren Georgs Leidenschaft. Letzteres verschwieg er gerne. Obwohl es nicht unbemerkt blieb, welch ausgefallene und teure Treter er manches Mal im Büro oder am Tatort trug. Die Münchner hatten ihn schon gern mal damit aufgezogen. In Traunstein hatte er sich bislang strikte Askese auferlegt. Das fehlte gerade noch, dass ihn die Chiemgauer Kollegen wegen seiner Schuhe dranbekamen. Noch war er nicht lange genug im Kommissariat, um sich solch modische Finessen leisten zu können. Dazu musste er sich und den anderen erst noch beweisen, wer Herr im Haus der Polizeiinspektion Traunstein war. Die Lösung eines brisanten, aufsehenerregenden Falls würde ihm selbstverständlich dabei sehr helfen. Er musste sich noch in Geduld üben, bevor er seine dunkelbraunen Halbschuhe aus feinem Wildleder durch etwas gewagtere Modelle ersetzen konnte.

Dennoch hatte er das untrügliche Gefühl, dass sowohl die Weine als auch seine Schuhe dringend einer Auffrischung beziehungsweise einer Ergänzung bedurften. Und ein kleiner, aber sehr interessanter Plan nahm Gestalt an. Lächelnd griff er sich die Flasche Brunello. Für ein großes Abendessen war es zu spät. Er würde sich heute nicht mehr an den Herd stellen. Aber er hatte sich in dem italienischen Laden am Taubenmarkt, der sehr ansprechend aussah und sich «Signora Maria» nannte, mit ganz hervorragendem Schinken und verschiedenen Käsesorten eingedeckt. Eine frische Ciabatta dazu und ein Glas von dem schweren Rotwein – und seine Welt war wieder vollkommen in Ordnung.

Mit diesen sehr ersprießlichen Gedanken stieg er die steile Kellertreppe nach oben. Er ging in die Küche, um sich sein Essen appetitlich herzurichten. Doch leider hatten sie es heute wirklich auf ihn abgesehen. Schon wieder läutete sein Handy.

«Sakra!», entfuhr es Georg. «Nicht einmal um diese Zeit hat man seine Ruhe», maulte er vor sich hin.

«Breitwieser!»

«Servus, Schorsch. Hilde hier!»

Verdammt, dachte er, die Brunner Hildegard hatte ihm gerade noch gefehlt.

«Guten Abend, Hildegard!» Er ging betont auf Distanz.

«Ich wollt mich nur erkundigen, wie es deiner Mama geht. Ich hab den Eindruck gehabt, ihr war nicht so besonders gut, wie du mit ihr weggefahren bist.»

«Da hast du ganz recht. Eure Torten haben ihr ein bisschen auf den Magen geschlagen.»

«Na, hör mal! Willst du uns jetzt vielleicht die Schuld dafür geben, dass deine Mama zu viel gegessen hat?»

Langsam, aber sicher wurde Georg ärgerlich.

«Vielleicht wäre es besser gewesen, einer alten Frau nicht gleich zwei von euren Sahnebomben aufzunötigen.»

«Bei uns ist der Gast König», trumpfte Hildegard auf. «Wer etwas bestellt, wird auch prompt bedient.»

«Egal, ob es ihm bekommt oder nicht!», stellte Georg sofort klar. «Ich will dir keinen Vorwurf machen, Hildegard, aber wenn du schon selbst das Gefühl hast, hier anrufen und nachfragen zu müssen, dann wirst schon ein schlechtes Gewissen haben, oder wolltest du am End etwas ganz anderes?» Kaum war es ausgesprochen, da tat Georg sein forsches Nachfragen auch schon leid. Wieso konnte er nicht einfach seinen Mund halten? Er wollte sie keineswegs zu irgendwelchen Dingen ermutigen.

«Na ja», begann sie vorsichtig. «Du bist wahrscheinlich abends auch eher allein. Ich hab mir halt gedacht, so lange wie wir uns kennen ...»

Georg hielt erschrocken den Atem an. Die Hilde machte ihm jetzt nicht ein Angebot, das er aus Höflichkeit nicht ablehnen konnte? Er sah sie vor sich stehen. In einem grüngelben Dirndlgewand mit passender Seidenschürze. So hatte sie ihn gestern empfangen. Die ausgeschnittene weiße Rüschenbluse hatte einen prächtigen Busen gezeigt. Manche Männer hatten etwas übrig für üppige Oberweite. Er gehörte nicht dazu. Ein Abend mit ihr zusammen war wirklich nicht nach seinem Geschmack. Gespannt lauschte er in sein Handy.

«Die Saison ist fast zu Ende. Und wie jedes Jahr veranstalte ich einen großen Trachtenball im Hotel am letzten Septembersamstag. Für all diejenigen, die schon genug haben von der vollen Wiesn. Ich wollte dich fragen, ob du Lust hast, rüberzukommen und mitzufeiern. Ich bin sicher, du würdest eine Menge Leute treffen, die du jahrelang nicht mehr gesehen hast.»

Das war so ziemlich das Letzte, was Georg wollte. Am liebsten traf er gar niemand. Dann musste er auch nicht erzählen, weshalb es ihn wieder in die Heimat verschlagen hatte. Das war kein Thema, das er auf einem Trachtenball im Hotel von der Hilde vertiefen wollte. Und so traf es sich gut, dass er zuvor im Keller so einen vagen Gedanken entwickelt hatte, der überhaupt noch nicht zu Ende gedacht war, aber für den Augenblick völlig ausreichte, um Hildegard Brunner höflich, aber entschieden abzuwimmeln.

«Das ist jetzt aber sehr nett, dass du da an mich denkst, Hilde», begann er deshalb ganz artig und zuvorkommend, «aber leider werde ich am kommenden Wochenende dienstlich unterwegs sein. Ich muss mich noch um die Versorgung meiner Mutter kümmern. Das ist nicht so leicht.» Er lauschte in die Stille, aber Hilde tat nichts, um ihn in seiner Rede zu unterbrechen. «Also, so leid es mir tut, ich muss deine Einladung ausschlagen. Wie immer sind wir Polizisten am Wochenende genauso gefragt wie unter der Woche.»

«Ja, ja, immer wichtig, immer pressant.» Hildegard Brunner lachte ein wenig, aber ihre Verstimmung war deutlich herauszuhören. «Dann noch einen schönen Abend. Und du denkst dran, dass bei mir in der Garage noch ein Auto steht, das da nicht hingehört. Und überhaupt, wer kommt denn jetzt für die Übernachtungskosten auf?»

«Ich werde mit dem Anwalt der Familie sprechen und auch die Witwe fragen, ob sie bereit ist, die Kosten zu übernehmen.» Georg lächelte in sich hinein. Er konnte sich nicht vorstellen, dass Signora Rigoni zu irgendwelchen Zahlungen bereit war. Und ob Cattarese Schritte unternahm, bezweifelte er ebenfalls.

«Das wäre nicht schlecht, wenn du das machen könntest, Schorsch. Dann gute Nacht.»

Georg schaltete sein Handy endgültig aus. Ab sofort war er nicht mehr erreichbar. Irgendwann hatte er auch einmal Feierabend. Mit großer Vorfreude drapierte er seinen Käse und eine Lage Parmaschinken auf einer großen Porzellanplatte. Aus der

Kredenz holte er eines der Burgunderweingläser, die er ebenfalls aus München mitgebracht hatte, und machte es sich in der guten Stube gemütlich. Er entkorkte den Brunello, atmete den reifen Duft nach Beeren ein, der ihn für so manches Ungemach des Tags mehr als entschädigte, und legte eine Jazz-CD von Chick Corea auf.

15

VERONA
22.00 UHR

Immer zwei Stufen auf einmal nehmend lief Antonio die Außentreppen der Questura herunter. Zielstrebig steuerte er seinen Dienst-Alfa an und stieg ein. Die Liste mit Namen für den Staatsanwalt, die er ihm per Mail geschickt hatte, war für diesen Abend definitiv seine letzte Amtshandlung gewesen. Dabei konnte er nur hoffen, dass er in der Eile keine wichtigen Personen vergessen hatte. Auf der Liste standen die drei Hauptverdächtigen mit Ehefrauen und Verwandten. An Cuméo war nicht so leicht heranzukommen. Sein Anwalt Cattarese würde sehr genau wissen, wie er sich die Justiz vom Hals halten musste. Durchsuchungen bei Brione und Menasi dagegen erschienen Antonio vielversprechender. Einblicke in die Patientendatei von Talenti dagegen standen auf einem anderen Blatt. Die Schweigepflicht ermöglichte Ärzten und ihrem Personal eine Menge Schlupflöcher. Wie weit er die Ehefrauen der drei feinen Herren unter die Lupe nehmen durfte, konnte er nur schwer abschätzen. Auch von der Nichte Cuméos hätte er gern mehr erfahren, als diese im Beisein ihrer trauernden Tante auszusagen bereit gewesen war. Er nahm sich vor, sie bald in die Questura zu bitten.

Entscheidend für ihn war, wie kooperationsbereit Staatsanwalt und Richter sich zeigten. Er machte sich jedoch keine Illusionen. Vor morgen Mittag hatte Giudice Gioberti die benötigten Papiere sicher noch nicht fertig oder freigegeben. Dann erst wusste Antonio, wie weit seine Kompetenzen reichten.

Er fuhr den Lungadige ein kurzes Stück, um dann über die Ponte Aleardi in die Via Pallone einzubiegen. Mit seinem Polizeiwagen konnte er den kürzesten Weg durch die Altstadt nehmen. So kam er über die Piazza Brà an der Arena vorbei, die abends in ein wunderbares, goldgelbes Licht getaucht wurde. Zahlreiche Scheinwerfer ließen das römische Bauwerk in voller Pracht erstrahlen. Die architektonische Leistung der antiken Baumeister erschien im Spiel von Licht und Schatten besonders eindrucksvoll. Antonio liebte diese Wegstrecke. Immer noch schlenderten sommerlich gekleidete Touristengrüppchen über die Piazza, um wie er die Arena zu bestaunen.

Er verließ die Altstadt über die Via Oberon, um dann über die Ponte Vittoria ins Quartiere Borgo Trento zu gelangen. Morgen würde er Attilio Menasi gehörig auf den Zahn fühlen. Antonio vermutete, dass die Ereignisse den Geschäftsmann förmlich überrollt hatten. Ganz offensichtlich hatte er nicht gewusst, dass sein Freund Cuméo tot in München zurückgeblieben war. Oder er hatte sie alle perfekt getäuscht!

In München war irgendetwas schiefgelaufen. Und Menasi hatte das erst langsam, im Verlauf seiner Vernehmung, begriffen. Vermutlich blieb er deshalb so hartnäckig bei seiner Version, sie alle hätten sich in Turin aufgehalten. Antonio war zudem sehr neugierig auf das nächste Gespräch mit Anwalt Cattarese. Er zweifelte keine Sekunde daran, dass der Avvocato sich als sehr eloquent und flexibel erweisen und eine plausible neue Variante der Geschehnisse aus dem Hut zaubern würde.

Heute Abend musste er in jedem Fall noch die Papiere gründlich studieren, die ihm Georg gefaxt hatte. Er hatte sie achtlos in seine Aktentasche gestopft, bevor er mit Lavinia nach Bussolengo gefahren war.

Wieder hatte er sowohl das gemeinsame Abendessen mit seiner Familie verpasst als auch das Gutenachtritual mit seiner Tochter. Beides schmerzte ihn. Vielleicht war Marissa sogar schon zu Bett gegangen. Das war fast noch schlimmer als ihre Vorwürfe. Er mochte es, wenn sie ihm von ihrem Tag erzählte, was sie und Giulia gemacht und erlebt hatten. Wenn sie schon nicht zusammen sein konnten, so wollte er doch wissen, was sich bei ihnen ereignet hatte.

Endlich bog er in die Viale Nino Bixio ein. Die Allee aus verschiedenen Zierbäumen verdeckte mit ihrem Blattgrün den Baudekor der eleganten Gründerzeit- und Jugendstilfassaden. Großzügige Villen und Mehrfamilienhäuser in großen Gärten vermittelten den Eindruck eines gepflegten Wohnviertels von gut verdienenden Veronesi. Antonio war stolz darauf, dass er sich eine Wohnung in einer der Villen leisten konnte. Auf der Suche nach einem Parkplatz traute er allerdings seinen Augen kaum. Vor dem Haus stand der Wagen seines Schwiegervaters. Das durfte doch nicht wahr sein! Er hatte wirklich nichts gegen seine Schwiegereltern. Aber die beiden waren doch erst am Sonntagnachmittag nach Bozen zurückgefahren. Was wollten sie schon wieder hier?

Aus dem ruhigen Abend, den er sich so gewünscht hatte, würde wohl nichts werden. Er parkte hinter dem Fiat Croma seines Schwiegervaters. Wenige Augenblicke später steckte er den Schlüssel in die Wohnungstür und hörte, dass drinnen laut diskutiert wurde.

«Finalmente!», rief Marissa aus und stürzte auf Antonio zu, als er die Haustüre hinter sich zuzog. Sie umarmte ihn so heftig, dass er mit dem Gleichgewicht kämpfte. Als er seine Frau ein wenig von sich wegschob, sah er ihre geröteten Augen.

«Ich bin so froh, dass du endlich da bist, Tonio!»

Ihr Blick gefiel ihm überhaupt nicht.

«Was ist los, Marissa? Ist etwas mit Giulia?»

«No, no, Giulia geht es gut. Es ist Babbo!»

Wie lange hatte Antonio diesen Kosenamen für seinen Schwiegervater nicht mehr gehört!

«Hör auf, auch noch Antonio verrückt zu machen!» Danilo Angelotti erschien im Korridor. «Ich muss einfach morgen früh zum Arzt. Nüchtern! Das ist alles. Deshalb sind wir hier, Antonio. Deshalb stören wir euren Abend. Es tut mir leid.»

Er trat auf seinen Schwiegersohn zu und umarmte ihn so fest, dass Antonio die Luft wegblieb.

«Bitte sprich mit Babbo», flüsterte ihm seine Frau ins Ohr. «Vielleicht erzählt er dir, was es mit dem Arztbesuch auf sich hat. Ich glaube ihm nicht.»

Antonio drückte seine Frau etwas an sich, doch er war wenig zuversichtlich. Danilo war der diskreteste Mensch, den er kannte. Antonio war bei ihm in eine lehrreiche Schule gegangen. Danilo hatte ihn zu einem hervorragenden Polizisten und Kriminalbeamten ausgebildet. Und wenn Danilo Angelotti etwas ganz großartig beherrschte, dann, Geheimnisse für sich zu behalten.

«Gebt dem armen Mann endlich etwas zu essen. Seht ihr nicht, wie blass er aussieht und wie hungrig.» Damit schob Danilo seinen Schwiegersohn in die Küche, wo ein Teller mit vitello tonnato schon auf ihn wartete und eine große Schüssel Salat. Wenn Antonio etwas leidenschaftlich gerne aß, dann war es dieses in feine Scheiben geschnittene Kalbfleisch in einer sämigen Thunfischsauce, durchsetzt mit Kapern. Alle saßen um ihn herum und sahen ihm beim Essen zu. Und er lobte fleißig das mürbe Fleisch und die wunderbare Sauce, obwohl ihm der Appetit ein wenig abhandengekommen war. Der ängstliche Blick seiner Frau schlug ihm deutlich auf den Magen.

Etwas später gingen Marissa und seine Schwiegermutter in den salone. Kurz darauf hörte man den Fernseher laufen. Antonio zog sich mit Danilo in die Bibliothek zurück. Sie liebten beide das kleine Eckzimmer, das nicht mehr Raum bot als für zwei bequeme Sessel und ein Tischchen. Darauf hatte Antonio zwei Gläser und eine Flasche Rotwein gestellt. Jeder Quadratzentimeter Wand war mit Büchern vollgestellt, Fenster- und Türrahmen mit Regalen überbaut, und auch auf dem Boden stapelten sich Romane und Bildbände. Ein Fenster ging auf die Straße hinaus, eines auf den gut eingewachsenen Garten.

«Du siehst so aus, als hättest du einen komplizierten Fall zu bearbeiten», begann der Schwiegervater das Gespräch und sah Antonio aufmerksam an.

«Erzähl mir lieber, weshalb du so plötzlich zum Arzt musst. Am Wochenende war davon noch nicht die Rede.»

«Ich habe den Termin einfach vergessen. Hast du noch nie etwas vergessen?»

«Marissa macht sich große Sorgen.»

«Pah.» Danilo machte eine wegwerfende Handbewegung. «Die Frauen hören doch immer das Gras wachsen. Außerdem hatte ich alle Hände voll zu tun, ihr zu erklären, dass sie einen Commissario geheiratet hat und keinen Schullehrer. Deine SMS hat einen ziemlichen Sturm ausgelöst, kann ich dir verraten.»

Schuldbewusst sah Antonio in sein Rotweinglas und nahm einen Schluck.

«Nimm es dir nicht so zu Herzen, Tonio. Marissa muss damit leben und es auch endlich lernen, dass sie viele Abende allein verbringt und dass dein Beruf auch nicht ganz ungefährlich ist.»

«Ich hätte anrufen sollen!»

«Je öfter du dich entschuldigst, je öfter du anrufst, desto mehr kommst du in Erklärungsnöte. Und nicht immer kannst du alles erklären, und erzählen kannst du es schon gar nicht.»

Antonio fühlte sich nicht recht wohl in seiner Haut. Versteckspiel, vor allem mit seiner Frau, war seine Sache nicht. Außerdem wunderte er sich, weshalb Danilo nicht in Bozen zum Arzt ging so wie bisher. Die Stadt hatte hervorragende Ärzte. Er glaubte zwar nicht, dass er Danilo sein Geheimnis entlocken konnte, aber er wollte es zumindest versuchen.

«Welcher Spezialist soll es denn sein? Innere Medizin, Kardiologie ...»

«Innere ...»

«Bist du mit deinem Arzt in Bozen nicht mehr zufrieden?»

«Ich lass mich nicht für dumm verkaufen!», brach es aus Danilo hervor. «Hast du schon einmal nüchtern zwei Stunden auf eine Blutabnahme gewartet? Eine Unverschämtheit war das. Und als ich mir erlaubt habe nachzufragen, sagte mir das junge Ding einfach ins Gesicht, sie hätte mich vergessen!»

«Du hast ja vorher selbst gesagt, dass man schon mal was vergessen kann.»

«Blödsinn! Ich sag dir, was der Grund war!» Triumphierend hob er den Zeigefinger seiner rechten Hand. «Neapolitaner behandeln die feinen Südtiroler nicht gern. Wir sollen nach Hause gehen. Am besten noch: einfach wegsterben!»

«Babbo, du übertreibst.» Doch Antonio wusste natürlich, dass er recht hatte. Die alten Geschichten starben nicht aus. Danilo war in Bozen zur Welt gekommen. Seine Eltern hatte man in den zwanziger Jahren von Neapel nach Bozen verpflanzt. Aber die Vorurteile auf beiden Seiten waren geblieben. Er wusste es selbst nur zu gut. Die Herkunft blieb an einem haften.

«Schadet außerdem nicht, wenn sich ein anderer Doktor mal meine Blutwerte ansieht, oder? So, und jetzt weich mir nicht länger aus! Was ist das für ein neuer Fall, der dich so beschäftigt?»

Antonio musste lachen und schüttelte gleichzeitig den Kopf.

«Danilo, du weißt genau, dass ich darüber nicht sprechen darf.»

Sein Schwiegervater versuchte, ihn mit einem strengen Blick

zum Reden zu bringen, musste dann aber selbst schmunzeln. Antonio erinnerte sich gut daran, was ihm Danilo als sein ehemaliger Vorgesetzter stets geraten hatte: «Sieh zu, dass du möglichst rasch den Verdächtigen auf den Leib rückst. Jeder verlorene Tag bringt dich drei Tage in der Aufklärung in Rückstand. Das kannst, das darfst du dir nicht leisten.»

Antonios Lächeln wurde breiter.

«Was amüsiert dich so? Ich möchte auch lachen!»

«Ich habe Regel Nummer eins von Danilo Angelotti missachtet.»

Der Schwiegervater nickte zufrieden. «Dann sieh zu, dass du vorwärtskommst.» Er griff nach seinem Rotweinglas, das ihm der Schwiegersohn großzügig eingeschenkt hatte, und nahm einen kräftigen Schluck. Einen Moment zögerte Antonio, dann verließ er die Bibliothek, um seine Aktentasche mit den Papieren von Georg Breitwieser zu holen. Im Grunde hatte er nichts dagegen, mit Danilo ein wenig über den Fall zu diskutieren. Es fühlte sich an wie in alten Zeiten. Und das war gar kein schlechtes Gefühl.

Beiläufig leerten sie eine Flasche Rotwein, während Antonio ruhig und so komprimiert wie möglich seinen neuen Fall vor dem Schwiegervater ausbreitete. Danilo war ein guter Zuhörer und ein hervorragender Analytiker. Sie hatten schon in Bozen gut zusammengearbeitet.

Dort hatte Antonio nach dem Jurastudium noch zwei Jahre an der Polizeiakademie zugebracht. Angelotti arbeitete damals nicht nur als Commissario Capo der Mordkommission von Bozen, sondern auch als Dozent an der Akademie. Er konnte die Kommissar-Anwärter mit einer Fülle von Mordfällen unterhalten und auf ihren zukünftigen Beruf bestens vorbereiten. Antonio war ihm nach seinem Abschluss persönlich unterstellt worden. Sie hatten sich von Anfang an sehr gut verstanden. Als Danilo Angelotti seinen 55. Geburtstag mit Kollegen und Familie in einem eleganten Hotel oben auf dem Ritten feierte, hatte Antonio seine Tochter Marissa kennengelernt.

«Lassen sich denn schon die beiden Todesfälle und die Alibis der beteiligten Personen zeitlich in Verbindung setzen?», durchbrach Danilo Antonios Gedankengänge, die sich doch erheblich vom Fall entfernt hatten. «Es scheint mir naheliegend, dass die fünf Herren mehr wissen, als sie zugeben. Gut möglich, dass sie sich gegenseitig decken. Dass die Taten abgesprochen waren. Diese unsinnige Geschichte von der Fahrt nach Turin scheint mir ein Beweis für meine Theorie zu sein. Die fünf Männer verbindet ein gemeinsames Interesse, und Cuméo und Talenti haben am Ende nicht so mitgespielt, wie es die anderen kalkuliert hatten.»

Antonio öffnete eine weitere Flasche Rotwein und schenkte nach. Er setzte sich in seinen Sessel, und die beiden Männer prosteten sich lächelnd zu.

«Neben dem Lieferschein des Geflügelbetriebs aus Pordenone, den mir Giorgio besonders ans Herz gelegt hatte, erwähnte er noch einen Vertrag, den Cuméo seltsamerweise auf seiner Fahrt nach München bei sich hatte. Diese Vergnügungsreise hatte einen handfesten, dienstlichen Hintergrund. Und so wie ich Cuméo inzwischen einschätze, machte er nichts, wenn es nicht Profit versprach. Er war kein Typ, der Geschenke verteilte.»

Antonio hatte die Mappe mit den Ergebnissen und Unterlagen, die Breitwieser gefaxt hatte, auf dem Schoß. Der Vertrag lag obenauf. Die letzte Seite interessierte ihn besonders.

«Schau mal einer an!» Antonio pfiff leise durch die Zähne. Nachdem er die Papiere überflogen hatte, wandte er sich Danilo zu und sagte: «Du hast natürlich wieder recht gehabt. Die Herren haben in der Tat gemeinsame Interessen. Und die Tinte unter diesem Vertrag ist noch nicht richtig trocken. Unterschrieben haben ihn die Herren Brione, Cuméo und Menasi am Sonntag. Aufgesetzt hat ihn die Kanzlei von Cattarese. Und wenige Stunden später ist einer der Vertragspartner tot.»

«Um was geht es in dem Vertrag?»

«Brione baut für Menasi am Stadtrand von Turin einen großen Supermarkt. Besser gesagt, eine kleine Mall für Lebensmittel aller Art mit Zufahrten, Ladengeschäften, Lagerräumen und Parkplätzen. Das Ganze hat ein Volumen von zwei Millionen Euro. Doch Menasi hat nicht das nötige Kapital. Deshalb werden die Eigentumsverhältnisse wie folgt aufgeteilt: Menasi hält an seiner zukünftigen Mall 50 Prozent, die Herren Brione und Cuméo jeweils 25 Prozent. Außerdem übernimmt Cuméo einen Teil der Finanzierung und gewährt Menasi einen Kredit über eine Million Euro. Falls Menasi seinen Kreditzahlungen nicht nachkommt, erhöht sich die Beteiligung Cuméos am Unternehmen ‹paga meno› entsprechend.»

«Das lässt dem Mann wenig Luft zum Atmen!»

«Allerdings. Und Cuméo kann sich sukzessive in die Geschäfte des Freundes einmischen. Und letztendlich dessen Laden übernehmen. Nach eigenen Aussagen haben beide Herren, Brione und Menasi, aus früheren Bau- und Gewerbetransaktionen bereits Schulden bei Cuméo. Auch die Witwe bestätigt das.»

«Warum macht man Geschäfte auf dieser Basis?»

«Weil man an die Geschäfte und ihre Umsätze glaubt und den Hals absolut nicht voll kriegen kann», entgegnete Antonio. Die Geschäftspraktiken von Andrea Cuméo widerten ihn mehr und mehr an. «Außerdem sind die Zinsen für die Kredite, verglichen mit denen der Banken, sehr moderat», erklärte er. «Cuméo will von seinen Freunden 7 Prozent haben. Das ist weit mehr, als ihm die Banken für Bareinlagen geben würden. Und wiederum nur etwa die Hälfte von dem, was die Freunde für einen Bankkredit aufbringen müssten. Da sie keine beleihbaren Sicherheiten anbieten könnten, fiele der Zinssatz für die beiden Unternehmer erheblich höher aus als bei normalen Baufinanzierungen üblich. Wenn sie überhaupt noch kreditwürdig sind. So ist allen gedient.»

«Und sie erkaufen sich damit jahrelange Abhängigkeiten von sogenannten Geschäftsfreunden. Einer riskiert dabei sogar alles. Ist denn schon Geld geflossen?»

Antonio sah den Vertrag nochmals gründlich durch und schüttelte dann den Kopf.

«Hier heißt es nur lapidar: Eine Million Euro ist zahlbar nach Vertragsunterzeichnung.»

«Wer immer Cuméo um die Ecke gebracht hat, hat damit das Bauvorhaben von Brione und Menasi zum Stillstand gebracht. Oder anders ausgedrückt: Hat verhindert, dass eine Million Euro ausbezahlt wird.»

«Außer Cuméo hätte bereits vor Abreise seine Bank informiert und die Überweisung für den Montag in Auftrag gegeben.»

«Hatte nicht Cattarese am Vormittag dringende Geschäfte in der Stadt?»

«Angeblich musste er zu einem Gerichtstermin. Gemäß den Vertragsbestimmungen hätte er am Montagmorgen die Gelder freigeben müssen. Das müssen wir überprüfen.»

Er machte sich eine Notiz, Enrico mit dieser Aufgabe zu betrauen. Sein Ispettore war in jedem Fall schneller und sehr viel diskreter, als wenn er Vincenzo Mauro darauf ansetzen würde.

«Völlig unklar ist, ob der Avvocato den Tod seines wichtigen Mandanten noch mitbekommen hat! Zeitlich passt das nicht zusammen. Zum Todeszeitpunkt von Cuméo saß Cattarese bereits im Zug nach Verona oder befand sich zumindest am Hauptbahnhof von München.»

«Außer er war bei dem Mordkomplott mit von der Partie.»

«Du glaubst wirklich, sie stecken alle unter einer Decke? Dabei scheint mir der Avvocato am meisten durch den Tod seines Mandanten zu verlieren. Wer schlachtet schon die Gans, die goldene Eier legt?»

«Hm, da hast du natürlich recht. Außerdem geht so ein Modell der Mitwisserschaft meistens schief. Irgendwann fällt einer um und packt aus. Du musst sie nur alle lange genug penetrant verhören und darfst nicht lockerlassen.»

«Im Gegenteil!», spann Antonio seinen Gedanken weiter. «In der Zwischenzeit sorgt Cattarese dafür, dass die fällige Summe, zu der sich Cuméo vertraglich verpflichtet hat, ausbezahlt wird, und die drei teilen das Geld unter sich auf. Oder noch besser, der Avvocato sorgt dafür, dass es auf ein Auslandskonto, vielleicht in der Schweiz», Antonio lachte, «überwiesen wird und so dem Zugriff der italienischen Justiz entzogen ist. Keiner hatte jemals ernstlich vor, das Bauvorhaben in Turin umzusetzen.»

«Die zwei Geschäftsfreunde haben Cuméo, der ihnen mehr und mehr das Wasser abgegraben und sich in ihre Firmen eingeschlichen hat, aufs Kreuz gelegt und um die Ecke gebracht», dachte Danilo laut nach. «Ein blitzsauberes Mordmotiv. Ihnen das nachzuweisen, wird vermutlich nicht ganz leicht werden.»

Danilo sah seinen Schwiegersohn verschmitzt über sein Rotweinglas hinweg an. Dann nahm er den letzten Schluck und stellte es auf dem Tischchen zwischen ihnen ab. Für ihn schien der Fall gelöst.

Antonio war nicht so ganz von dieser Theorie überzeugt. Nach Danilo und Vincenzo Mauro war das Verbrechen aus wirtschaftlichen Interessen verübt worden, von Menschen, die getrieben waren von der Gier nach Geld. «Approfittatori» hatte sie Signora Rigone genannt. Doch andererseits glaubte Antonio auch, dass der schlaue Avvocato, der die Geschäftsmänner seit Jahren kannte und teilweise auch vertrat, nicht so leicht zu täuschen und noch weniger zu einem Verbrechen dieser Art zu überreden war. Auch wäre er nicht bereit, die Täter zu decken.

Und der Tod von Dottor Talenti passte zumindest auf den ersten Blick überhaupt nicht in dieses Szenario. Folglich hatte er noch etwas übersehen oder, was sehr viel wahrscheinlicher war, noch nicht alle Fakten zusammengetragen.

Antonio fühlte Danilos forschenden Blick. Ihm entgingen die Zweifel seines Schwiegersohnes nicht.

«Hast du denn Zeugenaussagen, die Rückschlüsse auf den Tathergang zulassen? Und dabei meine ich beide Morde. Denn wir sind uns schon einig, dass die Morde an Talenti und Cuméo zusammenhängen, oder?» Danilo hatte also in die gleiche Richtung gedacht.

Während Antonio das Protokoll von Giorgio heraussuchte, das dieser nach der Befragung der Hotelwirtin angefertigt hatte, sagte er:

«Eigentlich nicht, wenn ich ehrlich bin. Talentis Todesumstände haben wir mit Hilfe der Pathologie und der Spurensicherung einigermaßen sicher rekonstruieren können.» Und er schilderte ihm, was sie inzwischen darüber wussten.

«Nach jetzigem Stand scheint es sehr unwahrscheinlich, dass Talenti mit diesen ganzen Supermarkt- und Baugeschäften irgendetwas zu tun hat. Zumindest taucht er im Vertrag namentlich nicht auf.»

«Lass dich nicht in die Irre führen, Tonio. An den beiden Fällen ist etwas oberfaul.»

«Ist es doch immer, Babbo, wenn es Tote gibt, oder?»

Der Schwiegervater grinste und ließ ausnahmsweise den Kosenamen unkommentiert.

«Allora!» Antonio hatte die Aussagen von Hildegard Brunner gefunden.

«Die Signora hat Folgendes berichtet: Zwischen zwei und drei Uhr am Montagmorgen hat sie einen Wagen gehört. Lärmende Gäste sind ausgestiegen, Türen zugefallen. Sie hat die Gäste selbst nicht gesehen, sondern nur lautes Gelächter gehört, männliche Stimmen, die sich auf Italienisch unterhalten haben. Sie selbst war auf der Toilette gewesen. Sie bewohnt einen Nebentrakt des Hotels. Vom Toilettenfenster sah sie ein Taxi mit Münchner Kennzeichen wegfahren, während die Herren, für sie uneinsehbar, unter dem Eingangsbaldachin auf das Hotel zugingen.»

«Diese Aussage taugt nicht viel, Tonio.»

Antonio nickte und wusste, dass er in Sachen Alibis vermutlich nicht weit kommen würde.

«Am Montagmorgen gegen 7 Uhr ist Frau Brunner dann in den Frühstücksraum des Hotels gegangen, um nach dem Rechten zu sehen. Ihre Angestellte sagte ihr, dass zwei Italiener bereits um kurz nach 6 Uhr eine Tasse Kaffee getrunken und Marmorkuchen gegessen hätten.»

Antonio ließ den Bericht sinken.

«Da Andrea Cuméo erwiesenermaßen nicht aus München zurück an den Chiemsee gefahren sein konnte, kann es sich bei den beiden Männern nur um Brione und Menasi gehandelt haben.» Antonio sah seinen Schwiegervater bedeutungsvoll an. «Zumindest denkt Giorgio, dass es sich so verhalten haben muss.»

«Vermutlich, aber diese Zeugenaussage wird vor Gericht kaum helfen. Mehr oder weniger alles Hörensagen. Die Zeugin hat selbst nicht viel gesehen.»

Antonio klappte die Mappe zu und trank auch sein Glas leer. Er war erschöpft und wollte nur noch ins Bett. In dieser Nacht würde er das Rätsel ganz sicher nicht mehr lösen. Doch sein Schwiegervater ließ nicht locker. Er überlegte immer noch und sagte schließlich: «Zu welchen Ergebnissen kommt denn eure Pathologin?»

Etwas unwillig beantwortete Antonio seine Frage, denn ihre Untersuchung hatte nichts Überraschendes ergeben.

«Sie hat das bestätigt, was ich schon nach der Tatortbegehung vermutet habe. Lediglich das Hämatom am Hinterkopf des Dottore war mir neu, was aber am Tathergang wenig ändert.»

«Ich merke schon, du willst ins Bett. Aber lass mich doch noch einen Blick in den Bericht der Dottoressa werfen.»

Eigentlich ging das etwas zu weit. Doch Antonio hatte keine

Energie mehr, sich gegen den Schwiegervater zu wehren. Und welchen Schaden sollte es schon anrichten. Er hatte ihm ohnehin mehr erzählt, als eigentlich erlaubt war. Widerwillig reichte er Danilo die Mappe von Dottoressa di Silva.

Sein Schwiegervater klappte sie auf und fragte beiläufig: «Hast du noch eine Flasche von dem Rotwein, Tonio?»

«Habe ich, Babbo, aber nicht mehr heute Abend. Du musst morgen nüchtern beim Arzt erscheinen. Oder willst du dir unbedingt unangenehme Fragen anhören?»

Danilo murmelte etwas Unverständliches und begann, den Bericht der Pathologin zu lesen. Es dauerte nicht lange, und dann sagte er: «Davon hast du mir aber nichts erzählt.» Triumphierend sah er Antonio an.

«Was hast du gefunden?»

«Der feine Dottore hatte etwa sechs Stunden vor seinem Tod noch ein Stelldichein! Wie lange, sagst du, hat die OP gedauert?»

«Fast vier Stunden, wenn sich die Oberärztin nicht irrt.»

«Wann waren sie fertig?»

«Gegen vier Uhr morgens.»

«Das heißt, die Ärzte hatten etwa ab Mitternacht mit dieser schweren Geburt zu tun. Wenige Stunden davor hatte der Dottore noch Damenbesuch und Geschlechtsverkehr. Fragt sich jetzt nur noch wo und mit wem. Zumindest hat die Dottoressa von der Pathologie gut gearbeitet und die DNA der Dame feststellen können. Zum Duschen und Umziehen hatte der Dottore offensichtlich keine Zeit mehr. Vermutlich haben sie ihn mit dem Piepser zur Geburt geholt.»

Antonio wunderte sich, dass di Silva ihm davon nichts berichtet hatte. Doch Talenti war ein verheirateter Mann. Ihm immer und sofort Untreue zu unterstellen, hatte die Pathologin wohl nicht für angemessen gehalten.

Danilo erhob sich schwerfällig aus seinem Sessel.

«Halt mich auf dem Laufenden, mein Junge. Pikante Geschichten höre ich für mein Leben gern.» Er lachte, aber es klang nicht fröhlich, sondern plötzlich auch sehr müde und niedergeschlagen. Und Antonio wurde den Eindruck nicht los, dass hinter dem Arztbesuch des Schwiegervaters doch mehr steckte, als dieser bereit war zuzugeben.

16

Er betrat das Sanatorium «Suora Ilaria», in dem seine Frau untergebracht war. Frühmorgens hatte ihn ein Telefonanruf aus dem Schlaf gerissen. Völlig benommen vom schweren französischen Rotwein, den er am Abend zuvor getrunken, und durch die Tabletten, die er dann doch noch genommen hatte, dauerte es eine Weile, bis er auf das Klingeln reagierte. Ein Arzt, dessen Namen ihm nichts sagte, meldete sich und bat ihn, unverzüglich nach Vicenza zu kommen, um nach Letizia zu sehen. Seine Frau hätte vehement nach ihm verlangt. Sie schlief seit Tagen schon nicht mehr und geisterte nachts durch die Gänge der Klinik. Dabei fragte sie beständig nach ihrem Kind und erzählte von toten Frauen. Der Arzt berichtete ihm, er hätte Letizia zu ihrer eigenen Sicherheit in ihrem Apartment eingeschlossen, damit man sie unter Aufsicht habe.

Das klang in der Tat alarmierend. Er fuhr mit überhöhter Geschwindigkeit die A4 in Richtung Venedig. Es galt, keine Zeit zu verlieren, um Letizia zum Schweigen zu bringen. Bei diesem Gedanken erschrak er fürchterlich über sich selbst und trat unwillkürlich auf die Bremse. Reifen quietschten hinter ihm. Verzweifelt gab er wieder Gas. Um ein Haar hätte es gekracht. Fest umklammerte er das Lenkrad und starrte konzentriert nach vorne. Er durfte keinen Fehler machen. Er durfte sich nicht aufregen, sonst verlor er die Kontrolle. Mit zittrigen Fingern öffnete er das Handschuhfach und suchte nach einer Tablettenschachtel, während er mit unverminderter Geschwindigkeit weiterfuhr. Doch seine Hand fand nichts. Sein Vorrat war verbraucht. Leise fluchte er vor sich hin.

Bislang hatte sich Letizia in ihrer Verwirrung in ihre Kindheit und Jugend geflüchtet. Die letzten Jahre schienen wie ausgelöscht. Es gab Tage, da hatte sie ihn nicht erkannt, ihn weggeschickt, felsenfest behauptet, sie sei nicht verheiratet, sei es nie gewesen. Sie so sprechen zu hören, tat ihm weh. Sie war schließlich die einzige Person, die er liebte und die ihm noch geblieben war.

Mit dem Hausarzt der Familie war er übereingekommen, die wahren Gründe ihrer Verwirrtheit auch gegenüber dem Sanatorium zu verschweigen. Es gab plausible andere Erklärungen. Die Wahrheit musste nicht ans Tageslicht gezerrt werden. Letizias Krebserkrankung, die unmenschlichen Strapazen der Behandlung, die Rückschläge und ihre Verzweiflung, bis sie es endlich überstanden hatte, waren Anlass genug, den Lebensmut und den Verstand zu verlieren. Der Hausarzt hatte leichte Opiate und Antidepressiva verschrieben, die die Sanatoriumsleitung zuverlässig verabreichte, damit die Patientin nicht in einen für sie gefährlichen Zustand der Erregung geriet. Im anderen Fall gäbe es Anzeichen dafür, so hatte der Hausarzt in seinem Gutachten dargelegt, dass die Patientin suizidgefährdet sei. Er hatte diese Einschätzung des Arztes gebilligt, ja gefördert. Ohne seine wahren Beweggründe natürlich zu äußern oder gar nur anzudeuten. Das Gutachten hatte ihm den Weg für alles weitere geebnet.

Der Arzt, der ihn frühmorgens geweckt und dessen Namen er noch nie gehört hatte, schien sich ganz offensichtlich nicht an die Vorgaben des Hausarztes zu halten. Anders konnte er sich den plötzlich veränderten Zustand seiner Frau nicht erklären. Alles deutete darauf hin, dass jene gefürchtete Erregung, die es unter allen Umständen zu verhindern galt, nun eingetreten war. Nicht auszudenken, wenn Letizia anfing, sich wieder zu erinnern, zu sprechen. Das war nicht nur für ihre geistige Verfassung sehr gefährlich, sondern auch für ihn. Das durfte nicht sein. Er musste seine Pläne noch zu Ende bringen.

Die Panne, die ihm mit dem Hühnerstall unterlaufen war, machte ihn immer noch wütend. Gedanklich völlig beansprucht von der Durchführung seiner Tat, war es ihm komplett entgangen, dass die Hühnchen nicht wie sonst auf der Wiese pickten. Allein das offene Stalltor hatte ihn interessiert. Er hatte nicht einmal abgewartet, ob sein Coup geglückt war. Stattdessen war er zu dem alten Fahrrad geeilt, das er Tage zuvor in einem Gebüsch versteckt hatte, um vom Tatort wegzukommen. Die Explosion, das Gekreische der Masthähnchen, die zu Hunderten ein Opfer des Flammeninfernos wurden, hatte er in seiner Fixierung auf Giuseppe und dessen Tod nicht mit einkalkuliert.

Ihm brach der Schweiß aus, und die Hände begannen, unkontrolliert zu zittern. Er hielt auf dem Seitenstreifen der autostrada. Die kreischenden Hühner im Todeskampf bekam er nicht aus dem Kopf. Regelmäßig schoben sich die unerträglichen Geräusche in seine Gedanken. Er brauchte seine Medikamente, um den Tag zu überstehen, um arbeiten zu können, um einzuschlafen. Mit der rechten Hand griff er in die Innentasche seines Jacketts und fand endlich, was er suchte. Eine tiefe Erleichterung durchströmte ihn, als er das Tablettenkärtchen zu fassen bekam. Mit Mühe gelang es ihm, die Pille herauszudrücken, ohne dass sie auf den Boden fiel. Er schob das Medikament in den Mund, hustete und würgte, bis er es endlich ohne Wasser hintergeschluckt hatte.

Weshalb hatte Giuseppe seine verdammten Hühner nicht wie gewohnt um 6.30 Uhr gefüttert? Nicht anders war es zu erklären, dass der Hühnermäster noch lebte, dass er noch Interviews geben konnte. Wenn er den Zeitungsberichten Glauben schenken sollte – diese hatten endlich die unsinnige Theorie der defekten Gasleitung fallengelassen –, dann war Spiro bei Ausbruch des Feuers nicht einmal in der Nähe des Stalls gewesen. Warum? Zu spät machte er sich nun Vorwürfe, den Tatort vorher nicht genauer besichtigt zu haben. Irgendetwas musste am Montagmorgen anders gewesen sein als sonst.

Nach einigen quälend langen Minuten begann die Tablette zu wirken, und er konnte seine Fahrt in Richtung Vicenza fortsetzen. Eine halbe Stunde später fuhr er auf den Parkplatz des Sanatoriums. Hohe Ahornbäume spendeten reichlich Schatten. Über der ganzen Anlage lag eine trügerische Ruhe und Friedlichkeit. Er wusste nur zu genau, womit dieser Frieden erkauft wurde, und er schämte sich, dass er dabei mitspielte. Aber hatte er eine Wahl? Konnte er es riskieren, dass sein Plan gefährdet wurde? Dass die Leiden und Qualen Letizias und der Tod seiner Tochter nicht gerächt wurden? Nein, das konnte, das durfte nicht sein. Sonst wäre alles Bisherige umsonst gewesen.

Wenn er hier alles erledigt hatte, so dachte er, als er aus dem Wagen stieg, würde er auf dem Heimweg einen Abstecher nach Pordenone machen. Er wollte selbst sehen, was er dort angerichtet, welches stümperhafte Werk er dort zurückgelassen hatte. Was sollte schon passieren, wenn er einmal nachsah? Nichts, rein gar nichts würde passieren.

17

MITTWOCH, 26. SEPTEMBER 2012
VERONA, 10.00 UHR

In dem kleinen Besucherzimmer, dessen einziges Fenster zum Klinikgarten hinausging, war es dunkel und kalt. Eine alte Zeder mit breit ausladenden Zweigen sperrte das Licht aus und schützte vor der Hitze im Sommer. Morgens jedoch hing die Kühle der Nacht noch im Raum, und das Tageslicht hatte Mühe, zwischen den Ästen des Baumes hindurchzudringen. Antonio wandte sich vom Fenster ab und seiner ersten Zeugin zu, die er an diesem Morgen vernehmen wollte.

Nachdem auch am Morgen Anwalt Rubino nicht zu erreichen gewesen war, hatte Antonio Kontakt zu Richter Gioberti aufgenommen. Dieser versicherte ihm, dass er dabei war, die nötigen Durchsuchungsanträge zu bearbeiten und auch die Möglichkeit einer längeren Untersuchungshaft für Menasi zu überprüfen. Er wies jedoch darauf hin, dass Antonio unbedingt innerhalb der nächsten 24 Stunden einen Anwalt für Menasi auftreiben musste. Das Argument der Verdunklungs- und Fluchtgefahr war nicht beliebig zu halten. Antonio hatte sich artig bedankt und den Geschäftsmann erst einmal weiter in seiner Zelle gelassen. Je mehr dieser Zeit zum Nachdenken hatte, desto gefügiger wurde er hoffentlich.

Antonio und seine Mitarbeiter hatten sich auf die verschiedenen Abteilungen der Frauenklinik verteilt. Enrico sollte sich mit der Oberärztin, den Damen von der Putzkolonne und den Lernschwestern unterhalten.

Schwester Anna, die dienstälteste Krankenschwester und rechte Hand von Dottor Talenti, saß an dem kleinen Tischchen im Besucherzimmer. Antonio löste sich von der Fensterbank, trat hinzu und schob die ausliegenden Zeitschriften auf einen Stapel zusammen. Er setzte sich der Schwester gegenüber und klappte seinen Laptop auf. Nicht dass er etwa vorhatte, irgendetwas zu tippen, aber der hochgeklappte Bildschirm bot ihm einen gewissen Rückzugsraum. Lavinia Strano saß mit am Tisch und bediente das Aufnahmegerät.

Draußen wurde es laut. Der Gärtner saß auf einem elektrischen Rasenmäher und kurvte um die Zeder herum. Antonio wurde nervös. Er fühlte sich in seiner Konzentration gestört und tat sich schwer, den Eindruck des ruhigen, abgeklärten Polizeibeamten zu vermitteln, der genau wusste, was er zu fragen hatte. Der Fall beschäftigte ihn mehr, als ihm lieb war, hatte ihn und Danilo die halbe Nacht und zwei Flaschen seines besten Rotweins gekostet – nur um am Ende zu wissen, dass er noch viel zu wenig wusste.

Die Krankenschwester sah ihn etwas verschüchtert an. Hilfesuchend blickte sie zu Lavinia, die ihr aufmunternd zulächelte. Antonio ahnte, dass die OP-Schwester zum ersten Mal mit der Polizei sprach.

«Signora», begann er und bemühte sich um eine entgegenkommende Tonlage in seiner Stimme, «es tut mir sehr leid, dass wir Sie von Ihrer Station fernhalten. Ich versuche, mich kurz zu fassen. Wie lange arbeiten Sie denn schon für die Klinik Sacra Madre?»

«Fünfundzwanzig Jahre», kam es sehr leise über ihre Lippen.

Antonio musste ganz genau hinhören, um sie zu verstehen. Der Rasenmäher röhrte weiter vor dem Fenster.

«Sicher haben Sie in dieser langen Zeit mit verschiedenen Chefärzten zusammengearbeitet?»

Sie nickte. «Wenn ich mich richtig erinnere, waren es drei.»

Bevor sie noch Namen nennen konnte, die ihn nicht interessierten, stellte Antonio sofort die nächste Frage. Er wollte, dass sie gar nicht erst zum Nachdenken kam, dass ihr seine Fragen völlig harmlos erschienen.

«Und wie lange war Dottor Talenti schon Chefarzt?»

«Mindestens fünf Jahre.»

«Hat es in dieser Zeit Schwierigkeiten gegeben? Ich meine mit dem Personal oder mit den Patientinnen und ihren Angehörigen? Unzufriedenheit, Ärger, Streit?»

Sie sah ihn etwas erstaunt an.

«Wollen Sie alle Streitigkeiten der letzten fünf Jahre wissen, Commissario? Dafür, fürchte ich, reicht mein Gedächtnis nicht aus.»

Befreit lachten sie alle drei über diese offene Bemerkung. Die Anspannung legte sich etwas. Antonio lehnte sich in seinem Stuhl zurück.

«Es reicht, wenn Sie mir von den Vorkommnissen ... sagen wir in den letzten Monaten, im letzten halben Jahr vielleicht, erzählen.»

«Sehr großen Wirbel gab es wegen der Besetzung der Assistenzarztstelle», begann sie bereitwillig. «Ich kam einmal dazu, als Dottor Talenti mit einem kleinen, älteren Herrn in seinem Büro heftig stritt. Ich glaube, er gehörte dem Stiftungsrat an, aber die Herren kenne ich nicht persönlich. Möglich, dass ich mich täusche. Jedenfalls hörte ich noch, wie der kleine Herr sagte: ‹Wenn du nicht machst, was ich dir sage, dann drehe ich dir den Geldhahn zu, Fabrizio. Hast du mich verstanden?› Dottor Talenti hat sich gewehrt und gemeint: ‹Du und dein ewiges Geld, Andrea. Meinetwegen erpresst du deine Freunde, aber mich wirst du nicht kleinkriegen. Der Stiftungsrat hat in deiner Anwesenheit mit großer Mehrheit der Anstellung von Corrado Salento zugestimmt. Ich werde einen Teufel tun und diese Abstimmung unterlaufen.› Daraufhin ist der kleine Mann türenknallend hinausgestürzt.»

«Mit dem Namen sind Sie sich ganz sicher?»

«Ja, absolut. Mein Sohn heißt auch Andrea. Das merkt man sich, Commissario.»

«Naturalmente ...», entgegnete Antonio sofort. «Dottor Talenti war ein sehr gutaussehender Mann, Signora. Man munkelt, er habe es mit der ehelichen Treue nicht so genau genommen. Haben Sie davon etwas mitbekommen? Gab es Damenbesuch oben in seiner Wohnung?»

Er musterte Schwester Anna scharf. Wenn Talenti vor der OP in der Nacht von Sonntag auf Montag Damenbesuch bekommen hatte, dann musste sie etwas davon bemerkt haben.

«Darüber weiß ich nichts», antwortete sie schnell.

Antonio zog seine Augenbrauen ungläubig nach oben und versuchte, den Blick der Schwester festzuhalten. Und wie erwartet, senkte sie verunsichert den Kopf.

«Signora, es ehrt Sie, dass Sie den Ruf des Dottore schützen wollen. Sicher möchten Sie aber auch, dass wir den Täter finden, der ihn auf dem Gewissen hat. Oder die Täterin. Bitte, helfen Sie uns!»

Schwester Anna schwieg beharrlich und schaute auf ihren Schoß.

«Wir wissen, dass Dottor Talenti zum dritten Mal verheiratet ist. Auch seine jetzige Frau war über viele Jahre seine Geliebte. Ich möchte nicht ausschließen, dass Sie hier alle in der Klinik das eine oder andere Stelldichein der beiden mitbekommen haben. Oder irre ich mich?»

«Nein, Sie irren sich nicht, Commissario.» Schwester Anna sah ihn dabei fast ein wenig wütend und herausfordernd an. «Valentina di Brazzi hat nie ein Geheimnis aus ihrer Beziehung zum Dottore gemacht. Im Gegenteil, sie hat es ausgelebt. Vor unser aller Augen. Manchmal war das geradezu unappetitlich, Commissario, wenn Sie verstehen, was ich meine.»

«Sì, Signora Anna ... Gab es denn eine neue Geliebte?»

«Ich weiß es nicht, Commissario. Wirklich, ich habe keine Ahnung.»

«Wir haben Beweise dafür, dass Dottor Talenti am Abend vor

der OP mit einer Frau geschlafen hat. Wissen Sie, um welche Uhrzeit der Chefarzt in die Klinik kam, um die späte Geburt vorzubereiten?»

«Er kam ziemlich genau um Viertel nach elf Uhr nachts. Und er kam im Mantel. Daraus schließe ich, dass er zuvor nicht im Haus oder oben in seinem Apartment gewesen ist.»

Auch für Antonio klang das logisch. Vermutlich hatte il bel Dottore nur wenige Schritte weiter in seiner Villa mit seiner eigenen Frau geschlafen. Damit wäre die sensationelle Entdeckung von Danilo in Rauch aufgegangen. Und Dottoressa di Silva hatte sich das Gleiche gedacht und deshalb nicht eigens darauf hingewiesen. Er merkte, wie ihm diese Erkenntnis gegen den Strich ging. Aber er wollte nicht so schnell aufgeben.

«Die Oberärztin kommt als Geliebte nicht in Frage? Sie ist doch wirklich sehr hübsch und gescheit.»

«Sabrina Giordano? No, no, die beiden …»

Unvermittelt brach die Krankenschwester ab.

«Was war mit den beiden?» Antonio ließ nicht locker.

«Oh, Commissario, Sie bringen mich in Schwierigkeiten. Ich möchte doch über Kollegen nichts Schlechtes sagen. Das geht doch nicht.»

«Signora, bitte, es geht um Mord!»

«Sie glauben, es könnte auch eine Frau gewesen sein? Mit faulen Eiern? Auf so grausame Weise?»

«Wie war das Verhältnis zwischen Talenti und seiner Oberärztin?»

«Sie mochten sich nicht. Sie konnten sich absolut nicht leiden.»

«Und wie äußerte sich das? Gab es Streit? Wurde die Dottoressa von ihrem Chef gemobbt, dumm angeredet, schikaniert?»

«Sie durfte sich nicht den kleinsten Fehler leisten. Dann rastete er aus. Er nannte sie eine unfähige, dumme Kuh und sprach lautstark von Kündigung, zu der es natürlich nie kam. Zwischen beiden knisterte die Luft. Das war ein sehr unangenehmes Arbeitsklima, vor allem im OP. Dort, wo man es gar nicht gebrauchen konnte.»

«Sind denn ernsthafte Fehler passiert?»

«Nein, eigentlich nicht.»

«Es gab also niemanden, der die Klinik verklagte?»

Schwester Anna wurde etwas rot im Gesicht, schüttelte aber energisch den Kopf. «Das weiß ich wirklich nicht, Commissario. Da fragen Sie am besten seine Sekretärin Rosalba Minozzi.»

Antonio nickte. Das hatte er ohnehin als Nächstes vor. Er konnte nur hoffen, dass die Durchsuchungsgenehmigung für die Klinik weitreichend genug war und er alle Akten und Karteien einsehen konnte.

«Eine letzte Frage habe ich noch, Signora Anna, und ich bitte Sie, genau nachzudenken. Ist Ihnen am Montagmorgen jemand in der Klinik aufgefallen, eine Person, die nicht hierhergehört?»

Einen kurzen Moment zögerte Schwester Anna, dann gab sie sich einen Ruck. «Ich habe mich das natürlich auch schon gefragt, Commissario. Und wir haben uns beim Mittagessen darüber unterhalten.»

«Mit wem haben Sie sich unterhalten?»

«Mit den beiden Lernschwestern, einer der Putzfrauen, die morgens kommen, und Dottoressa Giordano. Wir waren alle am Montagmorgen in der Klinik. Und wir waren uns einig, dass es niemand vom Personal gewesen sein kann. Auch die Dottoressa war über den Mord an ihrem Chef sehr bestürzt. Das können Sie mir ruhig glauben, Commissario.»

«Und? Ist irgendwem etwas aufgefallen?»

«Die Putzfrau, Branca, hat eine Person gesehen. Eine schlanke blonde Frau, die die Klinik mit einer dicken Doktortasche über den Hinterausgang verlassen hat. Kurz vor sechs Uhr morgens war das, und sie trug eine große Sonnenbrille. Genau so eine, wie sie Audrey Hepburn auf dem Foto trägt.»

Nun war es an Antonio, die Schwester fragend anzusehen.

«Sie wissen schon, Commissario, das Foto aus dem Film ‹Frühstück bei Tiffany›. Da trägt sie genau so eine Brille, hat Branca gesagt. Und das morgens um kurz vor sechs, wo noch gar keine Sonne scheint.»

«Vielen Dank, Schwester Anna, das war sehr wichtig. Wir haben vorerst keine weiteren Fragen.»

Als Schwester Anna fort war, wandte sich Antonio an Lavinia.

«Jetzt wäre es gut, wir könnten von Enrico erfahren, was die Oberärztin über ihr Verhältnis zu Talenti erzählt hat, bevor wir uns mit der Sekretärin unterhalten.»

«Ich hole ihn», erbot sich Lavinia.

«Und bitte suchen Sie nach der Putzfrau Branca. Die Geschichte mit der Frau und der Sonnenbrille würde ich gerne von ihr selbst hören.»

Lavinia ging hinaus, und Antonio stand auf, um sich die Füße zu vertreten. Der Gärtner war immer noch zugange. Allerdings befand er sich mit seiner Höllenmaschine nun etwas weiter weg im hinteren Teil des Gartens. Antonio schaute zum Fenster hinaus. Hinter der Zeder erkannte er eine Ligusterhecke, die den Klinikgarten zur Via Marsala abgrenzte. Leute, die dahinter vorbeigingen, waren kaum zu sehen. Manchmal sah er Haarschöpfe oder Stirnglatzen, die seltsam unrhythmisch hüpfend, je nach Gangart, an der Heckenkante entlanggingen. Und es war eine ganze Reihe von Leuten, die dort vorbeikamen. Bei den dicht bewachsenen Gärten ringsherum, bei der hohen Hecke, die auch das Krankenhausareal umschloss, war es kein Wunder, dass man sich unbemerkt Zutritt verschaffen konnte. Noch dazu so früh am Morgen und bei offenem Einfahrtstor. Aber vielleicht hatte auch irgendein Nachbar die blonde Frau mit der Sonnenbrille auf der Via Marsala gesehen. Enrico oder Lavinia mussten sich unbedingt in der Nachbarschaft umhören.

Hinter ihm öffnete sich die Tür. Die Polizistin kam zurück. In ihrer Begleitung befand sich eine etwas mollige Frau Mitte fünfzig. Sie trug ihr graumeliertes Haar halblang. Eine geblümte Schürze bedeckte einen dunkelblauen Pullover und eine Jeans. Alles an ihr wirkte einfach und zweckmäßig. Aber ihre blaugrauen Augen blickten wach und sehr intelligent aus einem schmalen, gebräunten Gesicht.

Antonio stellte sich vor.

«Darf ich fragen, Signora, wie Sie mit vollem Namen heißen und was Sie in der Klinik Sacra Madre machen?»

«Mein Name ist Branca Stanovic und ich arbeite hier seit zehn Jahren als Putzfrau», antwortete sie in akzentfreiem Italienisch.

«Schwester Anna hat uns erzählt, dass Sie am Montagmorgen eine fremde Frau in der Klinik gesehen haben.»

Branca Stanovic nickte. «Sì, Commissario. Ich war auf dem Parkplatz und habe gerade meine Tasche auf der Rückbank meines Autos verstaut, als eine Frau aus dem Hintereingang herauskam.»

«Hat die Frau Sie gesehen?»

«Das glaube ich nicht. Sehen Sie, Commissario, ich bin nicht sehr groß.» Sie lachte. «Wenn ich mit meinem Oberkörper zur Hälfte in meinem Auto stecke und herumkrame, dann sieht mich kein Mensch. Aber ich habe die Tür des Hinterausgangs, sie ist aus Eisen und ziemlich schwer, ins Schloss fallen hören. Das hat mich überrascht, und ich habe geradeaus zum Autofenster hinausgesehen. Und da stand die Frau und sah sich um. Mein Wagen hat sie nicht interessiert.»

«Können Sie die Frau beschreiben? Wie alt war sie, was hatte sie an, wie hat sie sich verhalten?»

«Wie gesagt, sie sah sich um, so, als ob sie jemanden suchen würde. Das war eigenartig. Dann ist sie sehr schnell um die Hausecke gebogen. Sie ging zu Fuß Richtung Einfahrt. Was sie anhatte?» Branca Stanovic überlegte einen Moment. «Sie war groß, sehr schlank und trug eine schwarze Hose und einen schwarzen Sommermantel darüber. Ihre Haare waren etwa schulterlang, glatt und sehr blond. Das, was unter dem schwarzen Strohhut hervorgeschaut hat von ihren Haaren, war wirklich sehr blond, Commissario.»

«Sie trug einen schwarzen Strohhut morgens um 6 Uhr?»

«Genau, das hat mich eben auch sehr gewundert, und eine große, dunkle Sonnenbrille. So eine, wie sie ...»

«Audrey Hepburn in ‹Frühstück bei Tiffany› getragen hat.»

Branca Stanovic lachte. «Ganz genau so eine. Das hat Ihnen Anna schon erzählt, nicht wahr?»

Antonio schmunzelte, und dann fragte er: «Konnten Sie die Schuhe der Dame erkennen? Hat sie Stöckelschuhe getragen?»

Überrascht sah die Putzfrau Antonio an. Langsam schüttelte sie den Kopf. «Das weiß ich nicht, Commissario. Sie ging sehr rasch davon, als ob sie es sehr eilig hätte. Mit Stöckelschuhen wäre ihr das auf dem Kiesweg sicher schwergefallen, glaube ich.»

Antonio nickte zustimmend. Das sah er auch so.

«Haben Sie gesehen, ob die Frau irgendetwas dabei hatte?»

«Ja, ja, noch so eine Sonderbarkeit. Sie hielt eine Doktortasche in der Hand, wie sie früher die Ärzte bei Hausbesuchen dabeihatten. Eine braune, bauchige Ledertasche mit einem Messingbügel.»

«Haben Sie die Dame früher schon einmal gesehen?»

«No, Commissario ... mai!», sagte Branca Stanovic sehr entschieden. «Und auch Anna, die Lernmädels und die Dottoressa – keine konnte mit meiner Beschreibung etwas anfangen. Wir waren uns alle einig, dass wir die Frau noch nie zuvor in der Klinik gesehen haben.»

Antonio begann, unruhig hin- und herzugehen. Er wusste nicht so recht, ob es klug war, die nächste Frage zu stellen, die ihm durch den Kopf ging. Er war dabei, die Zeugin zu beeinflussen, aber dann entschied er sich, doch zu fragen.

«So, wie Sie die Dame beschrieben haben, Signora, sind ein paar Dinge schon sehr auffällig: die blonden Haare, die Brille, der Strohhut, eine alte Tasche. Könnte es sein, dass die Person sich verkleidet hat, dass es sich vielleicht sogar um einen Mann gehandelt haben könnte?»

Branca Stanovic sah Antonio einen Moment entgeistert an, und dann nickte sie ganz langsam. «Sie meinen, die Person hatte eine Perücke auf und das Gesicht mit der breiten Hutkrempe und der Brille verdeckt? Also, wenn Sie mich so fragen, ja, das könnte schon sein. Vom Gesicht konnte ich wirklich nicht viel erkennen. Ein etwas spitzes Kinn, aber sonst nichts.»

«Grazie, Signora!»

Einen Moment zögerte sie, dann fragte sie sehr leise: «Sie meinen, ich habe den Mörder von Dottor Talenti gesehen?»

«Das will ich nicht behaupten, Signora.»

«Aber es wäre möglich.»

«Ja, möglich wäre es natürlich.»

18

«Capo, du wolltest mich sprechen?»

Enrico stürmte ins Besucherzimmer und wäre beinahe in Branca Stanovic hineingerannt, die sich gerade verabschiedet hatte.

«Scusi, Signora! ... scusi», entschuldigte sich Enrico. «Ich hätte vielleicht anklopfen sollen!»

«Buona idea!» Antonio schüttelte den Kopf über seinen übereifrigen Ispettore. «Also, was gibt es? Was sagt die Dottoressa?», fragte er neugierig.

Enrico nahm auf dem Stuhl Platz, den zuvor Schwester Anna besetzt hatte. Aufreizend langsam schlug er die Beine übereinander und grinste seinen Vorgesetzten verschmitzt an.

«Ja, die Dottoressa … Sie hat sich lange geziert, kann ich dir sagen, und sich hinter der Schweigepflicht verschanzt. Dabei wurde sie nicht müde, Talenti als tüchtigen, sehr versierten Dottore zu loben. Der Verlust wäre kaum zu beschreiben, den sein Tod für die Patientinnen, für die Klinik, aber auch für die Kollegen bedeutet, die so viel von ihm lernen konnten. Sogar die eine oder andere Träne hat sie vergossen. Die Tragödie nähme sie wirklich sehr mit, sagte sie.» Enrico lächelte noch immer, zog dann ein kleines Tonbandgerät aus der Hosentasche und spulte zurück.

«Nach einigem Hin und Her habe ich sie dann gefragt, wie denn speziell die Zusammenarbeit zwischen ihr und Talenti verlaufen sei, wie ihr Verhältnis zueinander war.» Jetzt lachte Enrico laut auf. «Bei dem Wort Verhältnis ist sie richtig zusammengezuckt.»

Er drückte die Abspieltaste.

«Kollegial», hörte man die Dottoressa sagen, «rein kollegial.»

«Sie hatten keinen persönlichen Kontakt?», bohrte Enrico nach.

«Nein, wie ich schon sagte, unser Verhältnis, wie Sie es nennen, war kollegial.»

«Gab es Streit, Auseinandersetzungen, wie sie zwischen Vorgesetzten und Mitarbeitern schon einmal vorkommen?»

«Wir sind alle keine Heiligen, Ispettore. Natürlich gab es Reibereien. Aber alles im Rahmen, nichts Außergewöhnliches.»

«Wann hatten Sie denn die letzte Auseinandersetzung mit ihm?»

«Am Sonntag … Ich meine, also eine richtige … also, dass Sie das jetzt nicht falsch verstehen …»

Enrico stoppte die Aufnahme und lachte in sich hinein.

«Sie wurde knallrot im Gesicht, kann ich dir sagen. Dann kam sie gehörig ins Stottern. Schließlich gab sie zu, dass sie sauer auf ihn war, weil er die meisten Wochenenddienste auf sie abwälzte.

Eigentlich hatte sie am vergangenen Wochenende mit ihrem Freund nach Venedig fahren wollen, doch Fabrizio Talenti redete sich auf eine Dienstreise nach Turin heraus.»

«Immer wieder Turin. Das haben sie sich alle gut ausgedacht. Jeder Einzelne von den feinen Herren hielt seine Ehefrau und Mitarbeiter zum Narren», regte sich Antonio auf. «Und wie ist der Streit zwischen Talenti und Giordano weitergegangen?»

«Es kam heraus, dass Talenti gern seine Dottoressa für sich arbeiten ließ und anschließend bei den Patientinnen die dicken Chefarzthonorare einstrich, obwohl er bei der Entbindung oder OP oft gar nicht anwesend war. Und zu allem Überfluss bekam die Dottoressa die Überstunden am Wochenende nicht einmal besonders vergütet.»

«Da kann man schon einmal die Kontrolle verlieren!»

«Du hältst das wirklich für ein Mordmotiv, Tonio? Unbezahlte Überstunden? Da musst du ja in Zukunft richtig auf dich aufpassen.»

Antonios Blick hielt ihn davon ab, weiter in die Details zu gehen.

«Das allein war es vielleicht nicht. Die OP-Schwester hat uns vorhin erzählt, dass Talenti seine Oberärztin vor versammelter Mannschaft kritisierte, gar mit Kündigung drohte. Wer weiß, welche privaten Fehden die beiden noch ausgetragen haben. Stell dir nur einmal vor, die Dottoressa hat ihren Chef anfänglich bewundert, vielleicht sogar etwas mehr, als gut für sie war. Wie fühlt sich das an, wenn du laufend vor den anderen Mitarbeitern gedemütigt oder gar beschimpft wirst, wenn du mehr arbeitest als alle anderen und keinerlei Anerkennung dafür erntest? Was empfindest du dann für deinen Chef?»

«Hass!», sagte Lavinia, die bis dahin still gewesen war, ohne zu überlegen.

«Sehr richtig! Und Hass, gepaart mit Minderwertigkeitskomplexen, ergibt ein explosives Gemisch.»

Antonio packte seine Sachen zusammen und entnahm dem Aufnahmegerät Enricos die kleine Tonbandkassette.

«Die Zeugenaussage höre ich mir in einer ruhigen Minute selbst noch einmal an, bevor Sie bitte, Lavinia, für uns eine Abschrift für die Unterlagen machen.»

Der Verdacht, zwischen Talenti und seiner Oberärztin könnte mehr als nur ein kollegiales Verhältnis bestanden haben, hatte sich verflüchtigt. Die Beantwortung der Frage, mit wem Fabrizio Talenti am Sonntagabend kurz vor der OP geschlafen hatte, blieb weiter interessant. Sehr interessant sogar!

Sie verließen das Besucherzimmer und machten sich auf den Weg zum Büro des Chefarztes. Auf Antonios Klopfen hin blieb es still. Er drückte die Türklinke nach unten, aber es war abgeschlossen. Auf dem Gang war niemand, den er hätte fragen können.

Er wandte sich an seine beiden Mitarbeiter und sagte: «Bitte fragt in den Nachbarhäusern nach, ob irgendjemand am Montagmorgen eine große, schwarz gekleidete Frau mit auffälliger Sonnenbrille und Doktortasche in der Hand gesehen hat. Nebenbei bemerkt: Dottoressa Giordano ist nicht gerade klein. Auf sie würde die Beschreibung schon passen, und auch die Aufmachung würde ihr entsprechen. Außerdem hat sie einen Schlüssel zum Apartment des Dottore.»

Zu Enrico gewandt sagte er: «Ich versuche inzwischen, herauszufinden, wo die Sekretärin von unserem Dottore abgeblieben ist.»

Dann ging er in die Eingangshalle der Klinik, um mit der Empfangsdame zu sprechen.

«Tut mir leid, Commissario, Signora Minozzi hat sich krankgemeldet. Sie hat die Grippe und konnte noch nicht sagen, wann sie wieder zur Arbeit kommt. Ach, die Arme», plauderte die Empfangsdame weiter, «der Tod unseres Dottore hat sie völlig aus der Bahn geworfen. Aber es ist ja auch kein Wunder. Wer tut denn so etwas, Commissario?»

«Das fragen wir uns auch immer wieder, Signora.»

Er nickte bekümmert, schwieg bedeutungsvoll, um schließlich nachzuhaken: «Sagen Sie, wissen Sie zufällig, wer mir Auskunft darüber geben kann, wer alles einen Schlüssel zum Apartment von Dottor Talenti hat?»

«*Ich* kann das, Commissario!», sagte die Empfangsdame sehr eifrig. «Un momento!» Sie stand schwungvoll von ihrem Drehstuhl auf und ging zu einem Rollkastenschrank. Sie zog eine Schublade auf und entnahm eine Karteikarte, die sie auf einen kleinen Kopierer legte. Mit der Kopie in der Hand kam sie zurück und schob sie unter der Glasscheibe, die Besucher und Empfang voneinander trennte, für Antonio hindurch.

«Grazie tante, Signora! Buona giornata!»

Den Gruß von ihr wartete er nicht mehr ab, sondern verließ mit schnellen Schritten die Klinik, um dann um die Hausecke zu biegen und über den Hintereingang wieder einzutreten. Im Treppenhaus blieb er stehen und studierte den Zettel. Die Namen sagten ihm inzwischen alle etwas: Dottoressa Giordano, Schwester Anna, Branca, Valentina di Brazzi und der Dottore selbst. Der Einzige, der aus dem Umfeld der Klinik fehlte, war Corrado Salento. Und keiner der Herren, die sich angeblich nach Turin aufgemacht hatten, hatte anscheinend einen Schlüssel.

Sollte der Täter aus diesem Personenkreis stammen, und davon war Antonio nach wie vor überzeugt, musste er sich die Schlüssel des Dottore beschafft haben. Im Gedränge des Wiesn-Zeltes oder im Hotel ließen sich Schlüssel ohne weiteres entwenden. Bis Talenti das bemerkt hatte, saß er wahrscheinlich schon im Flugzeug nach Verona. Egal wie der Täter an die Schlüssel gekommen war, und immer vorausgesetzt, er hatte diese auch benötigt, war es ein Leichtes für ihn, dem toten Chefarzt diese nach der Tat wieder zuzustecken.

Antonio griff in seine Hosentasche und zog den Schlüsselbund Talentis heraus, den er an diesem Morgen im Büro vorgefunden hatte. Zusammen mit anderen persönlichen Dingen, die die Spurensicherung bei Talenti sichergestellt und inzwischen untersucht hatte, befand er sich in einem verschweißten Plastikbeutel auf seinem Schreibtisch. Daneben lag Petrellis Bericht. Der Chef der Kriminaltechnik bestätigte darin, was Antonio schon geahnt hatte. In der Wohnung Talentis fanden sich seine eigenen Fingerabdrücke und die weiterer Personen, die noch nicht zugeordnet werden konnten. Die Kleidungsstücke des Dottore wurden noch im Labor genauer untersucht. Antonio musste anerkennend feststellen: Wer auch immer den Dottore auf dem Gewissen hatte, war sehr umsichtig vorgegangen. Petrelli und seine Leute hatten noch keine Möglichkeit gehabt, das Büro des Chefarztes zu durchsuchen. Es wurde Zeit, dass Gioberti in die Gänge kam.

Langsam stieg Antonio die letzten Stufen nach oben. Er schnüffelte ein wenig und stellte dankbar fest, dass man im Treppenhaus gründlich gelüftet hatte. Der Geruch nach faulen Eiern hatte sich gänzlich verloren. Er schlitzte das Siegel der Staatsanwaltschaft mit der Messerspitze eines kleinen Schweizermessers, das der Dottore ebenfalls an seinem Schlüsselbund hängen hatte, mit einem Rutsch auf.

An Petrellis Bericht gab es nichts auszusetzen. Dennoch zog es Antonio vor, sich den Tatort allein und ungestört nochmals anzusehen! Die Siegel des Staatsanwalts hatten ihn noch nie davon abgehalten.

19

Vorsichtig, um keine unnötigen Geräusche zu machen, schob Antonio den Schlüssel ins Türschloss, drehte ihn leise um und betrat den dunklen Flur. Ebenso leise und vorsichtig zog er die Wohnungstür hinter sich zu, bis es klackte. Eine Welle des bekannten üblen Geruchs nebelte ihn unverzüglich ein. Antonio widerstand dem Drang, sofort die Fenster aufzureißen. Er wollte weder bemerkt werden, noch wollte er durch Zugluft riskieren, dass in den Räumen etwas in Unordnung geriet.

Er atmete durch den Mund und ging langsam den Gang entlang. Alle Türen standen offen. Als Erstes sah er ins Bad und machte Licht. Auf der Ablage über dem Waschbecken befanden sich die üblichen Accessoires: elektrischer Rasierapparat, Aftershave, Handcreme, Pinzette und Nagelschere. In einem Becher steckte eine Zahnbürste, die schon bessere Tage gesehen hatte. Es gab jedoch keine Anzeichen für Damenbesuch. Auf dem Beckenrand standen eine Flasche mit Flüssigseife und eine mit Desinfektionsmittel. Der Arzt und Operateur achtete auf Hygiene. In einem Schränkchen unter dem Waschbecken lagen sauber aufgestapelt Handtücher.

Rechts befand sich eine Duschkabine. Davor lag eine Badematte. Antonio entdeckte nichts, was nicht in ein Bad gehörte oder in irgendeiner Weise auffällig war. Er löschte das Licht. Auf dem Weg in die Küche hörte er sich nähernde Schritte auf der Treppe. Antonio sah sich um, auf der Suche nach einem geeigneten Versteck. Zwischen Küche und Bad war ein Vorhang angebracht. Er zog eine Vorhanghälfte zurück. In der Nische hing ein dicker Wintermantel auf einem Kleiderbügel, daneben stand eine zusammengeklappte Trittleiter, die ihm entgegenfiel und die er im letzten Moment auffing, bevor sie mit lautem Krach auf den Boden fallen konnte. Er schaffte es gerade noch, sich hinter dem Vorhang zu verbergen und sich mit dem Rücken an den Mantel zu pressen, damit sein Körper sich nicht auf dem Vorhangstoff abzeichnete.

In dem Moment wurde ein Schlüssel ins Schloss gesteckt und die Wohnungstür zum Apartment des Dottore geöffnet. Antonio wagte keinen Blick in den Gang. Mit klopfendem Herzen und angehaltenem Atem wartete er ab. Welche der Personen, die einen Schlüssel hatten, verschaffte sich Zutritt zur versiegelten Wohnung des Mordopfers? Valentina di Brazzi? Die Witwe, die er nicht kannte, von der er nicht wusste, wie sie aussah? Angestrengt lauschte er. Die Person ging auf Zehenspitzen. Aber sie kam nicht an ihm vorbei, sondern machte, wie er zuvor, Licht im Bad. Er hörte, wie sie das Schränkchen unter dem Waschbecken öffnete. Dann hörte er Geraschel. Die Tür des Schränkchens wurde wieder zugeschoben, der Lichtschalter betätigt. Die Person ging in Richtung Wohnungstür zurück. Antonio spähte durch einen Spalt, indem er eine Vorhanghälfte etwas zur Seite schob. Er erkannte den Rücken einer schlanken, hochgewachsenen Frau, die einen weißen Arztkittel trug. In der Hand hielt sie ein kleines Kosmetiktäschchen. Antonio kannte diese Art von Täschchen. Auch Marissa hatte in jeder ihrer Handtaschen eines davon, um ihre Schminkutensilien darin aufzubewahren. Die Frau hatte leicht gelockte blonde Haare. Antonio war sich fast sicher, trotz der Dunkelheit, dass es sich um Dottoressa Giordano handelte. Die Befragung durch Enrico hatte sie wohl endgültig aufgescheucht und veranlasst, ihre persönlichen Dinge aus dem Apartment zu holen. Petrellis Leute hatten das Täschchen jedenfalls übersehen, weil es vermutlich gut verdeckt hinter dem Stapel von Handtüchern gelegen hatte.

Einen kurzen Augenblick nur war er versucht, der Dottoressa nachzueilen. Doch dann hielt er sich zurück. Ihm konnte gar nichts Besseres passieren. Die Ärztin hatte wie er keine Handschuhe getragen. Er würde Petrelli auf die neue Spur ansetzen. Vielleicht fanden sie doch noch eine Übereinstimmung und konnten der Dottoressa etwas nachweisen.

Antonio verließ sein Versteck und setzte seinen Rundgang durch die Wohnung fort. In der engen Küche standen ein Herd, eine schmale Geschirrspülmaschine und ein Kühlschrank. Drei Oberschränke über dieser Küchenzeile rundeten die Einrichtung ab. Auf der Ablagefläche stand eine alte Gaggia-Espressomaschine. Gegenüber befand sich ein kleiner quadratischer Tisch mit zwei Stühlen. Ein Fenster ging auf den Garten hinaus. Mit einem Taschentuch öffnete Antonio den Kühlschrank. Er enthielt fünf Champagnerflaschen und ein Glas mit Oliven. Interessante Vorratshaltung!

Am Ende des Flurs lag das Schlafzimmer. Das einzige Fenster ging auf die Via Marsala hinaus. Der Rollladen war halb heruntergelassen, um die Nachmittagssonne auszusperren. Die Einrichtung war reduziert modern, ohne jeden Zweifel sehr teuer. Den größten Teil des Zimmers nahm ein rundes Bett ein. Antonio konnte nicht widerstehen und befühlte die Matratze. Fabrizio Talenti schlief auf einem Wasserbett und sicher meist nicht allein. Ein deckenhoher Einbauschrank füllte eine Wandnische aus. Er öffnete die Schranktüren. Herrenunterwäsche und Socken waren akkurat in den Fächern gestapelt. Ein Hängeteil enthielt einen dunkelblauen Anzug, zwei blauweiß gestreifte Oberhemden, eine Herrenjeans und eine weiße Baumwollhose. Mit diesen klassischen Kleidungsstücken war Mann grundsätzlich, egal, was kam, perfekt angezogen. Außerdem befanden sich auf Drahtbügeln und in Plastikfolie eingewickelt fünf Arztkittel. Antonio entdeckte keine Wäsche oder Kleidungsstücke, die eine Frau zurückgelassen hatte. Auch unter den Kopfkissen fand er nichts, was Damenbesuch nahelegte. Antonio war einigermaßen enttäuscht.

Als Nächstes und Letztes sah er sich das Klavierzimmer des

Dottore an. Der Geruch nach faulen Eiern war nun doch so penetrant übel, dass Antonio wieder Zuflucht zu seinem Taschentuch nahm und es sich dankbar unter die Nase hielt. Ein Rest von Armani haftete ihm noch an. Er stellte sich in die Mitte des Zimmers und ließ seinen Blick schweifen. Der Deckel des Flügels war geschlossen worden. Alles andere befand sich unverändert an seinem Platz, wie er es in Erinnerung hatte. Langsam schritt der Commissario das Zimmer ab, sah durchs Fenster auf die Terrasse und den Garten des Nachbargrundstücks. Was immer in diesem Raum geschehen war, Zeugen gab es sicher keine. Niemand konnte den Raum einsehen. Allenfalls Schattenrisse bei Beleuchtung. Das wollte er nicht ausschließen.

An der Wand hingen Aquarelle: gefällige Ansichten von italienischen Städten, doch ohne jeden künstlerischen oder pekuniären Wert. Der Dottore gab sich offenbar mit Dekoration zufrieden und sammelte keine Kunst. Im Bücherregal stand fast ausschließlich leichte Unterhaltungsliteratur. Lediglich ein Regalbrett war mit medizinischen Fachbüchern vollgestellt. Vor allem einige großformatige Bände, in rotes Leinen eingeschlagen, erregten Antonios Interesse. Er las die Buchrücken und war gerade dabei, eines der Bücher herauszuziehen. Diese besonderen Ausgaben mit Goldprägung auf dem schönen Stoff hatten es ihm angetan. Doch im letzten Moment bremste er sich. Der Bericht von Dottoressa di Silva fiel ihm ein. Sie hatte von Flusen erzählt, die von rotem Leinen stammten und in den Haaren am Hinterkopf des Opfers gefunden worden waren. Gedanklich ging er auch den Bericht Petrellis durch, konnte sich aber an keine Stelle erinnern, die sich darauf bezog, dass die Leute der Spurensicherung auch die Bücher genauer untersucht hätten. Antonio griff in seine Hosentasche und zog sein Handy heraus.

«Pronto!»

«Silvano, Antonio hier!»

«Ciao, Commissario! Was gibt's?»

«Ich stehe im Klavierzimmer des Dottore!»

«Wo stehst du? Schon *wieder*! Ich glaub das nicht!»

«Das Siegel wurde bereits von einer anderen Person beschädigt, deshalb bin ich in die Wohnung, um nachzusehen, ob ich jemanden antreffe. Aber Fehlanzeige. Es wäre gut, deine Leute würden sich nochmals hier umsehen.»

«Du hast schon bessere Geschichten erzählt!»

«Die Wahrheit ist meist unspektakulär!», konterte Antonio und grinste in sich hinein. Er hörte am Schnaufen Petrellis, dass auch er Spaß an ihrer Unterhaltung hatte.

«Und wie ich mich hier so umsehe, habe ich vielleicht den Gegenstand entdeckt, mit dem unser Dottore niedergeschlagen wurde. In der Bücherwand stehen eine Reihe sehr dicker medizinischer Handbücher, die in rotes Leinen eingeschlagen sind. Ich möchte, dass ihr sie untersucht. Und wie gesagt, es wäre vielleicht sinnvoll, das Apartment neuerlich auf Fingerabdrücke zu überprüfen.»

«Wie wär's mit Handschuhen, wie es sich für einen ordentlichen Commissario gehört?»

«Leider nein!»

«Wann wirst du es endlich lernen, unsere Arbeit nicht zu erschweren, Fontanaro?»

Antonio lachte leise.

«Wir sind immer noch damit beschäftigt, die Fingerabdrücke den diversen Personen zuzuordnen. Und jetzt sollen wir von vorne anfangen? Ich weiß wirklich nicht, wie oft ich dir diesen Gefallen noch mache. Du hast, verdammt noch mal, in der Wohnung des Opfers nichts verloren. Auch ein aufgebrochenes Siegel gibt dir kein Recht, die Wohnung zu betreten. Der neue Staatsanwalt nimmt seine Arbeit vielleicht etwas ernster, als uns beiden lieb sein kann.»

«Silvano, warum so hitzig? Vincenzo Mauro ist beseelt davon, uns tatkräftig zu unterstützen. Ich werde gegen Mittag mit ihm nach Pordenone fahren. Wir wollen uns den Geflügelbetrieb ansehen, bei dem es vor ein paar Tagen gebrannt hat. Die dortige Staatsanwaltschaft ist auf Ungereimtheiten gestoßen. Mal sehen, ob auch wir etwas finden, was uns weiterhilft.»

«Interessante», bemerkte Petrelli kurz angebunden. Offenkundig wollte er nicht noch weitere Neuigkeiten hören, die ihm Arbeit machen würden.

«Ach, und noch eine Bitte, Silvano!»

«Ich muss Schluss machen!»

«Ihr seid doch noch dabei, die Kleidungsstücke des Dottore zu untersuchen?»

«Sì!»

«Bitte achte besonders darauf, ob sich Haare, blonde Frauenhaare, auf seinen Sachen finden! Unser Dottore hatte eine Schwäche für das weibliche Geschlecht in Blond. Ich bin fast sicher, dass ihr fündig werdet.»

«Sonst noch was?»

«Nein, das ist schon alles. Grazie tante!», sagte Antonio lachend.

Petrelli hatte bereits aufgelegt.

Kurz darauf verließ Antonio die Wohnung. Langsam und in Gedanken ging er die Treppe wieder nach unten. Versonnen hielt er den Schlüsselbund Talentis in der Hand. Er zählte fünf Sicherheitsschlüssel und einen für einen Wagen. Wenn nötig, konnte er sich in allen Räumen des Arztes umsehen und auch dessen Auto genauer inspizieren. Doch vorerst wollte er abwarten, welche Durchsuchungsbeschlüsse Richter Gioberti erteilte. Mehr als eine gesetzeswidrige Tat pro Tag sollte auch er sich nicht leisten.

Als er gerade die Hintertür öffnen wollte, wurde diese von außen aufgestoßen. Ein metallischer Kasten auf vier Rädern, etwa mannshoch, wurde von einem dunkelhäutigen, kräftig gebauten

Mann hereingeschoben. Er war von seiner Tätigkeit derart in Anspruch genommen, dass er Antonio, der nur wenige Schritte von ihm entfernt stand, gar nicht wahrnahm. Eifrig umrundete der Mann den Kasten, öffnete eine Tür, die in den Klinikbereich führte, und zog ihn nun mit Hilfe eines Griffs weiter hinter sich her. Antonio folgte ihm, gespannt darauf, welche Räume sich im Souterrain befanden. Diesen Teil des Krankenhauses hatte er noch nicht betreten. Hinter dem Metallkasten konnte er unbemerkt nachkommen. Dann wandte sich der Afrikaner nach rechts. Mit dem Rücken schob er eine breite Flügeltür auf, die, nachdem er den Durchgang passiert hatte, kräftig hin- und herschwang. Antonio musste einen passenden Moment abwarten, um zu folgen.

«Ciao, Dottoressa! Alles bereit für die Raubtierfütterung.»

Immer noch unbemerkt beobachtete Fontanaro, wie Dottoressa Giordano den Lieferschein unterschrieb. Die beiden Lernschwestern kicherten noch über die Bemerkung des Lieferanten und öffneten die Schiebetür des Wagens. Eine Regaleinteilung wurde sichtbar, auf der sich Tabletts stapelten. Die jungen Mädchen zogen Servierwagen zu sich heran, die entlang der Küchenwand aufgestellt waren, und fingen an, den Metallbehälter zu leeren.

«Buon giorno, Signore e Signori», ließ sich Antonio vernehmen. Er blickte in vier erschrockene Augenpaare. «Es tut mir leid, wenn ich Sie bei der Arbeit störe», dabei ging er zielgerichtet auf den Lieferanten zu, der erschrocken zurückwich und schließlich an der Kante eines Tischs zum Halten kam. Die Dottoressa machte sich dort mit ihren Papieren zu schaffen. Ihr Gesicht glühte, und sie versuchte, durch Geschäftigkeit ihre Verlegenheit zu verbergen. Ihr schlechtes Gewissen leuchtete Antonio förmlich entgegen. Doch noch interessanter für ihn war die Panik, die der junge Mann nicht verbergen konnte. Er trat direkt vor ihn und zückte seinen Ausweis.

«Commissario Fontanaro. Ich hätte ein paar Fragen an Sie, Signore!»

«Nix verstehen!», stieß der Mann hervor.

«Für wen arbeiten Sie?»

«Nix verstehen, nix verstehen!», erwiderte er ohne Unterbrechung. Hilfesuchend schaute er zur Dottoressa.

«Lassen Sie Manu in Frieden, Commissario. Er kann Ihnen nicht helfen.»

«Und was macht Sie da so sicher?»

«Glauben Sie mir, das ist ein armer Teufel, der über den Todesfall in der Klinik nichts sagen kann. Fahr zur nächsten Kundschaft, Manu, du wirst hier nicht mehr gebraucht!»

Antonio, völlig verblüfft über die Eigenmächtigkeit der Ärztin, trat beiseite und ließ den Afrikaner vorbeigehen. Dieser zog den inzwischen geleerten Kastenwagen am Griff wieder durch die Schwingtür und war wenige Augenblicke später verschwunden.

«Wer war das, Dottoressa, und für wen arbeitet er?»

«Wir alle nennen ihn nur Manu. Wie er wirklich heißt, weiß ich nicht. Er arbeitet für die Cateringfirma, die unser Essen liefert. Er kommt zweimal am Tag.» Sie suchte zwischen den Papieren auf dem Tisch herum. «Das ist der Speiseplan für diese Woche, Commissario. Unten steht aufgedruckt die Adresse des Caterers und die Telefonnummer. Dort kann man Ihnen zu Manu vielleicht mehr sagen.»

«Wovor hat er solche Angst?»

«Na, was denken Sie? Der Mann hat keine Aufenthaltsgenehmigung und keine Arbeitserlaubnis. Aber er hat eine Frau und drei Kinder zu ernähren. Er hat große Angst davor, die Arbeit zu verlieren, und er hat sicher befürchtet, dass Sie hinter ihm her waren, dass Sie ihn kontrollieren wollten.»

Antonio sah sich die Adresse genauer an. Der Caterer nannte sich bezeichnenderweise «mangia bene» und hatte seine Räume im Industriegebiet von Verona. Dort, wo auch Brione und Menasi ihre Firmensitze und Cuméo sein Transportunternehmen hatten.

«Und wem gehört der Betrieb?»

Dottoressa Giordano sah Antonio an, als wäre er geistig wirklich etwas minderbemittelt. Gleichzeitig fühlte er, wie sie auf der Hut war. Ihre rechte Hand hatte sie in die Tasche ihres Arztkittels geschoben, die sich verdächtig breit ausbeulte. Dort befand sich ohne jeden Zweifel das Kosmetiktäschchen, das sie aus Talentis Apartment geholt hatte. Über dem Arztkittel trug sie inzwischen eine dunkelblaue Strickjacke. Der Dottoressa war kalt. Antonio dagegen fand es warm in der Küche, in der nur eine einfache Kochstelle in Form einer tragbaren Herdplatte auf einer Anrichte stand. Daneben befand sich ein Wasserkocher.

«Nun, Dottoressa, ich warte. So, wie Sie mich ansehen, wissen Sie sehr genau, wem die Firma gehört. Darf ich raten?»

«Sie gehörte Andrea Cuméo», kam es sehr gepresst über ihre Lippen.

Antonio beschloss, abrupt das Thema zu wechseln, um sie weiter zu verunsichern. Über Cuméo und seine vielfältigen Geschäftsbeziehungen zu Talentis Klinik konnten sie später immer noch sprechen.

«Sie haben meinem Ispettore erzählt, dass Ihr Verhältnis zu Dottor Talenti rein kollegialer Natur war.»

Er merkte, wie sie sich straffte. Stocksteif stand sie vor ihm und starrte ihn an.

«Bleiben Sie bei dieser Aussage?»

«Per sicuro! Selbstverständlich.»

«Sie gehören zu dem kleinen Personenkreis, der über einen Schlüssel zum Apartment des Klinikchefs verfügt. Warum?»

«Ich habe, genauso wie im Übrigen Schwester Anna auch, Essen zu Dottor Talenti nach oben getragen, ihn geweckt, wenn eine OP anstand oder Unterlagen gebracht.»

Sie zog an ihrer Strickjacke, als fühlte sie sich darin unwohl.

«Ich dachte, er hatte im Erdgeschoss sein Büro. Wäre es nicht naheliegender gewesen, die Unterlagen dorthin zu bringen als in seine Privaträume?»

«Dottor Talenti brauchte diesen Rückzugsort. Seine Sekretärin arbeitet zudem nur halbtags. Abends und vor allem nachts wollte er nicht immer rauslaufen, um selbst die Tür zu öffnen, wenn er Klavier spielte, las oder einfach ein Nickerchen machte. Daran ist überhaupt nichts Besonderes oder Intimes, wie Sie mir offensichtlich unterstellen, Commissario.» Sie hatte sich etwas gefangen und redete nun wieder forsch und ziemlich selbstbewusst. Entschlossen schlüpfte sie aus der Jacke und hängte sie über einen Stuhl. Das Gespräch schien sie aufzuregen, sosehr sie sich auch um Gleichmut bemühte.

«Oder einfach nur um gemeinsam ein Glas Champagner zu trinken?»

«Ich weiß nicht, was Sie meinen.»

«Oh doch, Sie wissen genau, was ich meine, oder spreche ich Chinesisch?»

«Ich trinke keinen Alkohol in der Klinik, Commissario. Das ist gegen die Dienstvorschrift. Und jetzt müssen Sie mich entschuldigen. Ich muss in die Ambulanz. Buon giorno.»

Antonio trat beiseite und ließ sie vorbei. Unvermittelt allein in der Küche, unterzog er die Papiere auf dem Tisch einer genaueren Prüfung. Doch sie halfen ihm nicht weiter. Überwiegend handelte es sich um Patientenblätter. So erfuhr er, dass Signora XY eine Laktose-Intoleranz hatte, die Nächste keine Erdbeeren vertrug und eine weitere Patientin Veganerin war. Der Lieferschein, den Manu gebracht hatte, legte davon ein deutliches Zeugnis ab. Insgesamt hatte er 20 Essen geliefert. Davon waren zehn gleichen Inhalts, die übrigen zehn unterschieden sich erheblich voneinander. Keine leichte Aufgabe für einen Caterer. Den Laden von «mangia bene» wollte Antonio sich in jedem Fall ansehen. Cuméo hatte wirklich an allen Ecken und Enden seine

Freunde für seine Geschäfte gebraucht und missbraucht. Und wie man Geld sparte, wusste er sehr genau. Afrikaner illegal zu beschäftigen, war dabei nur ein weiterer Baustein in seiner ökonomischen Weitsicht.

Antonios Blick fiel auf die Strickjacke der Dottoressa. Er nahm sie vom Stuhl und trat damit an ein Fenster, um besser sehen zu können. Genau studierte er den Kragen der Jacke und wurde schließlich fündig. Er entdeckte blonde Haare, die er vorsichtig abzog und in sein Taschentuch wickelte. Petrelli konnte sich wirklich nicht beklagen. Er tat alles, um die Arbeit der Spurensicherung zu unterstützen.

Als er Schritte hörte, verließ Antonio die Küche und machte sich auf den Weg zum Hinterausgang. Vor der Tür traf er auf Enrico, der um die Hausecke gestürzt kam.

«Tonio, da bist du! Wir haben dich schon überall gesucht.»

«Was gibt es?»

«Eine Nachbarin hat tatsächlich die ominöse Dame mit Strohhut und Doktortasche bemerkt. Sie wohnt schräg gegenüber im zweiten Stock. Am Montagmorgen gegen sechs Uhr hat sie die Dame in ein kleines rotes Auto einsteigen sehen. Der Wagen war in einer Seitenstraße geparkt. Keine 200 Meter von hier entfernt.»

«Hat sie sich zufällig das Nummernschild gemerkt?»

Enrico schüttelte den Kopf. «Leider nicht! Sie sagt, sie konnte sich das Auto nicht merken, weil sie ein solches noch nie gesehen hat. Außerdem ist die Signora kurzsichtig und hatte keine Brille auf.»

«Aha, wunderbar. Aber die Dame mit Strohhut und Doktortasche hat sie erkennen können.»

«Sie ist nicht blind, Tonio, nur kurzsichtig. D'accordo?»

«Wo hast du Lavinia gelassen?»

«Sie ist mit meinem Wagen in die Questura zurückgefahren, um die Protokolle zu schreiben. Außerdem wissen wir nicht, ob Fausto endlich wieder zur Stelle ist. Irgendjemand sollte sich ums Büro kümmern.»

«Richtig. Sehr gut.»

Antonio wandte sich zum Gehen. Doch anstatt seinen Dienstwagen aufzusperren, ging er in Richtung Klinikeinfahrt. «Wir sollten endlich mit der Witwe des Dottore sprechen.»

«Muss das sein, Tonio? Kannst du das nicht alleine machen? Mit Frauentränen kann ich gar nicht umgehen. Da werde ich immer so sentimental.»

«Stell dich nicht an! Ich brauch dich als Zeugen bei der Befragung. Nach Lage der Dinge könnte Valentina di Brazzi durchaus ein Mordmotiv haben. Das beste übrigens, das man sich denken kann.»

Enrico stöhnte auf. «Nicht schon wieder. Eifersucht! Manchmal glaube ich, ganz Italien ist ein einziges Eifersuchtsdrama!»

Gemeinsam verließen sie den Klinikgarten und traten auf die Via Marsala hinaus. Ein schnittiges weißes Mercedes-Cabriolet fuhr aus der Einfahrt der Villa von Dottor Talenti heraus. Die Frau am Steuer gab Gas und fuhr mit aufheulendem Motor an ihnen vorbei. Sie trug einen schwarzen Strohhut und eine große dunkle Sonnenbrille.

TRAUNSTEIN

11.00 UHR

Georg saß im «Signora Maria» auf einem der Barhocker am langen Holztresen, trank in kleinen Schlucken seinen Espresso und schaute dabei auf das gut bestückte Weinregal gegenüber. Mit dem Löffel kratzte er anschließend die Reste der crema aus, die sich am Tassenrand abgesetzt hatte, und schob sich den schokoladenbraunen Kaffeerest in den Mund. Ein herrlicher Geschmack, der ihn dazu verleitete, sich der trügerischen Illusion hinzugeben, in einer Bar irgendwo in Italien zu sitzen. Urlaubsgefühle am Taubenmarkt von Traunstein. Georg hatte im Laufe des Vormittags regelrechte Entzugserscheinungen verspürt und beschlossen, eine Pause einzulegen. Ohne Kaffee, was bei ihm immer hieß, ohne Espresso, ging es gar nicht. Die Brühe, die aus den Automaten der Polizeiinspektion herauslief, verdiente den Namen Kaffee nicht. Diesen dann auch noch hochtrabend als Espresso zu bezeichnen, war die reinste Ironie.

Schweren Herzens erhob sich Georg vom Barhocker. Es wurde höchste Zeit, dass er ins Büro zurückfuhr. Er hatte keinen guten Grund mehr, seinen Besuch bei Alois Pfaffenrieder, Kriminaloberrat von Traunstein, seinem einzigen direkten Vorgesetzten, weiter aufzuschieben. Er musste endlich handeln, sonst kam er im Fall Cuméo keinen Schritt weiter.

Er kannte Pfaffenrieder noch von früher, und die Abneigung beruhte auf Gegenseitigkeit. Georg rechnete nach, wie lange Pfaffenrieder wohl noch bis zu seiner Pensionierung hatte. Zwei, höchstens drei Jahre noch, so schätzte er, musste er sich mit ihm arrangieren. Vorausgesetzt, der Kriminaloberrat hörte erst mit 65 Jahren auf zu arbeiten, was spät genug war für seine Besoldungsgruppe. Aber vermutlich wollte er vierzig Dienstjahre zusammenbekommen. Wer schenkte schon gern dem Staat Geld? Der Kriminaloberrat gehörte sicher nicht dazu.

Georgs Weg zur Kasse führte ihn rein zufällig am Weinregal vorbei. Francesco, der Experte für die edlen Tropfen im «Signora Maria», stand plötzlich, wie aus dem Nichts, neben ihm und lachte.

«Na, Commissario, was darf es heute sein? Wir haben einen ganz wunderbaren Nero d'Avola aus Sizilien hereinbekommen.»

Georg verzog ein wenig das Gesicht, als hätte er Zahnschmerzen. Francesco lachte.

«No, no, nicht, was Sie schon wieder denken. Keine Discounterware für 3 Euro 50. Ein wirklich schwerer, vollreifer Rotwein, der gern auch noch ein paar Monate liegt. Für Weihnachten und die Gans zu den Feiertagen ist er eine wunderbare Begleitung.»

«Und welchen dieser großartigen Weine kann ich schon heute Abend zu meiner Dorade trinken?» Seine Mutter würde schon brav im Bett liegen, wenn er endlich nach Hause kam. Fisch war ohnehin nicht nach ihrem Geschmack. Maria, die Pflegerin, machte ihr regelmäßig ein Wurstbrot zum Abendessen. Ein kleines bisschen regte sich sein schlechtes Gewissen. Aber alte Leute sollten ja am Abend nicht so viel essen, beruhigte er sich selbst.

«Da habe ich etwas ganz besonders Feines für Sie», beeilte sich Francesco zu versichern.

Schwören hätte ich können, dachte Georg, dass so ein Satz fiel.

«Haben Sie diesen Rosato vom südlichen Gardasee schon einmal probiert?»

Georg nahm die ihm angebotene Flasche in die Hand und las aufmerksam das Etikett. Das Weingut kannte er sehr gut. Dort hatte er schon mehrmals selbst Wein eingekauft. Doch den Rosé hatte er noch nie versucht.

«Gut», sagte er betont gnädig. «Dann probiere ich den einmal.»

Nachdem er zwei Flaschen gekauft hatte, ging er zu seinem Wagen und fuhr zurück zu seiner Dienststelle. Der Parkplatz vor dem Gebäude war gut gefüllt. Vielleicht traf er heute einmal seine Mitarbeiter bei der Arbeit an. Aber zuerst musste er mit München telefonieren. Während der kurzen Autofahrt war ihm eine Idee gekommen, wie er den Besuch bei Pfaffenrieder nochmals aufschieben und den Kriminaloberrat vielleicht sogar austricksen konnte, ohne dass ihm dieser auf die Schliche kam. Von plötzlichem Elan durchdrungen, stürmte er in sein Büro, sodass ihm seine etwas betuliche Sekretärin überrascht nachsah. Er griff nach dem Hörer und wählte die Nummer seiner alten Dienststelle.

«Servus, Kurt, Georg am Apparat.»

«Servus! Ich hab überhaupt keine Zeit», wehrte Kurt Lachner sofort ab.

«Ein paar Minuten wirst du dir schon nehmen müssen. Habt ihr inzwischen etwas von Franz Schmidtbauer gehört? Ist der Giggerl-Wirt wieder aufgetaucht?»

«Ja, schon. Im Ebersberger Forst hat ihn ein Spaziergänger am Baum hängend entdeckt.»

«Au weh zwick! Und seid ihr sicher, dass es Selbstmord war?»

«Ohne jeden Zweifel!»

So eine Bemerkung war gefährlich, wie Georg aus Erfahrung nur zu gut wusste. Doch er konnte sich schon vorstellen, dass Kollege Kurt Lachner wenig daran gelegen war, einen weiteren Mord zu untersuchen. Diese Selbstmordannahme war mit Sicherheit die am wenigsten arbeitsintensive. Und bevor er noch weitere unangenehme Fragen in dieser Richtung stellen konnte, fügte Kurt hinzu:

«Seine Frau ist in ärztlicher Behandlung. Momentan ist sie nicht vernehmungsfähig.»

«Und was kannst du mir sonst noch berichten, was Licht auf den Fall meines italienischen Toten werfen könnte?»

«Ja, mei, wie soll ich sagen? Die Sache mit den Salmonellen weitet sich aus. Inzwischen sind drei Patienten an dem verdorbenen Hühnerfleisch gestorben. Unsere Gesundheitsbehörden sind ziemlich nervös. Während der Wiesn ist ein Lebensmittelskandal, und dann auch noch mit Hendln, nicht gerade günstig, wie du dir sicher vorstellen kannst. Die Pressesprecherin vom Rathaus gibt rund um die Uhr Interviews, wiegelt ab, beruhigt, spricht von traurigen Einzelfällen. Wenn man bedenkt, dass allein im Schwabinger Krankenhaus 40 Personen wegen Verdacht auf Salmonellen behandelt werden, ist das die Untertreibung des Tages.»

«Hm …», brummte Georg in den Hörer und überlegte, wie er die Notlage Kurt Lachners für seine Zwecke ausnutzen konnte. «Hat sich denn das Gesundheitsamt schon mit dem Geflügelmastbetrieb in Pordenone in Verbindung gesetzt? Dort ist ja wohl die Ursache zu suchen.»

«Vielleicht, aber sicher ist das nicht. Genauso gut kann es an der Schlachterei gelegen haben, die nicht sauber gearbeitet hat, oder die Kühlung im Laster war irgendwann unterbrochen oder der Kühlwagen verdreckt, oder der Giggerl-Wirt selbst hat im Festzelt die Hühner unsachgemäß gelagert.»

Respekt, dachte Georg, Kurt Lachner hatte gedanklich erheblich in die Materie investiert.

«Und was genau hast du von diesen vielen Möglichkeiten schon untersucht? Kannst du irgendetwas ausschließen?»

«Gar nichts kann ich ausschließen. Das Gesundheitsamt hat den Zutritt zum Festzelt von Franz Schmidtbauer nach wie vor untersagt. Erst einmal wollen sie selbst und der Staatsanwalt Klarheit über die Sachlage vor Ort haben. Wir bekommen einen Bericht. Das kann aber dauern. Gleichzeitig sitzt mir der Polizeipräsident Mitterhammer im Nacken. Der will Ergebnisse. Du kennst ihn ja. Immer gleich vorn mit dabei.»

«Und die Nachforschungen in Italien? Wie weit seid ihr damit?»

Schweigen am anderen Ende der Leitung. Schließlich bequemte sich Lachner doch zu einer Entgegnung.

«So dumm kannst auch nur du fragen.»

Georg grinste zufrieden in sich hinein. Sein Ziel war ganz nah.

«Na, hör mal!», tat er aufgebracht. «Den Fall Cuméo bist du doch elegant losgeworden.»

«Das ist aber nur die eine Seite der Medaille. Cuméo und Schmidtbauer hängen zusammen. Es ist nicht auszuschließen, dass Franz Schmidtbauer wusste, wer ihm die Sauerei eingebrockt hat. Erst rächt er sich an dem Italiener, und dann macht er sich nach Ebersberg auf, um seinem Leben an einem Baum ein Ende zu setzen.»

«Verstehe! Du möchtest den Fall Cuméo jetzt wieder selber übernehmen, weil sich Überschneidungen ergeben?»

«Um Gottes willen! Ich kann das nicht übernehmen. Ich hab schon versucht, mit dem Geflügelmastbetrieb in Pordenone zu telefonieren. Da geht keiner ran. Auch beim Transportunternehmen in Verona habe ich mich gemeldet, aber nur eine Frau erreicht, die kein Wort Deutsch sprach. Nach fünf Minuten habe ich aufgegeben. Ich soll einen Dolmetscher zur Verfügung gestellt bekommen, der die weiteren Untersuchungen begleitet. Auf den warte ich noch.»

«Hm ... Wäre es denn nicht besser, einer von euch würde nach Italien fahren und sich vor Ort umsehen?»

«Wer, bitte, soll das sein?»

«Du und der Dolmetscher vielleicht?»

«Ich kann hier nicht weg!»

Wie aus der Pistole geschossen wehrte Lachner diese absurde Idee ab. Georg wusste nur zu genau, dass sein ehemaliger Kollege nichts so sehr scheute wie Auslandsreisen. Ein Urlaub in Niederbayern oder im Bayerischen Wald war für ihn das höchste der Gefühle. Einmal hatte ihn seine Frau überredet, auf die Insel Rügen zu fahren. Der Urlaub muss in einem Desaster geendet haben. Nur Bruchstücke der Reise waren zu ihm durchgesickert. Von dunklem, viel zu herbem Bier war die Rede gewesen, von zu vielen Preußen, von zu viel Sand am Strand und später im Wohnwagen, und vor allem von viel zu viel Wasser.

«Du kannst doch wahrscheinlich den Mord an dem Italiener auch nicht aufklären, wenn du die Verhältnisse in Verona nicht kennst? Oder kommt ihr, du und Fontanaro, gut voran? Was habt *ihr* denn schon alles herausgefunden?» Kurt drehte in seiner Verzweiflung den Spieß um. Darauf hatte Georg nur gewartet.

«Fontanaro ist noch mit den Zeugenaussagen beschäftigt. Ich kann noch nicht beurteilen, ob das, was wir von euch aus München an Unterlagen und Berichten bekommen haben, ausreicht, um den Mord an Cuméo aufzuklären. Ganz sicher müsst ihr noch Daten liefern. Vor allem dann, wenn sich der Verdacht erhärtet, dass Franz Schmidtbauer der Täter gewesen ist.»

Georg hörte förmlich, wie Kurt Lachner nachdachte, wie er nach einem Ausweg suchte, um den Fall Cuméo, der mehr und mehr ausuferte, gänzlich loszuwerden. Polizeipräsident Mitterhammer war ein ehrgeiziger Mann, der schnelle Erfolge sehen wollte. Nichts tat er lieber, als Pressekonferenzen zu geben, in denen er von seiner hervorragenden Ermittlungsarbeit sprechen konnte. Seine Mitarbeiter hatten wenig zu lachen. Georg konnte selbst ein Lied davon singen. Oftmals waren er und der Polizeipräsident aneinandergeraten, weil es dem Vorgesetzten nicht schnell genug ging. Pfaffenrieder und Mitterhammer waren da aus sehr ähnlichem Holz geschnitzt.

Lachner räusperte sich. «Meinst du, Schorsch …»

Jetzt wurde er deutlich persönlich. Georg wappnete sich.

«… du könntest nach Italien fahren und vor Ort Nachforschungen anstellen? Du kennst dich doch bestens aus in Verona und Umgebung. Mitterhammer hat doch damals dieses Projekt, die Datenbank, die du zusammen mit Fontanaro aufgebaut hast, sehr forciert und unterstützt.»

Georg schwieg und wartete.

«Also, es wäre doch unsinnig, wenn Mitterhammer hier nicht zustimmen würde, dass ihr beide, du und Fontanaro, endlich die Früchte eurer Arbeit ernten könntet. Mitterhammer selbst könnte damit unter Beweis stellen, wie richtig es war, diese Datenbank einzurichten. Außerdem könnten wir die Kosten für einen Dolmetscher sparen.»

Respekt, dachte Georg erneut. Lachner entwickelte sich noch zum reinsten Argumentationsgenie.

«Na ja», begann Georg sehr vorsichtig. «Den Antrag zu so einer Art von Zusammenarbeit müsstest schon du auf den Weg bringen, Kurt. Das kann ich nicht machen. Das sieht sonst so aus, als könnte ich immer noch nicht von meiner alten Dienststelle lassen, als wollte ich mich weiter in eure Arbeit einmischen. Ganz abgesehen davon, dass solche Entscheidungen weiter oben gefällt werden. Da haben wir beide nur wenig zu melden. Du hast jedoch die besseren Karten als ich. Ich arbeite mit dir nur im Zuge eines Amtshilfeverfahrens zusammen. Auslandsreisen sind da nicht unbedingt vorgesehen.»

Dass Kriminaloberrat Pfaffenrieder noch gar keine Kenntnis von seiner Übernahme des Falls Cuméo hatte, musste er dem Kollegen in München nicht auf die Nase binden.

«Aber du wärst bereit zu fahren, wenn Mitterhammer zustimmt?»

«Wenn Mitterhammer den Antrag bei Pfaffenrieder stellt, muss ich fahren, ob ich will oder nicht.»

«Gib's doch zu, Schorsch, du wartest doch geradezu darauf, dass du nach Italien kannst. Und das auf Staatskosten.»

«Du stellst dir das ein bisschen zu einfach vor, Kurti. Ich habe eine pflegebedürftige Mutter zu Hause. Schon vergessen?»

«Entschuldige. Natürlich. Das ist ein Problem.»

«Eben.»

Erneut machte sich vielsagendes Schweigen zwischen den beiden breit. Georg zählte ganz langsam. Als er bei fünf angekommen war, nahm Kurt den Faden wieder auf.

«Also, wir zwei sitzen im selben Boot. Der Mord an Cuméo muss aufgeklärt und die Ursache der Lebensmittelvergiftungen muss gefunden werden.»

«Genau so ist es.»

«Ich rede mit Mitterhammer und melde mich dann.»

Versonnen legte Georg das Telefon in die Ladestation. So viel Mumm hätte er dem Kurt gar nicht zugetraut. Vermutlich stand ihm das Wasser bis zum Hals, wenn er lieber ein Gespräch mit Mitterhammer in Kauf nahm, als weiter im Trüben zu fischen. Der Erfolg der Ermittlungen stand für alle Beteiligten im Vordergrund. Sein Besuch bei Kriminaloberrat Pfaffenrieder konnte erst einmal warten.

Mit Daumen und Zeigefinger drehte Georg einen Kugelschreiber auf der Schreibtischplatte hin und her. Schließlich warf er ihn entschlossen in die Stifteschale und wählte stattdessen die Nummer vom Festzeltbüro des «Schottenhamel». Er wollte mit Siglinde Bauer sprechen. Sie hatte Cuméo und seine Geschäftsfreunde am Sonntagabend im Bierzelt bedient. Er versprach sich zwar nicht viel von dem Telefonat, aber er hatte es Toni zugesagt, nochmals mit der Zeugin zu reden. Inzwischen war es fast Mittag. Keine gute Zeit, um die Bedienung zu befragen. Aber Geduld war nicht Georgs Stärke.

«Schottenhamel, Grandauer am Apparat.»

«Frau Grandauer, grüß Gott! Breitwieser hier, Kriminalinspektion Traunstein.»

«Grüß Gott.»

«Frau Grandauer, wäre es wohl möglich, Siglinde Bauer kurz zu sprechen?»

«Schauen Sie doch einmal auf die Uhr, Herr Breitwieser. Was glauben Sie, was unsere Bedienungen um halb zwölf Uhr Mittag im Festzelt machen?»

«Es geht um den Mordfall des Italieners, der bei Ihnen am Sonntag zu Gast war.»

«Das denk ich mir schon, dass es darum geht. Aber deshalb müssen unsere Gäste trotzdem bedient werden! Jeden Tag kommen Kriminaler vorbei und stellen Fragen und halten unseren Betrieb auf. Sogar unseren Balkon im Zelt wollten sie sperren, weil das angeblich ein Tatort sein soll. Dabei lag der Tote hinter dem Zelt auf der Wiese. Wie übrigens 20 andere Betrunkene auch! Und jetzt rufen Sie auch noch aus Traunstein an. Reicht unsere Münchner Polizei nicht aus? Brauchen wir jetzt auch noch Fachleute vom Oberland?»

«Das ist eine längere Geschichte. Damit will ich Sie nicht aufhalten.»

«Vielen Dank. Sehr freundlich.»

«Trotzdem hätte ich Frau Bauer gern gesprochen.»

Georg hörte, wie der Telefonhörer unsanft abgelegt wurde. Frau Grandauer schimpfte unverständlich vor sich hin. Und dann, nach einer gefühlten Ewigkeit, hörte er jemanden in den Raum laufen.

«Bauer», meldete sich die Bedienung völlig außer Atem.

«Breitwieser. Kripo Traunstein. Ich habe nur eine Frage an Sie, Frau Bauer. War eine der Damen, die der tote Italiener an seinen Tisch eingeladen hat, blond und sehr schlank?»

Siglinde Bauer lachte laut auf. «Die drei Damen waren alle blond. Eine andere Haarfarbe scheint Männer ja nicht zu interessieren.»

Georg schüttelte über sich selbst den Kopf. Das war in der Tat eine selten dämliche Frage gewesen. Immerhin wusste er jetzt, wie viele Damen Cuméo freigehalten hatte.

«Sie haben recht. Das hätte ich mir denken können. Jetzt muss ich doch noch eine Frage stellen. Hat eine der Damen italienisch gesprochen oder hat sich der Tote mit einer von ihnen besonders intensiv unterhalten oder sich ihr gegenüber größere Vertraulichkeiten herausgenommen?»

«Das sind schon mehr wie nur eine Frage! Aber ich kann Ihnen dazu nichts sagen. Das habe ich im Übrigen schon mehrfach betont. Im Zelt ist es viel zu laut, um Unterhaltungen zu verstehen. Ich hatte auch nicht den Eindruck, als hätte es mit den Damen große Gespräche gegeben. Die hatten keine gemeinsame Sprache, wenn Sie mich fragen.»

Georg hatte Angst, dass Siglinde Bauer auflegen würde, und schob sofort die nächste Frage nach.

«Können Sie den Mann beschreiben, der später allein am Tisch saß?»

«Das haben mich Ihre Kollegen alles schon gefragt.»

«Ich weiß. Aber vielleicht ist Ihnen ja inzwischen doch noch etwas eingefallen.»

Georg spürte, wie sie zögerte, und wartete gespannt.

«Ich hab mir den Tisch immer wieder vorgestellt. Es ist ja nicht so, dass man jeden Tag mit so einer Geschichte konfrontiert wird. Also, ich meine mich zu erinnern, aber beschwören könnte ich das nicht!»

«Was ist Ihnen aufgefallen, Frau Bauer?»

«Ich meine, dass es der kleinere, etwas fülligere Mann war, der allein zurückblieb. Die anderen Herren hatten ungefähr die gleiche Größe und waren vergleichbar alt. Der Mann schaute stur geradeaus. Die Frauen waren zu diesem Zeitpunkt schon gegangen. Er hatte so viel Bier getrunken, dass er nur noch apathisch dasaß. Ob er den Tisch für kurze Zeit verlassen hat, weiß ich nicht, und mehr kann ich wirklich nicht dazu sagen, Herr Kommissar.»

Georg verabschiedete sich und legte auf. Ein kleinerer, fülliger Mann! Mit dieser Beschreibung konnte Toni vielleicht etwas anfangen. Ein Blick auf seine Uhr sagte ihm jedoch, dass ein Telefonat mit Italien nun definitiv nicht mehr in Betracht kam. Sein Freund saß sicher irgendwo beim Essen und ließ sich die Spaghetti schmecken.

Etwas wehmütig erhob sich Georg von seinem Schreibtischstuhl, nahm sein Jackett vom Haken neben der Tür und machte sich auf den Weg zum Griechen. Seine Frau kochte nicht schlecht, wirklich, da konnte man nicht meckern. Aber mit einer Portion Spaghetti mit frutti di mare konnte sie einfach nicht konkurrieren. Die Erinnerung daran ließ ihn augenblicklich ganz furchtbar wehmütig und hungrig werden. Doch es gab ja einen kleinen Silberstreif am Horizont, und der hieß Mitterhammer.

21

VERONA
12.00 UHR

Valentina di Brazzi empfing Antonio und Enrico im salone ihrer Villa. Eine energische Hausdame, die die beiden einließ, ermahnte sie ohne Umschweife, nicht zu lange zu bleiben. Die Signora sei sehr angegriffen. Antonio nahm die Belehrung kommentarlos zur Kenntnis.

«Buon giorno, Signori ... Prego.» Mit leiser Stimme begrüßte die Frau des Hauses ihre Besucher und wies auf kardinalsrote Samtsessel, die vor einem niedrigen Glastisch standen. Sie nahmen Platz. Die Flügeltüren zur Terrasse standen weit offen und warme Spätsommerluft wehte in Schüben herein. Antonio merkte, wie sich kleine Schweißperlen auf seiner Stirn bildeten. Er fühlte sich alles andere als wohl in seiner Haut. Das pompejanische Rot, das verschwenderisch auf den Zimmerwänden des salone aufgetragen war, verstärkte den Eindruck drückender Schwüle. Obwohl er im Durchzug saß, hatte er ein beklemmendes Gefühl auf der Brust. Er hätte gern tief ein- und ausgeatmet, doch sein Krawattenknoten saß korrekt und ließ dies nicht zu. Der Besuch bei der Witwe des Chefarztes hatte ihn dazu verleitet, dieses überflüssige Kleidungsstück anzulegen. Das hatte er nun davon.

Valentina di Brazzi saß ihnen gegenüber auf einem Biedermeiersofa, das mit einem cremefarbenen Seidenstoff bezogen war und an das sie sich kaum anlehnte. Hoch aufgerichtet musterte sie ihre Besucher aus grauen Augen. Sie trug ein enges schwarzes Etuikleid, das vorteilhaft ihren Körper modellierte und züchtig ihr Dekolleté verhüllte. Schwerer Goldschmuck an ihren Ohrläppchen, um den Hals und am Armgelenk glänzte im Schein einer Stehleuchte. Überrascht stellte Antonio fest, dass sie keine Ringe trug, nicht einmal einen Ehering. Ihre Gesichtszüge verrieten nicht, wie sie sich fühlte. Nur ihre Hände, die sie im Schoß hielt, spielten unentwegt und sehr verkrampft mit einem Taschentuch. Die schlanken Beine, die in seidig schimmernden Strümpfen steckten, hatte sie sittsam nebeneinandergestellt. Ihre Füße zierten hochhackige schwarze Lackpumps, und in ihrem bleichen Gesicht leuchtete ein tiefrot geschminkter, voller Mund. Schatten unter den Augen konnten jedoch nicht darüber hinwegtäuschen, dass die Witwe Talentis schlaflose Nächte hinter sich hatte. Trotzdem strahlte sie eine kalkulierte Verführung aus, die Antonio unangenehm berührte.

Er zwang sich, sie nicht weiter fasziniert anzustarren. Stattdessen wandte er kurz seine Aufmerksamkeit dem Raum zu. Ein begnadeter Innendekorateur hatte die roten Wände des salone durch weiße Stuckleisten und Spiegelpaneele geschickt gegliedert. Auf mehreren Tischchen, im ganzen Zimmer verteilt, standen diverse Lampen, Vasen und Silberwaren. Hatte ihn schon die Villa Cuméos überrascht, so war dieses Ambiente, dessen Opulenz eindeutig vom Geschmack der Signora zeugte, eine völlig neue Erfahrung für ihn. Auch Enrico rutschte etwas unruhig auf seinem Sessel herum und wusste nicht so recht wohin mit seinen Armen und Händen.

Die Witwe senkte den Kopf, knetete weiter ihr Taschentuch und tat alles, um ein Bild des Schmerzes und der Trauer zu bieten und gleichzeitig elegant Haltung zu bewahren. Antonio hätte gern gewusst, wie es der Frau des Hauses wirklich ging, wie es in ihr aussah, wie sehr ihr der Tod des Gatten tatsächlich zusetzte.

Er traute dem Bild des Jammers meist nicht, und in diesem Fall war er besonders misstrauisch.

«Sie werden sicher verstehen», begann er in ruhigem Ton, «dass wir einige Fragen an Sie haben. Vor allem würde uns interessieren, was an diesem Wochenende, vor dem plötzlichen Tod Ihres Mannes, alles passiert ist, was Sie gemacht haben und was Ihr Mann tat.»

Valentina di Brazzi schnüffelte etwas an ihrem Taschentuch herum, bevor sie mit brüchiger Stimme antwortete.

«Ich fürchte, Commissario, ich werde Ihnen keine große Hilfe sein. Mein Mann wollte an diesem Wochenende verreisen. Um nicht allein zurückzubleiben, bin ich bereits am Freitagmorgen zu meiner Mutter nach Como gefahren.»

«Und wohin wollte Ihr Mann?»

«Er fuhr mit Geschäftsfreunden nach Turin. Er plante, bereits am Sonntagnachmittag wieder zurück zu sein, weil einer Patientin eine schwere Geburt bevorstand.»

«Das heißt, Sie haben Ihren Mann zum letzten Mal am Freitag gesehen?» Die Frage nach den Plänen Talentis in Turin unterdrückte er. Vermutlich war der Dottore an Käsespezialitäten wenig interessiert gewesen. Antonio hatte keine Lust, der Witwe von der Vergnügungsfahrt ihres Gatten zur Festa di Birra zu berichten. Das sollten andere für ihn erledigen. Und er war sicher, dass eine wohlmeinende Freundin aus dem reichen Bekanntenkreis diese Aufgabe früher oder später liebend gern erledigte.

Valentina di Brazzi nickte. Tränen liefen ihr übers Gesicht, und Antonio bekam nun doch Mitleid mit ihr.

«Ja, als ich von Como zurückkam, war mein Mann schon tot.»

«Darf ich fragen, wann Sie zurückgekommen sind?»

«Irgendwann am Montagnachmittag.»

«Kann das jemand bestätigen?»

Erstaunt sah sie Antonio an. Dann zog sie ihre Mundwinkel hässlich nach unten.

«Ich verstehe!» Ihre Augen funkelten ärgerlich. «Die Sekretärin meines Mannes kann das bestätigen. Sie hat mich mittags angerufen und mir mitgeteilt, was mit Fabrizio geschehen ist.» Energisch reckte sie ihr Kinn nach vorne. «Sonst fühlte sich ja niemand veranlasst, mich davon in Kenntnis zu setzen.»

«Man hat Sie also von Como zurückgeholt? Sie wollten am Montag noch gar nicht zurückkommen?»

«Fabrizio ist immer sehr beschäftigt. Ich wollte mich am Abend noch mit Freunden auf einer Party treffen.» Sie zog einen Schmollmund, so als bedauerte sie es, dass ihr dieses Vergnügen entgangen war.

Antonio fragte sich in diesem Moment, was Fabrizio Talenti für seine Frau wohl empfunden hatte. Sie schien doch sehr mit sich selbst beschäftigt zu sein. Zugegeben, sie verstand es, sich zu kleiden. Ihr tizianrotes Haar war auch jetzt perfekt frisiert. Als ihm dies auffiel, sah er nochmals genau hin. Ja, Valentina di Brazzi war keine blonde Schönheit! Das bisherige Muster der weiblichen Personen im Umfeld der toten Männer war erstmals durchbrochen. Wenn er von Signora Rigonis dunkelbraunen Haaren einmal absah. Doch die alte Dame kam nun wirklich nicht ernsthaft als Täterin in Betracht.

«Was machen Sie beruflich, Signora?»

Sie sah ihn an, als hätte er etwas Unanständiges gesagt.

«Ich meine», begann Antonio und räusperte sich, «wie muss ich mir Ihren Tagesablauf vorstellen? Was machen Sie? Haben Sie Hobbys? Treiben Sie Sport? Sind Sie karitativ tätig?»

«Ich kümmere mich um unser gesellschaftliches Leben!»

«Ah ... verstehe!» Er brauchte einen Moment, um diese Antwort zu verdauen, und versuchte krampfhaft, ein Lachen zu unterdrücken. Er riskierte einen Seitenblick zu Enrico. Doch sein Ispettore bewahrte bewundernswert Haltung. Kein Gesichtsmuskel entglitt ihm. Trotz der Wärme, die den Raum mehr und mehr ausfüllte, hatte Antonio das Gefühl, einem Eisschrank gegenüberzusitzen. Valentina di Brazzi fehlte es an Charme und Humor. Sie strahlte die Distanz eines Kunstobjekts aus und hatte wenig gemein mit einer trauernden Witwe.

«Darf ich fragen, Signora, ob Sie Ihren Mann beerben?»

Höhnisch lachte sie auf. «Beerben? Was denken Sie, hatte mein Mann zu vererben? Mit seinem Chefarztgehalt konnten wir den ganz normalen Alltag finanzieren. Er war noch nicht einmal in der Lage, für meine Garderobe aufzukommen.»

Was für ein armseliges Dasein sie doch führte, dachte Antonio.

«Ich darf also davon ausgehen, dass Sie, verehrte Signora, das Geld, das über den täglichen Bedarf hinausging, beigesteuert haben?»

«Davon können Sie mit Sicherheit ausgehen.»

Dafür hatte sie im Gegenzug einen begehrten und angesehenen Chefarzt zum Gatten bekommen. Sie hatten sich gegenseitig miteinander geschmückt. Es gab schlechtere Gründe für eine Ehe!

«Sie verfügen über eigenes Vermögen?»

«Meine Familie gehört zu den reichsten und ältesten der Stadt. Ich finde es befremdlich, Commissario, dass Sie so schlecht informiert sind.»

«Ich bin kein Freund von Gerüchten, Signora. Ich verschaffe mir gerne im Gespräch Gewissheit.» Nicht selten war er dabei schon großartig belogen worden. Und ohne Übergang stellte er seine nächste, ihm überaus wichtige Frage.

«Ist Ihnen Signora Rigoni bekannt?»

Sie lächelte nachsichtig. «Vermutlich sollte sie das sein, wenn Sie mich so fragen! Hat die Dame mich erwähnt? Commissario, helfen Sie mir auf die Sprünge. Wir haben einen großen Kreis von Freunden, Bekannten und Leuten, die irgendwie zur Gesellschaft Veronas gehören und die wir bei irgendwelchen Veranstaltungen einladen. Am besten fragen Sie die Sekretärin meines Mannes.»

«Signora Minozzi übernimmt es, die Einladungen für Ihr ‹gesellschaftliches Leben›, wie Sie es bezeichnen, zu verschicken?»

Antonio machte mit der rechten Hand eine schraubend fragende Bewegung in Richtung seines Ispettore. Ihr verabredetes Zeichen, das im Redefluss unbemerkt blieb.

«Ja, Signora Minozzi ist ein Schatz.» So wie Valentina di Brazzi dies sagte, lag nicht die geringste Wertschätzung darin.

«Signora, bitte entschuldigen Sie.» Enrico erhob sich plötzlich. «Darf ich Ihre Toilette benutzen?»

Pikiert zog sie beide Augenbrauen nach oben und deutete mit ihrem linken Zeigefinger hinter sich. «Gehen Sie zum Eingang zurück. Gleich neben der Tür befinden sich die Gästetoiletten.»

Enrico nickte und verschwand.

«Lassen Sie mich nochmals auf Andrea Cuméo und Camilla Rigoni zurückkommen.»

«Ach, jetzt verstehe ich, worauf Sie hinausmöchten. Warum sagen Sie nicht gleich, dass Sie auch diesen Todesfall bearbeiten?»

«Es hat sich also herumgesprochen?»

«Verona ist eine Provinzstadt. Das sollten Sie doch wissen!»

«Wie ist Ihr Verhältnis zu Cornelia Cuméo?»

Verärgert zog sie ihre fein gezupften Augenbrauen zusammen.

«Zu dieser dummen Pute habe ich rein gar nichts zu sagen, Commissario.» Unvermutet verlor Valentina di Brazzi ihre einstudierte Haltung. Böse musterte sie Antonio.

«Das finde ich ausgesprochen interessant. Warum denn nicht? Gehört Cornelia Cuméo zu Ihrem Freundeskreis?»

«Das hätte sie wohl gerne.»

«Trotzdem hat sie Sie vor nicht einmal einer halben Stunde besucht, oder irre ich mich da?»

«Sie wollte mich besuchen, Commissario. Sie wollte! Aber ich habe mich verleugnen lassen. Unsere Hausdame weiß, wie man so etwas macht. Cornelia Cuméo hat die Dreistigkeit und kommt hierher!»

«Was glauben Sie denn, was sie von Ihnen wollte?»

«Keine Ahnung! Wir beide haben nichts gemein und ganz gewiss nichts zu besprechen.»

«Die junge Frau hatte sich bei Ihrem Mann für eine Stelle als Assistenzärztin beworben. Wussten Sie das etwa nicht?»

Valentina di Brazzi presste die Lippen aufeinander und schwieg.

«Ihr Mann hat die Stelle einem jungen Sizilianer gegeben, wie wir inzwischen wissen. Gab es deshalb zwischen ihr und Ihrem Mann Streit?»

«Streit? Ha! Haben Sie eine Ahnung, Commissario! Sie hat uns die Bude eingerannt. Sie hat gefleht, geschrien und schließlich gedroht.»

«Womit hätte denn die junge Ärztin dem großen Dottore drohen können, Signora?»

«Irgendeine alte Geschichte hat sie aufgewärmt.» Valentina di Brazzi bekam kaum die Lippen auseinander, als sie das sagte. «Irgendetwas aus der Klinik, das angeblich nicht ordnungsgemäß verlaufen war. Ich kann dazu nichts sagen. Außerdem interessieren mich Krankenhausgeschichten nicht. Mein Mann hat nichts erzählt, und ich habe nicht nachgefragt.»

Wer's glaubt, wird selig, dachte Antonio etwas amüsiert und gleichzeitig höchst alarmiert über ihr heftiges Dementi.

«Wenn Sie zu dieser alten Geschichte mehr wissen wollen, müssen Sie die Sekretärin meines Mannes befragen.»

Er konnte nur hoffen, dass sie sich demnächst von ihrer Grippe erholte und wieder an ihrem Arbeitsplatz auftauchte. Es schien ihm mehr denn je notwendig, von Richter Gioberti eine umfassende Durchsuchungsgenehmigung für alle Bereiche des toten Dottore zu bekommen, egal ob privat oder dienstlich. Er konnte sich denken, dass die Signora sehr ungehalten reagieren würde, wenn man ihr die Villa auf den Kopf stellte. Es würde ihm ein ganz besonderes Vergnügen sein. Aber vielleicht hatte Enrico etwas gefunden, und sie konnten sich die Mühe der Durchsuchung ersparen. Denn sein Ispettore kam in diesem Moment von der Toilette zurück und zwinkerte ihm zu.

«Hatte Ihr Mann ein Büro hier im Haus, Signora?»

Heftig schüttelte sie den Kopf. «Das fehlte gerade noch. Der Desinfektionsgeruch, den er allabendlich mit nach Hause brachte, genügte vollkommen, um mir immer wieder ins Gedächtnis zu rufen, dass ich einen Arzt geheiratet habe. Er hat drüben in seiner Klinik ein Büro und ein eigenes Apartment.

«Kennen Sie das Apartment Ihres Mannes?»

Irritiert sah sie Antonio an.

«Wie meinen Sie das? Ob ich es schon einmal gesehen habe?»

«Ja, zum Beispiel. Oder besser gefragt, können Sie sich erinnern, wann Sie es das letzte Mal betreten haben?»

Sie musterte ihn kalt. «Sie müssen nicht um den heißen Brei herumreden, Commissario. Die Wohnung meines Mannes habe ich sicher in den letzten zwei oder drei Monaten nicht betreten. Und zur Tatzeit war ich, wie schon erwähnt, in Como bei meiner Mutter.»

«Was sie uns sicher bereitwillig bestätigen wird.» Antonio lächelte freundlich. Petrellis Abgleich der Fingerabdrücke im Apartment würde sicher sehr bald zeigen, ob sie die Wahrheit sagte. Es war nicht nötig, die alte Dame zu belästigen. Antonio erhob sich.

«Signora, ich darf Sie bitten, sich zu unserer Verfügung zu halten. Bitte keine Auslandsreisen in den nächsten Tagen.»

«Ich habe ein Begräbnis vorzubereiten, Commissario. Glauben Sie wirklich, mir steht der Sinn nach Auslandsreisen?»

Antonio verbeugte sich leicht. «Behalten Sie Platz, Signora di Brazzi. Wir finden den Weg alleine hinaus. Alles Gute für Sie!»

Enrico reichte ihr wortlos die Hand und heftete sich unverzüglich an Antonios Fersen. Sie durchschritten eine großzügige Diele und befanden sich wenige Augenblicke später im Vorgarten der gepflegten Villa. Wortlos gingen sie den gekiesten Weg zur Via Marsala.

Kaum waren sie außer Sicht- und Hörweite, als Antonio auch schon fragte: «Was hast du gefunden, Enrico?»

Der Ispettore grinste und zog aus der Hosentasche seiner Uniform ein kleines Plastiksäckchen. Darin lagen ein gebrauchter Schminkpad und ein Lippenstift in einer geriffelten Goldhülle.

«Diese hübschen Sachen habe ich allerdings nicht in der Gästetoilette gefunden, wie du dir denken kannst. Aber das Bad liegt genau darüber im ersten Stock.»

Antonio lächelte zufrieden. Petrelli bekam weitere Arbeit. Wer brauchte da noch Durchsuchungsbefehle des Giudice, wenn die Beweise buchstäblich auf der Hand lagen.

22

Er verließ die Staatsstraße bei Vicenza und fuhr auf die autostrada A4 Richtung Venedig. Sein Ziel hieß Pordenone. Für die Strecke rechnete er eine gute Stunde. Doch es war viel los. Auf der rechten Spur reihte sich Lkw an Lkw. Auch in der mittleren Fahrbahn drängelten sich kleinere Pkws und Lieferwagen. Es war ein beständiges Auffahren, Abbremsen und Wieder-Gas-Geben, zu viel Unruhe für seine angespannten Nerven. Schließlich riss ihm der Geduldsfaden. Er setzte den Blinker, scherte in die Überholspur aus und gab Gas. In diesem Moment hatte er keinen Blick für seinen Tacho. Er war mit seinen Gedanken ganz woanders.

Der Besuch bei Letizia hatte in einem Fiasko geendet. Der

neue Assistenzarzt war der Situation in keiner Weise gewachsen gewesen. Es hatte nicht viel gefehlt, und er hätte sich nicht mehr beherrschen können, hätte dem jungen Doktor nicht nur lautstark seine Meinung gesagt. Mit letzter Energie hatte er seine Fäuste geballt und die verkrampften Arme nahe am Körper gehalten, damit er keine Dummheit machte. Er begriff immer noch nicht, weshalb der hervorragende Oberarzt diesen Stümper zu seiner Urlaubsvertretung hatte machen können. War der Facharztmangel in Italien wirklich so groß, oder wollte einfach keiner der Nachwuchsärzte etwas mit Dementen und Verrückten zu tun haben? Klar, in der Radiologie verdiente man sich sein Geld schneller und leichter.

Als er endlich im Sanatorium angekommen war, stürmte er, ohne sich um Empfang und die nötige Anmeldung zu kümmern, die Treppe nach oben in den zweiten Stock und öffnete die Tür zum Apartment seiner Frau. Dass dies ohne Personal und Spezialschlüssel möglich war, hätte ihn eigentlich schon stutzig machen müssen. Der Wohnraum war verlassen, ebenso Bad und Schlafnische. Dann fiel sein Blick auf das große Panoramafenster. Letizia, seine arme Letizia, stand, mit fast nichts bekleidet, auf dem Balkongeländer und drohte jeden Moment in die Tiefe zu stürzen.

Allein bei der Erinnerung an diesen Anblick brach ihm am ganzen Körper der Angstschweiß aus. Er fühlte sich unglaublich erschöpft und gleichzeitig übernervös. Das Hemd klebte ihm am Rücken, und die schweißnassen Hände hatten Mühe, das Lenkrad zu halten. Eigentlich sollte er nicht Auto fahren. Zum ersten Mal fragte er sich ernsthaft, ob das, was er angezettelt hatte, was sein Denken und Streben seit Monaten beherrschte, ob das alles wirklich einen Sinn machte.

Wie durch Watte hörte er Hupen und eine Sirene, doch er reagierte nicht, brachte die Geräusche nicht mit sich selbst in Bezug. Erst als eine dunkelblaue Alfa-Limousine mit blinkendem

Blaulicht und lauter Sirene hinter ihm auftauchte, begriff er, dass er wohl schon geraume Zeit eine Zivilstreife auf der Überholspur ausgebremst hatte. Er erschrak derart, dass er mit 180 Stundenkilometern nach rechts ausscherte. Ein verspäteter kurzer Blick nach hinten zeigte ihm, dass er dabei fast einen Cinquecento im toten Winkel gerammt hätte.

War er das Ziel der Zivilstreife? Hatten sie ihn erkannt? Seine Gedanken überschlugen sich. Sein Pulsschlag hämmerte in den Ohren. Mit starrem Blick verfolgte er die Fahrt des Alfa. Ließ er im Tempo nach? Warteten die Zivilfahnder darauf, dass er aufschloss? Er drosselte seine Geschwindigkeit und suchte verspätet Schutz hinter einem Kleinlaster. Keinesfalls durfte er den Wagen nochmals überholen. Nach und nach beruhigte er sich etwas und stellte verblüfft fest, wie er vor sich hin murmelte. Tatsächlich ... er betete. Das passierte ihm öfter in letzter Zeit, zu oft für seinen Geschmack. Seit seiner Hochzeit vor über dreißig Jahren hatte er keine Kirche mehr betreten. Es war noch keine zwei Stunden her, da hatte er ein Stoßgebet an einen Gott gerichtet, an den er längst nicht mehr glaubte.

Letizia stand in BH und Schlüpfer auf dem Balkongeländer. Die Sonne schien ihr direkt ins Gesicht. Sie musste geblendet gewesen sein, genauso wie er selbst und dieser unfähige junge Assistenzarzt. Offensichtlich völlig unerfahren im Umgang mit psychisch Kranken, stand er einige Meter entfernt von seiner Patientin und gestikulierte heftig mit den Händen. Dabei redete der Arzt unablässig auf seine suizidgefährdete Kranke ein, die gefährlich schwankend auf dem Holzgeländer stand. Er war sich sicher, dass Letizia von dem Gestammel des Arztes rein gar nichts mitbekam. Der junge Mann, blass und panisch vor Angst, redete sich ausschließlich selbst gut zu.

Fassungslos über so viel Unverstand trat er mit einem beherzten Schritt nach vorne, ohne den Mann im weißen Kittel eines Blickes zu würdigen. Er schlang seine Arme fest um die Taille seiner Frau und zog sie ruckartig zu sich heran. Er verlor das Gleichgewicht und stürzte mit ihr nach hinten auf den Balkon. Letizia lag auf ihm und schrie wie von Sinnen. Ihre Stimme war so schrill und hoch, dass er einen stechenden Schmerz in den Ohren spürte. Der Assistenzarzt brauchte einen Augenblick, um sich von seinem Schock zu erholen und um ihnen auf die Beine zu helfen. Gemeinsam brachten sie die um sich schlagende Letizia zu Bett. Eine Spritze stellte sie für die nächsten Stunden ruhig.

Anschließend hatte ihn dieser Stümper von Neurologe einem regelrechten Verhör unterzogen. Weshalb seine Gattin beständig von toten Kindern und Frauen phantasieren würde? Was denn in der Vergangenheit vorgefallen sei, um diese Art von Halluzinationen hervorzurufen? Er hatte dem Arzt dann geraten, mal die Beipackzettel der Medikamente zu studieren, mit denen Letizia seit nunmehr fast einem Jahr behandelt wurde! Dort würde er die Antwort auf seine hirnrissigen Fragen finden. Dann war er hinausgestürzt, hatte den Arzt mit offenem Mund zurückgelassen.

Sein Herzschlag raste immer noch. Rechts und links fuhren die Wagen mit hoher Geschwindigkeit an ihm vorbei. Irritiert schaute er auf seinen Tacho. Er musste immer langsamer und langsamer gefahren sein. Wo war er überhaupt? Er gab wieder mehr Gas. Hatte er die Ausfahrt nach Pordenone schon verpasst? Nach einigen Kilometern ohne Ausfahrt fuhr er auf einen Parkplatz ab. Er musste nachdenken und überlegen, ob es überhaupt klug war, nach Pordenone zu fahren. Welche Erkenntnisse erwartete er sich von dieser Fahrt? Und selbst wenn er dort etwas entdeckte, was nützte es ihm? Er konnte nichts mehr ändern. Seine Erinnerungen daran waren ausgelöscht, abgesehen von dem Geschrei der brennenden Hühner. So musste es sein, wenn andere von einem Filmriss nach durchzechter Nacht sprachen. Wollte er wirklich wissen, was er dort angerichtet hatte?

23

Traunstein
14.00 Uhr

Georg verließ eilig sein Büro. Sein Oberinspektor, Florian Huber, war schon vorausgegangen, um ihm einen Platz beim Griechen zu sichern. Er hatte seinen ersten Tag nach dem Sommerurlaub. Georg wusste, dass er nun einen detaillierten Urlaubsbericht eines Familienvaters von drei Kindern zu hören bekäme, der in Kärnten auf einem Campingplatz die zwei schönsten Wochen des Jahres verbracht hatte. Aber sein Oberinspektor war eine treue Seele und eifrig. Sehr eifrig sogar, und daher durfte er es sich nicht mit ihm verscherzen. Die meisten seiner Kollegen begegneten Georg skeptisch und hielten sich, soweit es ging, vom Büro des Chefs fern. Er musste schon eine Besprechung anberaumen, wenn er seine Mitarbeiter sehen wollte. Von selbst kamen sie höchst ungern und nur, wenn es irgendwo brannte. Er fischte in der Hosentasche nach seinem Handy und dachte, wie lange es wohl dauern würde, bis Lachner bei Mitterhammer vorstellig werden konnte, als eine dunkle Stimme ihn aufhielt.

«Ah, Kollege Breitwieser, gut, dass ich Sie treffe!»

Georg drehte sich um und sah Alois Pfaffenrieder mit großen Schritten auf sich zukommen. Der Kriminaloberrat reichte ihm seine große, fleischige Hand zur Begrüßung.

«Wir haben uns ja seit Wochen nicht gesehen. Wie geht's, wie steht's, Herr Kollege?»

Georg bemühte sich um ein freundliches Lächeln. Er hatte keine Ahnung, was ihn nun erwartete, ob Pfaffenrieder inzwischen informiert war. Sollte Lachner wirklich schon Erfolg gehabt haben?

«Danke der Nachfrage ... bestens, Herr Kriminaloberrat.»

«Haben Sie ein Momenterl Zeit? Ich glaube, wir beide hätten etwas zu bereden. Sie waren doch sicher schon beim Mittagessen, oder? Dauert nicht lang.»

Georg folgte Pfaffenrieder mit gemischten Gefühlen. Am Ende des Korridors befand sich ein großzügiges Eckzimmer, das Reich des Kriminaloberrats.

«Nehmen Sie bitte Platz, Herr Kollege.»

Gehorsam setzte sich Georg auf einen harten Holzstuhl, der vor Pfaffenrieders Schreibtisch stand und ihm das unangenehme Gefühl vermittelte, er werde nun gleich vernommen. Georg wappnete sich und nahm sich fest vor, keinesfalls die Beherrschung zu verlieren, egal, was Pfaffenrieder auf dem Herzen hatte oder welche Vorwürfe er ihm machte. Hoffentlich konnte er mit knurrendem Magen seine Zunge im Zaum halten. Die letzte Auseinandersetzung zwischen ihnen lag einige Monate zurück. Kurz nach seinem Dienstantritt in Traunstein waren sie sich wegen einer Lappalie in die Haare geraten. Georg hatte sich versehentlich auf den Parkplatz von Pfaffenrieder gestellt. Die Wortwahl des Oberrats, mit dem dieser seinen Anspruch kundtat, hatte Georg sprachlos gemacht. Und das kam nicht oft vor.

Pfaffenrieder nahm auf seinem Schreibtischstuhl aus bestem schwarzem Rindsleder Platz und musterte ihn aus kleinen blauen Augen. Der Kriminaloberrat war kein Kostverächter. Der gewaltige Brustkorb und ein nicht gerade kleiner Bauchansatz waren lebendiges Beispiel dafür. Den dunkelgrauen Trachtenjanker, den er offen darüber trug, brachte er wohl kaum noch ordentlich zu. Seine Augen, an sich schon nicht besonders groß, verschwanden fast hinter dicken Schlupflidern und buschigen Augenbrauen. Es war nie so ganz klar, ob Pfaffenrieder einen verschmitzten Scherz machte oder ob ihm eine Sache gehörig gegen den Strich ging. Von seinen Augen jedenfalls ließ sich nicht ablesen, was er wirklich dachte.

«Ich wusste gar nicht, dass Sie mit einem internationalen Mordfall betraut sind?»

Gefährliche Einleitung. Georg wartete ab und hoffte, sein Vorgesetzter würde noch ein wenig mehr dazu sagen, bevor er sofort zu Erklärungen gezwungen war. Doch Pfaffenrieder tat ihm den Gefallen nicht, sondern sah ihn nur eigentümlich lächelnd an.

«Es handelt sich um ein Amtshilfegesuch von Hauptkommissar Lachner aus München. Kollege Lachner bat mich, ihn bei Zeugenbefragungen im Raum Seebruck zu unterstützen. Ein Italiener ist unter mysteriösen Umständen auf dem Oktoberfest zu Tode gekommen. Inzwischen ist klar, dass es sich um ein Kapitalverbrechen handelt. Das Opfer wohnte in einem Hotel in Seebruck.»

«Aha!» Pfaffenrieder strich mit seinen großen Händen über die leere Schreibtischplatte und schien ernsthaft nachzudenken. «Wie weit ist denn Ihr Kollege in München gekommen? Weiß er inzwischen, wer den Italiener auf dem Gewissen hat?»

Georg dachte scharf nach, wie er auf diese Fangfrage reagieren sollte. Er wusste nicht, wie ausführlich Pfaffenrieder von Polizeipräsident Mitterhammer informiert worden war. Deshalb entschied er sich erneut für eine Minimalantwort, um nicht selbst plötzlich im Fokus des Interesses zu stehen. Das konnte ihm nur schaden.

«Nein, bislang gibt es zum Täter keine abschließenden Erkenntnisse.»

Alois Pfaffenrieder lachte lauthals.

«Hat man Ihnen in München diese feine Ausdrucksweise beigebracht? So, so ... keine abschließenden Erkenntnisse.» Er lachte nochmals in sich hinein, bevor er mit Schärfe in der Stimme fortfuhr: «Polizeipräsident Mitterhammer spricht von ahnungslosen Mitarbeitern, von Stümpern und völlig unzureichenden Ermittlungen in Sachen ‹Giggerl-Wirt›. Besonders peinlich sei die Angelegenheit, weil auch noch ausländische Polizeiorgane betroffen seien, die den Eindruck gewinnen müssten, die bayerische Polizei sei nicht in der Lage, einen Mord aufzuklären.»

Mit einer schnellen Bewegung, die Georg dem schwergewichtigen Pfaffenrieder gar nicht zugetraut hätte, griff dieser in die oberste Schublade seines Schreibtisches, holte eine flache Mappe heraus und warf diese mit einem lauten Knall auf den Schreibtisch. Die glatte Oberfläche begünstigte den gekonnten Wurf, und die Mappe rutschte in Richtung Georg, wo sie knapp vor der Schreibtischkante zum Halten kam. Im letzten Moment verzichtete Georg darauf, nach der Mappe zu greifen. Selbständiges oder übereifriges Handeln war jetzt gewiss nicht angebracht. Außerdem überraschte es ihn einigermaßen, dass Pfaffenrieder bereits über ein Dossier des Falls verfügte. Da war deutlich etwas an ihm vorbeigegangen.

«Damit wir uns recht verstehen, Breitwieser.» Den Kollegen ließ Alois Pfaffenrieder geflissentlich weg. «Die Sache wird ein Nachspiel haben. Ihre Eigenmächtigkeit kann ich nicht hinnehmen. Doch zunächst müssen wir sehen, dass der Mordfall aufgeklärt wird.»

Alois Pfaffenrieder beugte sich vor und griff nach der Mappe. Energisch öffnete er sie. Ungeduldig blätterte er in den wenigen Seiten herum. Um Georg seine Unzufriedenheit zu demonstrieren, brummte er Unverständliches vor sich hin. Dann langte er in die Innentasche seines Trachtenjankers und holte eine Lesebrille heraus, die er sich umständlich auf die Nase setzte.

«Hier steht es ja: ‹Der Staatsanwalt in München kommt nach den Zeugenbefragungen, vornehmlich von Bedienungen, Küchenpersonal und Klinikangestellten, zu der abschließenden Feststellung› ...» Pfaffenrieder trommelte nachdrücklich mit seinem Zeigefinger auf eine Stelle der vor ihm liegenden Papiere. «... ‹dass sich Franz Schmidtbauer zum angenommenen Todeszeitpunkt von Andrea Cuméo als Begleitperson seiner erkrankten Gäste in der Notaufnahme des Schwabinger Krankenhauses befand.»» Er fuhr mit dem Zeigefinger den Text entlang und wurde ein weiteres Mal fündig. «‹Der Todeszeitpunkt von Franz Schmidtbauer wird am Montagmorgen zwischen zwei und vier Uhr angenommen. Was bedeutet, dass er direkt vom Schwabinger Krankenhaus in den Ebersberger Forst gefahren sein muss. Seine Frau hat ihn am Sonntagabend gegen 19 Uhr zum letzten Mal im eigenen Festzelt gesehen.››»

Also hatte Lachner mit seiner Einschätzung, Schmidtbauer habe sich selbst das Leben genommen, vermutlich recht, dachte Georg bei sich.

Pfaffenrieder warf seine Brille auf den Schreibtisch, klappte die Mappe zu und schob sie wieder zu Georg hinüber. «Ich habe dem Polizeipräsidenten versprochen, Sie von allen anderen Verpflichtungen zu entbinden, Breitwieser. Oberinspektor Huber wird Sie vertreten. Sie werden mehr oder weniger unverzüglich nach Italien fahren und dort mit den zuständigen Behörden eng zusammenarbeiten, damit wir diese Geschichte», dabei wedelte er aufgeregt mit beiden Händen in der Luft herum, «aus der Welt bekommen. Es kann nicht sein, dass die Italiener wie die Fliegen bei uns sterben. Das müssen wir schon ins rechte Licht rücken, Breitwieser. Bis längstens Mittwoch nächster Woche sind Sie zurück, und das mit einem abgeschlossenen Fall. Ist das klar?»

Georg nickte, um ernste und betroffene Miene bemüht.

«Anschließend reden wir beide weiter.» Der Kriminaloberrat erhob sich und deutete nochmals auf die Mappe, die sich Georg unter den Arm geklemmt hatte. «Dort finden Sie alles, was die Münchner Polizei inzwischen in Erfahrung gebracht hat. So dünn, wie die Mappe ist, liegt noch viel Arbeit vor Ihnen, Breitwieser. Gute Reise!»

24

Vincenzo Mauro hatte Antonio diskussionslos auf Diät gesetzt. Er fuhr den Dienst-Alfa des Commissario wie ein Rennfahrer mit steif ausgestreckten Armen, das Lenkrad mit beiden Händen im oberen Drittel fest umklammert, und trat auf das Gaspedal wie kurz vor dem Zieleinlauf. Verkrampft hielt sich Antonio am Griff über der Tür fest – nicht dass das gegen sein flaues Gefühl im Magen etwas geholfen hätte – und hoffte, dass sie bald in Pordenone wären. Im Moment verspürte er nicht einmal ein Hungergefühl, obwohl es kurz nach zwei war und er normalerweise um diese Zeit mit den Kollegen in einer der kleinen Trattorien rund um die Questura bereits den Caffè nach dem Essen nahm.

Mauro hatte es nicht versäumt, das mobile Martinshorn auf das dunkelblaue Dach des Alfa zu setzen und mit dessen aggressivem Sirenenton die Wagen vor ihm in die Flucht zu schlagen. In einiger Entfernung tauchte jetzt ein schnittiges Auto auf, dem sie sich sehr rasch näherten. Zu rasch für Antonios Geschmack. Mauro setzte auch noch die Lichthupe ein, weil nichts darauf hindeutete, dass der inzwischen erkennbare pantherschwarze Audi Avant sich verscheuchen ließ. Antonio sah schon eine unsanfte Berührung der Stoßstangen voraus, stemmte beide Beine gegen den Teppichboden im Fußraum, in der vergeblichen Hoffnung, den Alfa endlich abzubremsen.

«Maledetto», entfuhr es Vincenzo Mauro. «Der Typ ist blind und taub. So einer gehört aus dem Verkehr gezogen.»

Endlich schien der Fahrer aus seinem Dämmerschlaf aufzuschrecken. Ruckartig scherte er nach rechts aus und übersah dabei einen kleinen Cinquecento, der heftig auf die Bremsen steigen musste, um einen Zusammenprall zu verhindern. Antonio sah zu dem Audi-Fahrer hinüber, ob dieser von seinem Husarenritt überhaupt etwas mitbekommen hatte. Doch er wandte gerade seinen Kopf nach hinten, um mit einem Blick durch das Rückfenster erschrocken festzustellen, dass er nur mit knapper Not sein Hunderttausend-Euro-Auto vor einem Zusammenstoß bewahrt hatte.

«Wollen Sie sich nicht die Nummer von diesem Penner aufschreiben? Behinderung der Staatsgewalt nennt man so etwas.»

Antonio musterte ihn ungläubig von der Seite. Vincenzo Mauro sollte lieber seinen eigenen Tacho im Blick behalten. So schnell konnte man gar kein Nummernschild lesen oder gar notieren, wie dieser die Autobahn entlangraste und die Überholspur leerfegte.

Doch der Staatsanwalt erwartete offenbar auch gar nicht, dass Antonio aktiv wurde.

«Was können Sie mir über die Geflügelfarm in Pordenone erzählen, Commissario?», führte er das Gespräch im Plauderton bei über 220 Stundenkilometern weiter.

«Geflügelmastbetrieb!»

«Meinetwegen. Für mich macht das keinen Unterschied. Ich frage mich nur, weshalb wir Hühnchen nach Deutschland liefern. Lohnt sich das?»

«Wenn man den Betrieb legal und ordnungsgemäß führt, vermutlich kaum.»

«Bene. Ich hatte noch nie mit einem Geflügelbetrieb zu tun, Commissario. Klären Sie mich auf!»

Antonio konnte sich lebhaft vorstellen, dass der Staatsanwalt in Rom nur mit sauberen Geschäften zu tun gehabt hatte: mit gefälschten Bilanzen großer Firmen, mit Steuerbetrug, mit Schwarzgeld und Konten in Steueroasen. Delikte im Agrarbereich, wo es nicht immer reinlich und geruchsfrei zuging, waren ihm in der Hauptstadt sicher nicht untergekommen. Im Veneto sah die Sachlage natürlich etwas anders aus. Dieser

Landstrich Italiens machte einen Großteil seiner Geschäfte und Profite mit dem Anbau und Vertrieb von landwirtschaftlichen Produkten.

«Ich hatte vor zwei Jahren einen Mordfall», berichtete Antonio und war ganz froh, dass er sich auf etwas anderes konzentrieren konnte und vom hohen Tempo, das Mauro unvermindert fuhr, abgelenkt war. «Den Betreiber eines Geflügelbetriebs fanden wir morgens tot zwischen seinen gemästeten Hühnern, die er auf engstem Raum gehalten hatte. Diese kannten kein Pardon und machten sich über ihren Peiniger her. Die Obduktion stellte unsere Pathologin vor erhebliche Probleme.»

«Ersparen Sie mir die Details, Commissario.»

Antonio fühlte eine leichte Genugtuung. Vincenzo Mauro würde, soweit er sich das vorstellen konnte, in Pordenone eine unangenehme Erfahrung machen. Ein ausgebrannter Hühnerstall war sicher kein schöner Anblick. Vom Geruch einmal ganz abgesehen. Der Fall Talenti hatte eine Komponente, die die Geruchsnerven immer wieder vor Überraschungen stellte.

«Der Mann war erschossen worden. Wie sich herausstellte, gehörte er einem Ring von Lebensmittelbetrügern an. Doch er wollte aussteigen und den Fälscherring auffliegen lassen. Das hat ihn das Leben gekostet. Italienweit operierte eine Gruppe von Leuten mit Bioprodukten aus zertifiziertem ökologischem Anbau und Biofleisch. Doch die angeblichen Bioprodukte kamen aus Bulgarien oder Rumänien von herkömmlich produzierenden Bauern, wurden nach Italien eingeführt, mit neuen Etiketten versehen und als italienische Bioware nach Deutschland, Österreich und in die Niederlande teuer verkauft. Der Biotrend boomt in ganz Europa. Mit gefälschter Ware lässt sich sehr viel Geld verdienen.»

«Was ist viel?»

Wenn es ums Geld ging, konnte man sich der Aufmerksamkeit des Staatsanwalts sicher sein.

«Nehmen wir einen Geflügelmastbetrieb herkömmlicher Art. Dann zieht dieser Betrieb etwa 40 000 Hühner in einem Stall mit etwa 15 Hühnchen pro Quadratmeter groß. Ein Biobetrieb mästet bei gleicher Stallfläche dagegen nur etwa 3000 Hühnchen. Das macht pro Quadratmeter 4 Stück. Der konventionelle Betrieb schlachtet seine Tiere nach 40 Tagen Mast, der Ökobauer nach 70 Tagen. Konventionelle Hühnchen bringen pro Stück etwa 2 Euro im Verkauf, ein Biohuhn kostet etwa 7 Euro. Wenn Sie also ein konventionelles Huhn als Bioware verkaufen, machen Sie pro Huhn einen Gewinn von mindestens 5 Euro, und das bei annähernd vierfacher Menge und in fast der Hälfte der Zeit.»

«Non c'è male! Nicht schlecht! Sie glauben, unser Mann in Pordenone hat so eine Betrügerei gemacht, und deshalb hat man ihm den Stall angezündet?»

«Das weiß ich nicht, Dottore. Aber ich denke, es ging um billiges Hühnerfleisch, um Gewinnmargen beträchtlichen Ausmaßes, sonst hätte ein bayerischer Wiesn-Wirt nicht im italienischen Hinterland Hühnchen fürs Oktoberfest bestellt.»

Bei dem Wort Wiesn-Wirt, das Antonio bewusst deutsch aussprach und sein ganzes ihm zur Verfügung stehendes Bairisch hineinlegte, weil es begreiflicherweise dafür keinen italienischen Ausdruck gab, erntete er einen irritierten Seitenblick des Staatsanwalts.

«Was ist das? Un Gastronomo?»

«So könnte man ihn nennen, ja.» Antonio sah aus dem Seitenfenster und lachte in sich hinein. Gastronom war wirklich gut!

«Und was hat dieser Gastronomo mit unserem toten Frauenarzt zu tun, Commissario?»

«Vielleicht so viel, als dass dieser inzwischen auch tot ist.»

«Madre di dio! Noch ein Toter!»

«Die bayerische Polizei geht von einem Selbstmord aus. Der Wiesn-Wirt ist pleite. Die Hühnchen aus Pordenone waren mit

Salmonellen verseucht. Die Staatsanwaltschaft hat ihm aufgrund von drei Todesfällen das Bierzelt zugesperrt. Ohne Einnahmen kann der Wirt seine Schulden nicht begleichen. Ich nehme mal an, dass auch der Hühnermäster von Pordenone noch auf sein Geld wartet. Das interessiert mich besonders. Wie kamen der Wiesn-Wirt, Cuméo und der Hühnermäster miteinander ins Geschäft? Und wo in diesem Geflecht kommt unser Gynäkologe ins Spiel?»

Vincenzo Mauro nickte bekräftigend mit dem Kopf. «Esatto!» Er setzte den Blinker und verließ die Autobahn Richtung Pordenone Centro. Antonio atmete erleichtert aus und entspannte sich etwas. Das Navi führte sie nun durch den Ort in nordöstliche Richtung.

Am Horizont erhob sich die Bergkette der Friaulischen Alpen. Mächtig und grau zeichneten sich ihre Zacken vor einem sattblauen, wolkenlosen Himmel ab. Sie gaben der Stadt bei bestem Sonnenschein eine beeindruckende Kulisse. Die Fahrt ging weiter in Richtung Zona Industriale.

«Ich kann mir denken, wo sich die Hühnerfarm befindet», sagte Antonio. «Die Adresse kam mir schon bekannt vor. Hier in der Nähe gibt es ein großes Zement- und Kieswerk. Eine große Kiesgrube, die ein paar Kilometer weiter östlich liegt, wurde vor einigen Jahren aufgegeben. Die Bautätigkeiten im Veneto bringen dem Baugewerbe Aufträge ohne Ende und satte Gewinne.»

Und wie zur Bestätigung zeigte das Navi an, dass sie nach rechts in Richtung Torrente Cellina abbiegen mussten, einem breiten, sehr kiesigen Flussbett, durch das sich ein armseliges Rinnsal schlängelte. Die Wiesen links der Straße waren braun vom Sommer. Rechts dagegen erstreckte sich bereits eine unwirtliche Schotterebene mit nur noch wenig Gras und Gestrüpp. Ein leichter Grauschleier lag auf dem verbrannten Gras und den Blättern der Birken und Pappeln, die im Wechsel eine luftige Allee bildeten. Unübersehbar ragte vor ihnen ein hoher Schornstein aus der flachen Landschaft auf. Weißer Dampf zog in Schwaden über den blauen Himmel: Kohlendioxid in seiner reinsten und für das Klima gefährlichsten Form. Daneben erhoben sich die riesigen Gebäude des Zementwerks. Lkws standen hinter einem meterhohen Gitterzaun.

«Keine besonders gesunde Gegend.» Vincenzo Mauro fuhr in Schrittgeschwindigkeit an dem Werksgelände vorbei.

25

CHIEMING
15.30 UHR

«Wir haben eine klare Abmachung, Georg. Du kümmerst dich um die Mama, weil du keine Familie hast, bezahlst die Pflege, und dafür erbst du das Haus. Ich habe eine Familie mit drei Kindern und einen Hof mit 30 Milchkühen zu versorgen und erbe kein Haus. Ende der Diskussion.»

Barbara, Georgs Schwester, rührte in einem hohen Topf, der gut und gern zehn Liter fasste, und schöpfte dann mit einer Kelle den hellblauen, luftigen Obstschaum ab, der sich auf der blubbernden und spritzenden Marmelade bildete. Georg stand neben ihr und schaute ihr zu. Ihre Wangen waren hochrot von der Hitze, kleine Schweißperlen standen auf ihrer Stirn, und sie rührte mit einer Ernsthaftigkeit und Inbrunst in ihrem Topf herum, dass er trotz ihrer Bockigkeit lächeln musste. Von ihrer Reaktion war er keineswegs überrascht. Barbara nahm nie ein Blatt vor den Mund. Da waren sie sich sehr ähnlich. Sie schimpfte gern und ließ sich dann aber meist doch umstimmen.

«Was willst denn immer mit dem Erbe, Barbara? Was soll ich denn mit dem Haus von der Mama machen? Wie du sagst: Ich hab keine Familie, keine Kinder, also auch keine Erben.

Irgendwann kriegen deine Kinder unser Elternhaus. Wer denn sonst?»

Sie sah ihn von der Seite an und lachte.

«Jetzt halt mich nicht auf. Ich muss die Gläser abfüllen.»

Mit einem großen Schöpflöffel begann sie, konzentriert die tiefblaue, dickliche Flüssigkeit in Schraubgläser zu geben. Georg lief das Wasser im Mund zusammen. Es gab nichts Besseres als die Blaubeermarmelade seiner Schwester.

«Du tust ja gerade so, als wärst du schon Methusalem. Da kommt schon noch irgendwann eine Frau, die dir den Kopf verdreht und der du liebend gern Kinder machst. Wart's nur ab!»

«Dafür habe ich überhaupt keine Zeit», entgegnete Georg im Brustton der Überzeugung. «Außerdem bin ich für die Ehe nicht geboren, und die Mama tät das auch nicht gut finden.» Das Letzte klang schon mehr als halbherzig.

Barbara lachte schallend. «Schöner Blödsinn!» Sie drückte ihm einen Deckel in die Hand. «Bevor du hier unnütz herumstehst, kannst auch gleich die Gläser zuschrauben. Aber verbrenn dich nicht. Die Gläser sind heiß!»

Georg tat, wie ihm geheißen.

«Hör zu, Barbara. Du musst doch nur am Sonntag nach der Mama schaun. Da hat die Maria ihren freien Tag. Du holst sie nach dem Frühstück ab und fährst sie am Abend gegen sechs Uhr wieder heim. Maria bringt sie dann ins Bett. Am Dienstag, spätestens am Mittwoch bin ich wieder da. Und einkaufen musst du doch am Freitag sowieso. Dann nimmst halt ein bisschen mehr mit. So viel essen meine beiden Damen nicht.»

«Und du machst dir in Italien ein schönes Leben!», sagte sie nur noch halb im Ernst. «Gib es doch zu, du triffst dich mit dem Toni. Von wegen dienstlich. Für blöd solltest du mich nicht halten, Bruderherz!»

«Niemand hält dich für blöd. Pfaffenrieder höchstpersönlich schickt mich auf Dienstreise.»

Sie hielt den Schöpflöffel überrascht in die Luft und ließ ihr kostbares Blaubeergelee auf ihre Schürze tropfen. Georg griff ihren Arm und schob ihn wieder über den Topf.

«Pass auf deine Marmelade auf!»

«Ist was Schlimmes passiert?»

«Für schöne Sachen werde ich leider nicht bezahlt.»

«Also gut. Ich kümmere mich um die Mama. Aber dass das nicht zur Gewohnheit wird!» Diese Ermahnung konnte sie sich nicht verkneifen.

Georg drückte seiner Schwester einen dicken Kuss auf die Wange und versprach, sich von Verona aus zu melden.

Kurze Zeit später stieg er in seinen Wagen und fuhr nach Seebruck, um Hildegard Brunner von Cuméos 7er-BMW in ihrer Hotelgarage zu befreien. Georg hatte Glück. Eine kleine japanische Reisegruppe nahm die Hotelwirtin voll in Beschlag. Sie radebrechte in ihrem besten Englisch und hatte keine Zeit für ihn. Es ging schon wieder einmal ums Oktoberfest und die beste Zugverbindung dorthin. Umso besser! Er fand den Weg in die Tiefgarage auch alleine. Ein Kurierdienst hatte neben den Papieren, die die Überführung von Cuméos Leiche nach Verona betrafen, auch die Schlüssel für das großartige Auto im Kommissariat von Traunstein abgeliefert. Kollege Lachner hatte ein atemberaubendes Tempo vorgelegt. Wenn er die Chance hatte, einen unangenehmen Fall loszuwerden, konnte er sich tatsächlich ins Zeug legen.

Georg setzte sich in den BMW und sah sich um. Eine hellbraune Polsterung aus feinstem Veloursleder, Lenkrad und Konsole aus Nussbaumholz und ein Touchscreen. Hier bekam man doch etwas für sein Geld! Sein zwanzig Jahre alter Audi Quattro konnte da nicht mithalten. Er freute sich auf die Fahrt nach Verona mit dem schicken Wagen. Seinen ließ er gern auf dem Hotelparkplatz zurück. Zwei Kollegen würden ihn später abholen.

Der Innenraum roch nach einem teuren Aftershave und nach Zigarren. Cuméo hatte also seine Mitfahrer mit Tabakqualm eingenebelt. Das verleidete auch ihm den Fahrgenuss. Georg öffnete per Fernbedienung das Handschuhfach. Darin lagen ein dicker Schlüsselbund und ein Smartphone, das er schon bei der Durchsuchung des Hotelzimmers vermisst hatte. Es war mit einem Code gesichert. Da würde er die Hilfe der italienischen Kollegen brauchen.

Durch diese Funde ermutigt, stieg Georg noch mal aus, umrundete den Wagen und öffnete den Kofferraum. Er war nahezu leer. Lediglich eine Einkaufstüte mit weißblauem Rautenmuster lag auf der Ladefläche. Georg sah in die Tüte und entdeckte die üblichen Mitbringsel von einem Oktoberfestbesuch: zwei Lebkuchenherzen und ein rotes quadratisches Seidentuch mit Edelweiß. Auf beiden Herzen stand in hellblauer Schreibschrift aus Zuckerguss: «I mog Di».

26

Nach weiteren fünf Kilometern hatten Antonio und der Staatsanwalt ihr Ziel erreicht. Die schmale Nebenstraße führte dicht an einer weitläufigen Grube entlang. Vincenzo Mauro verlangsamte die Fahrt und parkte den Alfa zwischen Polizeiwagen und dem Transporter der Kriminaltechnik. Hier herrschte immer noch großer Betrieb, obwohl der Brand schon zweieinhalb Tage zurücklag. Antonio stieg aus und sah in die Grube hinab, die sich etwa zehn Meter unter ihm ausbreitete. Seine Ahnung hatte ihn nicht betrogen. Anstatt die aufgelassene Kiesgrube mit Wasser zu fluten und die Gegend zu renaturieren, wurde das Gelände gewerblich genutzt. Vier etwa 20 bis 30 Meter lange Hallen, Stallungen, wie Antonio am Gekreische und Gegacker und nicht zuletzt am typischen Gestank nach Fäkalien erkannte, standen dicht nebeneinander. Sie wurden durch asphaltierte Wege, die man auf den Resten des Kieses notdürftig aufgebracht hatte, voneinander getrennt. Futtersäcke, Schubkarren, bunte Plastikkisten und -eimer lagen herum. Das Gebäude am äußeren linken Rand der Grube war eine verkohlte Ruine.

Die vormals grauweiß gestrichenen Mauern waren rußgeschwärzt, die wenigen Fensterscheiben zerborsten, und das flache Satteldach fehlte. Verkohlte Dachsparren stachen stattdessen in die Luft. Große, feuchte Flächen, Reste des Löschwassers in der Grube, zeugten von den Versuchen der Feuerwehr, den Brand zu löschen.

Hinter den vier Gebäuden befand sich ein blau gestrichener Baucontainer. Etwas abseits davon stand ein von der Sonne und vom Regen grau und stumpf gewordener kleiner Campingwagen und davor ein altersschwacher, weißer Fiat Punto. Ein florierendes Geschäft sah anders aus.

«Das also ist der Geflügelmastbetrieb von Giuseppe Spiro», stellte Vincenzo Mauro mit unverkennbarem Sarkasmus in der Stimme fest. Er war neben Antonio getreten und sah sich ebenfalls um. «Das sieht alles nicht besonders vertrauenerweckend aus, wenn Sie mich fragen, Commissario! Ist das so üblich?» Ein leicht ironisches Lachen konnte er sich nicht verkneifen. «Macht man auf diese Weise die sagenhaften Profite, von denen Sie erzählt haben?»

Antonio schwieg. Er mochte sich nicht vorstellen, wie es im Inneren der Ställe aussah. Schnell herangemästete Hühner, deren unförmige, schwere Körper von den Beinen nicht mehr getragen werden konnten, waren kein schöner Anblick. Der Lärmpegel, den die Tiere verursachten, ließ ihn nichts Gutes ahnen.

«Die Kollegen aus Pordenone sind offenbar immer noch zugange.» Mit der Hand deutete Mauro auf einige Personen, die in blauen Schutzanzügen das Gelände rund um die Brandstätte absuchten. «Was wissen Sie denn inzwischen über die Brandursache, oder sprechen wir eher von einem Tathergang?»

Antonio fühlte, wie ihm der Ärger hochkam. Er wusste auch nicht mehr als er. Den Bericht der Pathologin hatte Vincenzo Mauro schließlich auch gelesen. Antonio konnte nur Vermutungen anstellen. Und diese behielt er erst einmal lieber für sich.

«Der Staatsanwalt wollte uns hier treffen», sagte er stattdessen. «Ich bin sicher, dass er uns nähere Hinweise geben kann.»

«Oder war es doch ein Unfall?», bohrte Mauro weiter.

Antonio versuchte, sich an die Schilderung der Pathologin zu erinnern. Ein Auto war in den Hühnerstall gefahren und explodiert.

«Zunächst sah es wie ein Unfall aus. Das Auto fuhr über diese steil abfallende Straße.» Antonio zeigte auf eine asphaltierte Trasse, die von der Nebenstraße geradewegs auf das Stalltor zuführte.

«Wer immer den Brand mutwillig herbeiführen wollte, hat den Wagen diese abschüssige Straße ein Stück hinuntergeschoben. Schauen Sie sich die Torflügel an, Dottore!» Antonio unterbrach sich und gab dem Staatsanwalt Zeit, seinen Ausführungen zu folgen. «Die beiden Torflügel sind zwar angekohlt und verrußt, aber nicht zerstört worden. Sie müssen also zum Tatzeitpunkt weit geöffnet gewesen sein.»

«Sie gehen also von Brandstiftung aus, Commissario?» Beifällig nickte Vincenzo Mauro. Er schien der gleichen Meinung zu sein. «Dann wollen wir uns doch einmal mit Giuseppe Spiro unterhalten. Vielleicht kam ihm der Brand ganz gelegen. Vielleicht ist er gut versichert.» Er lachte und schlug Antonio etwas kumpelhaft auf die Schulter.

«Vielleicht.» Antonio gab sich betont reserviert. Zum Lachen war dies alles nicht. Und er hatte keine Lust, dem selbstgefälligen Staatsanwalt vorbehaltlos zuzustimmen. «Vielleicht hatte aber auch jemand eine Rechnung mit Spiro offen. Wie gesagt, wir sollten uns anhören, was der Staatsanwalt aus Pordenone zu sagen hat und was die Kollegen der Spurensicherung gefunden haben.»

Antonio ließ Vincenzo Mauro einfach stehen. Er hatte genug von seinen «Vielleichts». Beweise brauchten sie und endlich Fakten, mit denen sie weiterarbeiten konnten. Er ging die Straße hinunter, die der Unglückswagen wohl genommen hatte, schlüpfte unter dem rotweißen Absperrband der Spurensicherung hindurch und trat ans Tor. Dann allerdings stoppte infernalischer Gestank seinen Tatendrang. Er hielt sich entsetzt die Hand vor Nase und Mund und dachte gottergeben, dass der Geruch nach faulen Eiern in der Klinik von Talenti dagegen ein feines Lüftchen gewesen war. Ein undefinierbares Geruchsgemisch, süßlich und scharf zugleich, das sich aus verbranntem Hühnerfleisch, Ruß, Benzin und den Chemikalien des Löschschaums zusammensetzte, schlug ihm entgegen. Der Stall war komplett verwüstet. Das Dach war einmal in der Mitte von Betonstützpfeilern gehalten worden. So viel konnte Antonio erkennen. An der vordersten Säule, die frei und schwarz in die Luft ragte und in direkter Verlängerung zum Toreingang stand, war das Auto offenbar unsanft zum Halten gekommen und an Ort und Stelle vermutlich explodiert und ausgebrannt. Seine Überreste hatte die Spurensicherung zur Untersuchung nach Pordenone gebracht. Er war sehr neugierig auf die Ergebnisse. Der Betonboden an dieser Stelle war von Ruß und Löschschaum verschmiert. Zahllose Fußabdrücke von Profilsohlen, die die Feuerwehrleute oder die Leute von der Kriminaltechnik hinterlassen hatten, bildeten ein unregelmäßiges Muster. Reifenspuren führten zum Tor. Die üblichen Vorrichtungen jedoch, die zum Füttern der Tiere benötigt werden, ein System aus Rohren und Trichtern dicht am Boden, fehlten völlig. Wie hatte Spiro die Tiere gehalten? Oder hatte das Gebäude als Lagerhalle gedient?

Antonio zwang sich, mit dem unvermeidlichen Taschentuch, das er sich wieder einmal schützend ins Gesicht hielt, etwas weiter in die Halle hineinzugehen, um besser sehen zu können. Die rußgeschwärzten Wände und Böden verschluckten das Licht trotz des fehlenden Dachs.

Dann entdeckte er zu Klumpen geschmolzene Stapelboxen aus Kunststoff. Unzählige solcher Boxen mussten in der Halle gestanden haben. Immer noch füllten sie übermannshoch in grotesken Formen aufeinandergestapelt den hinteren Teil der Halle. Was er dann zwischen den Kunststoffresten erkannte, gab ihm den Rest. Antonio drehte sich buchstäblich der Magen um. Er machte kehrt und rannte aus dem Gebäude.

«Eh, Commissario! Was ist los?»

Antonio würdigte den Staatsanwalt, der in respektvollem Abstand vor dem Stall stand, keines Blickes, sondern rannte ein gutes Stück weiter, in der Hoffnung, sowohl dem Anblick als auch dem Geruch zu entkommen. Ein Mann von der Spurensicherung sah ihn und winkte ihn heran. Doch Antonio war noch nicht zum Sprechen bereit. Er schnappte nach Luft und kämpfte gewaltsam seine aufkommende Übelkeit nieder. Nach und nach begriff er, was er gerade gesehen hatte.

In der Halle waren viele Tiere bereitgehalten worden, man könnte auch sagen, jemand hatte sie «zwischengelagert», bis sie zum Schlachten abgeholt wurden. Dazu hatte man sie in Stapelboxen oder Lebendkisten, wie sie auch genannt wurden, gepfercht. Wer immer das Auto in die Halle hatte hineinfahren lassen, musste den qualvollen Tod der völlig hilflosen Tiere in Kauf genommen haben. Es war dem Täter zweifelsohne gelungen, maximalen Schaden anzurichten. Nach Abschluss der behördlichen Untersuchungen konnte Spiro diese Halle nur noch abreißen.

«Haben Sie den Teufel gesehen, Commissario?» Vincenzo Mauro war ihm gefolgt. «Sie haben eine ziemlich ungesunde

Gesichtsfarbe, wenn ich mir die Bemerkung erlauben darf.» Er stand selbst ziemlich verkrampft neben ihm und schien nicht gewillt, auch nur einen Fuß in die schwarze Hölle zu setzen.

«Wann, sagte der Kollege aus Pordenone, wollte er hier sein?»

Antonio schnäuzte sich in sein Taschentuch und ignorierte die penetrante Frage. Dabei sah er zu den parkenden Autos hoch, die die Kollegen von der Spurensicherung entlang der Abbruchkante hintereinander abgestellt hatten. Er sah ein langes Autodach langsam hinter den Parkenden entlanggleiten. Na, hoffentlich kam nun dieser Staatsanwalt, dachte Antonio grimmig, damit Mauro Ruhe gab und endlich einen adäquaten Gesprächspartner hatte. Der Wagen passierte das letzte Polizeiauto in der Reihe. Es war ein Audi Avant, der immer langsamer fuhr und schließlich stehenblieb. Der Fahrer sah zum Seitenfenster hinaus. Ganz offensichtlich interessierte er sich für die Brandstätte.

Es war Antonio unmöglich, durch die spiegelnden Autoscheiben das Gesicht des Mannes zu erkennen. Irgendwie kam ihm dessen Verhalten etwas seltsam, zumindest aber sehr neugierig vor. Allerdings musste er zugeben, dass das abgebrannte, reichlich bizarr aussehende Gebäude schon Neugierde erregen konnte. Doch anstatt auszusteigen, wie er erwartete, gab der Mann plötzlich wieder Gas und fuhr davon.

«Was war das denn?», wunderte sich auch Vincenzo Mauro.

«Wer von Ihnen beiden ist Commissario Fontanaro?»

Sie drehten sich erschrocken zu dem Mann im blauen Schutzanzug um.

«Sono io!» Antonio hielt ihm die Hand hin.

«Piacere Commissario. Franco Zucchi, Kriminaltechnik aus Pordenone. Sie warten auf den Staatsanwalt, oder? Er hat mich angerufen. Er ist verhindert und kann nicht kommen.»

«Merda!»

Was hatte denn Vincenzo Mauro für einen Wortschatz, fragte sich Antonio amüsiert.

«Soll das ein Witz sein, Signor Zucchi? Glaubt der Collega, ich hätte meine Zeit gestohlen?»

«Das müssen Sie ihn selbst fragen, Dottore», antwortete Zucchi überaus freundlich.

Antonio verbarg sein Grinsen hinter seinem Taschentuch. Wozu so ein weißes Tuch doch alles gut war. Er musste sich dringend morgen ein frisches einstecken. Wer weiß, wie oft er noch eines benötigte.

«Dann sollten wir schleunigst mit Signor Spiro sprechen, damit wir überhaupt etwas über den Tathergang hier erfahren.»

«Bedaure, Dottore, unser Commissario musste Giuseppe Spiro leider verhaften. Der ganze Betrieb hier», mit dem Arm machte Franco Zucchi eine weit ausholende Bewegung, «entspricht in keiner Weise behördlichen Vorschriften. Weder den baulichen noch den hygienischen. Hören Sie das Geschrei der Tiere? Hören Sie das?»

Antonio hätte sich am liebsten die Ohren zugehalten. Seit sie auf dem Gelände waren, war das Gekreische immer lauter geworden. Wer kümmerte sich um die Mast, während Spiro in Haft war?

«Diese Hühner können nicht mehr für den Handel freigegeben werden», erklärte Franco Zucchi. «Sie sind nicht für den Verzehr geeignet. Die Ställe sind vollkommen verdreckt. Offenbar hat seit Tagen keiner mehr sauber gemacht. Außerdem befürchten wir, dass einige der Hühner die Geflügelpest haben. Allein beim Füttern bestünde schon Ansteckungsgefahr. Wir warten nur noch auf den Veterinär. In einer Stunde beginnt der Arzt mit dem Keulen der Tiere. Ihm bleibt leider keine andere Wahl.»

Signor Zucchi schüttelte verzweifelt den Kopf. «Das hier ist eine einzige Katastrophe. So einen Saustall habe ich noch nie erlebt.»

In Antonios Hosentasche vibrierte sein Mobiltelefon. Er machte einige Schritte zur Seite. Vielleicht hatte Enrico schon die Ergebnisse von Petrelli. Doch ein Blick auf das Display sagte ihm, dass ihn Marissa sprechen wollte. Es gab wohl kaum einen ungeeigneteren Zeitpunkt für ein Privatgespräch.

«Ciao cara! Was gibt's?»

«Ich höre schon, du bist in Eile, carissimo! Wir haben heute Abend ein Date.»

Davon wusste er gar nichts. Hatte er etwas übersehen? Irgendeinen Jubeltag verpennt?

«Kannst du um acht Uhr bei ‹Da Bruno› sein? Oder wäre dir neun Uhr lieber?»

Ob er bis dahin wieder Appetit haben würde, konnte er nicht beurteilen, aber er war so überrascht über den Vorschlag seiner Frau, dass er nur zu gern zusagte.

«Neun Uhr ist perfekt!» Dann könnte er sogar noch die Verhöre von Attilio Menasi und Cornelia Cuméo durchführen. Er hatte bis jetzt gar nicht gewagt, das überhaupt in Erwägung zu ziehen.

«Je später, desto lieber!», lachte seine Frau. «D'accordo. Ich freu mich!»

Versonnen schob er sein telefonino wieder in die Hosentasche. Weshalb hatte seine Frau eine derart gute Laune? Irgendetwas stimmte doch da nicht! Gestern die reine Verzweiflung über den unerwarteten Arztbesuch von Babbo und heute der reinste Überschwang.

«Schlechte Nachrichten?», erkundigte sich prompt Vincenzo Mauro.

«No, no ... Tutto a posto! Können wir uns die Unterkunft und die Geschäftsräume von Giuseppe Spiro ansehen?», wandte er sich an Franco Zucchi. «Wir müssten wissen, mit welchen Firmen er zusammengearbeitet hat.»

Der sah Antonio bedauernd an. «Natürlich können Sie das, Commissario, aber Sie werden nicht viel damit erreichen. Unsere Kollegen haben den Container, in dem Spiro sein Büro untergebracht hat, und den Campingwagen weitgehend ausgeräumt.

Dort gibt es nichts Nennenswertes mehr zu entdecken. Ich fürchte, Sie müssen sich mit Ihren Fragen an unsere Behörde wenden.»

Deshalb sind wir eigentlich hergekommen, dachte Antonio grimmig, um diesen Zusatzaufwand zu vermeiden.

«Weshalb sind die Untersuchungen hier noch nicht abgeschlossen?»

«Wir dachten am Montagabend auch, wir wären fertig. Wir nahmen an, dass das explodierte Auto die Brandursache war. Und wir waren uns sehr sicher, dass der Wagen geschoben worden sein musste. Doch dann haben wir Haare entdeckt.»

«Blonde Haare?»

«Richtig, Commissario. Woher wissen Sie das?»

«Erzählen Sie weiter.» Antonio wollte sein Wissen nicht preisgeben.

«Sehen Sie!»

Die Männer gingen auf die Straße zu, die direkt in den Stall führte. Dort, wo sie von der Nebenstraße abzweigte, stand dürres Gebüsch.

«Als meine Leute und ich versuchten zu rekonstruieren, wie es zum Brand gekommen war, haben wir als Erstes hier an dieser Stelle am Boden dunkle Flecken entdeckt.»

Franco Zucchi zeigte auf zahlreiche Sprenkel, die sich deutlich vom kiesigen Boden abzeichneten.

«An dieser Stelle hat der Brandstifter den Wagen mit Benzin übergossen. So konnte er sicher sein, dass der Wagen nach dem Aufprall an der Säule explodierte. Und dann haben wir hier im Gestrüpp an einigen Ästen blonde Haare entdeckt. Während der Täter mit dem Benzinkanister hantierte, muss er mit dem Kopf an den Zweigen hängengeblieben sein.»

Antonio hielt sich weiter bedeckt. Das klang alles sehr plausibel, was ihnen Zucchi über den Tathergang erzählte.

«Haben Sie sonst noch etwas gefunden?»

Franco Zucchi sah Antonio mit hochgezogenen Augenbrauen an. Es war ihm anzusehen, dass er sich ausgefragt fühlte. Mit entschlossenen Blicken maßen sie sich. Schließlich gab Zucchi auf. Er war nicht in der Position, einem Commissario und einem Staatsanwalt die Stirn zu bieten, auch wenn diese aus Verona kamen und ihm nicht wirklich etwas zu sagen hatten.

«Der Täter hatte eine Tasche dabei und diese versehentlich oder absichtlich im Wagen zurückgelassen.»

«Sie haben nach einem solchen Brand noch eine Tasche gefunden?», schaltete sich Vincenzo Mauro ungläubig ein.

«Einen Metallbügel, an dem Reste von braunem Rindsleder hafteten.»

Es gab für Antonio nun keinen Zweifel mehr, dass die Kollegen von Pordenone den roten Kleinwagen gefunden hatten, mit dem die blonde Dame mit der Doktortasche unweit der Klinik von Talenti gesehen worden war.

«Konnten Sie oder Ihre Kollegen denn das Nummernschild entziffern oder wenigstens die Fahrgestellnummer?»

«Nein, bisher nicht!» Franco Zucchi schüttelte entschieden den Kopf.

Ein schöner Mist war das alles. Mit wenig Hoffnung fragte Antonio: «Wissen Sie, um welchen Fahrzeugtyp es sich handeln könnte?»

«Ein Škoda könnte es gewesen sein.»

«Ein Škoda?» Antonio wunderte sich nicht mehr, weshalb die alte Dame vom Nachbarhaus das Auto nicht erkannt hatte, als Enrico danach fragte. Wer fuhr denn in Italien einen Škoda?

«Gibt es Zeugen?»

«Ja, Spiro selbst. Normalerweise hält er sich morgens immer in der Halle auf. Er muss die Hühner für den Schlachter vorbereiten. Aber der Lastwagenfahrer hatte sich bei ihm gemeldet. Er stand im Stau. Deshalb ist Spiro zum nächsten Hühnerstall gelaufen, um seine Tiere zu füttern. Dann hörte er die Explosion.

Er lief heraus, um zu schauen, was passiert war. Er sah Flammen und Rauch durch das Dach schlagen und, als er sich umdrehte, einen Mann die Fahrbahnrampe hinauflaufen.»

«Konnte er den Mann beschreiben oder hat er ihn vielleicht sogar erkannt?»

Franco Zucchi lachte gequält auf. «Dann stünden wir jetzt nicht so ratlos hier, Commissario!»

«Hat Giuseppe Spiro eine Ahnung, weshalb man ihm die Halle angezündet hat? Hat er einen Verdacht?»

«No, no ... absolut nicht. Ein größeres Unschuldslamm wie ihn gibt es nicht. Keine Probleme und keine Feinde.»

Nun lachten sie alle drei.

«Es war also reiner Zufall, dass er sich nicht in der Lagerhalle aufgehalten hatte?»

«Wenn Sie so wollen, ja!»

«Dann werden wir wohl oder übel nach Pordenone fahren und meinen Kollegen dort aufsuchen und Spiro auf den Zahn fühlen müssen.»

Antonio zog hörbar die Luft ein. Er sah seine Verhöre in der Questura in weite Ferne rücken. Von der Unterhaltung mit dem Staatsanwalt und dem Commissario von Pordenone ganz zu schweigen. Der Täter hatte sich mit einer Perücke, mit Sonnenbrille und Hut verkleidet, wie er das schon vermutet hatte. Wie sollten sie ihm auf die Spur kommen? Der Brand hatte alle verwertbaren Beweisstücke vernichtet. War es dem Täter nur darum gegangen, oder hatte er mit dem Brand noch ein weiteres Ziel verfolgt? Einen Wagen zu schrotten war nicht schwer. Dazu musste man nicht Hunderte Hühnchen und ein Gebäude opfern.

«Was haben Sie denn sonst noch über den Täter herausgefunden?», fragte er mit schwindender Hoffnung. Er glaubte nun nicht mehr, dass der Täter zufällig auf den Hühnermastbetrieb gekommen war, um die Beweise zu vernichten.

Der Kriminaltechniker überquerte die Nebenstraße und deutete auf mehrere belaubte Sträucher abseits der Straße.

«Auf der Rückseite haben wir frisch abgebrochene Zweige und die Abdrücke von Fahrradreifen entdeckt. Vermutlich hatte der Brandstifter hier ein Fahrrad deponiert, um sich möglichst rasch und unauffällig vom Tatort zu entfernen.»

«Bis zum Bahnhof ist es nicht weit.»

«Keine fünf Kilometer. Aber dort verliert sich jede Spur.»

27

Er fuhr, als wäre der Teufel hinter ihm her. Das Polizeiaufgebot rund um das Gelände des Geflügelmastbetriebs hatte seine Panik, in die ihn sein Besuch bei Letizia versetzt hatte, weiter gesteigert. Er begriff körperlich, dass sie ihn suchten, dass sie dabei waren, ihn auch zu finden. Sein Hemd und sein Jackett klebten wie nasse Lappen an seinem Körper. Seine Hände suchten erneut Halt am Lenkrad, das er erbarmungslos umklammerte. Aber sie konnten nicht richtig zufassen, denn sie gehorchten ihm nicht, weil sie eiskalt waren, nass und steif. Gleichzeitig trat er das Gaspedal durch, um endlich nach Hause und von der Straße wegzukommen. Er fühlte sich beobachtet, fühlte sich unsicher, solange er in der Gegend herumfuhr. Er brauchte jetzt rasch und dringend einen Plan B.

Bislang hatte er geglaubt, er bestimme die Spielregeln, er hätte Zeit genug, um alles zu vollenden. Doch die Geschäftigkeit von Commissario und Staatsanwalt hatten ihn eines Besseren belehrt. Er musste sich beeilen, bevor sie eins und eins zusammenzählten. Und als Allererstes musste er seinen neuen Audi Avant verschwinden lassen! Mit diesem Wagen durfte er nicht mehr gesehen werden. Das hatte er nicht bedacht. Zum Verkauf war es zu spät, der Wagen zu kostspielig und auffällig, um ihn schnell unter die Leute zu bringen.

Weshalb nur hatte er überhaupt noch dieses Auto gekauft? Ein Schwachsinn war das. Den Škoda hatte er vor drei Wochen in Gorizia von einem Studenten erworben, der keine Fragen gestellt hatte. Der Wagen war keine 500 Euro mehr wert gewesen. Er hatte 2000 Euro geboten, wenn der junge Mann den Wagen erst in vier Wochen abmeldete und so lange auch die Versicherung übernahm. Der Student hatte die Dame mit den blonden Haaren und der Sonnenbrille zwar skeptisch angesehen, denn es regnete in Strömen, aber dann wortlos das Geld eingesteckt und sich schnell aus dem Staub gemacht. Selbst wenn der eifrige Commissario und die Leute von der Spurensicherung den Wagen zurückverfolgen konnten, würden sie keinen Schritt weiterkommen. Es gab keine gültigen Papiere und keinen Hinweis auf seine Identität. Anschließend hatte er den Wagen unverzüglich nach Salzburg gefahren und am Bahnhof abgestellt, bis er ihn Sonntagnacht gebraucht hatte. Alles hatte wie am Schnürchen geklappt. Doch jetzt?

Wohin mit seinem schicken Fahrzeug? Er zermarterte sich das Hirn. Als er die Ausfahrt Montebello Vicentino angekündigt sah, schlug er sich erleichtert mit der Hand an die Stirn. Warum hatte er daran nicht schon eher gedacht? Hektisch fingerte er in der Seitentasche seines Sakkos herum, bis er seinen Schlüsselbund zu fassen bekam. Er hielt ihn sich vor die Augen und brachte prompt den schweren Wagen ins Schlingern. Er würde noch einen Unfall bauen, wenn er sich nicht endlich zusammennahm. Der messingfarbene Schlüssel mit der grasgrünen Kappe, der dort zwischen all den anderen hing, ließ ihn vor Erleichterung hysterisch auflachen. Er würde nach Veronella fahren, dem Geburtsort von Letizia. Ihr Vater hatte dort bis vor wenigen Jahren einen Gutshof unterhalten und Pferde gezüchtet. Nach seinem

Tod hatte er alles Letizia vererbt. Seinem Schwiegersohn hatte er die Verwaltung übertragen. Deshalb besaß er die Schlüssel zum Haus, die er immer bei sich hatte. Er war lange nicht mehr dort gewesen. Es wurde Zeit, einmal nach dem alten Anwesen zu sehen.

28

Antonio stieg erleichtert in den Zug. Nach einer fruchtlosen Diskussion, in der er versuchte, den Staatsanwalt davon zu überzeugen, die schriftlichen Ergebnisse des Kollegen aus Pordenone abzuwarten, anstatt dorthinzufahren, hatte Franco Zucchi ein Einsehen mit ihm gehabt. Zucchi, der in Vicenza zu Hause war und an diesem Tag keine weiteren Aufträge mehr abzuarbeiten hatte, bot ihm an, ihn bis zum Bahnhof von Vicenza zu fahren. Von dort ging regelmäßig ein Zug nach Verona. Liebend gerne hatte Antonio dieses Angebot angenommen. Er war sehr erleichtert, einer weiteren nervenaufreibenden Fahrt mit Mauro am Steuer zu entgehen.

Dieser dagegen witterte Morgenluft und meinte, man müsse nicht zwingend zu zweit beim Kollegen Staatsanwalt in Pordenone aufkreuzen. Antonio hatte natürlich den tieferen Sinn dieser vermeintlich guten Idee durchschaut, aber keine Lust gehabt, weiter mit ihm zu diskutieren. Wenn Mauro unbedingt den großen Zampano spielen wollte, bitte sehr. Er würde ihm die Show nicht stehlen.

Nach allem, was er am Tatort gesehen hatte, war das, was nun der Kollege Staatsanwalt oder die Spurensicherung von Pordenone noch beisteuern konnten, nicht so brandaktuell, dass der Bericht von Mauro im Laufe des folgenden Tages nicht ausreichen würde. Es war absolut unnötig, sich persönlich in der dortigen Questura auf den neuesten Stand bringen zu lassen. Außerdem hatte er von Vincenzo Mauros Übereifer und gleichzeitiger Selbstgefälligkeit mehr als die Nase voll. Er brauchte Abstand und Zeit zum Nachdenken, bevor er noch dem arroganten Herrn aus Rom unverblümt seine Meinung sagte. Je länger er dieses wenig erquickliche Gespräch aufschob, umso besser für ihn und die Ermittlungen. Einziger Schwachpunkt dieses Arrangements: Antonio konnte nur hoffen, dass Mauro seinen Dienst-Alfa heil nach Verona zurückbrachte.

Der Zug war gut gefüllt. Das Abteil teilte er sich mit einem älteren Ehepaar aus Deutschland. Die beiden waren sehr mit sich beschäftigt. Antonio hörte nur mit halbem Ohr hin. Er war hungrig und müde. Außerdem wollte er die halbe Stunde bis zur Stazione Porta Nuova nutzen, ein wenig zu dösen und sich auf das Verhör mit Attilio Menasi einzustellen. Er lehnte den Kopf an das Plastikpolster und war gerade dabei, einzunicken, als das telefonino in seiner Hosentasche vibrierte.

Sein Ispettore. Endlich!

«Ciao, mio Capo preferito!»

«Spar dir deine Galanterien, Enrico. Was gibt's?»

«Wo bist du? Wir warten hier alle auf dich!»

«Wer ist alle?»

«Lavinia, Fausto und dieser Avvocato Rubino. Er sagt, wenn dir nicht schleunigst ein guter Grund einfällt, Menasi weiterhin festzuhalten, nimmt er ihn jetzt mit.»

Das hatte ihm gerade noch gefehlt. Den guten Grund wüsste er selbst gerne. Was sie gegen Menasi in der Hand hatten, war dünn. Vermutungen allerhöchstens, keine Beweise.

«Sag ihm, ich bin in einer Viertelstunde in der Questura. So lange bleibt Menasi, wo er ist, hast du verstanden?»

«D'accordo, aber beeil dich!»

«Was macht Fausto bei euch?»

«Er hat seinen Klumpfuß hochgelegt, lässt sich Lavinias selbst gebackene biscotti schmecken und durchforstet Cuméos umfangreiche geschäftliche Post und diverse Ordner.»

«Bene! Ihr habt also die Genehmigungen des Richters bekommen?»

«Na ja, wie man es nimmt. Bei Cuméo war es kein Problem. Da durften wir auch in die Privatvilla. Ich habe das Gästezimmer, dort schläft zurzeit Cornelia Cuméo, durchsucht und eine Bürste mit Haaren daran an Petrelli weitergeleitet, außerdem einen Florentinerhut und eine schicke Damensonnenbrille sichergestellt.»

«Bravo, Enrico!»

«Bei Talenti haben wir nur die Erlaubnis für eine Einsicht vor Ort in der Klinik bekommen. Der Richter hat einen ganzen Ausnahmenkatalog beigelegt. Schweigepflicht gegenüber den Patientinnen et cetera, et cetera. Das wird mühsam werden. Und die Privatvilla bleibt erst mal außen vor. Leider! Ich denke, die Familie di Brazzi hat einflussreiche Freunde, die ihnen unliebsamen Besuch von der Polizei vom Hals halten.»

«Und was ist mit Brione und Cattarese?»

«Bei Brione sind die Kollegen nicht vorgedrungen. Das ganze Gebäude war verschlossen. Kein Zugang möglich. Hier müssen wir abwarten, ob der Besitzer morgen wieder auftaucht. Sonst brauchen wir die Genehmigung für einen gewaltsamen Zutritt.»

«Der Knabe hat also doch etwas zu verbergen!»

«Haben sie doch alle!»

«Bei Cattarese haben wir kein Glück, oder? Schweigepflicht des Anwalts, Mandantenschutz, das ganze Programm?»

«Esatto, Capo!»

«Keinerlei Ausnahmen?»

«Der Giudice appelliert an den Kollegen Avvocato, mit uns zu kooperieren und alle relevanten Papiere zur Verfügung zu stellen. Auf freiwilliger Basis, versteht sich.»

«Das hilft uns weiter! Schöner Blödsinn!»

Antonio war frustriert. Diese Juristen hielten immer zusammen. Dagegen war kein Kraut gewachsen. Wie oft hatte er das schon erlebt. Er riss sich zusammen und sagte: «Versucht doch inzwischen Folgendes herauszubekommen: Gibt es Schriftverkehr, Rechnungen oder Bestellungen zwischen Cuméo und dem Caterer ‹mangia bene›?»

«Aber das ist er doch selbst!?»

«So schlau bin ich auch, aber es muss trotzdem Unterlagen geben, Aufträge, Quittungen … Außerdem interessiert es mich, ob ein Schlachtbetrieb aus Pordenone mit Cuméo zu tun hat. Und ich will wissen, ob unser feiner Herr Spediteur schon mal Probleme mit seinen Kühllastwagen hatte. Ob es Rechnungen von Werkstätten gibt, die diesen Schluss nahelegen.»

«Wieso willst du das denn wissen?»

«Für die verseuchten Hühnchen in München muss es einen guten Grund geben, und da kommen mehrere Möglichkeiten in Betracht.»

«D'accordo. Sonst noch Wünsche?»

«Und wir sollten Dottoressa Giordano bei nächster Gelegenheit fragen, ob das Essen für die Patientinnen, das ‹mangia bene› täglich liefert, den gängigen Qualitätsstandards der Gesundheitsbehörde entspricht!»

«E basta?», nuschelte Enrico in sein telefonino. Antonio hörte seinen Unwillen deutlich heraus.

Antonio schmunzelte. Enricos Eifer erlahmte, wenn man ihm Arbeit anschaffte. Wenn er nicht selbst bestimmen durfte, was zu tun war.

«Habt ihr Cornelia Cuméo auch einbestellt? Kommt sie heute noch?»

«No, die Signorina ist unterwegs, wie uns ihre Tante sagte. Wir haben sie für morgen neun Uhr in die Questura gebeten.»

Antonio wollte noch zu einer weiteren Frage ansetzen, aber

sein Telefonat wurde durch den aufgebrachten Wortwechsel des deutschen Ehepaares unterbrochen.

«Schau dir das an, Mathilde!» Der Mann stand aufgeregt am Fenster, zog es nach unten, steckte seinen Kopf durch den Spalt und schaute nach vorne. Dabei schüttelte er missbilligend seinen Schopf. Mit einem lauten Knall schob er die Scheibe wieder nach oben. «Jetzt hält dieser verdammte Zug schon wieder mitten auf der Strecke an. Das ist jetzt bestimmt schon das fünfte Mal.»

«Beruhig dich, Gerd, wir sind gleich da! Setz dich wieder hin. Bitte!»

«Gleich da! Gleich da! Bei zwei Stunden Verspätung und einer Fahrzeit von über dreizehn Stunden sagst du, wir sind gleich da! Dieser Brenner – ich sag dir was, Mathilde, diese Strecke fahre ich nie wieder! Hörst du! Nie wieder! Und wenn ich unsere Tochter die nächsten fünf Jahre nicht mehr besuchen kann.»

«Gerd, denk an dein Herz! Der junge Mann schaut auch schon ganz entsetzt.»

Der Deutsche nahm endlich wieder neben seiner Frau Platz, war aber noch nicht wirklich besänftigt. «Mitten im Sommer, in der besten Urlaubszeit, blockiert eine Baustelle den internationalen Zugverkehr. So einen Schwachsinn können sich auch nur die Italiener einfallen lassen.»

Weshalb redete der Deutsche vom Brenner, wunderte sich Antonio. Die beiden kamen sicher von Mestre. Der Brenner war weit weg. Sehr weit, um genau zu sein. Aber vielleicht hatte er auch etwas falsch verstanden.

«Gerd, bitte, so sei doch ruhig. Was soll denn der junge Mann von dir denken?»

Antonio bemühte sich redlich um eine unbeteiligte Miene. Gleichzeitig hoffte er, dass sein Verhältnis zu Marissa in 30 Jahren nicht auch darauf reduziert war, sich über Lappalien aufzuregen und Unsinn zu erzählen. Aus seinem telefonino quäkte es.

«Was ist denn bei dir los, Tonio? Wo bist du überhaupt?»

«Ich bin in knapp zehn Minuten an der Porta Nuova. Bitte sag Lavinia, sie soll mich dort abholen und ein Sandwich mitbringen.» Die Vorstellung, bis neun Uhr oder noch später auf ein Abendessen warten zu müssen, verursachte ihm Bauchschmerzen. Die Übelkeit, die ihn in Pordenone beim Anblick der Brandstätte überfallen hatte, war verflogen. Bei allem Mitleid mit den armen Hühnern, so konnte er doch nicht bis in die Abendstunden weiterhungern.

«Es ist mir egal, was auf dem panino drauf ist. Nur bitte nichts mit Huhn!», beeilte er sich dann doch noch hinzuzufügen.

29

Georg packte. Die Wahl der Kleidungsstücke fiel ihm nicht leicht. In Verona konnte er sich einmal wieder richtig in Schale werfen, und er war versucht, all das einzupacken, was er seit Monaten nicht mehr getragen hatte. Ohne Lodenjanker, ohne braune Treter, ohne graue Wollhose – welche Aussichten! Und dort war es sicher auch ein paar Grad wärmer. Mit Schwung und einer stillen Freude an dieser nicht ganz überraschenden Dienstreise, schließlich hatte er an allen Schrauben gedreht, die sich ihm boten, machte er sich über seinen Kleiderschrank her. Er holte ein Leinensakko in Bordeauxrot heraus. Velours-Mokassins in der gleichen Farbe warteten im Keller. Dazu passte seine dunkelblaue Leinenhose und ein blassrosafarbenes Poloshirt, das er in Traunstein noch kein einziges Mal angehabt hatte. Er griff gerade zu seiner Antilopenlederjacke in hellem Beige, als die Stimme seiner Mutter ihn jäh unterbrach.

«Hast eine Gehaltserhöhung bekommen, oder bist unter die Bankräuber gegangen, weil du jetzt so einen Schlitten fährst?»

Langsam drehte sich Georg um. Seine Mutter, hochaufgerichtet in ihrem Rollstuhl, sah ihm spöttisch ins Gesicht. Sie hatte immer noch den sechsten Sinn, wenn es etwas zu sehen oder zu kommentieren gab.

«Was wird denn das, wenn's fertig ist?» Dabei deutete sie mit ihrem Zeigefinger auf den aufgeklappten Koffer, den Georg auf sein Bett gestellt hatte.

«Macht der Herr Sohn eine Reise?»

Georg wandte sich seiner Kommode zu und zog die oberste Schublade auf. Darin lagen seine Boxershorts. Er hatte nicht vor, wie ein Schuljunge seiner Mama Rapport zu erstatten. Diese Art von Fragerei hatte ihn schon immer auf die Palme gebracht. Egal, wie er ihr etwas erzählte oder mitteilte, sie schaffte es grundsätzlich, dass er sich im Unrecht fühlte. Georg zwang sich, ruhig zu bleiben, und nahm bedächtig sechs gestreifte Boxershorts aus der Schublade und legte sie betont sorgfältig in den Koffer.

«Nach was schaut es denn deiner Meinung nach aus, Mama?» Er lächelte sie an, drehte sich wieder um und zog etwas ruppig die nächste Schublade mit den Socken auf. Konzentriert ging er zu Werke.

«Hast mit der Barbara schon gesprochen?» Jetzt spielte sie ihre letzte und beste Trumpfkarte aus.

«Ja, deine Tochter weiß Bescheid», sprach er in seine Schublade hinein. «Am Sonntag bist du bei ihr. Maria wird sich die anderen Tage, wie sonst auch, um dich kümmern.»

Mit den Socken in der Hand wandte er sich wieder den Damen zu. Die junge Polin stand hinter seiner Mutter. Über deren Kopf hinweg lächelten sie sich an. Maria hatte er zweihundert Euro für die Extraarbeit in die Hand gedrückt. Er konnte sicher sein, dass es seiner Mutter an nichts fehlte. Die junge Frau war sehr zuverlässig und dankbar, dass sie in einem «ordentlichen Haushalt», wie sie sich ausdrückte, arbeiten durfte. Es gab überhaupt keinen Grund für ihn, ein schlechtes Gewissen zu haben.

Er machte schließlich keinen Urlaub, redete er sich ein, er machte eine Dienstreise. Entschlossen riss er sich zusammen und kontrollierte den Inhalt seines Koffers. Jetzt musste er nur noch im Bad die wichtigsten Sachen zusammenpacken, dann konnte er fahren.

«Wem gehört das Auto vor der Tür, Georg? Das will ich jetzt wissen!»

«Das Auto gehört einem Toten, Mama!»

«Aha! Und?»

«Ich muss den Wagen den Erben zurückbringen und noch einiges klären. Deshalb fahre ich nach Italien.»

«Ach so, nach Italien! Daher weht der Wind! Hab mich schon gewundert, warum du es so eilig hast. Besuchst den Toni, oder?»

Georg konnte sich nicht helfen. Er lachte befreit auf. Seiner Mutter konnte er nichts vormachen.

«Bestellst ihm einen schönen Gruß. Er soll einmal wieder vorbeikommen. Das kannst ihm ruhig sagen.»

Antonio hatte Katharina Breitwieser damals mit seinem Charme um den Finger gewickelt. Und seine Mutter hatte geflirtet wie ein junges Mädchen.

«Das mach ich, Mama.» Er ging auf sie zu und gab ihr einen dicken Kuss auf die Wange. «Pass auf dich auf. Spätestens am Mittwoch bin ich zurück.»

Georg ging zum Bett, klappte den Koffer zu und griff nach dem Ordner und seinem Laptop, die auf dem Schreibtisch lagen. Er hatte das ehemalige Elternschlafzimmer übernommen. Es war das größte Zimmer im ersten Stock. Unter dem breiten Fenster stand der Schreibtisch. Von dort hatte er eine großartige Aussicht auf den Chiemsee und die Berge. Er nahm sein Handy, um es in die Hosentasche zu stecken. Doch dann entschied er sich anders.

«Meine Damen», wandte er sich an Maria und seine Mutter, die immer noch von der Tür aus sein Treiben beobachteten. «Ich muss noch ein dienstliches Telefonat führen. Da kann ich keine Zuhörer gebrauchen. Bis gleich.»

Energisch ging er auf die Zimmertür zu, um sie zu schließen. Dann setzte er sich auf seinen Schreibtischstuhl und schlug den Ordner auf.

Lachner hatte dem Kurierdienst neben den Schlüsseln und den Kleidungsstücken, die Cuméo an seinem Todestag getragen hatte, auch alle Unterlagen im Original mitgegeben: Obduktionsbericht, die Geschäftsunterlagen und Verträge des Spediteurs und eine Reihe von Protokollen der Zeugenaussagen. Der Hauptkommissar hatte ihm den kompletten Akt Cuméo zur Verfügung gestellt. Georg hatte jetzt keine Zeit, alles durchzusehen. Das konnte er in Verona immer noch machen. Eines jedoch interessierte ihn brennend: Was hatte die Befragung von Schmidtbauers Ehefrau ergeben? Georg blätterte eifrig hin und her, wurde aber nicht fündig. «Frau Schmidtbauer wurde im Zelt des ‹Giggerl-Wirt› nicht angetroffen», hieß es an einer Stelle lapidar.

Erst als feststand, dass sich Franz Schmidtbauer im Ebersberger Forst das Leben genommen hatte, fragte man sie nach seinem Alibi für die Tatzeit. Ihre Aussage, dass ihr Mann im Schwabinger Krankenhaus gewesen sei, hatte Georg schon von Pfaffenrieder erfahren. Mehr hatte die Münchner Kollegen nicht interessiert.

Georg aber wollte wissen, ob es zwischen Franz Schmidtbauer und Andrea Cuméo zu einem Treffen auf dem Oktoberfest gekommen war. Dem Selbstmord von Schmidtbauer musste irgendetwas vorausgegangen sein, an dem der Italiener vermutlich beteiligt war. Georg suchte sich die private Telefonnummer der Schmidtbauers heraus.

Er stellte sich der Witwe vor und sprach ihr sein Beileid aus. Gerlinde Schmidtbauer schien gefasst, aber nicht sonderlich begeistert, dass sie erneut einem Kriminalkommissar Rede und Antwort stehen sollte.

«Es tut mir wirklich sehr leid, Frau Schmidtbauer», entschuldigte sich Georg, «aber mich beschäftigt der Freitod Ihres Mannes. Ich frage mich, welchen Grund er gehabt haben könnte.»

Die Witwe wartete ab, was der Kommissar genau von ihr wollte.

«Sie wissen doch sicher, dass es auf dem Oktoberfest einen Mord gegeben hat? Der Ermordete hieß Andrea Cuméo. Sagt Ihnen der Name etwas?»

«Der Italiener ist doch an allem schuld!», brach es aus ihr heraus. «Der hat uns doch völlig verseuchte und verdorbene Hühnchen verkauft. Und dann wollte er auch noch Geld dafür. Eine Unverschämtheit.»

«Frau Schmidtbauer, ich kann Ihre Erregung sehr gut verstehen. Aber vielleicht können Sie mir der Reihe nach erzählen, wie das alles abgelaufen ist? Meine Kollegen in München haben Sie dazu offenbar nicht befragt.»

«Ach, die haben sich doch nur dafür interessiert, ob mein Mann ein Mörder oder ein Selbstmörder, am besten gleich beides auf einmal ist. Und als klar war, dass er zur selben Zeit nicht im Schwabinger Krankenhaus und im Schottenhamel-Zelt gewesen sein konnte, hat sie der Rest schon nicht mehr interessiert.»

Georg nickte. So hatte er sich das schon vorgestellt. Er sah auf die Uhr. Es war kurz vor vier. Eigentlich sollte er bereits auf der Salzburger Autobahn Richtung Kufstein unterwegs sein, wenn er nicht zu spät in Verona ankommen wollte. Doch er hatte ein sehr schnelles Auto zur Verfügung, da konnte er eine kleine Verspätung schon noch herausfahren.

«Frau Schmidtbauer, ich höre Ihnen sehr gerne zu.»

«Also, es fing schon am Freitagmittag an. Mein Mann und ich waren auf der Wiesn und haben alles für die Eröffnung vorbereitet. Wer nicht zur verabredeten Zeit erschien, war der Kühlwagen aus Verona. Erst um fünf Uhr nachmittags ist er eingetroffen. Der Fahrer hat uns etwas von einer Panne und ‹un grande catastrofo› erzählt. Das Kühlsystem war noch vor dem Brenner ausgefallen. Der Lastwagen tropfte rundherum. Die Hühnchen, die gut gekühlt sein sollten, nicht gefroren natürlich, wir wollten ja frische Hendl verkaufen, waren mehr grün als fleischfarben. Auch sonst entsprachen die Tiere überhaupt nicht unseren Erwartungen. Wir hatten Biohühnchen bestellt. Statt knapp einem Kilogramm wog keines der Hühnchen über 700 Gramm. Das Fleisch war sehr weich, die Haut ließ sich entlang der Knochen rollen und verschieben. Mit einem Wort, die Ware war alles andere als erstklassig und seit Stunden nicht mehr sachgemäß gekühlt gewesen.

Uns war klar, dass wir diese Hühnchen eigentlich nicht anbieten konnten. Aber was sollten wir machen? Wir hatten keinen anderen Lieferanten. Sein Preis war unschlagbar gewesen. Es war in der Tat eine Katastrophe.»

«Wann haben Sie denn mit Herrn Cuméo gesprochen?»

«Der feine Herr kam zusammen mit seinem Anwalt anmarschiert. Die beiden hatten die Unverfrorenheit und erschienen am Wiesn-Samstag mittags in unserem Zelt. Bei uns war der Teufel los. Wir waren zum ersten Mal Wiesn-Wirte. Können Sie sich vorstellen, was das heißt?»

Das wollte sich Georg gar nicht vorstellen.

Einmal in Fahrt geraten, war Gerlinde Schmidtbauer nicht mehr zu bremsen: «Unsere ganze Existenz hing an diesen zwei Wiesn-Wochen. Wir hatten unser ganzes Kapital in das Zelt gesteckt und eine Menge Schulden gemacht. Und da kommt dieser saubere Herr Cuméo daher, hält uns den Lieferschein unter die Nase und pocht auf sofortige Barzahlung der von ihm gelieferten 1000 Hühnchen. Als wir ihm von dem defekten Kühlwagen erzählten, nannte uns sein feiner Anwalt, der konnte genug Deutsch, um uns zu beleidigen, Lügner und Betrüger, die seinen Mandanten um sein Geld prellen wollten. Cuméo drohte, er würde die nächste Lieferung, die wir am Montag bekommen sollten, zurückhalten, wenn wir nicht augenblicklich das Geld herausrückten. Er glaubte tatsächlich, er hätte uns in der Hand. Aber da hatte er sich verrechnet. Mein Mann hat die beiden Herren hochkant rausgeworfen.»

«Es kam also zum Streit?»

«Ha, Streit ist gut gesagt. Die Männer sind aufeinander losgegangen, bis unsere Ordnungsmänner einschritten. Die haben die Italiener dann vor die Tür gesetzt.»

«Trotzdem haben Sie in Ihrer Not am Samstag und am Sonntag die italienischen Hühnchen gebraten und verkauft?»

«Ja, sicher. Wir hatten ja keinen Ersatz. Erst für Montag hatte Franz einen Mäster aus Niederbayern gefunden, der liefern konnte. Zur Wiesn-Zeit sind Hendl Mangelware. Leider hat unser Koch dann auch noch Fehler gemacht. Das Zelt war laufend vollbesetzt. Wir konnten gar nicht so schnell braten, wie Gäste bestellten.»

«Also hat Ihr Koch die Hühnchen zu früh vom Spieß genommen?»

«Genau. Das war dann der Anfang vom Ende.» Gerlinde Schmidtbauer hatte sich total verausgabt und brach jetzt offen in Tränen aus. Georg tat die Frau leid. Gleichzeitig war ihr Verhalten nicht zu entschuldigen. Die Staatsanwaltschaft würde sich sicher noch bei ihr melden. Schließlich hatte es Tote gegeben. Die Hinterbliebenen würden mit Sicherheit Strafanzeige erstatten und Schadensersatzansprüche anmelden. Das würde teuer werden.

Georg verabschiedete sich von der Wiesn-Wirtin, raffte seine Sachen zusammen und ging ins Schlafzimmer seiner Mutter. Er war sicher, dass sie ihn noch mit reichlich guten Ratschlägen versorgen würde.

Der Tod von Andrea Cuméo hatte einen neuen interessanten Aspekt bekommen. Ein unbeschriebenes Blatt war er keinesfalls gewesen. Georg konnte nicht behaupten, dass ihm der geldgierige Mann leidtat.

30

VERONA
18.00 UHR

«Commissario Fontanaro, bei allem Respekt!» Paolo Rubino, ein zartgebauter, junger Anwalt in dunkelblauem Maßanzug, weißem Hemd und schwarzen Schuhen, die ebenfalls nicht aus dem Kaufhaus stammten, ging im Büro von Antonio auf und ab. Er war sehr erregt. Zumindest versuchte er, diesen Eindruck zu erwecken. Mit seiner rechten Hand deutete er anklagend auf den gebeugten Kopf seines Mandanten, der in sich zusammengesunken auf einem Stuhl saß und den Boden studierte. «Sie haben nichts, rein gar nichts in der Hand, um Signor Menasi auch nur noch weitere fünf Minuten hier festzuhalten. Diese ganze ...» Er suchte nach geeigneten Worten, indem er mit beiden Armen in der Luft herumruderte. «... Angelegenheit wird ein Nachspiel haben, Commissario. Was Sie und Ihre Leute», dabei blickte er Lavinia, Enrico und Fausto der Reihe nach an, als hätte er ungehorsame Schüler vor sich, «sich erlaubt haben, ist ohne Beispiel.»

Antonio hielt es für an der Zeit, den Redefluss des jungen Avvocato zu unterbrechen.

«Tun Sie, was Sie für richtig halten, Dottore. Was jedoch Signor Menasi betrifft, so muss ich Ihnen leider sagen, dass wir sehr wohl unsere Gründe haben.» Er sah zu Menasi hin, der immer noch reichlich unbeteiligt vor seinem Schreibtisch saß, und sagte: «Die Aussagen, die Sie gestern hier zu Protokoll gegeben haben, Signore, waren von vorne bis hinten erstunken und erlogen. Versuchen Sie erst gar nicht, diesen Unsinn nochmals zu wiederholen.» Antonio baute sich vor seinem Zeugen auf. «Fakt ist, dass Ihr Freund Cuméo in München getötet wurde. Sie und

Ihre Geschäftspartner sind Zeugen oder Täter dieses Tötungsdeliktes gewesen. Tatsache ist außerdem, dass auch Fabrizio Talenti ...»

«Talenti war der Geschäftspartner von Cuméo. Ich hatte mit dem Dottore gar nichts zu schaffen. Meine Freunde sehen anders aus, das können Sie mir glauben», unterbrach ihn Menasi und lachte trocken. Dann fiel er sofort wieder in seine unbeteiligte Haltung zurück. Den Ermittlern wollte oder konnte er nicht in die Augen sehen.

«... wenige Stunden später in Verona auf grausame Weise ermordet wurde. Er war zum Todeszeitpunkt von Cuméo erwiesenermaßen bereits wieder in Verona und hat in seiner Klinik operiert. Er scheidet also definitiv als Täter oder Mittäter, nicht aber als Mitwisser aus. Als dringend tatverdächtig bleiben jedoch Sie, Ugo Brione und Simone Cattarese übrig.»

Attilio Menasi hob endlich den Kopf und sah Antonio abschätzig an.

«Sie brauchen nichts zu sagen, Signor Menasi, was Sie selbst belasten könnte», belehrte ihn eifrig sein Anwalt.

«Was ist auf dem Oktoberfest passiert?», hakte Antonio nach.

«Signor Menasi», setzte Paolo Rubino erneut an, aber sein Mandant brachte ihn mit einer Handbewegung zum Schweigen.

«Das weiß ich nicht. Ich war vollkommen betrunken und kann mich an nichts mehr erinnern.»

«Sie bestätigen also, dass Sie in München waren und nicht in Turin?»

Menasi sah Antonio nur an und schwieg.

«Fürs Protokoll: Der Zeuge widerspricht nicht und bestätigt damit meine Frage.»

Lavinia schrieb eifrig mit. Außerdem lief wie immer das Tonbandgerät.

«Signor Menasi, Sie sind Besitzer einer Supermarktkette. Ich bin sicher, dass Ihnen der Name Giuseppe Spiro etwas sagt.»

Zum ersten Mal schien der Zeuge überrascht. Das war ein völlig neues Thema, mit dem er nicht gerechnet hatte.

«Die Kollegen von Pordenone haben den Geflügelmäster gestern in Haft genommen. Er hat Sie mit seiner Aussage schwer belastet, Signor Menasi.»

Unvermittelt erhob sich der Mann von seinem Stuhl und ging drohend auf Antonio zu. Enrico bekam ihn jedoch zu fassen und drückte ihn in den Sitz zurück.

«Wenn Sie das noch einmal machen, lege ich Ihnen Handschellen an. Ist das klar, Signore?»

Antonio konnte mit seinem Bluff zufrieden sein. Noch hatte er keine Ahnung, was Spiro bei der Polizei von Pordenone ausgesagt und ob er überhaupt irgendetwas Brauchbares zu Protokoll gegeben hatte. Er beschloss, sich noch ein wenig als Märchenerzähler zu versuchen.

«Spiro hat berichtet, dass Sie und Cuméo ihn preislich immer mehr in die Enge getrieben hätten, dass Sie immer weniger für seine Hühner bezahlen wollten und gedroht hätten, in Zukunft einen anderen Mastbetrieb zu beauftragen. Spiro beschuldigt Sie und Cuméo, ihn ruiniert zu haben.»

Menasi lachte auf. «Der lügt doch, wenn er den Mund aufmacht.»

«Das haben Sie von Ihrem Freund Brione auch schon behauptet. Wie wir inzwischen wissen, war Brione der Einzige, der uns die Wahrheit über die Reise nach München erzählt hat.»

«Wenn Sie sich da mal nicht täuschen, Commissario!»

«Haben Sie etwas zu den Anschuldigungen von Giuseppe Spiro zu sagen?»

«Sie müssen dazu keine Aussage machen», schaltete sich erneut der Anwalt ein. Doch Menasi kümmerte sich nicht um dessen Einwurf.

«Niemand zwingt ihn, mit uns Geschäfte zu machen. Wenn er meint, dass wir ihn schlecht behandeln oder seine Ware mehr wert ist, als wir zahlen wollen, so steht es ihm frei, sich neue Geschäftspartner zu suchen. Das ist ein freies Land. Jeder kann machen, was er will.»

«Ohne Rücksicht auf Verluste? Haben Sie sich den Betrieb von Spiro einmal angesehen?»

«Warum sollte ich das tun? Ich will Hühner verkaufen und sie nicht beim Fressen beobachten.»

«Es ist Ihnen also völlig egal, unter welchen Bedingungen die Hühner, die Sie Ihren Kunden anbieten, aufgezogen werden?»

Menasi schwieg und grinste verschlagen. Das Thema des Gesprächs interessierte ihn nicht.

«Essen Sie die Hühner, die Sie in Ihrem Supermarkt verkaufen?»

Menasi lachte nun laut heraus.

«Wohl kaum!», meldete sich überraschend Fausto zu Wort. Er blickte Menasi über seinen Klumpfuß ins Gesicht. Seine Miene war finster.

«Verona ist leider ein Dorf, Attilio. Und früher oder später läuft man sich über den Weg.»

Die beiden etwa gleichaltrigen Männer maßen sich mit abschätzigen Blicken. «Attilio Menasis Vater hat einen kleinen Bauernhof», klärte Fausto die Anwesenden auf. «Hauptsächlich baut er Obst an, so wie ich. Aber er hat auch Hühner. Seine Frau kümmert sich liebevoll um ihr Federvieh. Ich bin sicher, dass Signor Menasi sehr genau weiß, wie ein ordentliches Hühnchen schmeckt und dass er deshalb um seine Supermarktware einen großen Bogen macht.»

Fausto machte noch eine abfällige Aufwärtsbewegung mit seinem Kinn, um anzudeuten, dass er mit dem Zeugen fertig war.

«Haben Sie mitbekommen, ob Signor Cuméo auf der Festa di Birra auch geschäftlich zu tun hatte?», fragte Antonio seinen Zeugen.

Menasi rieb sich die Stirn und gab vor, ernsthaft nachzudenken. Sein Anwalt Rubino war längst nicht mehr in der Lage, seinen Mandanten zu beraten. Es war ihm anzusehen, dass er keinen Schimmer hatte, um was sich das Gespräch augenblicklich drehte.

«Am Samstagvormittag ist er einmal kurz verschwunden», gab Attilio Menasi schließlich Auskunft. «Er sagte, er müsse mit einem Geschäftspartner sprechen.»

«Hat Sie das nicht verwundert?»

Menasi schüttelte den Kopf.

«Wie lange war Cuméo weg?»

«Eine halbe Stunde vielleicht.»

«Hat er etwas erzählt? Haben Sie eine Ahnung, wen er getroffen hat?»

«Er war ziemlich sauer, als er zurückkam, sagte, alle wären Gauner und Betrüger.»

«Wen meinte er damit?» Und als Menasi nur mit den Achseln zuckte und den Dummen spielte, wurde Antonio etwas lauter: «Nun lassen Sie sich doch nicht jedes Wort aus der Nase ziehen! Oder wollen Sie eine weitere Nacht bei uns verbringen?»

Diese Aussicht schien ihm definitiv nicht zu gefallen.

«Fragen Sie doch Cattarese. Er hat ihn begleitet.»

«Cattarese war bei dem Gespräch dabei?»

«Als sie wieder zu uns ins Zelt kamen, haben die beiden heftig diskutiert. Cuméo wollte, dass Cattarese den Mann verklagt. Ich habe mir den Namen des Deutschen nicht gemerkt. Jedenfalls hatte ihm Cuméo Hühner für die Festa di Birra geliefert und nun wollte der Typ nicht bezahlen. Erzählte irgendetwas von Mangelware, die er nicht gebrauchen könne, von Betrug und Etikettenschwindel.»

«Das Wort Etikettenschwindel ist gefallen?»

«Sì. Aber Cattarese wollte von all dem nichts wissen. Vielmehr riet er Cuméo, den Mund zu halten und auf die Bezahlung der

Hühner besser zu verzichten. Ganz offensichtlich war an der Sache etwas faul. Mehr wollte ich auch gar nicht wissen.»

«Und in diesem Zusammenhang ist der Name Giuseppe Spiro gefallen?»

«Möglich. Keine Ahnung.» Der Redefluss Menasis kam abrupt zum Stillstand.

«Ist Ihnen klar, dass die Hühnchen von Spiro mit Salmonellen verseucht waren und es Tote auf der Festa di Birra gegeben hat?»

«Und was habe ich damit zu tun, Commissario?», fragte Menasi aufgebracht. «Ich habe keine Hühner verkauft. Ich war ganz privat in München. Auf Einladung meines Freundes Andrea Cuméo. Das ist alles!»

«Wenn Sie Cuméos Tod so abtun können, dann frage ich mich schon, welche Art von Freundschaft Sie beide verbunden hat. Und ich frage mich außerdem, ob Ihnen sein Tod nicht ganz gelegen kam.»

«Was wollen Sie damit sagen?»

«Wir wissen, dass Sie bei Cuméo tief in der Kreide stehen.»

«So wie alle anderen auch.»

Da musste ihm Antonio insgeheim recht geben. Cuméo hatte ein Netz von Abhängigkeiten geschaffen, das allen Betroffenen buchstäblich die Luft zum Atmen nahm. Am Ende war er zum Opfer seiner eigenen Gier geworden.

Attilio Menasi erhob sich erneut von seinem Stuhl und wandte sich zum Gehen. Mit einer auffordernden Handbewegung scheuchte er seinen Anwalt auf. «Wir gehen, Dottore. Hier gibt es nichts mehr zu verhandeln.»

Antonio sah zu Enrico hinüber und fragte beiläufig: «Haben wir für die Räume von Signor Menasi eigentlich eine Durchsuchungsgenehmigung bekommen?»

«Nicht nur das», entgegnete der Ispettore überaus freundlich, «wir haben auch schon mehrere Körbe voll mit Papieren von den

Carabinieri abholen lassen. Die Geschäftsräume sind bis auf weiteres versiegelt.»

«Und das haben Sie nicht verhindert, Rubino?», fuhr Menasi seinen Anwalt an. «Wofür bezahle ich Sie eigentlich?»

«Bislang haben Sie mich noch gar nicht bezahlt, Signore!», stellte der junge Anwalt fast schüchtern klar.

«Sie sind entlassen», brachte Menasi mühsam hervor, schob sich an Rubino vorbei und stieß an der Tür mit Silvano Petrelli zusammen.

«Was ist denn hier los?»

«Dottor Rubino, machen Sie Ihrem Mandanten klar, dass er sich zu unserer Verfügung halten muss. Wir sind noch nicht fertig mit ihm.»

Paolo Rubino nickte nur gottergeben und schlich hinaus wie ein gescholtener Hund.

In seiner Haut möchte ich jetzt auch nicht stecken, dachte Antonio und sah erwartungsvoll zum Chef der Kriminaltechnik, der sich inzwischen lässig auf einer Schreibtischecke niedergelassen hatte. Er hielt einige Papiere in Händen und lächelte zufrieden in die Runde.

«Ihr habt also etwas gefunden?»

«Das kann man so sagen!»

Erwartungsvoll waren alle Augenpaare auf Petrelli gerichtet. Und er genoss die Aufmerksamkeit der Kollegen sichtlich.

«Allora, Petrelli, was hast du für uns?»

«Nach genauer Analyse der DNA-Proben, die ihr uns zur Verfügung gestellt habt, und nach nochmaliger Überprüfung und Abgleichung der Fingerabdrücke im Apartment des Gynäkologen Talenti sind wir zu sehr eindeutigen Ergebnissen gekommen.»

Er begann vorzulesen: «Es steht zweifelsfrei fest, dass die Ehefrau des Opfers weder im Apartment ihres Mannes gewesen ist noch Beischlaf mit ihm hatte.» Petrelli schaute auf und wartete auf eine Reaktion. Doch die Kollegen hingen an seinen Lippen und warteten ab.

«Wir haben eine ganze Reihe von Analysen bezüglich der blonden Frauenhaare gemacht. Und wir haben sie mit den blonden Haaren verglichen, die wir am Tatort gefunden haben.»

«Wo habt ihr blonde Haare gefunden?» Antonio war nun wirklich überrascht. Davon war bislang nicht die Rede gewesen.

Silvano Petrelli lächelte zufrieden. Sein Überraschungscoup war ihm gelungen.

«Zunächst, dein Tipp, Commissario, die roten Bücher des Dottore auf Spuren zu untersuchen, war ein Volltreffer. Von den insgesamt fünf Büchern der Reihe waren vier völlig unauffällig. Sie wiesen deutliche Fingerabdrücke ihres Besitzers auf. Eines allerdings war vollkommen neu, ungelesen, neueste Auflage. Und besonders interessant: Eine ältere Ausgabe davon fehlte. Auf dem neuen Buch befanden sich keinerlei Fingerabdrücke, dafür aber Haare und Kopfhautreste. Diese stammen eindeutig von Talenti. Das erklärt auch die Rückstände von roten Leinenflusen am Kopf unserer Leiche. Und erhärtet die Theorie, dass der Täter mit dem Buch zugeschlagen und sein Opfer von hinten überwältigt hat. Später dann hat er das Buch in der Reihe der anderen förmlich verschwinden lassen. Was heißt, er muss sich im Apartment des Dottore bestens ausgekannt haben. Ein Freund, ein Angestellter, ein Patient.»

Hier lachten alle.

«Oder der Mann einer Patientin», korrigierte sich Petrelli bereitwillig. «Neben den Haaren des Opfers haben wir aber auch noch blondes Frauenhaar unbekannter Herkunft an der Plastiktüte gefunden, die Talentis Kopf umhüllte.»

«Was heißt unbekannter Herkunft?»

Petrelli lachte. «Na ja, was wird es wohl heißen, Tonio? Die blonden Haarproben der diversen Damen, die ihr beigebracht habt, stimmen mit diesen Haaren nicht überein. Was ja nicht weiter verwunderlich ist. Geht ihr doch davon aus, dass der Täter eine Perücke getragen hat. Verblüffend dabei ist, dass er eine teure Echthaarperücke verwendet hat.»

«Und diese ist, vermutlich gemeinsam mit dem Buch der älteren Ausgabe, ebenfalls in dem roten Škoda in Pordenone im Hühnerstall verbrannt», sagte Antonio mehr zu sich selbst. Der Täter ist ein schlauer Fuchs. Er hatte es nicht gewagt, mit dem Buch, das er als Schlagwaffe benutzt hatte, bis Pordenone zu fahren. Eine mögliche Kontrolle durch einen Streifenwagen hätte dumm für ihn ausgehen können. Leider war er dann mit den Haaren am Gestrüpp hängengeblieben. Ein glücklicher Umstand für die Spurensicherung.

«Silvano, bitte gleich deine Daten mit denen der Kollegen in Pordenone ab. Wir müssen sicher sein, dass die blonden Haare mit den Perückenhaaren unseres Täters identisch sind.»

Petrelli machte sich Notizen.

«Du gehst davon aus, Capo, dass der Mörder von Talenti nach Pordenone gefahren ist?», fragte Enrico nach.

Antonio nickte. Er war im Zug nochmals gedanklich alle Fakten durchgegangen. Es gab keine andere Schlussfolgerung.

«Unsere Zeugin aus der Nachbarschaft hat bestätigt, im Umkreis der Klinik eine große, blonde Frau mit Sonnenbrille, Arzttasche und schwarzem Strohhut gesehen zu haben, die mit einem roten Auto unbekannten Typs weggefahren ist. Heute berichtete mir der Kriminaltechniker Franco Zucchi, dass der ausgebrannte Wagen ein roter Škoda gewesen sein könnte und dass man neben Resten einer Tasche auch blonde Frauenhaare gefunden hat. Hier schließt sich der Kreis.»

«Ihr glaubt also wirklich», erlaubte sich Fausto einzuschalten, «dass einer der Geschäftsfreunde den Doktor Montag früh hier in Verona ermordet hat? Aber wie sollte das denn rein technisch gehen? Die Herren waren ja alle noch auf dem Rückweg. Es konnte doch keiner von ihnen schon aus München zurück sein.»

«Lavinia», warf Antonio ein, «haben Sie schon herausgefunden, «wann der Zug aus München in Verona normalerweise ankommt?»

«Der Zug fährt in München um 22.15 Uhr ab und kommt in Verona gegen 6.30 Uhr an, wenn er keine Verspätung hat.»

«Finden Sie doch bitte heraus, wann der Zug am Montag genau angekommen ist.»

Lavinia nickte. «Ich kümmere mich darum, Commissario.»

«Und ihr glaubt, einer der feinen Pinkel fährt einen roten Škoda?»

«Gestohlen! Auf dem Schwarzmarkt gekauft», rief Enrico sofort dazwischen.

Doch Fausto ließ sich nicht beirren. «Wer sagt euch denn, dass der Täter hier in Verona zwangsläufig ein Mann war? Eine Frau kann das genauso gut gewesen sein. So viel Kraft war nicht nötig, um Talenti auf die beschriebene Art und Weise außer Gefecht zu setzen und anschließend um die Ecke zu bringen. Und zur Sicherheit hat sie sich verkleidet. Es ist doch gut möglich, dass wir es mit zwei Tätern zu tun haben. Einmal geht es um handfeste finanzielle Interessen und das andere Mal um ... beispielsweise Eifersucht!»

«Wer von den Damen hat denn nun mit Talenti geschlafen?», fragte Enrico und stellte damit die Frage, die sie doch alle so brennend interessierte.

«Nicht so ungeduldig, meine Herrschaften.» Petrelli genoss es sichtlich, einmal in der seltenen Position zu sein, die Polizeikollegen etwas schmoren zu lassen. «Nachdem ihr so großen Wert darauf gelegt habt, über den Damenbesuch bei Talenti Näheres zu erfahren, haben wir sein Wasserbett und seinen Kleiderschrank einer genauen Untersuchung unterzogen. Der Kleiderschrank war vollkommen sauber. Alle Kleidungsstücke waren kürzlich in der Reinigung gewesen. Die Kopfkissen jedoch haben uns einiges erzählt. Hier gibt es eine Übereinstimmung mit den Haaren von Dottoressa Giordano.»

«Also doch!», entfuhr es Antonio triumphierend. «Habt ihr im Badezimmer nichts Relevantes gefunden?»

«Naturalmente. Die Fingerabdrücke der Dottoressa.» Hier zwinkerte Petrelli Antonio zu.

«Damit ist also klar, dass Talenti und seine Oberärztin ein Verhältnis hatten», stellte Antonio fest. «Wie Fausto schon sagt: Eifersucht! Damit kommt Signora di Brazzi wieder ins Spiel, auch wenn sonst nichts im Apartment auf ihre Anwesenheit hindeutet.»

«Mag sein», sagte Petrelli, «aber geschlafen hat er kurz vor seinem Tod mit einer anderen Dame.» Er schaute in die Runde, lachte über die gespannten Gesichter und nickte Enrico besonders freundlich zu.

«Geschlafen hat er mit Cornelia Cuméo.»

31

Der altmodische Wecker läutete schrill auf dem Nachtkästchen. Der durchdringende Ton riss ihn aus dem Tiefschlaf. Er langte nach der Uhr. Völlig benommen fuhr er sich durch die Haare. Er brauchte einen Moment, um zu begreifen, wo er war. Das Bettzeug, seit Jahren unbenutzt, roch nach Stockflecken und Staub. Als er vor zwei Stunden völlig erschöpft, verzweifelt und am Ende seiner Kräfte unter die Bettdecke gekrochen war, die einmal seine Schwiegereltern gewärmt hatte, hatte er sich weder an der staubigen Luft noch an den unappetitlichen Betten gestört. Doch jetzt überfiel ihn der Geruch. Er stand eilig auf, stieg in seine Anzughose, zog die Schuhe an und schlüpfte in sein Jackett, das er über einen Polstersessel zum Trocknen gehängt hatte.

Widerwillig und voller Ekel vor sich selbst und seiner Umgebung, zupfte er die Bettdecke zurecht und verließ das Zimmer. Es war zwar nicht zu erwarten, dass irgendjemand hier vorbeikam, doch er wollte kein Risiko eingehen und möglichst wenig Spuren hinterlassen. Nach dem Tod des Schwiegervaters hatte zunächst Letizia immer wieder nach dem Rechten gesehen, seit über einem Jahr aber schaute nur noch er alle paar Monate vorbei. Obwohl es nichts zu tun gab. Der Gutshof war längst in einem Zustand, der ein Aufräumen oder eine Pflege der Zimmer unnötig machte. Etliche der Antiquitäten aus ihrem Elternhaus hatte Letizia noch in ihre Stadtwohnung nach Verona gebracht und jenen ländlich rustikalen Stil in seine vier Wände getragen, der ihm zuwider war. Aber er hatte sich nicht dagegen gewehrt. Wenn es Letizia glücklich machte, Möbel aus ihrer Vergangenheit um sich zu haben, hatte er natürlich keine Einwände erhoben. Noch hatte er es nicht über sich gebracht, diese Störenfriede aus seiner Wohnung zu verbannen.

Er trat ins Freie, dankbar für die frische Luft. Er brauchte dringend ein Bad. Doch damit musste er noch warten.

Die Stallungen hinter dem Gutshaus waren seit über zehn Jahren verwaist. Der Schwiegervater hatte schon zu Lebzeiten aufgehört, Pferde zu züchten. Den Audi Avant hatte er in der großen Scheune neben einem alten Traktor mit Anhänger und den anderen Autos geparkt, die Letizia gehörten, und mit alten Pferdedecken abgedeckt. Er konnte nur hoffen, dass das raue Material nicht dem Lack schadete. Noch nie hatte er ein eleganteres Auto besessen. Aber es war nutzlos geworden, hinderlich bei dem, was er nun vorhatte.

Dagegen waren die alten Wagen seiner Frau für seine Pläne weit besser geeignet. Gott sei Dank hatte Letizia darauf bestanden, das weiße Käfer-Cabrio mit dem dunkelroten Verdeck und für die kühlere Jahreszeit eine dunkelblaue Alfetta aus den siebziger Jahren zu behalten. Beide Wagen waren angemeldet. Nur einen Moment zögerte er, dann entschied er sich für die Alfetta. Der Lack war bestens in Schuss, und die Lederpolsterung, ein elegantes Cremebraun, hatte kaum Flecken und war immer noch bequem. Letizia hatte die Wagen nur sehr selten gefahren. In Verona brauchte man kein Auto. Dort konnte man alles bequem zu Fuß, mit dem motorino oder notfalls mit dem Rad erreichen. Aber wenn sie draußen auf dem Gut war, liebte sie es, in der Gegend herumzufahren. Selbst dieses harmlose Vergnügen war ihr nun nicht mehr vergönnt.

Er zog aus der Innentasche seines Jacketts die Versicherungsplakette seines Audi und klebte sie an die Windschutzscheibe der Alfetta. Die Kennzeichen stimmten natürlich nicht überein. Aber das musste er riskieren. Er würde den Wagen auch nur für wenige Fahrten benutzen.

In jedem Fall brauchte er ihn für seinen Besuch bei Pietro Sandrini. Commissario Fontanaro würde bald die letzten Schlüsse ziehen. Die Zeit wurde knapp. Morgen, spätestens am Freitag wollte er zuschlagen und mit dem letzten Verursacher all des Leids, das seine kleine Familie getroffen hatte, abrechnen. Sein Rachefeldzug war dann abgeschlossen. Was anschließend werden sollte, wusste er noch nicht. Es fiel ihm schwer, über diesen Tag hinaus zu denken.

Er konnte sich wie jeder beliebige Verbrecher Tickets nach Südamerika kaufen und auf Nimmerwiedersehen verschwinden. Letizia würde es gar nicht bemerken, wenn er sie nicht mehr besuchte. Sie wusste schon seit Wochen nicht einmal mehr seinen Namen. Ihre Phantasien wurden zudem für ihn immer gefährlicher. Das, was er heute im Sanatorium erlebt hatte, war erst der Anfang. Dessen war er sich ganz sicher. Ihre Erinnerung würde immer wieder aufblitzen, sie von toten Kindern und Frauen erzählen lassen. Das war zu viel für ihn. Er konnte sich dem nicht mehr aussetzen. Wollte es auch nicht mehr.

Sonst gab es niemanden, der sich für ihn interessierte oder der ihm wichtig wäre. Doch was sollte er in Südamerika mit sich anfangen? Faul am Pool eines Luxushotels herumliegen, seinen Körper von kundigen Händen massieren lassen und warten, bis die Jahre ins Land zogen, bis der Tod ihn gnädigerweise von der Qual der Langeweile, der Erinnerung und Schuld erlöste?

Er konnte die Tropfen natürlich auch selbst nehmen. Am Samstag oder am Sonntag vielleicht konnte er sich von dieser Welt verabschieden. Aber wollte er Fontanaro wirklich die Arbeit abnehmen und die Lösung des Rätsels all der Morde, die Verona und München heimgesucht hatten, auf diese platte Art liefern? Er war noch nie der Wahrheit aus dem Weg gegangen. Er würde es auch jetzt nicht tun. Im Gefängnis ging die Zeit vielleicht sogar schneller vorbei als in einem Luxushotel. Und vielleicht hatte der Richter ein Einsehen mit ihm. Mildernde Umstände bei umfassendem Geständnis war immerhin auch noch eine Option. Er würde sich mildernde Umstände zubilligen. Aber er war kein Richter, sondern nur ein Täter, der unsinnigerweise auf Gnade hoffte.

Er startete die Alfetta. Der Duft von Chanel N° 5 hing in der Luft. Ihm stiegen die Tränen in die Augen, und ein Strom brach sich Bahn, der ihn blind machte und ihn laut und verzweifelt aufschluchzen ließ. Selten ließ er sich hinreißen! Wie sinnlos war das alles! Und doch so notwendig.

32

VERONA
21.00 UHR

Antonio lief das letzte Stück zu «Da Bruno». Er war knapp dran wie immer. Zusammen mit Fausto, Enrico und Lavinia hatte er noch die Geschäftsunterlagen Cuméos durchgesehen. Er war geblieben, so lange es nur ging, hatte darauf verzichtet, nach Hause zu fahren, um sich umzuziehen. Glücklich darüber war er nicht. Jetzt ging er schon einmal mit Marissa aus. Sie musste ihn dazu auffordern, weil er von selbst nicht darauf kam, hin und wieder seine Frau auszuführen. Und dann hockte er sich mit den Klamotten an den Tisch, die er seit sieben Uhr morgens am Körper trug. Dabei legte er den letzten halben Kilometer auch noch im Laufschritt zurück. Es war unverzeihlich.

Gehetzt stieß er die Glastür des Restaurants auf. Einen Moment blieb er stehen, um ein wenig zu Atem zu kommen. Das Restaurant war wie immer gut besucht. Ein animiertes Stimmengewirr empfing ihn. Er ließ den Blick über die Tische schweifen. Die Atmosphäre von «Da Bruno» blieb auch jetzt nicht ohne Wirkung auf ihn. Er fühlte sich sofort zu Hause, aufgenommen in einer harmonischen Mischung aus Eleganz und Behaglichkeit. Die weiß gestrichenen Wände waren mit großformatigen Schwarzweißfotografien zugehängt, die italienische Schauspielerlegenden der letzten siebzig Jahre im besten Licht zeigten. Bequeme, dunkelbraune Ledersessel, ein mit Veroneser Marmor belegter Fußboden und der völlige Verzicht auf spektakuläre Farben gaben dem Raum Ruhe trotz der lärmenden Menschen. Downlights und wenige Stehlampen sorgten für dezente Beleuchtung. Kerzen in Silber- und Glasleuchtern auf den Tischen, dem Bartresen und in den Fensternischen wurden durch üppige Blumenbouquets ergänzt.

Bruno konnte wirklich nicht jammern. Sein Laden lief. Er brummte. Antonios Blick schweifte über die Zweiertische, auf der Suche nach seiner einsam auf ihn wartenden Frau. Konnte sie aber nicht entdecken. Schließlich trat Ernesto, der Oberkellner, auf ihn zu.

«Commissario, wie schön, dass Sie uns wieder einmal besuchen. Sie werden schon erwartet.»

Erleichtert folgte er ihm. Nicht auszudenken, wenn Marissa schon wieder gegangen wäre. Dann sah er sie auch. Sie saß an einem Vierertisch, lebhaft in ein Gespräch verwickelt mit einem großgewachsenen Mann. Er hatte einen beneidenswert breiten Rücken, dichte wellige Haare, die ihm über den Kragen seines weißen Hemds reichten. Er trug ein schwarzes Sakko und redete angeregt mit seiner Frau, wobei er mit der rechten Hand seine Worte unterstrich. Unweigerlich regte sich leichter Unmut bei Antonio. Wen hatte seine Frau zu diesem Abendessen mitgebracht? Und offenbar wurde auch noch eine vierte Person erwartet. Als ihn Marissa endlich sah und einen kleinen Freudenschrei ausstieß, worauf ihr Begleiter sich zu ihm umdrehte, fiel der Groschen. Georg aus Traunstein schenkte ihm ein breites Lächeln. Nun gab es ein großes Hallo.

«Servus, alter Schwede!» Georg war aufgesprungen und umarmte seinen italienischen Freund und Kollegen. «Na, wie stehen die Aktien? Alle Fragen geklärt, Täter überführt?»

«Ciao, Giorgio. Das hättest du wohl gerne. Nachdem wir alles erledigt haben, kreuzt du auf und machst ein bisschen Urlaub.»

Sie lachten. Antonio beugte sich zu seiner Frau und gab ihr einen Kuss. «Ciao, carissima. Es tut mir leid. Ich bin zu spät.»

«Tatsächlich? Das ist mir gar nicht aufgefallen.» Marissa lachte schelmisch. «Giorgio ist ein guter Unterhalter.»

Das glaubte er ihr aufs Wort. Sie setzten sich, und Ernesto

füllte die bereitstehenden Sektkelche mit Spumante. Sie prosteten sich zu. Antonio lehnte sich endlich entspannt in den Ledersessel zurück.

«Wie geht es deiner Mammina, Giorgio?»

Georg lachte. «Mammina ist gut. Das ist schon eine ausgewachsene Mutter, das kann ich dir sagen. Sie schlägt sich wacker. Es ist nicht einfach für sie. Sie erträgt es schlecht, den Tag im Sitzen zuzubringen, viele Dinge nicht mehr selbst erledigen zu können. Meistens nimmt sie es mit Humor und ohne Klage hin. Die Pflegerin ist sehr nett und bemüht. Es könnte alles schlimmer sein.»

«Und die Kollegen in Traunstein? Haben sie endlich begriffen, welch hervorragenden Kommissar, welch Prachtexemplar sie da bekommen haben?»

«Danke für die Blumen! Sie üben noch. Der Bayer an sich ist ein misstrauischer Geselle, der seine Zuneigung nicht leichtfertig verschenkt. Sie muss erarbeitet werden, und das kann dauern.»

«Finalmente!» Bruno war an den Tisch getreten und sah Antonio strafend an. «Du hast immer nur deine Verbrecher im Kopf, Antonio. Dabei vergisst du deine wunderbare Frau und deinen Freund. Das ist nicht anständig von dir. Hast du wenigstens schon etwas getrunken? Noch eine Flasche Spumante, die Herrschaften?» Fragend hielt er die leere Flasche hoch.

«Ich denke immer nur an meine Verbrecher, Bruno, und du immer nur an deinen Umsatz.»

Bruno schmunzelte und zückte Stift und Block, um die Bestellung aufzunehmen.

«Ich habe noch nicht einmal die Karte gesehen», begehrte Antonio auf.

«Für dich gibt es keine Karte. Das solltest du wissen. Allora, abbiamo oggi ...» Und Bruno fing an wie der beste Notar, nuschelnd und viel zu schnell, die Gerichte des Abends herunterzubeten. Als er schließlich zum Schluss kam und in drei fragende

Augenpaare blickte, war ihm das nur recht. «Ich mach das für euch. Lasst euch überraschen.»

«Aspetta Bruno!» Antonio versuchte, den schon fast davoneilenden Koch aufzuhalten. «Warte! Du kannst uns alles servieren, aber keine Eier und keine Hühnchen.»

«Hast du eine neue Allergie?»

«So könnte man es auch ausdrücken. Nein, es hängt mit meinem neuen Fall zusammen.»

«Madonna mia!» In gespielter Aufregung sah Bruno zur Decke. «Wann wirst du dir endlich eine vernünftige Arbeit suchen? Ich bringe euch noch eine Flasche Spumante auf meine Rechnung, come medicina sozusagen!» Er verschwand in Richtung Küche.

«Bist du geflogen, Giorgio? Oder habt ihr neue Erkenntnisse, die schnelles Handeln erfordern?»

Georg grinste. «Erstens bin ich beauftragt, das superschnelle Auto unseres toten Cuméo zurückzubringen, und zweitens war mein Chef der Meinung, unsere Dienststelle gäbe ein denkbar schlechtes Bild ab. In seinen Augen kommt die Aufklärung dieses grenzüberschreitenden Falls nicht schnell genug voran. Ich soll die Ehre des Traunsteiner Kommissariats wiederherstellen.»

«Bravo! Guter Chef!»

«Finde ich auch.» Sie prosteten sich zu. «Aber es gibt auch Neuigkeiten. Ich habe noch kurz vor meiner Abfahrt mit der Witwe des Wiesn-Wirts Schmidtbauer gesprochen. Sie hat etwas Interessantes gesagt! Hörst du mir zu, Toni? Oder hast du eine Begegnung der dritten Art?»

«So könnte man es nennen ...» Antonio hob seinen Sektkelch und hielt ihn sich dicht vor das Gesicht, in der vergeblichen Hoffnung, sich dahinter wirkungsvoll verstecken zu können. Ein unmögliches Unterfangen, wie er feststellte. Vincenzo Mauro kam direkt auf ihn zugesteuert. Im Schlepptau hatte er eine schlanke Schönheit mit hüftlangen blauschwarzen Haaren und Beinen, die in schwarzen Strümpfen steckten und endlos schienen. Ihre High Heels hätten jedes Orthopäden-Herz höherschlagen lassen.

«Ah, Commissario, das ist gut, dass ich Sie hier treffe!»

Antonio fand das gar nicht, erhob sich halb und nickte dem Staatsanwalt zu.

«Raphaela, warte an der Bar auf mich!», forderte er seine Begleitung ziemlich unverblümt auf, sich zu verabschieden. Diese warf missmutig ihre Haare nach hinten und stolzierte zum Tresen.

Mauro nahm wieder einmal ungebeten auf dem freien Stuhl neben Georg Platz und schien erst in diesem Moment zu bemerken, dass Antonio nicht allein war. Er blickte etwas überrascht zu Marissa hinüber, die ihn mit einem spöttischen Lächeln bedachte.

«Dottore, darf ich Sie mit meiner Frau und dem Kollegen aus Deutschland, Hauptkommissar Georg Breitwieser, bekannt machen? Staatsanwalt Vincenzo Mauro. Wir arbeiten gemeinsam am Fall Cuméo und Talenti. Wie übrigens auch Collega Breitwieser.»

«Piacere Signora, piacere Commissario», flüchtig holte Mauro die Begrüßung nach. «Ich bin schon informiert worden, dass der Collega aus Deutschland kommt.» Ein prüfender Blick traf Georg, der diesem ungeniert standhielt. «Sie sind immer sehr schnell, die Deutschen, sehr eifrig, sehr ehrgeizig. Sie können sich an unseren Ermittlungen beteiligen, Commissario. Ich habe nichts dagegen.» Geradezu gnädig nickte er Georg zu. Dann winkte er mit der rechten Hand Ernesto zu sich heran und bat um ein Sektglas.

«Ich bin mir sicher, dass Sie meine Ermittlungsergebnisse, die ich heute Nachmittag in Pordenone gewonnen habe, interessieren.»

Beide Kommissare sahen sich an und schwiegen. Ernesto

brachte das gefüllte Sektglas, das Mauro geistesabwesend entgegennahm. Er trank erst mal einen Schluck, bevor er fortfuhr.

«Wie gesagt, ich hatte ein höchst interessantes Gespräch mit meinem Kollegen. Unser Freund Giuseppe Spiro ist kein unbeschriebenes Blatt. Was nach der Ortsbegehung auch nicht verwundert. Signora», wandte er sich unvermutet an Marissa, die ihn erschrocken ansah, «das hätten Sie sehen sollen! Sie würden nie mehr ein Hühnchen kaufen oder braten, das können Sie mir glauben. Unfassbare Zustände haben wir dort vorgefunden ... unfassbar.»

Einen Moment verfiel er in dramatisches Schweigen, das keiner unterbrach. Antonio konnte nur staunen. Der Staatsanwalt hatte seinen wahren Beruf verfehlt. Auf der Bühne hätte er eine glanzvolle Karriere gemacht. So viel war sicher.

Mit beiden Händen heftig gestikulierend, fuhr Mauro fort: «Die Gesundheitsbehörde hat ihm den Laden schon vor knapp zwei Jahren einmal dichtgemacht. Schon damals muss es Todesfälle gegeben haben, meint sich der Kollege zu erinnern. Als Folge dieses früheren Skandals jedenfalls fand Spiro keine Schlachtbetriebe mehr für sein Federvieh. Die Schlachtereien wollten sich mit seinen ungepflegten, kranken Hühnern nicht ihre Betriebe und noch weniger ihren Ruf ruinieren lassen. Spiro musste nun auf Schlachter ausweichen, die das schwarz und für teures Geld machten. Die hygienischen Verhältnisse wurden dadurch natürlich nicht besser. Und der Teufelskreis, in dem sich Spiro gefangen sah, begann sich immer schneller zu drehen. Das Gesundheitsamt stand alle naselang bei ihm auf der Matte, die Guardia di Finanza wollte ordnungsgemäße Rechnungen für die Schlachtungen und den Weiterverkauf seiner Hühner sehen, und Cuméo, sein braver Geschäftspartner und Blutsauger, wollte immer weniger Geld für die Hühnchen bezahlen. Spiro verkaufte nie an Endverbraucher, sondern immer nur an Cuméo, der ihm natürlich die Preise diktieren konnte. Er hatte ihn in der

Hand. So steuerte der Geflügelmäster mit wehenden Fahnen auf die Insolvenz zu.

Seine letzte Hoffnung waren die Hühnchen für die Festa di Birra. Immerhin hatte ihm Cuméo ein Auftragsvolumen von 8000 Hühnchen zugesichert, so stand es in den Papieren, die der Kollege in Pordenone unter die Lupe genommen hat. Doch dann fackelt jemand Spiro die Bude ab! Ein Teil des Federviehs, das für das Oktoberfest bestimmt war, kommt elendiglich in den Flammen um. Plötzlich wimmelt es von Polizei auf dem Gelände. Die Staatsanwaltschaft wird aktiv. Alle Träume aus und vorbei!»

Mauro nahm sein Sektglas in die Hand und trank es aus. Mit großer Zufriedenheit im Gesicht sah er seine Zuhörer an. Hatte er ihnen nicht einen großartigen Bericht geliefert?

«Das passt zu meinen Recherchen», sagte Georg trocken.

Irritiert sah ihn Mauro an. Von dieser Seite hatte er nun gar nicht mit einer Reaktion oder gar Zustimmung gerechnet.

Georg fasste kurz zusammen, was ihm Gerlinde Schmidtbauer erzählt hatte. «Der Spediteur Cuméo und sein halbseidener Geflügellieferant Spiro haben unseren Wiesn-Wirt mit gefälschten Bio-Hühnchen, die seit Stunden nicht mehr gekühlt waren, gehörig übers Ohr gehauen. Dabei hatte Cuméo noch die Stirn und wollte den dafür fälligen Betrag gleich am Samstagvormittag bar eintreiben, noch bevor ein einziges Hühnchen verkauft war. Da konnte er allerdings noch nicht ahnen, dass noch fahrlässige Tötung in mehreren Fällen dazukommen würde.»

Jetzt höchst zufrieden mit dieser Bestätigung von unerwarteter Seite, ließ Mauro seine rechte Hand bekräftigend auf das weiße Tischtuch fallen. «Ich denke, Giuseppe Spiro ist unser Mann!»

«Wie meinen Sie das?», fragte Antonio verblüfft.

«Spiro steckt hinter den Morden. Das ist doch sonnenklar. Oder sehen Sie das anders, meine Herren?»

Äußerst skeptisch sahen sich Georg und Antonio an. Vincenzo Mauro nahm ganz selbstverständlich die Flasche Spumante aus dem Kühler und schenkte sich großzügig ein. Nach einem ebenso großzügigen Schluck aus dem Glas begann er, seinen Zuhörern seine Theorie mit großer Emphase zu erläutern.

«E chiaro come la luce del sole!», behauptete er. «Das ist doch sonnenklar! Nach dem, was uns der Collega tedesco gerade erzählt hat, kann es nur so gewesen sein: Cuméo ruft wutentbrannt bei Spiro an und beschwert sich, dass er mangelhafte Ware nach Monaco di Baviera geliefert hat und dass er folglich auch kein Geld bekommen wird. Dabei lässt er großzügig außer Acht, dass nicht nur die Hühnchen von schlechter Qualität waren, sondern auch sein eigener defekter Kühllaster dem Federvieh den Rest gegeben hat. Und dann sieht Spiro rot! Wir haben immer geglaubt, einer der Geschäftsfreunde, die Cuméo zur Festa di Birra eingeladen hat, hat ihn auch auf dem Gewissen. Aber das ist Blödsinn. Nein, Spiro selbst ist am Sonntag nach München gefahren, hat Cuméo unter einem Vorwand spätabends vor dem Bierzelt getroffen und ihn, volltrunken wie er war, um die Ecke gebracht. Nichts leichter als das. Wir müssen ihm nur noch die Fahrt nach Deutschland nachweisen.»

«Nichts leichter als das!» Antonio hätte den siebengescheiten Staatsanwalt nun gerne hochkant vor die Türe gesetzt.

Mauro schien die Spitze gar nicht zu bemerken. «Dann fährt Spiro zurück nach Verona und knöpft sich Talenti vor. Ich bin sicher, dass es zwischen dem Klinikchef und Spiro eine Verbindung gibt. Patientinnen müssen auch etwas essen. Leichtverdauliches, nehme ich an. Hühnchen zum Beispiel.»

«Cuméos Cateringfirma ‹mangia bene› beliefert das Krankenhaus von Talenti.» Nur widerwillig gab Antonio diese Information preis und brachte Mauro damit geradezu ins Schwärmen.

«Bravissimo, Commissario. Das ist das letzte Puzzlestück. Sie müssen jetzt nur noch Fälle von Salmonellenerkrankung in den Akten des Dottore finden!»

Nichts leichter als das, dachte Antonio grimmig. Ganz sicher hatte Talenti diese Art von Unterlagen pflichtschuldig aufbewahrt.

«Und wir haben die Verbindung zwischen Spiro, Cuméo und Talenti. Und damit auch das Mordmotiv. Spiro hatte nichts mehr zu verlieren. Er ist bankrott und bekommt ein Verfahren wegen fahrlässiger Tötung an den Hals. Er weiß, dass er ins Gefängnis wandert. In höchster Not räumt er Verursacher und Zeugen aus dem Weg. Und damit am Ende doch noch etwas für ihn bleibt, zündet er mit irgendeinem wertlosen Schrottwagen seinen eigenen Stall an, um die Versicherungsprämie zu kassieren.»

Triumphierend blickte Vincenzo Mauro in die Runde. Er stand auf, kippte den Rest seines Spumante hinunter und sagte lächelnd: «Ihnen bleibt nun die nicht mehr schwierige Aufgabe, meine Theorie durch Beweise zu untermauern. Einen schönen Abend zusammen. Signora, meine Verehrung.» Er verbeugte sich leicht vor Marissa und ging mit ausholenden Schritten auf die Bar zu, wo er von der dunkelhaarigen Schönen schon erwartet wurde.

«Ich glaube, ich spinne!» Georg war der Erste, der seine Sprache wiederfand.

Marissa lachte schallend. «Mamma mia, was für ein schrecklich wichtiger Mann!»

«Sprecht ihr von mir?» Bruno war an den Tisch getreten, um die Vorspeisen zu servieren. Auf großen Glastellern hatte er jeweils drei Nester von sehr schön drapierten, kalten Fischvariationen geschichtet. «Hechtmousse auf Friséesalat, Blaufelchen in Weißweinsenfsauce und Flusskrebschen in einer Marinade aus Grapefruit und rotem Pfeffer. Buon appetito.»

Antonio schnupperte an der Hechtmousse. Ein intensiver Duft nach Zitrone und Kräutern stieg ihm in die Nase. Welch eine Erholung nach all den unangenehmen Gerüchen des Tages. Sein Hunger meldete sich augenblicklich.

«Lasst uns den Abend genießen und den abstrusen Vortrag von Vincenzo Mauro am besten ganz schnell vergessen.»

«Du hältst nichts von seiner Inspiration?», fragte Georg.

«Ein Schuss ins Blaue mit einem Korn Wahrheit! Das Körnchen zu finden, wird die wahre Kunst für uns sein. Aber das heben wir uns für morgen auf.»

Vorsichtig, um nicht das übrige Kunstwerk auf seinem Teller zu zerstören, hob Antonio mit seiner Gabel einen der Flusskrebsschwänze an und schob ihn sich in den Mund. Köstlich nussiger Fischgeschmack mit einer ganz leichten Bitterkeit und Pfefferschärfe bewies ihm einmal mehr die Könnerschaft von Bruno. Seine Menüs waren nicht billig, aber jeden Cent wert.

«Für wen ist eigentlich das vierte Gedeck?» Fragend sah Antonio seine Frau an.

«Bruno bat uns, Stefania nachher ein wenig unter die Fittiche zu nehmen.»

«Stefania di Castello?»

«Sì!»

Antonio lachte. «Ich kenne niemanden, den man so wenig unter die Fittiche nehmen muss wie Stefania.»

«Wer ist das?», fragte Georg.

«Die beste Winzerin im Soave. Sie macht einen Superiore, der die alteingesessenen Winzer vor Neid erblassen lässt. Auf der letzten Vin Italy hat sie eine Menge Preise abgeräumt.»

33

Er stand in der Küche und machte einen extrastarken Espresso mit der Maschine. Der Kaffee fiel in dicken, schweren Tropfen in die Tasse. Er hatte so viel Espressopulver in das Sieb gepresst, dass die Pumpe Mühe hatte, das heiße Wasser über den Brühkopf durch das Sieb zu drücken. Nach knapp zwei Zentimetern Füllhöhe stoppte er den Vorgang. Der Kaffee lag schwer und fettig in der Tasse und roch intensiv und bitter. Anschließend gab er einen Esslöffel Zucker dazu, löste drei hochdosierte Schlaftabletten darin auf und tropfte das halbe Fläschchen seiner Digitalistropfen, die ihm der Arzt für seine Herzschwäche verschrieben hatte, hinein. Er ging davon aus, dass auch Sandrini, ein Mann von etwa sechzig Jahren, Digitalis im Medizinschrank hatte. Der Nachweis in seinem Blut sollte nicht weiter auffallen. Den Rest der Tropfen kippte er ins Spülbecken.

Mit einem kleinen, spitzen Messer hob er den Tropfenspender vom braunen Glasfläschchen ab, nahm den kleinen Trichter, den Letizia für Kosmetika benutzte, und füllte sein Gebräu von der Tasse in das Medizinfläschchen um. Zum Abschluss ergänzte er die Mischung mit der Zugabe seiner selbsthergestellten K.-o.-Tropfen, die bei Cuméo ganz hervorragend gewirkt hatten. Er schraubte das Fläschchen zu und stellte es in den Kühlschrank.

Wenn alles nach Plan lief, konnte er schon heute Nachmittag Pietro Sandrini einen Besuch abstatten. Doch zunächst hatte er einen anderen Gang vor sich, den er noch keine Woche ausgelassen hatte.

Er schlüpfte in sein Jackett, zog seinen grauen Sommermantel darüber, setzte einen dazu passenden grauen Hut auf und rückte seine dicke Hornbrille vor dem Spiegel zurecht. Die Brille musste sein. Normalerweise trug er Kontaktlinsen. Bei einer Dioptrienzahl von zehn gab es für ihn keine Alternative zu Kontaktlinsen. Aber in Anbetracht der Situation hatte er das Gefühl, die Brille würde ihm den nötigen Schutz bieten. Er wollte weder angesprochen und noch weniger erkannt werden. Dann nahm er die Autoschlüssel für die Alfetta an sich. Kurz zögerte er, bevor er die Wohnungstür öffnete. Seine Hand lag bereits auf dem Türgriff. Kalt fühlte er sich an und glatt. Er brauchte ihn nur hinunterzudrücken und auf den Korridor zu treten. Er musste nur einfach das tun, was jeder normale Mensch machte, wenn er morgens die Wohnung verließ. Doch im letzten Moment ließ er die Türklinke los und machte kehrt. Erneut wurde er das Opfer seiner Rituale.

Mit langsamen Schritten, die ihm so schwerfielen, als hätte er Blei in den Schuhen, ging er in das Zimmer seiner Tochter. Nichts hatte sich dort verändert. Letizia hatte alles an seinem Platz gelassen. Es sah so aus, als käme die Studentin Erica jeden Augenblick von einer Reise zurück. Seine Frau hatte das Zimmer schon in Ehren gehalten, da hatte Erica noch gelebt. Sie hatte ein kleines Apartment im Quartiere Venezia, jenseits der Etsch, bewohnt, zusammen mit diesem Taugenichts und Drückeberger von einem Mann, der ihr ein Kind gemacht und sich anschließend, wie nicht anders zu erwarten, auf Nimmerwiedersehen verdrückt hatte. Letizia hatte immer zu Erica gehalten. Egal, was kam. Lange hatte er das als Verrat empfunden. Und dann war es zu spät gewesen. Er hatte die letzte Gelegenheit, sich mit Erica auszusöhnen, sich gemeinsam auf das Enkelkind zu freuen, ungenutzt verstreichen lassen. Hatte die Tochter, als sie kurz vor der Geburt wieder ins Elternhaus zog, mit Nichtachtung gestraft. Der Schmerz über diesen doppelten Verlust drückte ihm den Atem ab. Er lehnte sich für einen Moment an die Wand, um nicht zu straucheln.

Seit er Letizia ins Sanatorium gebracht hatte, ging er jeden Tag ins Zimmer von Erica, bevor er die Wohnung verließ. Es war ein Zwang, eine Vergewisserung, dass es seine Tochter gegeben hatte, dass dies alles weder Traum noch Wahn war. Würde ihn der Tod Sandrinis von seiner Schuld und seiner Psychose befreien? Würde er anschließend in der Lage sein, dieses Zimmer auszuräumen oder einfach nur zu verschließen, um es nicht mehr öffnen zu müssen?

Alle Möbel, der Schreibtisch, der Kleiderschrank, das Schlafsofa und die weiße Kinderwiege, die sie noch kurz vor ihrem Tod gekauft hatten, standen da und erinnerten an das, was sie alle sich so ersehnt hatten, am Ende auch er selbst: die Geburt seines Enkelkindes. Er würde dieses Zimmer sein Leben lang nicht vergessen, er würde es immer, selbst im Schlaf, zeichnen können. Es war nicht nötig, es sich täglich anzusehen, den Schmerz über den Verlust der Tochter und des Babys heraufzubeschwören. Letizia hatte Trost in diesem Zimmer gefunden. Sie hatte sich stundenlang darin aufgehalten, die Kleider der Tochter angefasst, sich auf ihr Bett gelegt, sich ihre Aufzeichnungen für das Studium immer und immer wieder durchgelesen.

Für ihn war dieses Zimmer Abbild eines nicht enden wollenden Horrors geworden, eines Schmerzes, der ihn unempfindlich machte gegen sich selbst und gegen andere. Er hatte kein Mitleid mehr zur Verfügung. Er hatte es für seine Frau und für sich aufgebraucht.

34

DONNERSTAG, 27. SEPTEMBER 2012
VERONA
8.30 UHR

Georg saß auf der Terrasse der Liston Bar und ließ sich seinen Cappuccino schmecken. Die ersten Anzugträger waren schon unterwegs, eilten über die Piazza Brà auf ihrem Weg ins Büro. Er dagegen genoss den sonnigen Morgen mit leichtem Wind, der durch die Bäume strich, die rund um den Springbrunnen in der Mitte der Piazza gepflanzt waren. Die Luft fühlte sich noch frisch an, und der Himmel versprach einen wunderbaren Spätsommertag – wolkenlos und warm.

Vor dem Amphitheater standen große Sendewagen. Männer in Jeans und karierten Hemden liefen geschäftig umher, trugen Kabeltrommeln, Scheinwerfer und große Kisten. Am Abend würde ein Popstar in der ehrwürdigen Arena auftreten und nicht nur die zahlenden Zuschauer beschallen, sondern die halbe Stadt an seinem Gesang teilhaben lassen. Der Name des Interpreten sagte Georg gar nichts, und er hatte ihn sofort, nachdem er ihn auf einem Plakat gelesen hatte, wieder vergessen.

Mit Appetit biss er in das Blätterteighörnchen, das er sich zu seinem Cappuccino bestellt hatte. Die Vanille-Orangencreme war wunderbar fruchtig und nicht zu süß. Dabei dachte er über den Abend nach, den er sicher so schnell nicht vergessen würde. Der skurrile Auftritt des Staatsanwalts war nur der Auftakt gewesen. Es folgte ein ganz vorzügliches Menü, das Bruno mit viel Liebe und Sachverstand kreiert und selbst an ihren Tisch gebracht hatte. Glanzvoller Höhepunkt war das Dessert gewesen, begleitet vom Erscheinen der Winzerin Stefania di Castello. Sie hatte dafür gesorgt, dass er und Antonio endlich aufhörten, über den Fall zu diskutieren. Marissa hatte schon längere Zeit böse Augen gemacht und erst wieder zu ihrer Fröhlichkeit zurückgefunden, als Stefania aufgetaucht war. Die Schokoladenkreationen des Küchenchefs, garniert mit verschiedenen Fruchtmusen und zu elaborierten Türmchen aufgebaut, hatten ihnen den Abend mehr als versüßt. Sehr spät war er ins Bett gekommen, denn er hatte es sich nicht nehmen lassen, die Signora zum Parkhaus zu begleiten.

Zum Glück war sein Hotel in der Nähe, nur wenige Schritte von der Arena. Die Bleibe war ordentlich und kostengünstig und würde den bayerischen Staat nicht ins Verderben stürzen. Das Angebot von Antonio und Marissa, doch bei ihnen zu übernachten, hatte er ausgeschlagen. Er hatte keine Lust auf Familienanschluss, auf Frühstücksgespräche über Schule und Büro. Unterhaltungen am frühen Morgen waren nicht nach seinem Geschmack. Er war froh, einmal nur so dazusitzen, zu schauen und den Morgen ungestört zu genießen. Zu Hause vermisste er diese Ungestörtheit beim Frühstück sehr. In seiner Wohnung in München hatte er immer in Boxershorts und T-Shirt in der Küche im Stehen seinen Cappuccino getrunken und die Zeitung gelesen. Beim Anziehen dann hatte er sich in Ruhe überlegt, wie er den Tag beginnen oder wie die Besprechung, die er anberaumt hatte, ablaufen sollte. Es war ein langsames Herantasten an den Arbeitstag gewesen.

Seit er wieder bei seiner Mutter eingezogen war, bestimmte deren Rhythmus seinen Tagesbeginn. Meist hantierte Maria in der Küche herum, wenn er aus dem Bad kam. Frühstück in Boxershorts war tabu.

Antonio wollte ihn hier vom Listone, wie der breite Bürgersteig, der die Piazza umgab, hieß, mit dem Wagen abholen. Ihn erwartete mit Sicherheit ein voller Terminkalender. Doch noch fühlte sich Georg nicht zuständig, über das weitere Vorgehen nachzudenken. Das war in allererster Linie Antonios Angelegenheit. Seine Gedanken landeten unweigerlich wieder bei Stefania di Castello. War das doch viel angenehmer, als über Opfer und Täter zu grübeln.

Genüsslich nahm er einen weiteren Schluck von seinem Cappuccino, schleckte den Milchschaum von seiner Oberlippe und war mit sich und seiner Welt ausgesprochen zufrieden. Kaffee machen konnten die Italiener. Das musste der Neid ihnen lassen. Gleichzeitig dachte er an eine große, schlanke Frau mit kräftigen, tizianroten Haaren, mit Händen, denen man die Arbeit im Weinberg ansah, und mit cognacfarbenen Augen, die immer wieder prüfend und zugleich ein wenig amüsiert den Mann ansahen, der da neben ihr am Tisch saß. Georg hatte keine Ahnung, welchen Eindruck er bei Stefania hinterlassen hatte. Ob sie überhaupt mehr wahrgenommen hatte als einen Fremden, der verhältnismäßig schweigsam neben ihr saß und kaum den Blick von ihr wenden konnte.

Georg merkte, wie er vor sich hin lächelte. Es war ihm schon lange nicht mehr passiert, dass er über eine Frau nachdachte. Und er war froh, dass sie so weit von Traunstein entfernt wohnte. Da kam er nicht auf dumme Gedanken.

Auf dem Weg zum Parkhaus hatte sie ihm eine Einladung in die Hand gedrückt. Sie gab am Samstag auf ihrem Weingut ein Weinfest zum Abschluss der Ernte. Wenn Antonio und Marissa ihn begleiteten, so dachte Georg, konnte er sich ja überlegen, ob er mit ihnen nach Soave fuhr. Einen Wagen hatte er ohnehin nicht. Cuméos BMW hatte er gestern vorschriftsmäßig bei der Spurensicherung abgegeben.

«Ciao, Giorgio, come stai? Hast du gut geschlafen?» Antonio ließ sich in einen der Sessel fallen. «Bei uns zu Hause hättest du ein üppigeres Frühstück haben können. Der Tag wird lang!»

«Ich weiß», sagte Georg nur und aß sein cornetto auf. Ihm war nicht nach weiteren Erklärungen. Und er wollte seinen Freund nicht verletzen. Der Kellner kam und stellte Antonio unaufgefordert einen Espresso hin, den dieser mit einem Kopfnicken in Empfang nahm.

«Du bist also Stammgast?»

«Certo! Ich komme fast jeden Tag hierher. Die Piazza gehört zu meinem Leben wie mein Büro und mein Wohnzimmer.» Er lachte. Mit einem Schluck trank er die kleine Tasse leer und kratzte die Reste des Espresso mit dem Löffel aus. Unvermittelt stand er auf. «Kümmere dich nicht um die Rechnung. Einmal im Monat zahle ich meine espressi. Das geht in Ordnung.»

Gemeinsam traten sie unter dem Baldachin hervor und auf den Listone. Der Dienstwagen stand etwas abseits im Schatten der Bäume. Antonio zog seinen Autoschlüssel aus der Hosentasche, als eine kleine, resolute Frau in dunkelblauem Kostüm und weißer Schleifenbluse ihm energisch den Weg versperrte.

«Dachte ich's mir doch, dass ich Sie hier antreffe, Commissario! Heute Morgen kam Ispettore Brandino zu uns nach Hause und hat Cornelia buchstäblich aus dem Bett geholt. Was sind denn das für Manieren? Wir sind ein Trauerhaus. Hat denn keiner mehr Respekt vor den Toten und ihren Familien? Was wollen Sie überhaupt von meiner Nichte?»

«Wir haben nur noch ein paar Fragen an sie», versuchte Antonio etwas halbherzig Signora Rigoni zu beruhigen.

«Das hätte doch auch noch bis Mittag Zeit gehabt, oder? Es ist doch keine Art und Weise, eine junge Frau derart respektlos zu behandeln. In welchem Land leben wir denn?» Sie schüttelte aufgebracht ihren Kopf. Dann schaute sie zu Georg auf, der sich neben Antonio gestellt hatte. «Gehören Sie auch zur Polizia, Signore? Sind Sie für diese Impertinenz mitverantwortlich?»

«Das ist Collega Breitwieser aus Deutschland. Er ...»

«Ah», fiel sie Antonio sofort ins Wort. «Wann kann ich endlich meinen armen Andrea begraben? Wann sind Sie in Deutschland endlich mit ihm fertig?»

«Ihr Mann wurde gestern von München nach Verona überführt. Momentan kümmert sich die Staatsanwaltschaft um ihn und sein Auto.»

«Warum? Haben Sie noch nicht genug ermittelt?»

«Der Staatsanwalt prüft, ob eine weitere Obduktion nötig ist!»

Georg sah Antonio erstaunt an. Davon wusste er auch noch nichts.

«Was? Sie wollen meinen armen Mann noch mal aufschneiden? Das erlaube ich nicht! Welcher Staatsanwalt ist zuständig? Dem werde ich meine Meinung sagen, darauf können Sie sich verlassen.»

«Dottor Vincenzo Mauro!»

Fragend sah Signora Rigoni Antonio an. «Wer soll das sein?»

«Er wurde von Rom nach Verona versetzt und arbeitet seit ...»

«Ein Römer? Auch das noch! Von Rom ist noch nie etwas Gutes gekommen.»

«Richter Gioberti wird entscheiden, ob es noch eine weitere Obduktion gibt. Momentan wird der Bericht aus München für ihn übersetzt. Warten wir doch ab, was er zu all dem zu sagen hat.» Antonio versuchte weiter, auf die Signora einzuwirken und gleichzeitig das Gespräch zu beenden. «Ich bin sicher, dass Sie nächste Woche Ihren Mann beerdigen können.» Langsam ging er auf seinen Wagen zu. «Signora ...» Er nickte zum Abschied und stieg ein. Georg beeilte sich, ihm nachzukommen. Fassungslos schaute ihnen Signora Rigoni nach, in der Hand ein Taschentuch, mit dem sie sich über die Augen strich.

«Das war vielleicht doch etwas brüsk», meinte Georg und sah, wie die Frau aus seinem Seitenspiegel verschwand.

Kurze Zeit später fuhr Antonio auf den großen Parkplatz der Questura. Eine Gruppe von Männern in Malerbekleidung, mit Farbeimern und Leitern bewaffnet, ging vor ihnen die Stufen nach oben. Antonio hielt ihnen die Türe auf.

«Ich habe schon nicht mehr geglaubt, dass sich irgendwann einmal ein Handwerker in die Questura verirren wird. Es wurde aber auch Zeit.»

Die Männer murmelten Unverständliches vor sich hin und gingen auf den Empfang zu.

«Wenn ich mir die Wände hier so ansehe», sagte Georg, «dann könnten sie etwas Farbe vertragen. Wäre kein ausgesprochener Luxus!»

«Was glaubst du, wie lange die Kommune schon renovieren will? Fünf Jahre warten wir jetzt darauf. Gestern erst habe ich mal wieder mit dem Zuständigen vom Baureferat gesprochen, und der meinte dann auch, dass morgen mit den Arbeiten begonnen werde. Ich habe ihm natürlich kein Wort geglaubt. Bislang war nie auch nur irgendetwas passiert.»

Sie fuhren in den vierten Stock und gingen nebeneinander den Gang entlang. Am Ende des Flurs waren eine Frau und ein

Mann damit beschäftigt, einen Schreibtisch durch eine Tür zu schieben.

«Moment mal!», rief Antonio und fing an zu laufen. «Enrico, Lavinia! Was macht ihr da, wenn ich fragen darf?»

«Anweisung von oben! Als Allererstes soll dein Zimmer renoviert werden. Du hast am lautesten geschrien.» Enrico warf ihm einen amüsierten Blick zu. «Die Kunststoffplanen zum Abdecken der Möbel liegen auf dem Boden. Du kannst gleich anfangen. Den Schreibtisch bringen wir erst mal bei Fausto in Sicherheit. Oder willst du ihn ausräumen?»

«Jetzt, einfach so? Ohne Vorwarnung? Das geht doch nicht. Wir sind mitten in den Ermittlungen! Und wenn er erst einmal bei Fausto steht, finde ich nie mehr etwas wieder.»

«Der Typ sagte, ihr hättet gestern telefoniert und den Termin für heute ausgemacht.» Enrico grinste übers ganze Gesicht.

Antonio stürmte in sein Büro. «Madonna! Sieh dir das an!»

Zwei Carabinieri hatten die Arme voll mit Ordnern. Am Boden standen Kisten herum, die bis oben hin mit Papieren gefüllt waren.

«Wo wollt ihr mit den ganzen Unterlagen unserer Verdächtigen hin?»

«Das kommt alles in das kleine Besprechungszimmer am Ende des Gangs. Dort wartet schon Ihre Zeugin auf Sie, Commissario. Steile Frau übrigens.» Die Carabinieri lachten und verschwanden durch die Tür.

Georg bückte sich und hob die Abdeckplane hoch.

«Na, dann pack mal mit an, Toni, bevor die Maler alles verkleckern. Kann nicht mehr lange dauern, und sie stehen hier auf der Matte.»

35

Zehn Minuten später hatten Antonio und Georg die Möbel, Stühle und Akten notdürftig abgedeckt. Von den Malern allerdings fehlte jede Spur.

«Komm mit! Wir können Signora Cuméo nicht länger warten lassen. Wenn sie ihren Anwalt dabei hat, sind sie womöglich schon wieder auf dem Nachhauseweg.»

«Du glaubst, sie hat einen Anwalt mitgebracht?», fragte Georg überrascht.

«Wer weiß? Wenn ich so viel zu verbergen hätte wie sie, dann würde ich mich nicht ohne Beistand in die Questura wagen, das kann ich dir sagen.»

Sie betraten einen quadratischen Raum, in dem bereits einige Kollegen herumsaßen. Es war schon jetzt unangenehm eng. In der Mitte des Zimmers befand sich ein großer runder Tisch. Lavinia und Enrico saßen mit dem Rücken zu ihnen und hatten die Zeugin im Blick. Dankbar nahm Antonio zur Kenntnis, dass die Tür von zwei jungen Carabinieri flankiert war. Die Zeugin gehörte seit den neuesten Erkenntnissen zum engeren Täterkreis. Sollte es nötig sein, konnten die Kolleginnen sie gleich mitnehmen.

Cornelia Cuméo zuckte regelrecht zusammen, als die beiden Kommissare den Raum betraten. Hinter ihr befand sich ein großes Fenster, das seit mehreren Monaten schon keinen Putzschwamm mehr gesehen hatte und zum Hinterhof hinausführte. Ein einziger Saustall war die Questura, ging es Antonio durch den Kopf. Mit Georg im Schlepptau fiel es ihm besonders auf und war ihm ausgesprochen peinlich. Der Ausblick auf weitere Gebäude aus grauem Beton war nicht besonders ansprechend und trug nicht dazu bei, die Stimmung zu heben. Für gewöhnlich parkten im Innenhof die Kastenwagen der Carabinieri und warteten auf ihren Einsatz.

Etwas abseits entdeckte Antonio seinen Vize Fausto. Dieser fixierte die Zeugin mit undurchdringlichem Blick über seinen dick eingebundenen Fuß hinweg, den er auf einem Stuhl hoch lagerte. Auf seinem Schoß lag eine zerfledderte *L'Arena*, darunter konnte Antonio eine flache Mappe erkennen. Fausto hatte also auch am Fall gearbeitet. Wurde langsam auch Zeit. Der Vize drehte den Kopf, als Antonio mit seinem Gast eintrat, und schenkte ihnen ein reichlich schiefes Lächeln.

Cornelia Cuméo war tatsächlich ohne Begleitung erschienen. Die Kommissare nahmen nach einer kurzen Begrüßung links und rechts von ihr Platz.

Antonio sah aufmunternd in die Runde. «Ich freue mich, unseren Kollegen Giorgio Breitwieser wieder unter uns begrüßen zu können, den die meisten von euch schon von früheren Zusammentreffen kennen. Er bearbeitet den Fall Cuméo in Deutschland.» Dies sagte er vor allem in Richtung Zeugin, die nervös mit dem Bügel ihrer Handtasche spielte, die sie auf ihren Knien abgestellt hatte.

Die Ausstattung des Raums war dürftig. Eine weiße Magnettafel, mit jeder Menge veralteter Notizen bedeckt, war alles andere als ein Schmuckstück. Zu allem Überfluss hatten die Carabinieri die Papiere und Ordner aus Antonios Zimmer auf der Tischplatte abgeladen. Die Kisten mit den beschlagnahmten Unterlagen standen entlang der Wand aufgereiht und waren so vor dem Eifer der Malerarbeiter vorerst in Sicherheit gebracht. Auf einem schmalen Sideboard hinter Georg gab es Getränke in kleinen Flaschen und eine Schale mit Obst. Dies war eine erfreuliche Neuerung, seit Lavinia zu seinem Team gehörte. Die junge Frau machte sich nichts aus trockenen Keksen in Zellophantütchen, die von den Kollegen zum Kaffee gegessen wurden.

«Wenn ich in eure Gesichter sehe», fuhr Antonio fort und blickte Enrico und Lavinia an, «dann weiß ich, dass ihr die Nacht durchgemacht habt.» Er sah zu Georg hinüber und unterdrückte ein Grinsen. Ihre Nacht war zwar auch lang, aber sicher weit weniger produktiv gewesen. Und sie hatten eine Menge Spaß gehabt.

«Wir sollten Signora Cuméo nicht länger aufhalten und kurz die letzten Fragen, die wir zum Tod ihres Onkels noch haben, rasch klären.» Er lächelte sie an. Sie lächelte gequält zurück und umklammerte weiter haltsuchend den Henkel ihrer Tasche.

«Ah, Enrico, könntest du bitte den Hut und die Brille bringen, damit wir hier weiterkommen?»

Enrico erhob sich sofort und verschwand.

«Signora, wir möchten von Ihnen detailliert hören, was Sie am vergangenen Wochenende gemacht haben und wann Sie genau von Turin nach Verona aufgebrochen sind.»

«Das habe ich doch alles schon erzählt!»

«In erster Linie hat Ihre Tante Assistente Lavinia und mir das am Dienstagabend berichtet. Sie selbst haben nicht sehr viel dazu gesagt, wenn ich mich richtig erinnere. Allora, wir alle hier sind ganz Ohr!»

«Ich verstehe nicht, weshalb mein Tagesablauf so wichtig ist. Ich habe doch mit dem Tod meines Onkels nichts zu tun.»

«Mit dem Tod Ihres Onkels vermutlich nicht direkt, aber vielleicht mit dem von Fabrizio Talenti.»

«Was?» Völlig irritiert starrte sie Antonio an. «Aber das ist doch absurd!»

«Wirklich? Dann erzählen Sie uns doch, weshalb unser Verdacht so absurd ist.»

Enrico kam zurück und legte auf die Unterlagen, die den Tisch bedeckten, einen schwarzen Florentinerhut und eine Designer-Sonnenbrille. Es schien fast unmöglich, aber Cornelia Cuméo wurde noch eine Spur blasser. Mit der Zunge fuhr sie sich über die trockenen Lippen. Lavinia stand auf und brachte ihr ein Glas Wasser.

«Diese Accessoires haben wir, mein Ispettore und ich, an Ihnen gesehen, als Sie mit Ihrem Cabrio die Villa von Dottor Talenti verließen. Bei der Hausdurchsuchung gestern in Bussolengo hat Ispettore Brandino die beiden Gegenstände im Gästezimmer Ihrer Tante sichergestellt. Ich denke, Sie können bestätigen, dass sie Ihnen gehören?»

Signora Cuméo nickte.

«Ich darf Sie bitten, laut und deutlich zu sprechen, damit wir ein rechtsrelevantes Aufnahmeprotokoll erstellen können.»

Auf dem Tisch neben Lavinia lief wie immer das Tonbandgerät.

«Ja, ich besitze einen solchen Hut und eine solche Sonnenbrille, wie vermutlich hundert andere Frauen auch.»

«Was wollten Sie bei Signora di Brazzi?»

«Ich wollte ihr zum Tod ihres Mannes kondolieren.»

«Sind Sie beide befreundet?»

«Nein. Wir sind uns auf verschiedenen Veranstaltungen begegnet. Ich dachte, es gehöre sich, ihr meine Anteilnahme auszusprechen, aber sie hat mich nicht empfangen.»

«Waren Sie mit ihrem Mann befreundet?»

Cornelia Cuméo wurde zur Abwechslung rot im Gesicht. «Nein.»

«Ich wiederhole meine Frage: Was haben Sie am vergangenen Sonntag gemacht?»

«Ich war zu Hause in Turin und habe gegen Abend meine Koffer gepackt. Am Montagmorgen gegen fünf Uhr bin ich in mein Auto gestiegen und in Richtung Verona gefahren, um an der Geburtstagsfeier meines Vaters teilzunehmen.»

«Das war in etwa die Uhrzeit, als man Fabrizio Talenti in seinem Apartment auf brutale Weise umgebracht hat.» Antonio ließ seine Worte einen Moment wirken, ohne die Zeugin aus den

Augen zu lassen. Wenn er sich nicht sehr täuschte, dann kämpfte sie mit Tränen, deren wahre Ursache er nur vermuten konnte.
«Besitzen Sie einen roten Škoda oder haben Sie so ein Auto besessen?»
«Ich kenne diese Marke überhaupt nicht.»
«Wir haben eine Zeugin, die ausgesagt hat, dass Montagfrüh eine schlanke Frau mit blonden Haaren, schwarzem Strohhut, Sonnenbrille und Doktortasche in der Hand aus dem Hinterausgang der Klinik trat und in ein solches Auto gestiegen ist. Ich frage Sie noch einmal: Waren Sie am Montagmorgen in der Klinik von Dottor Talenti?»
«Nein, war ich nicht! Ich saß in meinem Cabrio und fuhr von Turin nach Verona.»
«Haben Sie sich diese ... Accessoires», Antonio deutete mit seiner Hand auf den Tisch, «selbst gekauft?»
«Nein. Mein Onkel hat mir diese Sachen von einer Dienstreise mitgebracht.»
«Ihr Onkel war wohl sehr großzügig?»
«Ja, sehr!»
Antonio konnte sich nur wundern. Der Verdacht, Nichte und Onkel könnten eine Affäre gehabt haben, kam ihm immer wahrscheinlicher vor. Cuméo hatte wahrlich nichts zu verschenken. Seine sogenannten Geschäftsfreunde konnten davon ein Lied singen. Sehr neugierig war er auf sein Testament. Zusammen mit Georg würde er in Kürze Avvocato Cattarese besuchen. Mauro und Gioberti hatten dafür grünes Licht gegeben. Immerhin!
«Ispettore Brandino, Sie haben bei der Zeugin noch ein weiteres Utensil sichergestellt?»
Enrico nickte und zog aus der Jackentasche seiner Uniform ein Plastiksäckchen, das er Antonio über den Tisch reichte. Es enthielt eine Föhnbürste. Der Commissario reichte das Päckchen an Cornelia Cuméo weiter.
«Ist das Ihre Bürste?»

Die Zeugin saß mit geweiteten Augen da und war sprachlos.
«Diese Bürste haben wir im Gästezimmer Ihrer Tante gefunden. Wir haben Ihre DNA darauf sichergestellt, Signora.»
«Dürfen Sie das überhaupt ohne meine Zustimmung?»
«Bei begründetem Tatverdacht, ja!»
Antonio war froh, dass ihm kein Anwalt auf die Finger schaute.
«Was heißt denn Tatverdacht? Was soll ich denn, bitte schön, getan haben?», entgegnete sie eine Spur zu hoch und schrill. Sie warf ihre blonden Haare immer wieder aufgeregt nach hinten und versuchte, einen möglichst souverän-arroganten Eindruck zu machen, was ihr gründlich misslang.
«Wir haben auch an der Leiche von Dottor Talenti Ihre DNA gefunden, Signora, und zwar im Genitalbereich. Sie beide waren ein Liebespaar oder hatten zumindest eine Affäre. Es steht zweifelsfrei fest, dass Sie irgendwann am Sonntag, sicher aber vor 23 Uhr, denn ab da war Talenti im OP, ein Stelldichein mit dem Doktor hatten. Wir fragen uns nun, weshalb Sie uns Ihre Beziehung zu ihm verheimlicht haben. Und außerdem würde ich gerne wissen, wo sie sich getroffen haben und wie lange Ihr Verhältnis schon andauerte.»
Cornelia Cuméo presste die Lippen aufeinander und schaute verlegen ihre Handtasche an.
«Signora, ich muss Sie auf Ihre Rechte hinweisen.» Reichlich spät tat er das. Er durfte nicht riskieren, dass ein Anwalt später dieses Verhör für null und nichtig erklärte. «Sie können die Aussage verweigern, wenn Sie sich selbst damit belasten, und Sie können natürlich die Dienste eines Anwalts in Anspruch nehmen. Bis zu seinem Eintreffen müssen wir Sie leider hierbehalten!» Er sah sie eindringlich an. «Es wäre einfacher, Sie sagten uns die Wahrheit, Signora.»
Alle Augen waren gespannt auf Cornelia Cuméo gerichtet, die puterrot war im Gesicht und hilflos vor sich hinstarrte. Als sie

schließlich den Kopf hob, liefen ihr die Tränen über die Wangen. Sie öffnete ihre Handtasche und holte ein Papiertaschentuch hervor. Antonio ließ ihr Zeit, sich etwas zu fassen.

«Wir haben uns am Sonntagnachmittag in einem kleinen Hotel am Gardasee getroffen. Ich bin bereits am Samstag von Turin weggefahren.» Sie schnäuzte sich, bevor sie sehr leise fortfuhr. «Wir hatten seit etwa einem Jahr eine Beziehung.»

«Das muss doch ungefähr zur selben Zeit gewesen sein, als Talenti Ihre Bewerbung als Assistenzärztin ablehnte?»

«Sì! Fabrizio machte mir bei meinen beiden Vorstellungsgesprächen deutliche Avancen und meinte, er würde mich lieber privat treffen und besser jemand anderen einstellen.»

«Soso!» Antonio nickte verständnisvoll und merkte, wie ihn die Zeugin langsam, aber sicher ärgerlich machte. Das war doch ein ausgemachter Blödsinn, den sie ihnen da weiszumachen versuchte. «Es kann ihn nicht sehr gefreut haben, dass anschließend Ihr Onkel in seiner Funktion als Stiftungsvorsitzender weitere Gelder für medizinisch dringend benötigte Geräte verweigerte, oder? Ihr Onkel hatte unmissverständlich klargemacht, wie wenig es ihm passte, dass ein Sizilianer die Stelle bekam. Die übrigen Stiftungsmitglieder hatten ihn zusammen mit dem Klinikchef überstimmt. Weshalb haben Sie sich nicht für Ihren Liebhaber eingesetzt?»

«Davon weiß ich nichts.»

«Verkaufen Sie uns nicht für dumm, Signora. Ihre Affäre begann erst anschließend. Vielleicht glaubte Talenti, wenn er Ihnen den Hof machte, würden Sie Ihren Einfluss bei Ihrem Onkel geltend machen, und er käme doch noch an seine Geräte. Aber dann ging der Schuss nach hinten los. Ihr Onkel hat Ihnen vielleicht in seliger Weinlaune oder bei einem Schäferstündchen …»

«Sie sind ja völlig verrückt!», stieß Cornelia Cuméo wild hervor.

Ungerührt fuhr Antonio fort: «… mit vollem Kalkül ein

Druckmittel an die Hand gegeben. Aber anstatt den Doktor zum Schweigen zu bringen, wie er das gehofft hatte, haben Sie sich den Arzt gefügig gemacht und ihn erpresst. Das deckt sich mit der Aussage eines Zeugen.» Das stimmte zwar nicht ganz, aber bei etwas gutem Willen konnte man die Äußerung von Signora di Brazzi entsprechend auslegen. «Sie hatten eine ganze Reihe von Gründen, Dottor Talenti zu hassen, viel mehr, als ihn zu lieben.»

«Das kann doch einfach alles nicht wahr sein!»

«Ich glaube sehr gerne, dass Sie sich in den Arzt verliebt haben, und später waren Sie tief gekränkt, als er Sie als Assistenzärztin ablehnte. Sie haben sich an Ihren Onkel gewandt, in der Hoffnung, er würde für Sie die Angelegenheit regeln. Doch gegen die Stiftungsmitglieder konnte er nichts ausrichten. Stattdessen hat er Ihnen ein Geheimnis verraten, einen dunklen Fleck auf der weißen Weste des erfolgreichen Gynäkologen. Als Sie Talenti mit diesem Wissen drohten, hat er Sie zur Geliebten gemacht. Das ging einige Zeit ganz gut. Doch dann sind Sie dahintergekommen, dass Sie nicht die Einzige sind.»

«Was wollen Sie damit sagen?»

«Sie haben erfahren, dass es neben der Ehefrau noch die Oberärztin gab, die eine wichtige Rolle in Talentis Liebesleben spielte.»

Die Zeugin schnappte nach Luft. Ungläubig sah sie Antonio an. Doch der ließ sie jetzt nicht mehr vom Haken.

«Deshalb sind Sie um vier Uhr oder fünf Uhr an besagtem Montagmorgen wiedergekommen. Talenti hat Sie erwartet, vielleicht für ein nächstes entspanntes Tête-à-Tête nach der anstrengenden OP. Er hat die Apartmenttür für Sie offengelassen, damit er sein Klavierspiel nicht unterbrechen musste. Schlüssel zu seiner Wohnung haben Sie, im Gegensatz zur Assistenzärztin, nie bekommen.»

Zumindest hatte Enrico im Zimmer und den Sachen der Signora keine solchen gefunden. Die Tasche, die sie so krampfhaft festhielt, danach zu durchsuchen, wollte er der Zeugin im Moment ersparen.

«Sie haben Ihre Doktortasche mitgebracht, Ihren Liebhaber mit einem medizinischen Handbuch von hinten auf den Kopf bewusstlos geschlagen. Anschließend haben Sie ihn mit einer Plastiktüte erstickt, die Sie zuvor mit faulen Eiern gefüllt hatten. Dann haben Sie über den Hinterausgang die Klinik verlassen und sind mit dem kleinen Škoda nach Pordenone zu Giuseppe Spiro gefahren!»

Cornelia Cuméo schien fassungslos. Sie rang verzweifelt die Hände und rief aus: «In Gottes Namen, wer soll bitte Giuseppe Spiro sein? Was um Himmels willen soll ich bei diesem Mann gewollt haben?»

«Giuseppe Spiro ist einer der vielen höchst zweifelhaften Geschäftskontakte Ihres Onkels. Er betreibt eine marode Geflügelmast. Sie haben Ihr kleines Auto in einen seiner Ställe hineinrollen lassen, nicht ohne es vorher mit reichlich Benzin zu übergießen. Dann sind Sie rasch davongelaufen, bevor der Wagen im Stall explodierte. Sie haben sich ein Fahrrad geschnappt, das Sie hinter einem Busch vorsorglich versteckt hatten, und haben sich aus dem Staub gemacht.»

Seine Version und die Theorie von Vincenzo Mauro, die dieser mit viel Elan und Überzeugungskraft am vergangenen Abend vorgetragen hatte, gingen doch in sehr verschiedene Richtungen. Antonio hoffte aber, dass er mit seiner Variante die Zeugin aus der Reserve locken konnte. Vielleicht führte sie ihn zum eigentlichen Täter. Denn so richtig wollte er seine gerade entwickelte Theorie selbst nicht glauben.

«Ich muss mir das nicht länger anhören!» Die Zeugin sprang auf und machte Anstalten, zur Tür zu laufen. Die beiden Kolleginnen der Carabinieri traten einen Schritt nach vorne.

«Nehmen Sie wieder Platz, Signora. Wir sind gleich fertig. Noch eine Frage: Besitzen Sie eine Echthaarperücke?»

«Jetzt werden Sie nicht auch noch unverschämt. Glauben Sie, ich habe es nötig, eine Perücke aufzusetzen?» Schwungvoll warf sie ihre blonde Haarpracht in den Nacken. «Um diese Haare beneiden mich nicht wenige Frauen. Ich werde einen Teufel tun und sie unter einer ekligen Perücke verstecken.»

«Hm», brummte Antonio wenig überzeugt. «War es nicht vielmehr so, dass Ihr Onkel mit Ihnen über Spiro gesprochen hat? Er hat Ihnen erzählt, dass Spiro für die Probleme Talentis die Verantwortung trägt, dass er den Ruf der Klinik durch verseuchtes Essen gefährdet hat.»

«Mit mir hat niemand über Klinikinterna gesprochen. Da müssen Sie schon die Oberärztin fragen. Die kann Ihnen vielleicht zu Ihrer ungeheuerlichen Theorie mehr sagen.»

«Bei dem Versuch, alle Beweisstücke zu vernichten, die Sie mit dem Mord an Talenti in Verbindung bringen könnten, wollten Sie gleichzeitig Ihrem Onkel einen Gefallen tun – nämlich Spiro aus dem Weg räumen. Ihr Onkel war Stiftungsratsvorsitzender einer Klinik, deren Ruf schon einmal durch Spiro erheblichen Schaden genommen hatte.» Hier begab sich Antonio auf sehr dünnes Eis. «Nur leider war dieser nicht zur gewohnten Zeit im Stall und entging dem Inferno, das ihm galt.»

«Nein, nein, nein ... so war das alles nicht!»

36

Antonio versenkte seine Nase in ein gut gefülltes Rotweinglas und sog den Duft nach Beeren und Schokolade in sich auf. Dann nahm er vorsichtig einen Schluck und kaute ein wenig daran herum. Der Wein schmeckte wunderbar voll und weich.

«Mein lieber Mann, du hast der armen Frau ganz schön zugesetzt.» Georg knabberte an einer Scheibe frischem Baguette und sah schmunzelnd zu Antonio, der ihm gegenübersaß.

Sie hatten die Questura bei herrlichstem Sonnenschein verlassen, waren zu Fuß über den Ponte Aleardi und die Via Pallone gelaufen und schließlich bei «Corsini» eingekehrt. Die Weinbar hatte nicht nur ein reichhaltiges Sortiment an Weinen aus der Region und aus ganz Italien vorrätig, sondern auch eine kleine, feine Speisekarte für die Mittagszeit. Sie hatten sich ein Spezzatino mit Polenta, eine Art Rindergulasch, und jeweils ein Glas Valpolicella Superiore Ripasso dazu bestellt.

«Du glaubst nicht wirklich, dass sie den Doktor auf dem Gewissen hat, oder? Trotz der DNA ist die Beweislage etwas dünn.»

«Ich weiß es nicht, Giorgio. Mehr und mehr komme ich, wie Mauro übrigens auch, zu der Überzeugung, dass wir es mit zwei Tätern zu tun haben. Und die Signora hat allen Grund, auf den guten Doktor maßlos wütend zu sein. Aber wahrscheinlich hätte sie nicht so planvoll zugeschlagen, sondern eher aus dem Affekt gehandelt. Aber vorstellen kann ich mir das durchaus.»

Georg schüttelte den Kopf. «Ich glaube nach wie vor, dass wir es nur mit einem Täter zu tun haben. Spiro ist keine Option, da kann ich eurem gescheiten Staatsanwalt absolut nicht zustimmen. Uns fehlt nur noch die Verbindung zwischen Cuméo und Talenti.»

«Ja, ja, nur noch! Du bist heiter, weißt du das?»

«Einer von den Herren, die Cuméo in München freigehalten hat, hat zugeschlagen. Glaub es mir! Sie kann zum Tathergang nichts sagen, weil sie es nicht war. Ihre Hotelgeschichte ist so banal wie wahr!»

Antonio sah seinen Freund und Kollegen zweifelnd an. «Rein technisch ist das praktisch nicht möglich.»

Georg lachte. «Schöner Satz!»

Antonio ließ sich nicht aus dem Konzept bringen. «Die Herren saßen im Zug, als bei Talenti die Lichter ausgingen. Cornelia aber war vor Ort. Andrea Cuméo ist ein übler Typ, der seine Geschäftsfreunde bis aufs Blut gereizt hat. Ich kann mir sehr gut vorstellen, dass einem von ihnen der Kragen geplatzt ist und er den ganzen Trubel auf der Festa di Birra ausgenutzt hat. Da bin ich ganz deiner Meinung. Andererseits kann ich mir genauso gut vorstellen, dass Cuméo es schafft, dass jemand anders für ihn einen Mord begeht. Cuméo hatte sicher ein Verhältnis mit seiner Nichte. Und sie genoss den großzügigen Lebensstil, den ihr der Onkel ermöglichte.»

«Du meinst, sie hat sich von ihm aushalten lassen? Ist das nicht ein bisschen sehr billig? Hat eine Ärztin das nötig?»

«Ich bin mir da ganz sicher. Das Gehalt einer Assistenzärztin lässt zumindest bei uns in Italien keine großen Sprünge zu. Du hättest sie im Haus ihrer Tante erleben sollen. Sie wusste gar nicht wohin mit ihren Händen, ihrem Blick. Am liebsten wäre sie auf und davon. Sie muss am Dienstagabend schon gefürchtet haben, Lavinia oder ich könnten die richtigen Schlüsse ziehen, könnten ihr nachweisen, dass sie bereits seit Samstag oder Sonntag in Verona oder in der Gegend war. Cuméo hat seiner Nichte den Hof gemacht, weil er etwas von ihr wollte, was über Sex hinausging. Dabei hat er sich sicher eingeredet, er mache das als Vaterersatz, auch ganz im Sinne seines unfähigen Bruders, der für seine Familie keine Reichtümer anhäufen konnte. Nur für ein gelegentliches Stelldichein lässt ein Typ wie Cuméo kein Mercedes-Cabrio springen.»

«Du meinst, er war der lebende Beweis eines gönnerhaften Onkels mit ausgeprägter Libido und schlechtem Charakter? Ob du dich da mal nicht täuschst, Toni? An seinem miesen Charakter habe ich keinen Zweifel, aber ob er seine Nichte so abgebrüht benutzt hat, das glaube ich nicht. Die Familie steht bei euch Italienern zu hoch im Kurs!»

«Ja, ja!» Antonio winkte ab. «Wir brauchen als Nächstes rasch Einblick in das Testament des Spediteurs.»

Die Glastür der Weinbar ging auf, und Enrico kam herein.

«Habt ihr schon bestellt?»

«Haben wir! Für dich auch gleich mit.» Antonio gab dem Kellner ein Zeichen, auch für Enrico ein Glas Rotwein zu bringen.

«Hier ist die Übersicht der Kontobewegungen von Cuméos Geschäfts- und Privatkonten der letzten zwei Jahre. Fausto hat sich da richtig reingehängt. Er war ein wenig beleidigt, dass er nicht auch noch zum Zuge kam bei der Zeugenbefragung. Das, was er herausgefunden hat, ist schon eine kleine Sensation.» Er lachte und tippte auf die mitgebrachte Mappe.

«Höchst aufschlussreich, kann ich euch sagen.»

«Ist gut, Enrico, aber jetzt in Kurzfassung! Was hat Fausto herausbekommen? Wer steht alles auf der Gehaltsliste von Cuméo?»

«Allora!» Enrico klappte die Mappe auf. «Andrea Cuméo überweist seiner Nichte monatlich 2000 Euro. Außerdem bezahlt er ihre Miete, das sind noch mal 1000 Euro. Das muss eine nette Wohnung in Turin sein.»

«In Mailand bekäme sie für das Geld gerade einmal eine bessere Hundehütte!», konnte sich Antonio nicht verkneifen. Enrico sah ihn strafend an.

Dann blickte er wieder in seine Unterlagen. «Beide Ausgaben wickelt er über sein Geschäftskonto ab. Deklariert sind die Zahlungen als Rücklagen für den Fuhrpark. Ein Posten, der mehrmals auftaucht und für alles Mögliche herhalten muss. Dann überweist er monatlich von seinem Privatkonto 5000 Euro an Talenti.»

«Was? Das gibt es doch nicht! Er verweigert ihm öffentlich Stiftungsgelder, aber privat schmiert er ihn? Das ist doch Schweigegeld, oder?» Georg sah Antonio fragend an.

«Das würde ich auch so sehen! Seit wann bekommt Talenti diese Summe?»

«Seit Mai 2010!»

«Jetzt haben wir endlich ein Zeitfenster, nach dem wir in Talentis Büro- und Privatunterlagen suchen können. Ein weiterer triftiger Grund, weshalb Cuméo Talenti aus dem Weg haben wollte. Der Parasit ärgerte ihn mächtig. Da ist die blonde hübsche Nichte doch ein gutes Werkzeug.»

«Außerdem …», fuhr Enrico fort, «überweist Cuméo seit Mai 2010 weitere 3000 Euro von seinem Privatkonto an Pietro Sandrini.»

«Aha», sagte Georg, «kennt ihr den Mann? Sagt euch das was?»

Antonio schüttelte den Kopf. «8000 Euro monatlich von seinem Privatvermögen! Das muss ihn ja schier umgebracht haben», murmelte er vor sich hin.

«Dottor Pietro Sandrini», Enrico sah lächelnd von einem zum anderen, «ist Leiter des Gesundheitsamts von Verona. Ausgebildeter Veterinär und Kontrolleur der Provincia! Was haben wir da? Schweigegeld haben wir da!»

«Jetzt wird es wirklich interessant!» Antonio nahm einen Schluck Rotwein. «Ein wunderbarer Tropfen, oder?» Dabei sah er Georg an.

«Ohne jeden Zweifel!»

«Was haben wir noch?», fragte Antonio seinen Ispettore.

«Außerdem fließen in unregelmäßigen Abständen Geldbeträge von Menasi und Brione auf Cuméos Geschäftskonto. Beide bauen wohl ihre Schulden ab. Signora Rigoni dagegen scheint keinen Zugang zum Konto ihres Mannes zu haben.»

«Das ist doch wieder typisch. Andrea Cuméo passt wirklich ins Bild des Schwerenöters, der die junge Nichte benutzt, sie für seine Zwecke missbraucht, und gleichzeitig macht er auf lieber, großzügiger Onkel!» Antonio schüttelte sich. «Mich ekelt es, wenn ich mir die beiden zusammen nur vorstelle.»

Er dachte einen Moment nach. Etwas fehlte ihm noch an Enricos Bericht. «Und Cattarese, Cuméos Winkeladvokat, bekommt er keine Zuwendungen?»

«Doch, aber das läuft über die Buchhaltung der Spedition. Jede Zahlung ist einer Rechnungsnummer zuzuordnen. Da läuft nichts nebenher. Der Avvocato ist sehr darauf bedacht, alles korrekt abzuwickeln.»

«Warum sollte er sich auch mit dem Schmutz seines Mandanten bekleckern. Er berät ihn. Und aus und Ende! Würde ich an seiner Stelle nicht anders machen. Schließlich will er seine Zulassung nicht aufs Spiel setzen.»

Der Kellner kam und stellte drei dampfende Spezzatini auf den Tisch.

«Buon appetito, Commissarii!»

Nach ein paar Minuten nahm Georg den Faden wieder auf.

«Weshalb hast du Cornelia Cuméo laufen lassen, wenn du glaubst, sie könnte Talenti ermordet haben?»

«Ich glaube es eben nur, oder sagen wir, ich habe einen sehr starken Verdacht. Eine Kollegin wird sich an ihre Fersen heften und sie beschatten. Vielleicht begeht sie jetzt in ihrer Angst einen entscheidenden Fehler. Denn außer der DNA-Übereinstimmung haben wir keine stichhaltigen Beweise dafür, dass sie überhaupt in der Wohnung des Arztes war. Keinerlei Fingerabdrücke! Und die Zeugenaussage, dass eine blonde Frau in Verkleidung am Montagmorgen gegen 5 Uhr 30 die Klinik verlassen hat, ist zu dürftig. Cornelia Cuméo hat recht, auch andere Frauen tragen schwarze Florentinerhüte und Sonnenbrillen.»

«Was versprichst du dir vom Testament, Toni? Selbst wenn Andrea Cuméo seine Nichte als Alleinerbin eingesetzt hat, heißt das noch lange nicht, dass sie als Gegenleistung Talenti umgebracht hat. Es heißt vielleicht nur, dass die beiden eine Beziehung hatten. Und auch das bleibt Spekulation. Mir tut die Witwe leid. Da kommt vermutlich noch mehr auf sie zu, als sie sich im Moment vorstellen kann.»

«Vielleicht gibt es irgendwelche Klauseln, Bedingungen, was weiß ich. Vielleicht gibt es auch noch weitere Erben.»

Sie bestellten sich noch drei espressi und waren bereit aufzubrechen.

«Hast du den Anwalt erreicht, Enrico?»

«Nein, nur seine Sekretärin. Sie sagt, Cattarese ist bei Gericht. Sie weiß nicht, wie lange das dauert.»

«Und die Sekretärin von Talenti? Ist sie wieder gesund?»

«Nein, leider auch nicht. Ich versuche, den Staatsanwalt zu einer Durchsuchungsgenehmigung des Klinikbüros zu bewegen.»

Antonio wandte sich an Georg. «Bene! Dann fahren wir beide jetzt noch mal ins Industriegebiet. Wir schauen uns bei der Spedition und bei der Cateringfirma um und versuchen anschließend, Brione zu treffen. Denn wir wissen definitiv immer noch nicht, wer Cuméo auf dem Gewissen hat.»

Sie verließen die Weinbar und überquerten die Via Pallone, um im Schatten der Stadtmauer den Rückweg zur Questura anzutreten. Antonio überlegte gerade, wie sie wohl am besten Brione in die Zange nähmen, damit sie endlich mit Gewissheit wüssten, was sich am Wiesn-Sonntag abends im Zelt vom «Schottenhamel» abgespielt hatte, als sein telefonino läutete.

«Pronto! Ciao, Babbo! Was ist los? Wo bist du?» Antonio lauschte angestrengt. Er konnte seinen Schwiegervater kaum verstehen. Die Via Pallone war eine sehr stark befahrene Straße. Laut hupende motorini und schwere Motorräder lieferten sich Überholmanöver. In drei Spuren fuhren die Autos in Richtung Piazza Brà und Stadttor. Gleichzeitig wehte ein warmer, ziemlich heftiger Wind, der den Staub aufwirbelte und Plastiktüten und Papierschnitzel durch die Luft trieb.

«Danilo, bitte sprich etwas lauter. Wo bist du? Auf dem Friedhof? In Verona! Dio! Was machst du da? Bleib, wo du bist, ich komme!»

37

VERONA
14.00 UHR

Georg und Enrico fuhren zum Industriegebiet. Der Anruf von Antonios Schwiegervater hatte die Pläne, die sie bei «Corsini» für die weiteren Zeugenbefragungen getroffen hatten, komplett umgeworfen. Antonio war Hals über Kopf in Richtung Cimitero Monumentale geeilt und hatte seine Kollegen ihrem Schicksal überlassen. Da sie immer noch keine Klarheit über den Ablauf des Sonntagabends auf dem Oktoberfest hatten, beschloss Georg als unangefochtener Fachmann in allen Fragen zur Wiesn, Brione und Menasi erneut auf den Zahn zu fühlen. Cattarese war nach Aussage seiner Sekretärin immer noch bei Gericht.

Eine knappe halbe Stunde später betraten Georg und Enrico das Bürogebäude der Baufirma Brione. Die Vorzimmerdame reagierte hektisch und nervös und tat alles, um sie abzuwimmeln.

«Mein Chef hat Besuch. Sie müssen sich einen Moment gedulden, meine Herren, oder besser noch, Sie kommen ein andermal wieder.»

Geduld war nicht Georgs Stärke, und vertrösten ließ er sich schon gar nicht. Er ging auf Briones Büro zu, in dem sehr deutlich aufgebrachte Stimmen zu hören waren. Enrico und er traten nah an die Tür und lauschten.

«Signori, ich bitte Sie, das geht doch nicht!», versuchte die Vorzimmerdame wenig überzeugend ihre Autorität auszuspielen.

Georg ignorierte ihren Einwand, öffnete mit Schwung die Tür und betrat zusammen mit Enrico das Büro von Ugo Brione. Zwei Herren standen sich gestikulierend gegenüber und schrien sich gegenseitig an. Von den Besuchern nahmen sie keine Notiz, so sehr waren sie mit sich beschäftigt.

«Ich habe keine Lust, für irgendeinen von euch zu lügen oder gar die Schuld am Tod von Cuméo auf mich zu nehmen. Damit das klar ist: Ich habe ihn ins Freie begleitet. Und da hat er noch gelebt. Was dann passiert ist, weiß ich nicht und will ich auch nicht wissen.»

«Du willst doch nicht behaupten, ich hätte meinen Freund vergiftet?»

«Ich etwa? Ich sage nur, dass Cuméo noch gelebt hat, als ich ihn zuletzt gesehen habe. Das ist alles. Nicht mehr und nicht weniger.»

«Ha, du machst es dir einfach. Ich bin ins Zelt zurückgegangen. Wer sagt mir, dass du nicht noch mal umgekehrt bist, anstatt auf die Toilette zu gehen, wie du behauptest.»

«Und während ich auf der Toilette war, hättest du alle Zeit der Welt gehabt, ihn umzubringen.»

«Und Cattarese?»

«Das glaubst du doch wohl selbst nicht. Der macht sich nicht die Finger schmutzig. So viel ist sicher. Und warum sollte ausgerechnet er die Gans schlachten, die goldene Eier legt? Außerdem war er da längst auf dem Weg zum Bahnhof. Du hast deinen Freund auf dem Gewissen. Gib es endlich zu!»

«So, meine Herren, das ist alles sehr aufschlussreich!», schaltete sich Georg entschieden ein. Erschrocken fuhren die beiden zusammen. «Wir setzen uns jetzt wie zivilisierte Menschen auf diese wunderbaren Ledersessel und unterhalten uns in Zimmerlautstärke.» Mit diesen Worten strebte Georg zur Besucherecke.

«Wie kommen Sie hier herein? Und wer sind Sie überhaupt?» Brione hatte als Erster die Sprache wiedergefunden.

Enrico übernahm die Vorstellung. Georg reichte seinen Ausweis an die Herren weiter, die nun vollends irritiert waren.

«Bitte, nehmen Sie Platz.» Brione versuchte, souverän, aber völlig überflüssig Herr der Lage zu bleiben, denn die beiden Besucher saßen bereits.

«Wenn ich Ihren Streit von eben richtig deute, so haben Sie beide sich getroffen, um sich selbst Klarheit über den Sonntagabend zu verschaffen. Das trifft sich gut, denn daran sind auch wir brennend interessiert, wie Sie sich unschwer vorstellen können. Also, wer hat wen wann zum letzten Mal lebend gesehen? Wer ist am Tisch geblieben? Kurz gesagt: Was ist auf der Festa di Birra passiert? Und dieses Mal wahrheitsgemäß, wenn es Ihnen nicht zu viel Mühe macht!»

Scharf sah er die beiden Verdächtigen an. Georg hatte nach der Zeugenbefragung von Cornelia Cuméo seine Zeit bis zum Mittagessen damit verbracht, die Vernehmungsprotokolle und Zeugenaussagen durchzulesen. Antonio hatte ihm alle wichtigen Informationen per Mail geschickt. Danach hatte er ihn allein gelassen, um die Malermeister zu suchen. Denn entgegen vollmundiger Ankündigungen hatten sie noch nicht mit der Arbeit begonnen, sondern lediglich Antonios Arbeitsplatz in eine Rumpelkammer verwandelt.

Georg wusste also, dass Menasi bislang ein äußerst unbequemer Zeuge gewesen war, der es mit der Wahrheit nicht so genau nahm. Brione schien bislang der Einzige zu sein, der ihnen keinen Bären aufgebunden hatte. Doch konnten sie sich täuschen. Georg blickte in ihre verschlossenen Mienen. So redselig sie vor wenigen Minuten noch gewesen waren, so schweigsam präsentierten sich die Geschäftsfreunde jetzt der Polizia.

«Wenn Sie uns hier in den schönen Räumen von Signor Brione keine Auskünfte geben möchten, führen wir das Gespräch auf der Questura zu Ende. Signor Menasi kennt sich dort schon bestens aus!» Er lächelte dem kleinen, dicken Mann, auf den die Beschreibung der Bedienung des Schottenhamel-Zelts perfekt passte, freundlich zu. Attilio Menasi verzog angewidert seinen vollen Mund und sah dann demonstrativ zum Fenster hinaus.

«Eine Zeugin bestätigt, Sie, Signor Menasi, als Letzten am Tisch gesehen zu haben. Die anderen Herren waren nicht mehr da. Und offensichtlich gehören Sie, Signor Brione, zu den letzten Personen, die unser Opfer lebend gesehen haben. Ich teile den Verdacht Ihres Geschäftsfreundes», dabei deutete er auf Menasi, der sich sichtlich in seinem Stuhl streckte, «dass Sie Ihren Geschäftspartner auf dem Gewissen haben!» Georg ging gerne auf Konfrontation. Und wenn die Stimmung schon einmal aufgeheizt war, versprach das meist Erfolg.

Brione war kein Choleriker. Er ließ seine Wut nicht einfach raus. Stattdessen färbte sich seine Haut unter dem perfekt getrimmten Dreitagebart langsam, aber sicher vom Hemdkragen nach oben rot.

«Was fällt Ihnen ein?», war alles, was er sehr leise herausbrachte. Mit einer entschiedenen Geste rückte er seine Krawatte zurecht. Er tat alles, um einen souveränen Eindruck zu hinterlassen, was Georg mit einer gewissen Heiterkeit zur Kenntnis nahm.

«Meine Herren», begann er nochmals betont freundlich, «Sie haben sich vor wenigen Minuten gegenseitig des Mordes an Andrea Cuméo beschuldigt und gleichzeitig betont, dass keiner von Ihnen etwas mit seinem Tod zu tun hat. Eine etwas prekäre Lage, in die Sie sich da gebracht haben! Was ist denn nun auf der Festa di Birra wirklich vorgefallen? Vielleicht gibt es noch jemanden, der als Verdächtiger in Frage kommt?»

«D'accordo!» Ugo Brione erkannte den Vorteil dieses Vorschlags sofort. Menasi starrte wieder finster zum Fenster hinaus.

«Wie wir durch Ihre Aussage wissen, Signor Brione», begann Georg, «haben Sie sich alle in München und nicht in Turin aufgehalten. Eine Lüge, bei der Ihre Begleiter hartnäckig geblieben sind. Wir gehen davon aus, dass dieses Lügengebilde abgesprochen war, um Ihre Ehefrauen in dem Glauben zu lassen, der Anlass der Reise wäre ein rein geschäftlicher.»

Brione nickte bestätigend.

«Ich kenne mich auf der Festa di Birra ziemlich gut aus, wie

Sie sich denken können, und weiß um ihre, nennen wir es einmal salopp, Begleiterscheinungen. Eine Zeugin hat ausgesagt, dass Sie sich in Gesellschaft von Damen, ich nehme mal an Hostessen, befunden haben.» Fragender Blick in Richtung Zeuge, der dieses Mal schon etwas entspannter zurücklächelte. Georg tat alles, um ihm das Gefühl zu geben, sie hätten ein vertrauliches Gespräch unter Männern. Menasi ließ er links liegen. Der korpulente Mann, der ihn mehr an einen Bauern als einen Unternehmer erinnerte, würde an entscheidender Stelle die Beherrschung verlieren und sich lautstark verteidigen. Darauf konnte er sich verlassen.

«War es Cuméo, der für diese Art der Unterhaltung gesorgt hat?»

«Sì!», gab Ugo Brione sparsam Auskunft.

«Der Obduktionsbericht lässt keinen Zweifel daran, dass das Opfer stark alkoholisiert war. Meine Vermutung ist, dass Cuméo im Laufe des Nachmittags und des Abends etwa vier oder fünf Liter Starkbier getrunken hat.»

«Es waren mindestens fünf und zwei Schnäpse nach dem Essen.»

«Respekt!» Georg lachte. «Da bekommt man Probleme beim Laufen. Gerade stehen kann man sowieso nicht mehr. Die Toilette ist gefühlt Kilometer weit weg und überfüllt. Das Zelt ist voller Menschen. In der Not geht man als Mann dann meist ins Freie.» Er lachte wieder und schickte nach: «Hab ich recht?»

Ugo Brione lachte etwas gequält mit. Die freimütige Schilderung war nicht ganz nach seinem Geschmack.

«Andrea Cuméo war kein Leichtgewicht», gab er zögerlich Auskunft. «Wir hatten zu zweit alle Hände voll zu tun», dabei blickte er zu Menasi hinüber, der ihn weiter mit Nichtachtung strafte, «um ihn aus dem Zelt zu bekommen. Der Avvocato war uns keine große Hilfe. Er hat vielleicht viel Grips im Kopf, aber Muskeln in den Armen? Eher Fehlanzeige.»

«Also, Signor Brione, machen wir es kurz. Wie sollte denn der Abend nach dem Zeltbesuch weitergehen? Cuméo hatte bezahlt, und dann? Wollten Sie gemeinsam mit den Damen ein weiteres Etablissement aufsuchen?»

«No, no», sagte Brione und schlug seine schlanken Beine übereinander. Er schien nun endgültig in Erzähllaune zu sein. «Attilio und Andrea hatten schon sehr viel getrunken. Entschuldige», sagte er zu Menasi gewandt, «aber das wirst du ja wohl nicht abstreiten?»

Schweigen.

«Geplant war ein Besuch des Weinzeltes wie am Abend zuvor. Dort konnte man bis nach Mitternacht weiterfeiern. Es geht etwas gesitteter zu als im Bierzelt, was den Damen in der Regel entgegenkommt. Doch unsere Begleiterinnen aus der Ukraine hatten dazu keine Lust mehr. Sie forderten Andrea auf, sie für den Abend zu bezahlen, standen auf und gingen. Er war unglaublich sauer, schimpfte noch hinter ihnen her, und dann plötzlich brach er am Tisch zusammen. Sein Kopf schlug auf die Tischplatte, und er fing an, unverständliches Zeug zu lallen. Wenn ich ehrlich bin, bekam ich es mit der Angst.»

Brione machte eine Pause und schaute Georg an, so als wollte er sehen, wie diese Mitteilung auf ihn wirkte. Doch Georg kam ihm nicht entgegen. Er hielt seinem Blick stand und wartete ab. Zeugen, die von Ehrlichkeit sprachen, waren ihm ohnehin suspekt. Menasi hatte das Interesse am Ausblick aus dem Fenster verloren. Er musterte seinen Geschäftsfreund kritisch und sehr aufmerksam. Jetzt durfte Ugo Brione nichts Falsches sagen.

«Unser Avvocato reagierte genervt, sagte etwas von ungehobeltem und peinlichem Benehmen. Cattarese war sicher von uns derjenige, der am wenigsten getrunken hatte. Er mag kein Bier und macht daraus auch kein Geheimnis.»

«Warum fährt er dann mit auf die Festa di Birra?»

«Gute Frage. Ich denke, Andrea hat ihn, wie die Jahre zuvor auch, mehr oder weniger dazu verdonnert. Denn er hatte in München wie jedes Jahr auch geschäftlich zu tun und begab sich ohne seinen Anwalt praktisch nirgendwohin. Cattarese begleitete ihn wie sein Schatten. Für Andrea Cuméo bedeutete die Festa di Birra Geschäft und Vergnügen in einem. Nur in diesem Jahr machte ihm die Sache wenig Spaß. Der Ärger mit Spiros verdorbenen Hähnchen ließ ihn ahnen, dass er nur Ausgaben haben würde und keinen Gewinn.»

«Ihm war klar, dass er Mangelware abgeliefert hatte und ihm der Hühnerbrater Schmidtbauer nichts bezahlen würde?», fragte Georg eindringlich nach.

«Certo! Von dort war nichts zu erwarten. Und von Spiro auch nicht. Der war schon seit Monaten klamm. Spiro und Cuméo haben sich am Telefon heftig gestritten, aber Andrea wusste, dass er dieses Mal keine Geschäfte auf der Festa di Birra machen würde. Und sein Anwalt machte ihm klar, dass er Spiro nicht in seinem Auftrag verklagte.»

«Wie sahen denn die Geschäfte in den letzten Jahren aus?»

«Cuméo ließ von einer Textilfabrik Kunstseidentücher anfertigen. Blaue, grüne und rote quadratische Tücher mit Edelweiß darauf. Die Kunstseide kam aus China.»

Georg kannte diese Souvenirs und hatte eines davon auch im Kofferraum von Cuméos BMW gefunden.

«Genäht wurden die Schals in der Nähe von Vicenza», fuhr Brione fort. «Jahrelang belieferte Andrea die kleinen Kioske auf der Festa di Birra damit.»

Georg wusste genau, welche Kioske auf der Festzeltstraße er meinte: kleine, mit allerlei Tand überfrachtete Stände. Dort konnte man für viel Geld Oktoberfestherzen, Luftballons, Schnupftabakdosen, Filzhüte in Steinkrugform und eben völlig übertreuerte Halstücher erwerben, die die jungen Damen von ihren Begleitern als Erinnerung an die Wiesn geschenkt bekamen. Kein schlechtes Geschäftsmodell. Dass Cuméo auch einer von den Produzenten gewesen war, nötigte ihm einigen Respekt ab. Der Mann hatte ohne jeden Zweifel Geschäftssinn besessen. Dagegen war die Lieferung von empfindlichen Hühnern ein riskantes Unterfangen. Die höhere Gewinnmarge, die sich Cuméo vermutlich dabei ausgerechnet hatte, musste er dann mit Totalausfall bezahlen. Da konnte man schon den Kopf verlieren und im Zorn ein bisschen über den Durst trinken.

«Hat Cuméo einmal für längere Zeit allein das Bierzelt verlassen?», fragte er dennoch zur Sicherheit nach, obwohl er nicht glaubte, dass sich Schmidtbauer und der Italiener im Ebersberger Forst getroffen hatten.

Menasi und Brione schüttelten entschieden die Köpfe. Hier waren sie sich einig.

«Wie war denn das Verhältnis zwischen Cattarese und seinem Mandanten? Mochten sich die beiden?»

«Sie sind Geschäftspartner. Im Prinzip waren wir alle von Andrea abhängig. Und wenn er dann mal etwas springen ließ, und diese Aufenthalte in München sind nicht gerade billig, dann nahmen wir das mit. Talenti und ich aus reinem Kalkül, Menasi wohl am ehesten aus alter Freundschaft und Cattarese, weil ihm nichts anderes übrigblieb. Vermutlich hat unser Avvocato seinem Mandanten die Reise noch zusätzlich in Rechnung gestellt.»

«Das klingt für mich nicht nach Spaß und Gaudi.» Georg schüttelte etwas verwundert den Kopf. Wie groß mussten der Frust einerseits und die Gier andererseits sein, dass man sich zu so einer Art von Vergnügen einladen ließ? Bierkonsum bis zum Abwinken in Damenbegleitung, mit der man sich vermutlich nur radebrechend unterhalten konnte, anschließend Sektbar, Discobesuch und am nächsten Tag einen Brummschädel, dass man nicht mehr wusste, ob man Männlein oder Weiblein war. Und einige Stunden später machte man da weiter, wo man am Tag zuvor aufgehört hatte. Abartig war das einzige Wort, das ihm dazu einfiel. Auch ein Wiesn-Besuch musste gelernt sein. Der erfahrene Münchner wusste, wann man aufhören und nach Hause gehen musste. Touristen verloren hingegen bisweilen den Überblick.

Er besah sich den geschniegelten Bauunternehmer Ugo Brione in seinem dunkelblauen Anzug, mit seinen silbergrauen Haaren, die am Morgen mit Sicherheit von einem Friseur in Form gebracht worden waren, genauso wie sein Bart, und fragte sich, warum dieser Geschäftsmann vielleicht zum Mörder geworden war. Oder Menasi, der undurchsichtige Bauer, der immer wieder betonte, dass Andrea Cuméo sein langjähriger Freund gewesen sei. Aber auch Cattarese schleppte mit Sicherheit Unwillen, Ärger und aufgestaute Wut auf einen unbotmäßig agierenden Mandanten mit sich herum. Aber reichte das aus, um zu morden?

Cuméo musste die Geduld seiner Geschäftsfreunde bis an die Grenze ausgereizt haben. Irgendeiner hatte den Trubel des Oktoberfestes genutzt und dem bösen Spiel ein Ende bereitet. Und hatte dies bereits vor Abreise geplant. Oder hatten sie den Coup doch gemeinsam ausgeführt, und jetzt schob jeder die Schuld auf den anderen? Nach Vollendung der Tat will es keiner mehr gewesen sein? Die ins Starkbier gemischten K.-o.-Tropfen sprachen für eine Planung von langer Hand. Das war alles andere als eine Handlung im Affekt.

Georg schaute sich die beiden Männer an. Hatte einer von ihnen so viel kriminelle Energie und ein so starkes Motiv, dass er zum letzten Mittel griff? Brione vielleicht! Allein von der Statur könnte er es gewesen sein, Menasi dagegen wohl kaum! Aber sie waren gemeinsam von München zurückgefahren, schieden damit als Mörder von Talenti aus. War alles doch ganz anders gewesen? Hatten Antonio, Enrico und er völlig falsch überlegt?

Ein Verdacht keimte in Georg auf, der von einer völlig anderen Sachlage ausging. Was wäre, wenn der Täter gar nicht aus dem Kreis der direkten Geschäftsfreunde kam? Bei Talenti hatten sie inzwischen handfeste Zweifel an dieser Theorie. Cornelia Cuméo oder die Oberärztin Giordano kamen als Täterinnen genauso oder sogar sehr viel eher in Betracht. Noch fehlten die entscheidenden Beweise, aber vielleicht half ihnen die Auswertung von Cuméos Handy in diesem Fall weiter.

Auch in München könnte theoretisch eine Frau die Finger im Spiel gehabt haben. Während Cuméo sich am Bier und den Ukrainerinnen erfreute, die auf den Bierbänken tanzten, brach einige hundert Meter weiter für die Schmidtbauers endgültig eine Welt zusammen. Krankenwagen transportierten ihre Gäste ab, fuhren sie ins Schwabinger Krankenhaus mit Verdacht auf Salmonellenvergiftung. Franz Schmidtbauer hatte seine Gäste ins Klinikum begleitet, so hatte es ihm dessen Frau am Telefon erzählt. Aber was hatte Gerlinde Schmidtbauer gemacht?

«Sagen Sie, meine Herren, wurde Ihr Zusammensein am Sonntag gestört? Bekam einer von Ihnen ungebetenen Besuch oben auf dem Balkon?»

Ugo Brione sah ihn ratlos an und schüttelte den Kopf. «No.»

«Ma, certo!» Attilio Menasi erwachte aus seiner Starre. «Diese dicke Frau in ihrem Schürzenkleid!»

«Sie meinen, sie trug ein Dirndl?» Georg musste nun doch lachen. Schürzenkleid war nicht schlecht.

«Sì. Ich kann das Wort nicht aussprechen, aber diese Frau war besonders groß und besonders dick, und sie hatte eine sehr laute Stimme. Sie kam auf Andrea zugestürzt, hat ihn von der Bank hochgezogen und ihn übel beschimpft.»

Ugo Brione lachte jetzt auch. «Sì, sì, das war eine Verrückte. Ich habe gedacht, sie schlägt ihn zusammen. Denn sie hat sich seinen Bierkrug gegriffen, ausgeholt und ihm den Inhalt über den Kopf gegossen, aber der Krug war Gott sei Dank fast leer gewesen. Cattarese hat sich fürchterlich aufgeregt, denn sein teurer Anzug hat einiges abbekommen. Und Bier riecht nicht so besonders angenehm, vor allem, wenn man damit noch viele

Stunden im Zug sitzen muss. Ich habe mich mächtig über sein Gezeter amüsiert.» Brione lachte in sich hinein.

Der Anwalt musste sich sehr aufgeregt haben. Georg konnte sich das lebhaft vorstellen.

«Was wollte die Frau von Andrea Cuméo?»

«Keine Ahnung. Ich habe sie nicht verstanden. Mein Deutsch ist nicht besonders gut, und ich glaube, sie hat Dialekt gesprochen.» Brione sah zu Menasi. Doch dieser schüttelte auch den Kopf. «Dann kamen Ordnungsmänner und haben die Frau fortgeführt. Die Kellnerin brachte für Andrea ein frisches Bier. Ihn hat die Angelegenheit nicht wirklich aufgeregt. Er hatte schon zu viel getrunken.»

Georg holte sein Handy aus dem Sakko und schaltete es ein. Vielleicht gab es ein Foto von Gerlinde Schmidtbauer im Netz. Er begann rasch zu tippen, während er die nächste Frage stellte.

«Was geschah, nachdem Ihr Geschäftsfreund am Tisch zusammengebrochen war?»

«Wir wollten ihn zur Toilette bringen, in der Hoffnung, er könnte sich dort übergeben. Aber er konnte kaum laufen, und die Toiletten waren überfüllt. Wir schleppten ihn zu zweit, mit dem Avvocato als Speerspitze, um uns den Weg zu bahnen, Richtung Hinterausgang. Es war eine trockene, milde Nacht. Auf der Wiese hinter dem Zelt lagen schon andere Bierleichen herum, um ihren Rausch auszuschlafen. Dort legten wir Andrea ab. Dann berieten wir uns, was wir tun sollten, und beschlossen, ihn erst einmal liegen zu lassen. Cattarese verabschiedete sich. Er musste zum Bahnhof und war ohnehin schon spät dran.»

«Wann ging denn sein Zug?»

«Um 22 Uhr 15, sagte er uns.»

«Und wie spät war es, als er Sie mit Cuméo zurückgelassen hat?»

«Etwa Viertel vor zehn. Er war definitiv spät dran und musste sich beeilen.»

«Was machten Sie und Signor Menasi anschließend?»

«Ich wollte zur Toilette, egal wie lange das dauerte.»

«Ich bin zurück an unseren Tisch», schaltete sich Attilio Menasi wieder ein. «Ich hoffte, dass es im Weinzelt weniger voll sein würde, und wartete auf Ugo. Sehr lange übrigens.»

Während dieser Zeit musste er der Kellnerin dann aufgefallen sein, dachte Georg. Den Abtransport von Cuméo hatte sie nicht mitbekommen. Wahrscheinlich stand sie zu diesem Zeitpunkt beim Ausschank und holte die letzten Maß für diesen Abend.

«Wie lange meinen Sie denn, dass Sie auf Signor Brione gewartet haben?»

«Eine halbe Stunde … mindestens! Der Balkon war fast leer, als er endlich wiederkam.»

«Und dann? Was haben Sie beide dann gemacht? Sind Sie ohne Damen und Zahlmeister ins Weinzelt, um Cuméo mehr Zeit zum Schlafen zu geben, oder haben Sie nochmals nach Ihrem Freund gesehen?»

Beide Herren schüttelten den Kopf und sahen etwas betreten und schuldbewusst aus.

«Sie sind ins Weinzelt?»

«Sì!», bestätigte Brione.

Feine Freunde, dachte Georg. Und keiner von beiden hatte ein brauchbares Alibi. Jeder hätte zu Cuméo zurückgehen und ihm die Tropfen einflößen können. Sehr viel wahrscheinlicher war jedoch, dass der Zusammenbruch des Spediteurs auf den reichlichen Bierkonsum in Kombination mit den Tropfen zurückzuführen war, die jemand fürsorglich ins Bier gekippt hatte.

Georg versuchte sich die Situation im Bierzelt, oben auf dem Balkon, vorzustellen. Drei Ukrainerinnen und vier Italiener zechten, tanzten und grölten dort seit etwa fünf Uhr nachmittags. Nach Brathähnchen, Schmalzgebäck, Kaffee und Obstler wird es sportlich und laut. Von Unterhaltung am Tisch ist von Anfang an keine Rede. Keiner beherrscht die Sprache des anderen, und die Musik schlägt alle Dezibel-Rekorde. Die Blaskapelle steigt von den Volksliedern, die sie am Nachmittag im Repertoire hat, auf Tanzmusik und Wiesn-Hits um und bringt das Zelt zum Vibrieren. Damit es mehr Spaß macht, steigen die Damen auf die Tische zum Tanzen, um den Herren bessere Einblicke in die Dirndlröcke zu ermöglichen. War alles im Preis inbegriffen.

«Hatten die Damen denn noch weitere Dienste zu leisten?»

«Wir sind alle verheiratet!», wehrte Menasi sofort ab.

«Signor Brione nicht, wenn ich richtig informiert bin», meldete sich Enrico endlich zu Wort.

«Die Damen waren nicht nach meinem Geschmack!», stellte Brione sofort klar. «Nein, mehr war nicht geplant und auch nicht bezahlt.»

«Nehmen wir einmal an», führte Enrico weiter aus, «einer von Ihnen hätte doch noch mit einer der Ukrainerinnen ein Techtelmechtel anfangen und es kostengünstig haben wollen! Cuméo hatte diese Leistung unglücklicherweise weder bestellt noch bezahlt. Unser Mann hilft mit einigen K.-o.-Tropfen in den Bierkrug von einer der Damen nach. Im Durcheinander ist der Krug aber an den Falschen geraten.»

Beide Herren schüttelten heftig die Köpfe. «Sparen Sie sich Ihre unappetitlichen Phantasien!» Brione wurde deutlich.

«Cuméo hat ausgiebig davon getrunken.» Enrico ließ sich nicht beirren. «Stark alkoholisiert, wie er war, herzkrank zudem, ist ihm die Mischung nicht gut bekommen. Anstatt eines Schäferstündchens gab es einen Toten. Unterlassene Hilfeleistung mit Todesfolge nennt man so etwas im Fachjargon, meine Herren. Aus dieser Nummer zumindest kommen Sie nicht heraus.»

Auch der Ispettore hatte seine Lektion gelernt, wie man Zeugen aus der Reserve lockt, stellte Georg zufrieden fest.

«Wir sind nach dem Weinzelt nochmals zurückgekommen, um nach ihm zu sehen», verteidigte sich prompt Menasi. «Aber wir haben ihn nicht mehr gefunden!»

«Was heißt das?»

«Genau das, was Attilio sagt. Andrea war nicht mehr dort, wo wir ihn abgelegt hatten. Wir waren sehr erschrocken darüber und konnten uns sein Verschwinden nur so erklären, dass er aufgewacht war und ein Taxi genommen hat. Außerdem war vereinbart, dass Attilio und ich am Montagmorgen mit meinem Wagen nach Verona zurückfahren. Andrea wollte von Anfang an erst später los. Also haben wir ihn auch nicht geweckt. Erst als Commissario Fontanaro hier auftauchte und Fragen stellte, ist mir klar geworden, dass etwas passiert sein musste.»

Georg stand auf. Er hatte genug gehört. Von den beiden Herren versprach er sich keine weiteren Erkenntnisse. Sie hatten alles getan, um den Verdacht von sich selbst abzulenken. Bis auf weiteres mussten sie ihnen ihre Version der Geschehnisse abnehmen.

Er schaute auf sein Handy. Lavinia Strano hatte ihm eine Mail von Staatsanwalt Mauro weitergeleitet. Neugierig öffnete er die Nachricht. Der Kollege in Pordenone hatte Giuseppe Spiro nicht in Untersuchungshaft nehmen können. Der zweifelhafte Geflügelmäster würde lediglich eine Anzeige wegen unsachgemäßer Haltung von Geflügel bekommen, aber für eine Haft gab es keine ausreichenden Gründe. Der Mann war bereits gestern, am späten Abend, wieder auf freien Fuß gesetzt worden. Schlecht für ihn, dachte Georg besorgt. Sollte der Täter es immer noch auf Spiro abgesehen haben, lebte dieser ab sofort gefährlich. Sollte Vincenzo Mauro weiter der Meinung sein, Spiro habe Cuméo in München umgebracht, so war es nun an ihm, Beweise zu sammeln und ihn vorzuladen. Da bekam der Staatsanwalt eine lohnende Aufgabe.

Eine Frage hatte er noch an Menasi. Er zeigte ihm das Ergebnis seiner Suche nach Gerlinde Schmidtbauer im Internet. Auf dem Foto lachte eine pausbäckige, korpulente junge Frau in die Kamera. Neben ihr stand ein ebenfalls gut genährter, nicht mehr ganz so junger Mann mit verlebtem Gesicht. Die Aufnahme war zur Eröffnung des «Giggerl Wirt» am Wiesn-Samstag von einem Zeitungsjournalisten gemacht worden.

«Ist das die Frau, die Ihren Freund attackiert hat?»

Menasi nickte aufgeregt. «Sì, sì, Commissario, das ist die Frau!»

38

Antonio lief, so schnell er konnte, in Richtung Cimitero Monumentale. Er überquerte erneut den Ponte Aleardi, der sich über die träg dahinfließende Etsch spannte. Hinter der Brücke führte die Straße schnurgerade auf das monumentale Eingangsgebäude des Friedhofs zu. Die Allee aus dicken Säulenzypressen spendete Schatten. Antonio sprintete am Fahrbahnrand entlang und kümmerte sich nicht um den Verkehr. Sein einziger Gedanke galt seinem Schwiegervater und der verstörenden Tatsache, dass er sich nicht nur erneut in Verona aufhielt, sondern auch noch auf dem Friedhof war. Das konnte nun wirklich nichts Gutes bedeuten.

Antonio erreichte den weitläufigen Parkplatz vor der breiten Treppenanlage. Völlig außer Atem verlangsamte er notgedrungen sein Tempo. Sein Blick suchte den Fiat Croma von Danilo. Schließlich sah er ihn nahe bei den Treppen, die hinauf zum Portal mit dem Säulenportikus führten. Neben Danilos wenig spektakulärem Wagen parkte eine alte dunkelblaue Alfetta. Nun blieb Antonio endgültig stehen, immer noch etwas aus der Puste. Bei einer Täterverfolgung zu Fuß würde er ohne Zweifel ziemlich alt aussehen. Er näherte sich dem Oldtimer. So einen schicken Alfa hatte er während seines Studiums auch gefahren. Damit konnte man damals der Damenwelt noch imponieren. Er war mächtig stolz auf das Auto gewesen. Er ging um die Alfetta herum. Der Wagen sah aus wie frisch restauriert. Doch das alte Nummernschild sagte ihm, dass der Wagen immer noch über seine Erstzulassung aus den Siebzigern verfügte.

Antonio stieg rasch die breiten Stufen nach oben, durchquerte die hohe, neoklassizistische Eingangshalle und wich den vielen schmiedeeisernen Kränzen und Kerzenständern aus. Hier befanden sich historische Gräber angesehener Bürger der Stadt. Die Altstadt war stetig gewachsen, und irgendwann wurde auch das Gebiet jenseits der Etsch dicht besiedelt und ein großer Friedhof vor den Mauern gebraucht. Um die Toten vor den Fluten der Etsch zu schützen, war man ab Mitte des neunzehnten Jahrhunderts dazu übergegangen, die Leichen in Betongräber sicher einzumauern, damit bei Hochwasser die Särge nicht im Flusswasser landeten und auf Nimmerwiedersehen davonschwammen. Die monumentalen Kolonnaden, die ein großes Quadrat beschrieben, waren für mächtige Familiengruften und Urnengräber gedacht. Riesige Skulpturen bewachten die Grabstätten der reichen Veroneser Familien. Selbst Touristen interessierten sich für die kunstvolle Anlage. Inzwischen war der Platz wieder knapp geworden. Ein zweiter Teil war an der rechten Seite des Friedhofareals erschlossen worden. Deshalb verließ Antonio den Säulengang, durchquerte einen Torbogen und ging in den neueren Teil hinüber.

Schließlich entdeckte er Danilo. Er saß allein auf einer Bank und blickte auf das neue Gräberfeld. Die Fläche war in unzählige, gleichgroße Parzellen aufgeteilt. Gekieste Wege trennten die Gräber voneinander. Verschieden hohe, mit unterschiedlichen Marmorsteinen gestaltete Grabreihen waren geometrisch exakt angeordnet. Am entfernten Ende des Friedhofs erhob sich in der Mitte die chiesa di cimitero mit ihrer Kuppel. Bei ihr liefen die Kolonnaden zusammen. Innerhalb der Säulengänge ermöglichten fahrbare Leitern es den Besuchern, auch an die viele

Meter hohen oberen Reihen der Grabplatten zu gelangen und Blumenvasen und Lichter abzustellen. An diesem wunderbaren Herbsttag waren kaum Touristen und nur wenige Trauergäste unterwegs.

Danilo Angelotti saß reglos da. Eine Sonnenbrille vor den Augen, nur mit einer Strickjacke und einer leichten hellen Sommerhose bekleidet, schaute er auf das Gräberfeld.

«Was machst du hier, Danilo?», fragte Antonio und ließ sich neben ihm auf der Bank nieder.

«Ich wollte mich hier mal umsehen. Man will schließlich wissen, wo man später unterkommt.»

Antonios Herzschlag beschleunigte sich. Er zwang sich zur Ruhe und fragte so unaufgeregt wie möglich: «Wo ist deine Frau?»

«In Bozen. Ich hab Elvira gesagt, dass ich einen Freund in Sterzing besuche. Das mache ich manchmal. Das fällt ihr nicht auf. Und vor dem Abendessen erwartet sie mich nicht zurück. Es ist alles in Ordnung.»

«Nichts ist in Ordnung. Du sollst mich nicht für dumm verkaufen, Danilo. Du warst wieder beim Arzt, oder? Du hast schon die Ergebnisse bekommen? Also, was ist los?»

«Er sagt, es ist das Herz!»

«Und? Weiter?»

«Ich muss Tabletten nehmen!»

«Soso, Tabletten. Das kommt vor, deshalb musst du dich aber nicht auf dem Friedhof umsehen, mein Lieber. Du bist noch nicht einmal fünfundsechzig Jahre alt.»

Danilo griff nach einer Ledertasche, die er neben sich abgelegt hatte, und holte einen Umschlag hervor.

«Da, lies selbst!»

Antonio überflog den Befund. Erleichtert atmete er aus. Sein Schwiegervater sollte Stents erhalten. Vier Stück, das war nicht wenig, aber es war auch nicht besorgniserregend. Natürlich gab es ein Risiko wie bei jeder Operation. Doch es bestand kein Grund zum Verzweifeln und schon gar nicht, mental mit dem Leben abzuschließen.

«Du hast verschlossene Gefäße in deinem Herzen, und diese werden mit kleinen Röhren, Stents, geöffnet und geweitet, damit du keinen Herzinfarkt bekommst. Das ist eine sehr effiziente Methode und kann dein Leben um viele Jahre beschwerdefrei verlängern. Für einen Besuch des Friedhofs besteht absolut kein Grund. Und mir so einen Schrecken einzujagen, erst recht nicht.»

Dass er alles hatte stehen und liegen lassen, verkniff er sich. Sein Schwiegervater wusste schließlich, was er beruflich machte.

«Tut mir leid, wenn ich dich erschreckt habe, Tonio. Aber ich habe Angst. Verstehst du das nicht? Ich war noch nie im Krankenhaus, und jetzt das! Sie machen an meinem Herzen rum! Ich will das nicht!»

«Untersteh dich und schieb diesen Eingriff auf!» Heftig und laut reagierte Antonio. Ihm war nicht in den Sinn gekommen, sein Schwiegervater könnte sich ernsthaft dagegen wehren. «Das kannst du deiner Frau und deiner Tochter nicht antun. Einfach zusehen und warten, bis es zu spät ist. Das ist ein Routine-Eingriff. Nachher bist du wieder fit und kannst weiter in die Berge gehen, Rad fahren, schwimmen. Alles, was du möchtest. Bist du aber feige, dann brauchen wir wirklich bald einen Platz hier für dich. Und ich werde dir sicher keinen aussuchen!»

Danilo lachte. «Das sieht dir ähnlich. Einmal will ich etwas von dir, und du verweigerst mir die Hilfe. Schöner Schwiegersohn.» Dann wurde er wieder ernst. «Du meinst, es ist gut, was der Doktor vorschlägt?»

«Ja, das meine ich. Ohne jede Einschränkung.»

«D'accordo. Dann mache ich einen Termin aus. Der Doktor wartet darauf. Er möchte es bald machen! Trotzdem wollte ich mich hier einmal umsehen.»

Antonio konnte sich nur wundern. Was wollte sein Schwiegervater mit einer Grabstelle in Verona?

«Ich habe mit Elvira gesprochen. Wir wollen beide nicht in Bozen begraben sein. Es war schlimm genug, dass man unsere Eltern und damit auch uns gezwungen hat, dort zu leben. Und ein Grab in Neapel macht keinen Sinn. Warum soll ich meine Verwandten damit belasten? Dort kennt mich kaum noch jemand. Wir nehmen uns hier ein Familiengrab, Antonio. Für Elvira und mich und für dich und deine Familie.»

Antonio fand das Gespräch mehr als befremdlich. Er hatte auf sein Grab noch keinen Gedanken verschwendet, obwohl der Tod sein ständiger Begleiter war. Etwas unsicher sah er sich um.

«Oder erwartet dein Vater, dass du nach Bozen zurückgehst und dein Erbe antrittst?»

«Ich weiß nicht, was mein Vater erwartet.» Darüber wollte Antonio noch weniger nachdenken. Was war das nur für eine absurde Unterhaltung! Sein Blick glitt über das weite Gräberfeld und blieb an den Kolonnaden links von ihm hängen. Ein Mann stand dort, halb hinter einer Säule, aber trotzdem gut erkennbar. Er trug einen grauen Hut und einen grauen Sommermantel. Steif und sehr aufrecht stand er vor einer großen Marmorplatte, wie sie eine nach der anderen in die Wand eingelassen waren. Antonio konnte aus der Ferne nicht mehr erkennen.

Der Fremde zog wie zum Gruß den Hut. Schütteres Haar kam für einen kurzen Moment zum Vorschein. Antonio beobachtete ihn genau, wie er sich von dem Grab verabschiedete. Irgendetwas an dem Mann kam ihm bekannt vor. Dann, für einen kurzen Moment, wandte er sich in Antonios Richtung. Eine dicke Hornbrille mit sehr starken Gläsern verdeckte die Hälfte seines Gesichts. Die Stirnpartie war von der Hutkrempe verdeckt. Er grüßte eine alte Frau, die mit Gießkanne und Handtasche an ihm vorbei wollte. Dann wandte er sich ab und strebte mit festem Schritt dem Ausgang entgegen.

«Hörst du mir eigentlich zu? Wen hast du denn entdeckt?» Danilo begehrte ein wenig auf und war gleichzeitig sehr neugierig. «Kennst du den Mann?»

«Nein, ich habe mich getäuscht.»

Danilo stand von der Bank auf. Er machte keinen so niedergeschlagenen Eindruck mehr. Er nahm seine Ledermappe und sagte: «Jetzt schauen wir uns die Grabstätte von dem Mann an, den du so interessiert beobachtet hast. Du willst doch wissen, wer das war, oder?»

Antonio lachte. Sein Schwiegervater hatte ihn mal wieder durchschaut, und auch in ihm steckte noch die Neugier des Polizisten. Doch er hielt ihn für einen Moment an der Strickjacke fest. Eindringlich sah er ihn an. «Danilo, versprich mir, dass du einen Termin für die Operation machst.»

Danilo grinste. «Sì, sì. Mach dir keine Sorgen!»

«Danilo!»

«Ja, jetzt reg dich ab. Ich mach das! D'accordo?»

Antonio gab sich zufrieden. Gemeinsam gingen sie auf die Kolonnaden zu und stiegen die wenigen Stufen nach oben. Das Grab bestand aus einem hellen Granitstein, in den mit Goldlettern mehrere Namen eingraviert waren. Ganz oben, unter einem eingemeißelten Lorbeerzweig, stand «Famiglia da Veronella». Ein Engel mit gefalteten Händen wachte rechts als Halbrelief über die Grabstätte. Der Name sagte Antonio gar nichts. Er holte sein telefonino aus der Hosentasche seiner Jeans und machte mehrere Aufnahmen. Die Namen, die in kleinen Lettern untereinanderstanden, waren zahlreich. Während er sich konzentrierte, damit die Schrift später auch lesbar war, sagte Danilo neben ihm: «O Dio mio, die arme Kleine. Nur zwei Tage ist sie alt geworden.»

Antonio ließ sein telefonino sinken und begann nun auch bewusst die Sterbedaten zu lesen. Sein Schwiegervater hatte recht. Ein Mädchen, Roberta, war am 3. April 2010 geboren worden und zwei Tage später gestorben. Und eine Frau, deren Name darüber geschrieben stand, war ihr einen Tag später gefolgt. Ihre Mutter vielleicht, dachte Antonio. Sie war nur 32 Jahre alt geworden. Der Mann im grauen Mantel hatte weiße Rosen in einer Vase vor der Steinplatte abgestellt. Welcher Schicksalsschlag, so fragte Antonio sich, hatte die Familie da Veronella heimgesucht?

39

«Wo treffen wir uns?» Georg saß wieder neben Enrico im Wagen und telefonierte mit Antonio. Sie waren auf dem Rückweg, und er gab dem Freund einen kurzen Bericht. Nach der Zeugenvernehmung von Brione und Menasi hatten Enrico und er noch einen Abstecher zur Spedition «Trans Brennero» gemacht. Auf dem gleichen Gelände befand sich auch Cuméos Cateringfirma «mangia bene». Für die Spedition fuhren vier riesige Lkws, Zehntonner, alle neueren Baujahrs, die von einem Mechaniker-Team gewartet wurden. An seinem Hauptgeschäft zumindest schien Cuméo nicht gespart zu haben.

Das Gebäude der Großküche dagegen war deprimierend. Neben dem Eingang türmten sich Kartonagen und Obststeigen. Daneben standen Müllsäcke, einige davon waren aufgeplatzt, und ihr Inhalt quoll auf den Boden. Als sie das Gebäude betraten, schlug ihnen ein Geruchsgemisch aus Essen und verdorbenem Fleisch und Fisch entgegen. Als sie die Küche betraten, standen sie unvermittelt im Dampf. Lautes Stimmengewirr verhinderte, dass die Polizia überhaupt von den Angestellten bemerkt wurde.

Georg war immer noch geschockt von dem, was sie dort gesehen und gerochen hatten, und nahm sich fest vor, das anstehende Gespräch mit dem Direktor der Gesundheitsbehörde von Verona zu nutzen und sich nach diesem Betrieb ganz genau zu erkundigen. Vor allem wollte er wissen, in welchen Zeitabständen Gewerbe geprüft und kontrolliert wurden, die frisches Essen produzierten, das an so sensible Kunden wie Krankenhäuser, Altenheime und Schulen ausgeliefert wurde. Außerdem fand er es sehr beunruhigend, wie viele Schwarzafrikaner in der Küche arbeiteten. Er hatte es sich verkniffen, nach ihren Ausweisen und Aufenthaltsgenehmigungen zu fragen. Das war weder sein Job, noch hatte er dafür eine Genehmigung. Und die armen Kerle taten ihm ohnehin leid. Sie waren das letzte Glied einer Kette der Ausbeutung.

Auf dem Gelände standen zwei Kühlwagen, die beide ziemlich ramponiert aussahen. Ein Mechaniker, der an einem von ihnen herumhantierte, erklärte ihnen, dass momentan nur ein Wagen in Betrieb wäre. Beim anderen sei das Kühlaggregat defekt, und er wartete darauf, dass der Chef die Genehmigung gab, um Ersatzteile zu besorgen. Da konnte er lange warten, dachte Georg.

Er fragte nach, ob mit dem defekten Kühlwagen die Fracht nach Monaco di Baviera transportiert worden war. Der Mechaniker hatte ihn alarmiert angesehen und dies etwas widerwillig bestätigt. Dann hatte er sich rasch verzogen. Woher wusste der deutsche Polizist davon? Diese Frage stand ihm förmlich ins Gesicht geschrieben.

«Wir treffen uns vor dem Palazzo, in dem sich Cattareses Kanzlei befindet, nahe der Porta Borsari. Der vielbeschäftigte Avvocato hat tatsächlich eine halbe Stunde Zeit für uns. Enrico kennt den Weg. Er soll dich dort absetzen. Ciao, a dopo!» Antonio schob sein telefonino in die Seitentasche seines Jacketts. Er stand vor seinem Büro und unterdrückte mit Mühe ein wenig salonfähiges Schimpfwort. Die Maler hatten Eimer mit Farbe und eine Staffelei mitten in seinem Büro zurückgelassen. Keiner von ihnen war zu sehen. Und um diese Uhrzeit würden sie auch nicht mehr auftauchen. Die Wände sahen nicht so aus, als hätte ein Pinsel sich ihnen auch nur genähert.

Sein Schreibtisch war an die Wand am Ende des Gangs geschoben worden, weil nun auch bald Faustos Büro verschönert werden sollte. Auf ihm türmten sich ein voller Papierkorb, ein Karton mit Stiften, Notizblöcken, Schere und Lineal, ein altersschwacher Karteikasten mit Adressen, die längst nicht mehr aktuell waren, außerdem seine Schreibtischlampe und der Bildschirm seines Computers. Beides war völlig unbrauchbar, weil es weit und breit keine Steckdose gab.

«Na, haben sie dir die Pasta vom Teller geklaut?» Fausto kam ihm humpelnd entgegen. «Sei doch froh, ab sofort machen wir Home Office. Bei dem Tempo der staatlich veranlassten Renovierungsarbeiten sind wir bis Weihnachten erst mal aus dem Verkehr gezogen.» Er lachte.

«Können wir uns kurz in deinem Büro unterhalten?»

«Certo! Noch haben sie mir die Stühle und den Tisch dagelassen.»

Antonio machte die Tür hinter sich zu und verschloss resigniert die Augen vor Faustos Chaos. Wie fand sich sein Vice nur hier zurecht? Vielleicht hatten die Malerarbeiten auch etwas Gutes. Fausto würde alles irgendwie verpacken müssen und vermutlich nie mehr auseinandernehmen. Auch eine Methode, sich von Papier zu befreien.

«Nimm Platz», sagte er großspurig, und Antonio hob drei Ordner vom einzigen Stuhl, der vor Faustos Müllhalde stand, und legte sie zu den anderen auf den Boden. «Unsere Leute haben das Handy von Andrea Cuméo geknackt. Wir haben eine Abschrift aller Telefonate der letzten fünf Tage bekommen.»

«Und?» Nun war Antonio doch neugierig.

«Du hattest einen guten Riecher, Tonio. Cornelia Cuméo und ihr Onkel hatten ein Verhältnis. Da besteht kein Zweifel. Und, was noch viel spannender ist, sie hatten beide eine Scheißwut auf Fabrizio Talenti. Ich hab dir die entscheidende Stelle angestrichen.»

Fausto hielt ihm die Abschrift entgegen, und Antonio las, was Andrea Cuméo am Samstagmittag zu seiner Nichte gesagt hatte: «Wenn du die Sache endgültig in Ordnung bringst, hast du ausgesorgt, meine Kleine. Talenti ist Geschichte, deine Anstellung in meiner Klinik nur noch eine Formsache. Verlass dich auf mich!»

Antonio war nun doch geschockt. Sollte diese junge, etwas unsicher wirkende Ärztin wirklich im Auftrag ihres Onkels einen so heimtückischen Mord begangen haben, nur um Karriere zu machen? Oder kam ihr die Idee von Cuméo gerade recht, um verschmähte Liebe und quälende Eifersucht zu rächen? Kam beides zusammen, wurde daraus schon ein sehr starkes Mordmotiv. Das ließ sich nicht leugnen.

Fausto grinste. «Starker Tobak, oder? So kann man sich täuschen! Dem Püppchen hätte ich viel zugetraut, aber sicher keinen Mord.»

«Was berichtet unsere Kollegin von den Carabinieri? Was hat Cornelia Cuméo nach unserer Vernehmung gemacht?»

«Nichts Auffälliges. Sie und ihre Tante haben sich schwarze Kostüme für das Begräbnis gekauft. Dann sind sie gemeinsam nach Bussolengo gefahren, wo sie immer noch sind.»

«Sie darf unter keinen Umständen die Stadt verlassen!»

«Das ist ja wohl klar, Tonio! Keine Sorge, wir haben das im Griff!»

So, wie du die Ordnung in deinem Büro im Griff hast! Antonio wandte sich zum Gehen. Dann fiel ihm noch etwas ein.

«Eine Frage habe ich noch. Sagt dir der Name ‹da Veronella› etwas?»

Fausto sah ihn verwundert an. «Gab es da nicht mal einen berühmten Springreiter? Goldmedaillengewinner sogar? Warum?»

So etwas hatte Antonio nicht gerade erwartet. Was wollte er auch mit dem Fremden vom Friedhof? Sein Bauchgefühl sagte ihm zwar, dass an dem Mann etwas Auffälliges war, doch bevor er sich weiter wunderte, kam Enrico herein.

«Ah, welch seltenes Bild! Capo und Vice gemeinsam bei der Arbeit!»

«Was gibt es?», fragte Antonio kurz angebunden.

Enrico stutzte etwas, beeilte sich dann aber. «Signor Brione hat angerufen und seine Aussage von vorhin leicht ergänzt.»

40

VERONA

16.00 UHR

«Auch schon da! Ich dachte, ich müsste hier Wurzeln schlagen!» Georg machte seinem Unmut Luft.

«Fausto und Enrico haben mich aufgehalten. Es gibt Neuigkeiten.»

«Aha! Ich bin ganz Ohr!»

Antonio wollte gerade zu seinem Bericht ansetzen, als er einen hageren Mann im dunkelblauen Anzug und mit klobigem Aktenkoffer in der Hand aus der Tür des Palazzo kommen sah, den sie gerade betreten wollten. Antonio ließ Georg einfach stehen und eilte ihm Richtung Porta Borsari hinterher.

«Avvocato Cattarese, so warten Sie doch einen Moment!»

Nun begriff auch Georg, dass ihr gemeinsamer Termin gerade schnellen Schritts das Weite suchte, und folgte Antonio, der Cattarese eingeholt hatte. Er stellte sich ihm in den Weg und forderte ihn nochmals auf, stehenzubleiben. Mit einer ruckartigen Bewegung hielt der Anwalt inne. Er musterte die beiden Kommissare, die sich nun vor ihm aufgebaut hatten, mit kühlem Blick.

«Gehen Sie mir aus dem Weg, Signori. Ich habe es eilig. Ein Termin beim Finanzgericht.» Doch Antonio packte ihn am Arm und hielt ihn fest.

«Avvocato, es reicht. Seit zwei Tagen bemühen wir uns um einen Termin mit Ihnen. Wir werden jetzt gemeinsam in Ihre Kanzlei hochgehen und uns unterhalten.»

«Lassen Sie sich einen neuen Termin geben.»

«Ich kann Sie auch per Gerichtsbeschluss vorladen. Sie wissen, wie das funktioniert. Ihre Entscheidung.»

Simone Cattarese machte murrend kehrt und sperrte die Eingangstür des Palazzo auf. Hintereinander stiegen sie die Steinstufen einer engen Treppe nach oben bis in den zweiten Stock und betraten die Kanzlei.

Antonio, der dicht hinter Cattarese den Korridor entlangging, nahm zum ersten Mal richtig wahr, wie schäbig und karg die Ausstattung war. Nichts deutete darauf hin, dass Cattareses Kanzlei gut lief. Der Läufer auf dem Steinboden war zerschlissen und ausgebleicht, die Wände mit einer gestreiften Tapete geschmacklos verklebt, und der Muranolüster an der Decke hatte jahrealten Staub angesetzt. Cattarese gab für unnötigen Tand kein Geld aus. Außer seinen Mandanten und seinen Verhandlungen vor Gericht schien ihn nichts zu interessieren.

Sie betraten das Büro. Cattarese stellte seinen Aktenkoffer ab und deutete stumm auf seine Besucherecke.

«Sie haben genau zehn Minuten Zeit, Signori!», ließ sich Cattarese vernehmen, als sie alle Platz genommen hatten. Antonio ging auf diese wenig höfliche Bemerkung erst gar nicht ein.

«Avvocato, wie Sie sich denken können, haben wir inzwischen Erkundigungen über Ihren Aufenthalt in München angestellt. Mein Kollege aus Deutschland, Hauptkommissar Georg Breitwieser, kommt gerade von den Herren Brione und Menasi.»

Georg deutete eine Verbeugung an, doch Cattarese würdigte ihn keines Blickes. Seine Augen waren einzig und allein auf

Antonio gerichtet. Seine Miene war angespannt. Er schien sichtlich verärgert. Der Besuch der beiden kam ihm ausgesprochen ungelegen.

«Die Version der Herren, was die Ereignisse in München betrifft, wirft ein völlig neues Licht auf den Fall. Ihre Aussage vom Montag, Avvocato, ist nichts wert, und das wissen Sie auch!»

Wenn ihn dieser unumwundene Angriff überraschte, so ließ er es sich nicht anmerken.

«Dann weiß ich nicht, was Sie noch von mir wollen. Wenn die Herren bei der Wahrheit geblieben sind, dann gibt es doch keine offenen Fragen mehr.»

«*Wenn* sie bei der Wahrheit geblieben sind, Dottore!»

Cattarese schwieg. Seinen Mund umspielte ein geringschätziges, überhebliches Lächeln.

«Wir interessieren uns dafür, wann genau Sie sich auf den Weg zum Hauptbahnhof gemacht haben», sagte Georg.

«Es wird wohl gegen Viertel vor zehn Uhr abends gewesen sein! Ich war spät dran.»

«In welchem Zustand befand sich Ihr Mandant, als Sie ihn auf der Wiese zurückließen?»

Cattarese lachte etwas krächzig. «Mein Mandant war sturzbetrunken, nicht mehr Herr seiner Sinne und Glieder. Abstoßend. In hohem Maße abstoßend und jämmerlich.» Er sah Antonio durchdringend an. «Und falls Sie sich gefragt haben, Commissario, weshalb ich so heftig auf Ihren Zeitungsausschnitt reagiert habe, dann gebe ich Ihnen jetzt eine Erklärung dafür. Ich war zornig, sehr zornig sogar, dass mein Mandant mit unmäßigem Alkoholkonsum letztlich seinem Leben ein Ende gesetzt hat, das empfand ich als das Unglaublichste und Dümmste, was mir je untergekommen ist. Seine Witwe kann einem nur aus tiefer Seele leidtun. Blamabel, beschämend. Gott sei Dank hat keiner meiner anderen Mandanten diese Schmach mitbekommen. Sonst müsste ich ernsthaft um meinen Ruf besorgt sein.»

«Ihr Mandant wurde vergiftet», stellte Antonio klar.

Cattarese sah ihn ungläubig an.

«Die Kombination von sehr starkem Betäubungsmittel und Alkohol hat Cuméo nicht überlebt. Er ist letztlich an Herzstillstand gestorben.»

Die grauen Augen des Anwalts bohrten sich in die von Antonio, so als suchten sie dort nach der letzten Wahrheit.

«Und wer sollte ihn in München umgebracht haben?»

«Sagen Sie es uns! Sie waren vor Ort und sind ein genauer Beobachter. Was ist Ihnen aufgefallen? Wer hatte Grund, Ihren Mandanten zu töten?»

Cattarese strich mit der linken Hand über seine dunkelblaue Anzughose und schlug dann die Beine übereinander. Er schien angestrengt nachzudenken.

«Mein Mandant hatte mehr Feinde als Freunde. Aber das haben Sie bei Ihren Recherchen sicher schon bemerkt.» Er machte eine bedeutungsvolle Pause und legte die Stirn in Falten. «Signor Cuméo hatte Probleme in München mit einer Lieferung verdorbener Hühnchen. Die Abnehmer waren verständlicherweise extrem sauer und haben die Ware nicht bezahlt. Cuméo wollte, dass ich eine Klage einreiche. Das habe ich abgelehnt. Die Frau des Geschädigten kam am Sonntag noch ins Bierzelt, wo wir zusammensaßen, und hat meinen Mandanten wüst beschimpft.» Wieder machte Cattarese eine Pause, um nachzudenken. «Der Geflügelmäster Giuseppe Spiro kündigte für Sonntag seine Ankunft in München an. Er wollte weitere Hühner liefern, um im Geschäft zu bleiben. Auch er wollte Geld haben.»

«Haben Sie Spiro in München gesehen?»

Cattarese schüttelte den Kopf. «Nein. Ob ihn Cuméo einmal nachmittags oder abends außerhalb des Zeltes getroffen hat, weiß ich nicht. Ich bin schließlich nicht sein Kindermädchen.»

Georg schüttelte resigniert den Kopf. Es war wirklich zu dumm, dass die Behörden in Pordenone den Geflügelmäster auf freien Fuß gesetzt hatten. Es würde dauern, bis sie Spiro nach seiner München-Reise befragen konnten, wenn sie ihn überhaupt noch rechtzeitig anträfen. Er hatte gar kein gutes Gefühl dabei.

«Hat Ihr Mandant ein Testament gemacht?», fragte Antonio, um den Avvocato wieder auf Spur zu bringen.

Cattarese schwieg verkniffen. Es war ihm anzusehen, dass diese Frage seiner Meinung nach deutlich die Kompetenz des Kommissars überschritt. Aber Antonio sah ihn nur an. Er war nicht gewillt, hier Konzessionen zu machen. Cattarese wand sich ein wenig und fuhr sich mit der linken Hand durch die grauen Haare. An seinem Ringfinger glänzte ein goldener Ehering.

«Sie wissen, Commissario, dass ich Ihnen das Testament nicht vorlesen darf. Das Original liegt bei einem Notar. Noch gibt es keine Genehmigung vom Nachlassgericht. Aber ich kann Ihnen so viel verraten, dass mein Mandant vor ungefähr einem halben Jahr sein Testament zugunsten seiner Nichte Cornelia geändert hat. Die junge Frau wird einen ganz erheblichen Teil des Erbes einstreichen. Es gibt eine Reihe von Klauseln und Ausnahmen, aber Cuméo hat für seine Nichte mehr als vorgesorgt.»

«Was passiert mit den Firmenanteilen? Wie stellt sich die Lage für Brione und Menasi dar?»

«Meine letzte Aufgabe als Anwalt wird es sein, alle Firmen und Beteiligungen zu veräußern. Ich bin gezwungen, die Schulden von den beiden Herren einzutreiben, mit festen Fristen und Zinssätzen. Brione und Menasi haben keinerlei Rücklagen.» Trocken und scheinbar ohne Gefühlsregung berichtete Cattarese von seinen anwaltlichen Pflichten. Antonio war in diesem Moment froh, dass er nach dem Jurastudium nicht Anwalt geworden war. Das wäre kein Job für ihn.

«Sie werden», fuhr Cattarese ungerührt fort, «ihre Firmen verlieren und auf einem gehörigen Batzen Schulden sitzenbleiben.»

«Haben Brione und Menasi das gewusst?»

«Kaum! Von mir sicher nicht! Und weshalb sollte Cuméo mit dieser Art von Testament hausieren gehen?»

Richtig gedacht! Antonio pflichtete ihm im Stillen bei. Dann hatten die beiden Geschäftspartner nach wie vor den besten Grund für den Mord an Cuméo. Entweder einer allein oder beide gemeinsam, was er nach wie vor für möglich hielt. Ziel der beiden war die komplette Entschuldung durch den Tod des Gläubigers! Ihnen musste das Wasser wirklich bis zum Halse stehen. Und dabei schob einer auf den anderen die Schuld. Wie Enrico berichtete, hatte Brione angeblich Menasi dabei beobachtet, wie dieser nochmals nach draußen zu Cuméo auf die Wiese hinterm Zelt gegangen war. Er selbst stand angeblich in der Schlange zur Toilette.

Menasi, von gedrungener und korpulenter Gestalt, kam als Täter im Fall Talenti sicher nicht in Betracht. Ganz egal, was Brione ihm andichten wollte. Selbst mit der allerbesten Verkleidung gab er keine schlanke, große Frauengestalt ab. Er hätte sich schon einen Auftragskiller nehmen müssen, um Talenti ermorden zu lassen. Das erschien Antonio etwas abwegig, aber nicht ausgeschlossen. Doch der Mord an Cuméo war eine andere Sache. Antonio riss sich zusammen und konzentrierte sich auf Cattarese.

«In den Unterlagen, die wir bei Ihrem Mandanten gefunden haben, befand sich auch ein Vertrag. Am Montag sollten die Geschäftspartner eine Million Euro bekommen, um eine größere Mall zu finanzieren.»

«Ich habe die Summe am Montagvormittag anweisen lassen. Nachdem Sie mich aufgesucht hatten, Commissario, habe ich mich mit der Bank in Verbindung gesetzt. Ich konnte die Transaktion stoppen.»

«Und wer hätte die Gelder aus den Verkäufen der Firmen und Beteiligungen bekommen?»

«Sie gehen zu großen Teilen an die Klinikstiftung von Talenti!»

«*Was?*», riefen Antonio und Georg wie aus einem Mund.

Cattarese lachte etwas gequält. «Weshalb überrascht Sie das so?»

«Wir haben nicht den Eindruck, als hätte Andrea Cuméo Talenti eine besondere Wertschätzung entgegengebracht.»

«Das sehen Sie völlig richtig. Mein Mandant hielt den Arzt für einen eitlen Gockel. Ihn mit faulen Eiern um die Ecke zu bringen, hat Symbolcharakter. Da hat sich jemand Gedanken gemacht.» Er lachte meckernd. «Ich denke, Cuméo hatte einen konkreten Plan, Talenti auszubooten und Cornelia die Leitung der Klinik zu übertragen.»

Antonio hörte förmlich den hämischen Ton Cuméos am Telefon, als dieser seine Nichte aufforderte, dem Arzt Beine zu machen.

«Können Sie mehr über seinen Plan sagen, Avvocato? Was hatte Cuméo gegen Talenti in der Hand?»

«Die Geschäftspraktiken meines Mandanten gingen oftmals verschlungene Wege. Sie werden verstehen, meine Herren, dass ich keinen Wert darauf legte, diese bis in die letzten Windungen zu kennen.»

«Das heißt, der Tod des Onkels zerstört Cornelia Cuméos Träume von einer eigenen Klinik. Denn der Stiftungsrat wird sowohl einen Nachfolger für Talenti als auch für den Vorsitz suchen, und seine Wahl wird sicher nicht auf die Nichte fallen.»

«Esatto! Der gleichzeitige Tod von Cuméo und Talenti ist für die junge Frau eine Tragödie.» Cattarese sah auf die Uhr und erhob sich.

«Signori, ich kann meinen Termin nicht länger aufschieben, und ich denke, es ist auch alles gesagt, was Ihre Ermittlungen betrifft.»

«Sie sind verheiratet, Avvocato?» Antonio gab sich stur.

Überrascht sah ihn Simone Cattarese an. «Ja, ich bin verheiratet. Aber weshalb interessiert Sie das?»

«Wir würden gern mit Ihrer Frau sprechen.»

«Dazu gibt es keine Veranlassung.»

Cattarese ergriff seinen Aktenkoffer, um endgültig aufzubrechen.

«Dottore, Sie gehören, wie Ihnen unschwer klar ist, zum engsten Kreis der Verdächtigen für beide Morde.»

«Ich bin gespannt, wie Sie mir zwei Morde nachweisen wollen, Commissario!» Er lächelte etwas gequält. «Ein Gespräch mit meiner Frau wird schwierig werden. Sie hält sich zurzeit in Boston auf und kommt erst in zwei Wochen zurück. Ganz nebenbei bemerkt, hatte sie weder zu Andrea Cuméo noch zu Fabrizio Talenti Kontakt. Wir pflegen grundsätzlich keinen gesellschaftlichen Umgang mit meinen Mandanten.»

«Abgesehen von einem Besuch auf dem Oktoberfest!», warf Georg lächelnd ein.

«Auch das war rein geschäftlich, Commissario. Mein Interesse an dem Bierfest ist gleich null, das kann ich Ihnen versichern.»

«Und was macht Ihre Frau in Boston, Dottore?»

Um Cattareses Mund bildete sich ein harter Zug.

«Hören Sie zu, Commissario Fontanaro. Ich denke, Sie überschreiten hier ganz klar Ihre Kompetenzen. Es geht Sie verdammt gar nichts an, was meine Frau in Boston macht.»

«Reine Neugierde, Avvocato, entschuldigen Sie. Ich bin immer neidisch auf Menschen, die Zeit und Geld haben, um zu verreisen. Das Gehalt eines Commissario ist nicht üppig. Auslandsreisen nach Amerika sind mit Familie leider nicht drin.»

Cattarese schenkte ihm ein mitleidiges Lächeln. Er schien etwas besänftigt, bewegte sich aber entschieden in Richtung Korridor. Er wollte das Gespräch rasch beenden. Antonio folgte dicht hinter ihm. Sie kamen am Schreibtisch vorbei. Dort lag am rechten Rand eine dicke Brieftasche. Kurz war er versucht, Cattarese darauf hinzuweisen, dann entschied er sich dagegen. Was ging es ihn an, ob der Avvocato seine Papiere bei sich hatte?

Während sie ihm zum Ausgang folgten, entschloss sich Cattarese doch noch, die gewünschte Information zu geben.

«Unsere Tochter lebt mit ihrem Mann in Boston. Wir haben vor vier Wochen ein Enkelkind bekommen. Deshalb ist meine Frau dorthin gereist, um ihr ein wenig unter die Arme zu greifen und den Enkelsohn zu sehen. Ich habe leider, so wie Sie, meine Herren, für derlei weite, lange Reisen wohl das Geld, aber keine Zeit.»

«Gratulazione Avvocato, gratulazione!» Antonio und Georg überschlugen sich mit guten Wünschen zum Enkelkind. Sie standen nun schon im Treppenhaus des alten Palazzo.

«Eine letzte Frage.» Antonio ließ ihn nicht von der Angel. Und der Blick Cattareses wurde nun endgültig unwillig und mürrisch.

«Wann sind Sie denn am Montagmorgen in Verona angekommen?»

«Morgen ist die falsche Bezeichnung. Der Zug kommt planmäßig um kurz nach halb zehn Uhr am Vormittag an, aber wir hatten Verspätung!»

Antonio schüttelte ungläubig den Kopf. «Das ist doch Unsinn. Der Zug aus München kommt spätestens um halb sieben Uhr morgens an.»

«Machen Sie Ihre Hausaufgaben, Commissario, und halten Sie mich nicht mit Spitzfindigkeiten auf. Der Brennero ist zurzeit unpassierbar, der Zugverkehr zwischen Innsbruck und Sterzing aufgrund einer Baustelle unterbrochen. Weil ich keine Lust hatte, mitten in der Nacht in einen Bus umzusteigen, habe ich den Zug über Salzburg genommen. Ein Schlafwagen ist bei einer Fahrzeit von fast zwölf Stunden die bessere Wahl, meinen Sie nicht? Buona sera, Commissarii.» Die Tür fiel hinter ihnen ins Schloss, und Cattarese kümmerte sich nicht mehr um die beiden, sondern eilte im Laufschritt auf die Porta Borsari zu.

In Gedanken ging Antonio hinter Georg her. Der aufgebrachte deutsche Mitreisende im Zug nach Verona fiel ihm ein. Jetzt verstand er den alten Mann. Über dreizehn Stunden Zugfahrt hatte dieser sich beschwert. Da konnte man schon die Geduld verlieren.

«Ich hab Durst!», vermeldete Georg und steuerte die Bar an, die unweit der Porta Tische und Stühle auf der Piazzetta aufgestellt hatte. Die meisten Plätze waren schon besetzt. Junge Leute hatten Gläser mit Spritz oder Prosecco vor sich und unterhielten sich angeregt. Zielstrebig ging er auf einen freien Tisch zu und ließ sich auf einem der Metallsessel nieder. Antonio folgte ihm ohne Widerrede. Ein Kellner eilte herbei und brachte kurz darauf zwei Crodini mit Eis, eine Schale mit grünen Oliven und frisches, salziges Blätterteiggebäck. Den sehr viel besseren, aber alkoholischen Aperol Spritz hatten sie sich verkniffen. Noch waren sie im Dienst.

«Salute!» Georg prostete seinem Freund und Kollegen zu. «Nimm es nicht persönlich, aber das war ein Schlag ins Wasser. Den Avvocato können wir getrost von der Liste streichen. Keine Chance, dass er um kurz nach fünf Uhr morgens Talenti ermordet haben kann. Um diese Zeit hat er selig im Zug geschlummert. Jetzt trinken wir erst mal, und dann schaun mer weiter, was uns sonst noch so alles einfällt.»

Antonio schaute gedankenverloren sein orangerotes Getränk an und schwenkte die Eiswürfel hin und her. Dann nahm er einen Schluck und stellte das Glas auf dem runden Tischchen ab.

«Weshalb nimmt unser eifriger Avvocato den Weg zur Porta Borsari in Richtung Piazza delle Erbe, wenn er zum Finanzgericht will? Das Gericht liegt in der entgegengesetzten Richtung!»

Er schaute auf die Uhr und erhob sich von seinem Metallsessel.

«Du hast jetzt etwas mehr als eine halbe Stunde Zeit zum Einkaufen.»

«Aha! Interessant!»

«Ich bin sicher, du brauchst mindestens ein Paar neue Schuhe!»
«Höre ich da leise Ironie?»
«Ich gehe rasch zur Questura und lass mich auf den neuesten Stand bringen. Lavinia soll sich bei der Bank erkundigen, ob und wann Cattarese die Überweisung von insgesamt einer Million Euro an Brione und Menasi gestoppt hat. Anschließend fahren wir gemeinsam zu Pietro Sandrini. Er erwartet uns kurz nach 17 Uhr.»
«Das klingt jetzt schon verdammt nach einem echten Arbeitstag!»
«Nach Sandrini nehmen wir uns die Praxisräume und das Büro von Talenti vor. Um diese Zeit können wir uns in Ruhe umsehen.»
«Wer wird uns die Räume aufsperren? Die Oberärztin?»
«Mach dir mal darüber keine Gedanken.»
Georg pfiff durch die Zähne. «Alles klar, Collega!»

41

Kurze Zeit später kämpfte sich Georg durch den Touristenstrom auf der Via Cappello. Die Casa della Giulia mit ihrem weltberühmten Balkon lag zu seiner Linken. Dort war kein Durchkommen. Die einen Besucher wollten hinein, die anderen kamen nicht heraus. Sie drängten und schoben sich zusammen, als gäbe es etwas umsonst. Georg versuchte, ihnen, soweit es ging, aus dem Weg zu gehen. Das Gedränge und Geschiebe erinnerte ihn an den Münchner Marienplatz mittags um elf Uhr, wenn sich das Glockenspiel im neuen Rathausturm in Bewegung setzte und Japaner und Amerikaner mit Kameras dieses wahnsinnig spannende Ereignis filmten und fotografierten. Eng an der gegenüberliegenden Hausmauer entlang bewegte er sich in Richtung Osten, dort, wo die Porta Leoni als Zeugin der ursprünglich römischen Siedlung stand. Sein Lieblingsschuhladen befand sich in unmittelbarer Nähe.

Als er das Ladengeschäft erreichte, vertiefte er sich in das reichhaltige Angebot winterlicher Herrenschuhe in der Auslage. Der Besitzer legte keinen großen Wert auf Dekoration. Das konnte er getrost den Label-Läden auf der Via Mazzini überlassen. Ihm ging es nur darum, möglichst viele seiner Modelle zu präsentieren. Georg hatte auch bald das Schuhpaar seiner Wahl entdeckt und betrat den Laden. Eine Verkäuferin mittleren Alters kam auf ihn zu und begrüßte ihn überschwänglich. Das war auch ein Vorteil dieses Familienbetriebs. Egal, wie oft er herkam, sie erkannte ihn immer. Ohne lange zu fragen, schickte sie das Lehrmädchen los, um einen Espresso von der Bar nebenan zu holen. Als sie ihn brachte, hatte Georg bereits das erste Paar Winterstiefeletten am Bein und testete deren Passform. Sie waren ausgesprochen bequem. Das weiche Nubuk-Leder passte sich jedem seiner Schritte an. Das handgefertigte Fußbett garantierte einen Lauf wie auf Daunen.

«Ah, Commissario, ist das empfindliche Leder nicht ein wenig gewagt für Ihre bayerischen Winter? Schnee bekommt ihm gar nicht gut.»

Staatsanwalt Vincenzo Mauro ließ sich neben Georg nieder und beäugte interessiert und mit unverhohlener Schadenfreude die Stiefeletten. Georg empfand in diesem Moment die heftigste Abneigung gegen den Schlaumeier Mauro. Wo kam der denn plötzlich her? Ohne auf dessen Spott einzugehen, stand er auf und machte weitere testende Schritte durch den Laden. Er würde diese Schuhe um jeden Preis kaufen, selbst wenn er niemals auch nur einen Schritt durch den heimischen Schnee machen würde. Er ließ sich wieder neben Vincenzo Mauro nieder. Nachlässig schob er sein Hosenbein über dem Knie etwas nach oben, machte den Reißverschluss des rechten Stiefels auf und schlüpfte aus ihm heraus.

«Na, Dottore, was darf es für Sie sein? Lackschuhe für die Hochzeit mit der bella nera von gestern Abend?»

Wider Erwarten reagierte der Staatsanwalt mit lautem Lachen.

«Sie hat Ihnen also auch gefallen? Ja, sie ist ein Klasseweib. Aber ich bin schon zweimal geschieden. Man muss Fehler nicht wiederholen!»

Georg schlüpfte auch aus dem zweiten Schuh und bat die Verkäuferin um die Rechnung. Die halbe Stunde, die ihm Antonio gewährt hatte, war praktisch um, und er musste noch zur Piazza Brà zurücklaufen.

«Was gibt es Neues aus Pordenone?» Er wollte die Gelegenheit nicht ungenutzt verstreichen lassen.

«Ganz schlechte Frage, Commissario. Meine schöne Theorie, Spiro wäre ganz eindeutig unser Mann, hat sich in Luft aufgelöst. Spiro war erwiesenermaßen nicht in München am Sonntag – und auch danach nicht. Er hat zusammen mit vier weiteren Mitarbeitern die restlichen Hühnchen eingefangen, die am nächsten Morgen vom Schlachter abgeholt werden sollten. Als Täter im Fall Cuméo scheidet er aus.»

Er winkte eine weitere Verkäuferin zu sich heran und verlangte nach einem Paar schwarzer Budapester in Größe 50.

Der Mann lebte wahrlich auf großem Fuß, dachte Georg nicht ohne Häme. Selbst das eleganteste Modell verlor bei einer solchen Länge die ideale Proportion.

«Ich weiß nicht, ob es wirklich für unseren Fall relevant ist», fuhr Mauro fort und lachte dabei etwas in sich hinein, «aber den Technikern in Pordenone ist es doch noch gelungen, das ausgebrannte Auto zu identifizieren. Es hatte zuletzt einem jungen Mann in Gorizia gehört. Er hat ausgesagt, den Wagen vor ungefähr drei Wochen privat an eine Dame mit blonden Haaren verkauft zu haben.»

Die Verkäuferin öffnete eine schwarze Schuhschachtel mit Goldaufschrift und holte ein Paar Budapester heraus, die Georg trotz ihrer Größe etwas neidvoll betrachtete.

«Einen schönen Tag noch, Commissario!»

«Altrettanto, Dottore!»

42

Er stand in seinem Schlafzimmer und schlüpfte hastig in die graue Anzughose. Als Nächstes nahm er die Kontaktlinsen heraus und setzte die Ersatzbrille auf, die er griffbereit auf seine Herrenkommode gelegt hatte. Auf dem Weg in die Küche zog er den grauen Staubmantel über das Anzugjackett, der passende Hut dazu lag auf dem Ablagebord der Garderobe. Er öffnete die Kühlschranktür und schob mit zitternden Fingern das kleine Medizinfläschchen in die weite Außentasche seines Mantels. Aus einem Unterschrank, in dem Letizia die Putzmittel aufbewahrte, nahm er ein Paar Latexhandschuhe. Er musste penibel darauf achten, bei Sandrini nichts anzufassen. Bereits im Laufschritt nahm er die Autoschlüssel der Alfetta vom Schlüsselbord neben der Wohnungstür und griff nach der voluminösen Aktentasche, die nur altes Zeitungspapier enthielt.

Er verließ das zweistöckige Wohnhaus in der Via de Canal durch den Hinterausgang. Im Hof, einem kleinen Garten mit einer Sitzbank unter einer Platane und einer Garage am Ende eines mit Flusskieseln gepflasterten Wegs, stand der Wagen bereit. Er stieg ein und öffnete das elektrische Hoftor. Die enge Via de Canal, in einem ruhigen Wohnviertel im Nordwesten der Stadt gelegen, war menschenleer. Es konnte für ihn gar nicht besser laufen.

Die Fahrt bis zur Direktion des Gesundheitsamtes im Süden der Stadt war nicht weit. Etwas mehr als drei Kilometer musste er zurücklegen. Der Weg führte ihn über verwinkelte Einbahnstraßen mit kleinen Läden und Bars, hinter der Piazza delle Erbe und der Arena vorbei, über die Via Armando Diaz zum Corso Cavour, einer belebten und reichlich befahrenen Ausfallstraße. Jetzt ging es etwas schneller voran. Er gab Gas und versuchte dabei, keinen Gedanken auf das zu verschwenden, was er vorhatte. Ganz automatisch lenkte er den Wagen wie auf Schienen durch den Verkehr.

Keine zehn Minuten später fuhr er in die Tiefgarage des unscheinbaren Gebäudes in der Via della Valverde und stellte den Wagen nahe den Aufzügen ab. Nachher musste es schnell gehen.

Er sperrte den Wagen ab, betrat den rechten der beiden Aufzüge und fuhr nach oben bis in den vierten Stock, wo die Direktion des Gesundheitsamtes untergebracht war. Er ging von Tür zu Tür, bis ein Messingschild ihm das Büro von Pietro Sandrini anzeigte, und trat ein. Ein junges, unscheinbares Mädchen saß an einem großen Schreibtisch und blickte ihn desinteressiert an. Sie kannte ihn nicht. Aber in einer knappen Viertelstunde würde das anders sein. Sie würde die Gestalt mit der dicken Brille auf der Nase, dem grauen Hut, den er tief in die Stirn gezogen hatte, und der schweren Aktentasche in der Hand nie mehr im Leben vergessen, dessen war er sich sicher.

«Dottor Bonaviri», stellte er sich vor. «Ich habe einen Termin mit Dottor Sandrini.»

«Sie werden schon erwartet, Dottore!» Unendlich langsam, wie es ihm schien, erhob sie sich von ihrem Stuhl, um ihn anzumelden. Als sie aufstand, nahm er ihre Kleidung erst richtig wahr. Der fliederfarbene Pullover wurde durch ausgewaschene Jeans und Turnschuhe geschmacklos ergänzt. Er merkte, wie sich Unmut in ihm regte. Schlechtangezogene Menschen hatten ihn immer schon erzürnt. Deshalb klang seine Bitte schärfer, als er das eigentlich beabsichtigt hatte: «Wären Sie so freundlich und würden uns zwei espressi ristretti bringen, Signorina?» Er nötigte sich ein Lächeln ab, das ziemlich misslang. Auf unnatürliche Weise hatte er seine Kiefer zusammengepresst und war nur zu einer Grimasse fähig. Das war ihm selbst bewusst. Die Anspannung und Konzentration musste ihm anzusehen sein.

Die junge Frau, die gerade die Tür zum Büro ihres Chefs öffnen wollte, sah ihn genervt an.

«Wir haben keine Espressomaschine, Dottore.»

«Gleich nebenan ist eine Bar. Es macht Ihnen doch sicher keine Mühe, Signorina?»

Als sie ihn sprachlos ansah, setzte er hinzu: «Ihr Chef erwartet mich. Würden Sie mich bitte anmelden?» Gleichzeitig umfing er den Henkel seiner Aktentasche mit festem Griff, und die linke Hand formte er zur Faust, um sich selbst daran zu hindern, die Türklinke anzufassen, weil die junge Frau nun gar keine Anstalten machte, endlich in die Gänge zu kommen. Mit dem Kinn deutete er zur Tür, und schließlich begriff sie, was er von ihr erwartete. Kaum hatte sie die Tür geöffnet, drängte er sich an ihr vorbei.

«Buona sera, Dottore. Ich danke Ihnen, dass Sie sich kurz Zeit für mich nehmen.» Dann drehte er sich um und sah die junge Frau mit einem strafenden Blick an, dass sie beleidigt die Tür schloss. Hoffentlich war sie nicht zu sehr eingeschnappt. Sonst wartete er vergebens auf die espressi ristretti, und sein schöner Plan würde sich in Luft auflösen.

Pietro Sandrini war ein durchschnittlich großer Mann mit blassem Gesicht und großen falschen Zähnen, die aufblitzten, als er dienstbeflissen den Gast mit einem schiefen Lächeln bedachte. Auch er hatte ihn noch nie im Leben getroffen. Sandrini reichte ihm kurz die Hand und deutete dann auf einen Stuhl vor seinem Schreibtisch. Von seinem Drehsessel hatte er sich nicht einmal ansatzweise erhoben. Ein unübersehbar bequemer Mensch, der sein Temperament, sollte er über eines verfügen, geschickt verbarg. Der Herr Direktor würde sich noch wundern, dachte er ohne großes Mitleid.

«Was kann ich für Sie tun, Dottore?» Dabei spielte Sandrini gelangweilt mit einem Kugelschreiber, den er auf der Schreibtischunterlage hin und her drehte. Es war ihm anzusehen, dass ihm der Besuch äußerst lästig war und er den Herrn, der sich Dottor Bonaviri nannte, so schnell wie möglich wieder loswerden wollte.

Sein Besucher hatte die Aktentasche neben sich auf den Boden gestellt und kontrollierte mit einem kurzen Griff in die Manteltasche, ob sich das Fläschchen und die Handschuhe noch an Ort und Stelle befanden.

«Ich nehme an, dass Ihnen die Klinik von Fabrizio Talenti ein Begriff ist?», begann er sein Gespräch.

Sandrini sah ihn überrascht an. Sein Blick verriet höchste Wachsamkeit. Oder bildete er sich das nur ein?

«Wie Sie sicher gehört haben, wurde Dottor Talenti ermordet. Die Behörden, so auch wir vom Gesundheitsministerium, gehen allen möglichen Spuren nach. Da Ihnen die Klinik zugeordnet ist, möchte ich Sie um die Prüfberichte der letzten fünf Jahre bitten, die Sie ja sicher angefertigt haben?» Er wusste, dass er Pietro Sandrini damit erheblich unter Druck setzte. Seine Berichte, die er zur Genüge kannte, waren das Papier nicht wert. Der Stiftungsrat allerdings war immer höchst zufrieden mit ihnen gewesen. Talenti hatte dem Direttore regelmäßig eine hübsche Summe überwiesen, damit es an seiner Klinik aber auch nicht die kleinste Kleinigkeit auszusetzen gab. Jeder einigermaßen vernunftbegabte Mensch musste aus den Papieren die richtigen Schlüsse ziehen. Commissario Fontanaro konnten diese Papiere mit Sicherheit nicht täuschen. Sandrini rutschte etwas unbehaglich auf seinem Stuhl herum.

«Der Tod von ... Dottor Talenti ist in der Tat eine Tragödie», begann er stockend. «... Ganz unfassbar, das Ganze! Ich bin natürlich ... zu jeder Art ... von, von Zusammenarbeit bereit.»

«Das ist schön!» Er zauberte ein falsches Lächeln auf seine Lippen, um dann ungnädig fortzufahren: «Es würde mir vollkommen genügen, wenn Sie mir die Prüfberichte aushändigten!» Er schlug graziös ein Bein über das andere und fixierte sein Gegenüber mit hartem Blick. Er fand es spannend, dass der Bursche nur noch wenige Minuten zu leben hatte und diese mit dem verzweifelten und sinnlosen Versuch vergeudete, sich möglichst geschickt aus einer Affäre zu ziehen, in die er sich selbst hineinmanövriert und mit vielen Tausenden von Euro hatte versüßen lassen. Man bekam im Leben nichts geschenkt. Wenn Sandrini das begriff, würde es leider schon zu spät sein.

Es klopfte an der Tür, und die graue Maus vom Vorzimmer brachte die gewünschten espressi auf einem Tablett zusammen mit mehreren Päckchen Zucker und zwei Gläsern mit Leitungswasser. Sie stellte das Tablett mitten auf dem Schreibtisch ihres Chefs ab und verschwand so schnell, wie sie gekommen war. Sandrini sah ihr verblüfft nach, sichtlich überrascht von der Tatsache, dass seine Mitarbeiterin Caffè servierte.

Nun wurde es für seinen Besucher interessant. Wohlkalkuliert zog er das Tablett zu sich heran. Er beugte sich weit darüber und sah Sandrini dabei unerschrocken ins Gesicht.

«Sie sind sicher ein vielbeschäftigter Mann, Dottore. Händigen Sie mir den Ordner mit den Berichten aus, und Sie sind mich schon wieder los.»

Gespannt wartete er, wie der Direktor der Gesundheitsbehörde von Verona reagierte. Davon hing entscheidend ab, ob er Gewalt anwenden musste. Er hoffte sehr, dass es dazu nicht kam. Nichts hasste er mehr, als fremde Personen anzufassen. Und Sandrini in seinem dunkelblauen Pullover über einem grauweiß gestreiften Hemd sah nicht so aus, als hätte er heute Morgen frische Sachen angezogen. Er hatte Glück. Sandrini erhob sich von seinem Drehsessel.

«Un momento, Dottore, ich muss meine Mitarbeiterin fragen, wo sie die Berichte aufbewahrt.»

«Naturalmente!» Nichts tat er lieber, als einen Moment zu warten. Gelassen zog er das Medizinfläschchen aus der Manteltasche und streifte die Latexhandschuhe über.

43

VERONA
17.00 UHR

Ciao, Giorgio! Wenigstens du hast deinen Spaß gehabt!» Antonio war fast ein wenig neidisch auf Georg. Dieser hatte, mit einem höchst zufriedenen Lächeln und lässig an einen Betonpoller gelehnt, im Schatten vor dem Rathaus auf ihn gewartet. In der Hand hielt er eine voluminöse Schuhtüte, die sie im Kofferraum des Dienst-Alfa verstauten. «Während wir uns die Köpfe zerbrechen, geht der gnädige Herr einkaufen.»

Sie stiegen in den Wagen, und Antonio fuhr los. Es war höchste Zeit, ins Gesundheitsamt zu fahren.

«Nur kein Neid! Du hast mich selbst losgeschickt. Schon vergessen?» Georg lachte. «Und, was gibt es Neues?»

«Unser Freund Brione hat Enrico angerufen und seine Aussage, sagen wir einmal, etwas präzisiert. Das habe ich noch kurz vor unserem Gespräch mit dem Avvocato erfahren.

Nachdem er zusammen mit Cattarese und Menasi Cuméo ins Freie verfrachtet und zum Ausnüchtern auf die Wiese gelegt hatte, gibt er jetzt zu Protokoll, ist er anschließend direkt zur Toilette im ‹Schottenhamel›-Zelt gegangen. Während er in der

Schlange wartete, kam Menasi wieder an ihm vorbei und ging erneut nach draußen. Was der Geschäftsfreund dort gemacht hatte, konnte er uns natürlich nicht sagen!»

«Er ist ihm nicht nachgegangen?»

«Angeblich nicht.»

«Und was sagt Menasi zu dieser Aussage?»

«Enrico ist auf dem Weg zu ihm. Anschließend treffen wir den Ispettore in der Klinik. Lavinia und Fausto halten in der Questura die Stellung, falls wir Unterstützung bei der Recherche brauchen.» Antonio sah kurz zu Georg hinüber und lachte. «Und du warst erfolgreich, wie ich der Tüte entnehme, hast ein paar schöne Treter für Samstagabend gefunden, damit du auf Stefania einen guten Eindruck machst?»

«Ich habe unseren Staatsanwalt getroffen!», wich Georg der Frage geschickt aus. Er berichtete ihm ausführlich von seinem Gespräch.

«Dann wird der Kreis der Verdächtigen in München wieder kleiner. Bleiben die Wirtin Schmidtbauer und die Geschäftsfreunde. So weit waren wir schon einmal. Wir drehen uns im Kreis. Dass das rote Auto jenseits der Grenze in Slowenien gekauft wurde, ist natürlich sehr interessant. Aber wir haben keine Papiere vom Kauf.»

Antonio fuhr mit hoher Geschwindigkeit über die Kreuzung bei der Porta Nuova und in die dreispurige Fahrbahn in Richtung Messegelände. Nach wenigen Metern standen sie im Stau. Es war Berufsverkehr.

«Ich habe Lavinia gebeten, den Zugschaffner ausfindig zu machen, der am letzten Sonntag im Schlafwagen zwischen München und Mestre Dienst hatte. Vielleicht bekommen wir so noch etwas über Cattarese heraus.»

Georg schüttelte zweifelnd den Kopf. «Der Avvocato ist sauber. Was soll er denn von Cuméos oder Talentis Tod für einen Vorteil gehabt haben? Dem ist das alles nur furchtbar lästig.»

«Ich will keinen der drei Herren außen vor lassen. Für Fehler haben wir wirklich keine Zeit mehr.»

Inzwischen hatten sie die Via della Valverde erreicht. Das schäbige Gesundheitsamt stach sofort ins Auge. Warum mussten öffentliche Gebäude immer so trostlos sein? Grauer Beton ohne jeden Anstrich vermittelte Gefängnisatmosphäre.

«Gott sei Dank gibt es eine Tiefgarage. Hier einen Parkplatz zu finden, ist fast aussichtslos.» Antonio dirigierte den Wagen in die enge Einfahrt, zog ein Parkticket aus dem Automaten und steuerte hinab ins Dunkel. Die Tiefgarage war fast leer. Antonio fuhr bis zu den Aufzügen und parkte neben einer dunkelblauen Alfetta.

«Das gibt's doch nicht!» Antonio stieg aus und ging um das Auto herum. Es bestand überhaupt kein Zweifel. Genau diesen Wagen hatte er auf dem Parkplatz des Friedhofs gesehen. Das alte Nummernschild, hinten orangefarbene und vorne weiße Buchstaben auf schwarzem Grund, dazu «VR» für die Provincia di Verona, war ihm schon am Vormittag aufgefallen.

Georg trat neben ihn. «Tolles Auto! Top in Schuss. Was ist damit?»

«Diesen Wagen habe ich heute schon einmal gesehen. Vor dem Cimitero Monumentale!»

«Na ja, Verona ist nicht gerade riesig. Da begegnet man sich schon mal.»

Antonio schüttelte den Kopf. Das konnte kein Zufall sein. Gemeinsam gingen sie zu den Aufzügen. Der rechte war auf dem Weg vom vierten Stock nach unten. Der andere stand im Erdgeschoss. Sie fuhren in den vierten Stock, wo sich der traurige, einfallslose Eindruck, den das Gebäude von außen hinterlassen hatte, fortsetzte. Wer hier arbeiten musste, wurde nicht abgelenkt, konnte sich den Bedürfnissen und Aufgaben des Amtes ungestört widmen.

«Zwischen diesen Mauern möchte man nicht begraben

sein», sagte Georg und sprach aus, was Antonio durch den Kopf ging.

Als sie am Büro von Pietro Sandrini klopften, kam keine Antwort. Sie traten ein, aber das Vorzimmer war leer.

«Keiner mehr da?», rief Georg laut in den Raum.

«Eine Jacke jedenfalls hängt noch am Haken. Vielleicht ist die Signorina beim Kopierer.» Antonio schob die Hände in die Taschen seiner Jeans und schaute sich um. Ein Plakat erläuterte die Ansteckungsgefahr von Tuberkulose, verwies auf die Symptome und zeigte Vorsichtsmaßnahmen auf, die zu treffen waren, wenn man sich infizierte. Auf einem Tischchen lagen verschiedenfarbige Blätter aus. Es wurden Impfungen gegen Kinderlähmung und Keuchhusten empfohlen. Ein Merkblatt erläuterte Hygienemaßnahmen im Privathaushalt bei infektiösen Erkrankungen. Keine schönen Themen.

«Sollen wir nicht einfach klopfen?» Georg wurde ungeduldig und deutete auf die Bürotür. «Wir haben doch einen Termin, oder?»

Antonio hörte gar nicht richtig hin. Er war um den Schreibtisch der Empfangsdame herumgegangen und schaute auf den Bildschirm. In einer Excel-Tabelle war der Archivbestand des Gesundheitsamtes aufgelistet. In der Suchzeile las er «Ospedale Sacra Madre» mit der Signatur OSM 9512. Das war nun ganz sicher kein Zufall mehr.

«Du hast recht, wir sollten nicht länger warten.»

In diesem Moment tauchte die Signorina in der Tür auf. Ärgerlich sah sie von einem zum anderen.

«Was machen Sie hier? Kommen Sie sofort da weg», herrschte sie Antonio an. «Was fällt Ihnen ein?»

Unter dem Arm trug sie einen dicken Ordner. «Buona sera, Signorina.» Antonio kam hinter dem Schreibtisch hervor, trat dicht an sie heran und versuchte, das Rückenetikett zu lesen.

«Also, erlauben Sie mal!» Entrüstet drückte sie den Ordner an ihre Brust.

Antonio hielt ihr seinen Dienstausweis hin. «Wir sind angemeldet und werden nicht länger warten!»

«Das geht aber nicht. Mein Chef hat Besuch vom Gesundheitsministerium. Ein paar Minuten müssen Sie sich jetzt schon gedulden.»

Antonio drehte sich wortlos um und klopfte an der Tür.

«Signori!», entrüstete sich die junge Frau und drängte an Antonio vorbei, um ihn aufzuhalten. Doch der Commissario hatte die Tür schon geöffnet, dicht gefolgt von Georg. Gemeinsam betraten sie das Büro von Dottor Sandrini.

Die Mitarbeiterin war ihnen gefolgt und schaute ebenfalls überrascht zum Schreibtisch, der verwaist war. Dann stieß sie einen spitzen Schrei aus. Der Ordner fiel mit einem lauten Krach zu Boden, und Papiere quollen zwischen den Deckeln hervor. Die Frau eilte zu der reglosen, etwas verkrampft liegenden Gestalt und kniete nieder.

«Oh Dio, Dottore, Dottore, wachen Sie auf!» Mit der Hand tätschelte sie die bleichen Wangen ihres Chefs, der jedoch keinen Laut von sich gab. Behutsam zog Antonio die junge Frau hoch. Tränen liefen über ihr Gesicht. Er führte sie zurück ins Vorzimmer und nötigte sie, auf einem der Besucherstühle Platz zu nehmen.

Er hielt ihr ein Papiertaschentuch hin, zog sein Handy aus der Hosentasche seiner Jeans und wählte den Notruf. Dann verständigte er Petrelli.

«Ich bin gleich wieder bei Ihnen, Signorina. Doch zuerst müssen wir uns um Ihren Chef kümmern. Bleiben Sie hier sitzen, und rühren Sie sich nicht von der Stelle.»

Die junge Frau nickte und sah verstört zu Boden. Das Taschentuch fest auf den Mund gedrückt, versuchte sie sich zusammenzunehmen. Antonio kehrte zu Georg zurück, der den leblosen

Sandrini auf den Rücken gedreht hatte und neben ihm kniete. Er befühlte die Halsschlagader, legte den Kopf auf das Herz des Opfers. Aber er fühlte und hörte nichts. Dann versuchte er es mit einer Herzmassage. Rhythmisch presste er die Hände auf den Brustkorb. Nach einigen Minuten gab er erschöpft auf.

«Wir sind zu spät, Tonio! Der gibt keinen Mucks mehr von sich!»

Georg rutschte zur Seite, während Antonio wortlos übernahm. «Riechst du das auch?» Georg deutete auf den Mund von Sandrini.

«Espresso! Das habe ich ... auch schon bemerkt.» Antonio keuchte und gab endgültig auf.

«Genau! Aber wo ist die Tasse? Es schaut überhaupt alles sehr aufgeräumt aus. So als hätte unser Opfer hier allein gearbeitet, einen Schwächeanfall erlitten und wär dann tot vom Stuhl gekippt. Aber die Mitarbeiterin hat doch etwas von einem Besuch erzählt. Wo ist der Typ abgeblieben?»

«Sono un vero idiota!» Antonio schlug sich mit der Hand auf die Stirn. «Es ist längst zu spät, aber schau doch bitte trotzdem in der Tiefgarage nach, ob die Alfetta immer noch dort abgestellt ist, Giorgio.» Er suchte in den Taschen nach seinem Autoschlüssel und warf ihn ihm zu. «Wenn der Wagen noch dasteht, was ich nicht glaube, dann behalt ihn im Auge, oder folge ihm, wenn der Besitzer auftaucht und wegfährt. Aber unternimm nichts allein. Ruf an, damit ich weiß, wohin ihr unterwegs seid.»

Als Georg fortgeeilt war, sah sich Antonio im Büro von Sandrini um, aber er konnte nichts Auffälliges entdecken. Nichts deutete darauf hin, dass es einen Kampf gegeben hatte.

Nach endlos lang erscheinenden Minuten tauchten endlich auch die Sanitäter mit Trage und großem Medizinkoffer auf. Ein Arzt, gefolgt von Georg, der den Kopf schüttelte und die Autoschlüssel zurückgab, kniete sich neben das Opfer.

«Ich vermute, man hat Dottor Sandrini etwas in den Espresso

getan», informierte Antonio den Arzt. «Soweit ich gesehen habe, gibt es keine Anzeichen dafür, dass Gewalt angewendet oder eine Waffe benutzt worden ist.»

«Sie gehen von Mord aus?», fragte der Arzt beiläufig.

«Sì!»

«Der Mann ist tot. Wir können hier nichts mehr tun.» Der Arzt erhob sich und streifte seine Handschuhe ab. «Allerdings liegen Sie mit Ihrer Vermutung, es hätte kein Kampf stattgefunden, nicht richtig, meine Herren. Sehen Sie selbst.»

Antonio und Georg traten näher und beugten sich über das Opfer. Der Arzt schob den Hemdkragen ein Stück auf. Sehr schwach waren rotbläuliche Abdrücke von Fingern am Halsansatz sichtbar.

«Der Täter muss sein Opfer von hinten gewürgt haben. So lange wohl, bis Sandrini das Bewusstsein verlor. Ob er daran gestorben ist oder ob er noch eine Substanz verabreicht oder gespritzt bekommen hat, kann Ihnen die Pathologin nach der Obduktion sagen.»

«Wir vermuten, dass der Täter eine hohe Dosis von K.-o.-Tropfen in einen Espresso gemischt hat.»

Der Arzt nickte bedächtig. «Das sagen Sie am besten auch der Kollegin von der Pathologie.» Er wandte sich an die Sanitäter. «Sie können zurückfahren. Ich besorge einen Leichentransport.»

Er füllte den Totenschein aus. Eine Kopie reichte er Antonio.

«Für Ihre Unterlagen. Buona sera!»

Antonio blickte dem Arzt nach und holte gleichzeitig sein Handy hervor. «Lavinia, ciao. Wir haben leider einen weiteren Toten. Pietro Sandrini, Direktor der Gesundheitsbehörde! Könntest du bitte herausfinden, wer in Verona eine Alfetta angemeldet hat, Erstzulassung in den Siebzigern? Vom Kennzeichen ist mir außer VR nur noch die erste Ziffer, eine 5, in Erinnerung. Wenn du einen Treffer hast, gib den Wagen zur Fahndung raus. Wir melden uns sicher gleich noch mal.»

Zu Georg gewandt sagte er: «Wir sollten uns jetzt um die Mitarbeiterin von Sandrini kümmern.» Gemeinsam gingen sie ins Vorzimmer zurück. Die junge Frau sah ihnen blass und verweint entgegen.

«Signorina, wie heißen Sie bitte?»

«Annamaria.»

«Ihr Chef wird gleich abgeholt.»

«Aber ...»

Antonio setzte sich neben sie, während Georg sich an die Schreibtischkante lehnte und schwieg.

«Er ist tot, Signorina. Es tut mir sehr leid.»

Sie sah ihn fassungslos an.

«Können Sie mir ein paar Fragen beantworten?»

Sie schüttelte den Kopf. Die Tränen, die schon versiegt waren, begannen erneut zu fließen. Antonio bedauerte die junge Frau. Aber je schneller er sie befragte, umso ehrlicher würde sie antworten. Unter Schock zu lügen, war schwer.

«Erzählen Sie bitte ganz genau, was sich in der letzten Stunde hier abgespielt hat, Annamaria!»

Sie schnäuzte sich. «Ich verstehe das nicht. Es war doch alles in Ordnung. Dottor Sandrini hatte Besuch. Dieser Dottor Bonaviri vom Gesundheitsministerium wollte den Ordner haben. Dazu musste ich in den Keller in unser Archiv.»

«Sie meinen den Ordner, den Sie im Büro haben fallen lassen?»

Die junge Frau nickte und schaute ihn unglücklich an.

«Den nehmen wir nachher mit. Vielleicht können wir aus den Papieren ersehen, um was es hier eigentlich geht.» Georg ging in das Büro zurück und holte die Unterlagen.

«Können Sie ungefähr sagen, wie lange Sie sich im Archiv aufgehalten haben?»

Die junge Frau sah auf ihre Armbanduhr. «Eine Viertelstunde vielleicht. Sicher nicht länger.»

«Haben Sie den Besucher weggehen sehen?»

Sie schüttelte den Kopf.

«Und war dieser Mann vorher schon einmal hier?»

«No!»

«Wie sah er denn aus?»

«Komisch. Irgendwie altmodisch. Er trug eine dicke Brille. Die Gläser waren so stark, dass die Augen übernatürlich groß wirkten. Dann hatte er einen Hut auf, den er sich tief in die Stirn gezogen hatte, und einen Mantel hatte er auch noch an, obwohl es draußen so schön warm und sonnig ist. Und dann wollte er, dass ich espressi ristretti hole. Ich habe ihm erklärt, dass wir keine Espressomaschine haben. Aber er hat mich in die nächste Bar geschickt. Einfach unverschämt!»

Antonio fuhr sich mit beiden Händen durch die Haare. Da stimmte etwas nicht. Die Männer hatten also gemeinsam Espresso getrunken.

«Wo haben Sie denn die espressi abgestellt?»

«Mitten auf den Schreibtisch. Die Signora von der Bar hat mir noch ein Tablett gegeben, damit ich alles gut tragen konnte. Sie möchte es natürlich wiederhaben.»

Das würde schwierig werden. Von besagtem Tablett und den Tassen fehlte jede Spur. Offenkundig hatte der Besucher alles mitgenommen. Die Beschreibung des Mannes passte zu dem Herrn, den er auf dem Friedhof beobachtet hatte.

«Sagt Ihnen der Name ‹da Veronella› etwas, Annamaria?»

«No!»

«Sie sollten jetzt nach Hause gehen. Leben Sie allein?»

«Ich wohne noch bei meinen Eltern.»

«Bene. Geben Sie mir bitte noch Ihre Adresse, dann bestelle ich Ihnen ein Taxi. Mein Kollege und ich sehen uns hier noch ein bisschen um und warten auf die Spurensicherung.»

Gehorsam packte die junge Frau ihre Sachen zusammen und floh aus dem Büro. Kaum hatte sich die Tür hinter ihr geschlossen, als sich Antonio auch schon auf den Computer stürzte.

Er durchsuchte den Archivordner nach den Begriffen ‹Talenti› und ‹Ospedale Sacra Madre›. Doch zusätzliche Hinweise fand er nicht. «Porca miseria! C'e niente!» Auch die Namen Cuméo, Cattarese, Menasi und Brione brachten keinen Treffer.

«Vielleicht haben wir mit diesem Papierkram mehr Glück!» Georg hielt den Ordner in die Höhe. Dann setzte er sich auf einen der Besucherstühle und sah Antonio zu, der immer noch hoffte, dem Computer ein Geheimnis zu entlocken. «Wer von unseren drei Herren hätte denn Zeit gehabt, hier zu erscheinen?»

«Menasi scheidet aus», entgegnete Antonio sofort. «So wie Annamaria den Mann beschrieben hat, ist es derselbe, den ich heute auf dem Friedhof beobachten konnte und der, so vermute ich sehr stark, die Alfetta fährt. Sowohl Brione als auch Cattarese kommen von der Statur in Frage. Beide hätten auch die Zeit dazu gehabt. Seit deiner Befragung von Brione sind inzwischen fast zwei Stunden vergangen. Und selbst Cattarese hätte es noch schaffen können, wenn auch mit ziemlicher Hetze.»

Er schaltete den Computer aus und stand auf. Es blieb keine Zeit, nochmals in die Questura zu fahren. Erneut griff er nach seinem telefonino.

«Lavinia, es tut mir leid, aber ihr müsst noch weiter recherchieren. Könntest du oder Fausto herausfinden, ob ein Dottor Bonaviri für das Gesundheitsministerium arbeitet? Weiter muss ich wissen, wo Avvocato Cattarese wohnt, und dann versuch bitte, Informationen über eine Familie da Veronella zusammenzutragen. Giorgio und ich warten hier noch auf die Spurensicherung. Dann fahren wir zur Klinik von Talenti. Enrico soll dort in einer knappen halben Stunde auf uns warten.»

Georg hatte gespannt zugehört. Auch ihn beschäftigte etwas. Er stand auf und nahm seinem Freund das Handy aus der Hand.

«Lavinia, wir brauchen Unterstützung von den Carabinieri. Signora Rigoni und ihre Nichte werden ja schon beobachtet.

Sie sollen auch darauf achten, ob eine männliche Gestalt sich dem Anwesen nähert. Sie darf keinesfalls das Haus der Cuméos betreten. Die Kollegen in Pordenone müssen Spiro unter Personenschutz stellen. Es ist nicht ausgeschlossen, dass unser Täter ein weiteres Mal versucht, ihn aus dem Weg zu räumen. Brione, Cattarese und Menasi sind ab sofort ebenfalls zu beobachten.» Er sah Antonio an. «Habe ich noch jemanden vergessen? Signora di Brazzi?»

«Lass es gut sein, Giorgio. So viele Carabinieri bekommen wir nicht zugeteilt.» Er winkte mit seiner Hand und forderte sein Handy zurück.

«Lavinia, sieh zu, dass alle unsere Verdächtigen irgendwie observiert werden, zur Not nur von einer Person. Aber es ist unbedingt notwendig, dass Spiro unter Schutz gestellt wird. Alles andere …»

Er wurde durch Lärm im Treppenhaus unterbrochen. Gleich darauf flog die Tür auf, und Petrelli kam mit seinen Männern herein.

«Ciao amici! Immer noch bei der Arbeit? Na, Commissario, hast du heute Handschuhe getragen? Und dein Collega auch?»

Beide schüttelten etwas betreten die Köpfe.

«Madonna mia. Ihr bekommt noch einen Kurs von mir: Wie verhalte ich mich am Tatort? Erste Lektion der Polizeiausbildung für Strafsachen.» Er wandte sich kopfschüttelnd ab. «An die Arbeit, meine Herren.» Mit diesen Worten folgte er den Kriminaltechnikern in das Büro von Sandrini.

44

Seine Stirn fühlte sich fiebrig an, und sein Hemd klebte ihm erneut an diesem Tag wie ein kalter, nasser Lappen am Rücken. Den Hut hatte er auf die Rückbank geworfen. Er fuhr auf dem schnellsten Weg nach Hause. Sein Kopf war leer, und er war körperlich erschöpft wie nach einem schweren Kampf. Gleichzeitig erfüllte ihn Angst, ein Gefühl, das er nicht erwartet hatte. Der Mord an Sandrini setzte ihm zu. Dieser hohle, träge Mensch hatte ihn nicht nur wütend gemacht, er hatte ihm auch Schwierigkeiten bereitet.

Die randvolle Tasse mit Espresso hatte ihn wider Erwarten nicht überrascht. Nein, er lächelte und nahm einen großen Schluck. Dann allerdings riss er die Augen auf und starrte sein Gegenüber erschrocken an. Im ersten Moment hatte er gefürchtet, Sandrini würde die Flüssigkeit wieder ausspucken. Doch der Direttore hatte eine gute Kinderstube genossen. Tapfer hatte er die schwarze, bittere Brühe geschluckt. Er selbst hatte seinen Espresso zuvor mit dem dazu gereichten Wasser aufgefüllt und gemeinsam mit dem Direttore seinen caffè hinuntergestürzt. Als dieser Anstalten machte, sich mühsam aus seinem Sessel zu erheben, weil ihm sichtbar übel wurde, war er aufgesprungen. Er war blitzschnell hinter ihn getreten, hatte ihn mit beiden Händen an den Schultern gepackt, in den Sessel zurückgedrückt und dann den Kehlkopf seines Opfers mit aller Kraft tief hineingepresst.

Es schüttelte ihn, als er sich an das Gefühl zwischen seinen Fingern erinnerte. Er war nicht für Gewalt gemacht. Der Mord an Sandrini war entschieden über seine Kräfte gegangen. Er musste nach Hause, ins Bad und ins Bett. Er brauchte Ruhe und Schlaf. Fontanaro war ihm dicht auf den Fersen. Als er den Dienst-Alfa des Commissario neben Letizias Alfetta parken sah, wusste er, dass er alles hatte, nur keine Zeit. Sein Herz hatte wie wild geschlagen, der Schweiß war ihm aus allen Poren getreten, und er hatte keine Ahnung mehr, wie er schließlich aus der Tiefgarage herausgekommen war.

Er fuhr den Corso Cavour in Richtung Norden. Als er am rechten Fahrbahnrand einen großen, dunkelblauen Müllcontainer sah, trat er abrupt auf das Bremspedal, dass das Heck des Wagens leicht ausschlug. Heftiges Hupen hinter ihm ließ ihn nachträglich erschrocken umsehen. Ein großer Lieferwagen war kurz vor seiner Stoßstange zum Halten gekommen. Weiterhin hupend scherte der Fahrer aus und schimpfte wütend durch das Fenster, als er ihn überholte. Erleichtert atmete er aus. Noch einmal Glück gehabt. Mit zitternden Knien stieg er aus, öffnete den Kofferraum und holte die Aktentasche hervor, die die beiden Espresso-Gedecke enthielt. Er schob den Deckel des Containers auf und warf die Aktentasche hinein. Argwöhnisch sah er sich um, ob ihn jemand beobachtete.

Wenige Minuten später erreichte er die Via de Canal. Mit der Fernbedienung öffnete er das Eingangstor und parkte vor der Garage. Er hatte keine Energie mehr, den Wagen auch noch hineinzufahren. Es machte keinen Sinn, ihn weiter zu verstecken. Bald schon würde Fontanaro bei ihm aufkreuzen.

Er betrat sein Haus über den Garten, ging direkt ins Schlafzimmer und warf sich aufs Bett. Doch Ruhe oder gar Schlaf wollten sich nicht einstellen. Er starrte die Decke an, gleichzeitig kämpfte er mit den Bildern, die ihn verfolgten. Sandrini am Schreibtisch, sein Blick, als er begriff, dass ihm sein Besuch nach dem Leben trachtete, der verzweifelte Versuch, die fremden Hände von seinem Hals zu zerren. Dies alles durfte er nicht denken, sagte er sich immer wieder. Er musste die nächsten Schritte planen. Doch er mühte sich vergebens. Weshalb nur kam er mit dem Tod von Sandrini nicht zurecht? Dieser geldgeile, nichtsnutzige, faule Beamte, der sich schmieren ließ und keinerlei schlechtes Gewissen dabei hatte, war schließlich kein Unschuldslamm. Wenn er seiner Aufgabe als Hüter der Hygiene in den Krankenhäusern Veronas nachgekommen wäre, hätte er ihm kein Härchen gekrümmt.

In seiner Not nahm er zwei weitere Antidepressiva aus der Schublade des Nachtkästchens. Damit waren es heute schon vier. Normalerweise kam er mit einer Tablette aus. Sie versetzten ihn in einen leicht nebligen Trancezustand, erschwerten das Denken und, wie er mit Sorge feststellte, verschärften die Angstzustände, die er eigentlich bekämpfen wollte. Verzweifelt stand er wieder auf. Fahrig und nervös lief er in seiner Wohnung hin und her und nötigte sich durch Aufbietung seiner ganzen Konzentrationsfähigkeit dazu, endlich aktiv zu werden, sich nicht Commissario Fontanaro und seinem Helfershelfer aus Deutschland auszuliefern.

Er nahm die Brille ab und setzte seine Kontaktlinsen ein, in der Hoffnung, endlich wieder klar zu sehen. Sie waren schon lange nicht mehr stark genug. Er warf einige wenige Kleidungsstücke in einen kleinen Koffer. Viel brauchte er nicht. Er wollte nicht untertauchen. Darum ging es nicht. Er wollte nur nicht wie ein Kopfloser handeln. Er konnte sich nicht entschließen, Mantel und Hut wieder anzuziehen, die ihm bislang als Tarnung gedient hatten. Er fürchtete, dass irgendetwas von Sandrini daran haftete, er sich mit dem Toten beschmutzt hatte. Was dachte er nur für einen Unsinn?

Er hatte den Direttore nur mit Latexhandschuhen am Hals angefasst, dann den Schreibtischstuhl zur Seite gekippt, als er fühlte, wie Sandrini unter ihm wegsackte. Anschließend rutschte der Mann bleiern vom Stuhl und klatschte unsanft auf dem Boden auf. Ein unerträgliches Geräusch. Er hatte nicht länger gewartet, sondern auf die Wirkung seiner toxischen Mischung vertraut. Anschließend hatte er seine Aktentasche gepackt, das Tablett mit den Espressotassen, den Zuckertütchen und die Wassergläser in die Tasche geworfen, war möglichst rasch und leise aus dem Büro und zum Aufzug geeilt. Es hatte alles wie am Schnürchen geklappt. Die Mitarbeiterin suchte, wie nicht anders zu erwarten, im Archiv immer noch nach dem Ordner von Talentis Klinik. Die Papiere waren für Fontanaro und seine Leute bestimmt.

Doch was machte er mit Giuseppe Spiro? Sein wohlkalkulierter Anschlag auf diesen skrupellosen Geflügelmäster, der weder Achtung vor den armen Tieren noch vor kranken Menschen hatte, der in Monaco di Baviera das Leben weiterer gnadenlos aufs Spiel gesetzt hatte, dieser Mann war durch reinen Zufall davongekommen. Sollte er es bei seinem gescheiterten, amateurhaften Versuch belassen?

Am klügsten war es, erst einmal aus der Stadt zu verschwinden. Er könnte auf das Gut seines Schwiegervaters zurückkehren, zumindest für die kommende Nacht. Von dort war es nicht weit bis Pordenone. Kurz zog er in Erwägung, frische Bettwäsche mitzunehmen, verwarf den Gedanken aber als zu umständlich. Er fühlte, wie sein Kopf schwer wurde, wie Schwindel ihn erfasste. Er schaffte es gerade noch, den Koffer zu schließen und auf den Boden zu stellen, bevor er auf seinem Bett in einen nebligen Dämmerzustand fiel.

45

VERONA
18.30 UHR

Jetzt hätte ich bald eine Vermisstenmeldung herausgegeben. Wo bleibt ihr denn?» Enrico, an seinem Einsatzfahrzeug auf dem Parkplatz der Klinik Sacra Madre lehnend, trat aufgeregt auf den Dienst-Alfa zu, aus dem sich die beiden Kommissare schälten. «Warum hast du denn den Funk ausgestellt, Tonio? Ihr wolltet wohl ungestört plaudern, oder was? Einsätze! Notfälle! Interessieren *euch* doch nicht!»

«Piano, piano! Was ist denn los?»

«Spiro ist verschwunden!»

«Wieso das denn?»

«Wieso, wieso? Die Carabinieri von Pordenone haben geschlafen. Irgendwann ist es ihnen komisch vorgekommen, dass sich bei Spiro zu Hause gar nichts rührt. Dann haben sie nachgesehen! Bingo! Der Vogel war ausgeflogen. Wie lange schon? Keine Ahnung! Wohin? Erst recht keine Ahnung.»

«Fahndung läuft?»

«Ja, Fausto hat sie in die Wege geleitet. Der Staatsanwalt von Pordenone sah keine Notwendigkeit. Der Vice hat unseren speziellen Rechtsvertreter erst gar nicht gefragt.»

«Hat Lavinia schon etwas herausgefunden?»

«Wir waren mit anderen Dingen beschäftigt. Sie hat die Witwe von Sandrini besucht. Das war ja wohl auch in deinem Sinne, oder?»

«Ja, ja, natürlich.» Antonio fühlte, wie der alte Ärger in ihm hochstieg. Immer, wenn ein Fall in die heiße Phase trat, wurde ihm schmerzhaft bewusst, wie notorisch unterbesetzt sie waren. Lavinia, die Polizeianwärterin, musste zur Witwe eines Todesopfers. Er hatte nicht einmal daran gedacht. Es war beschämend, und er musste sich etwas überlegen, wie er das bei der jungen Kollegin wiedergutmachen konnte. Im gleichen Moment fiel ihm Marissa ein. Sie wollte für ihn und Giorgio ein schönes Abendessen kochen. Natürlich wollte sie den Freund aus Deutschland verwöhnen.

«Geht schon mal voraus, ich muss noch telefonieren.»

Georg und Enrico zogen vielsagend jeweils die rechte Augenbraue hoch und machten sich kommentarlos auf den Weg zum Haupteingang der Klinik.

Zu Hause ging keiner ans Telefon. Also schickte Antonio eine SMS, was für ihn natürlich weniger gefährlich war. Der Ärger zu Hause wurde aufgeschoben. Wenn er später, zusammen mit Georg im Schlepptau, nach Hause kam, gab es vielleicht eine Chance, dem häuslichen Gewitter zu entkommen. Das gemütliche Abendessen fiel ohnehin aus. Er schob sein telefonino in die Hosentasche und folgte den Kollegen.

Kurz darauf standen sie vor der verschlossenen Bürotür des Klinikarztes. Antonio holte den sichergestellten Schlüsselbund aus der Hosentasche seiner Jeans und probierte die Schlüssel durch, bis einer passte.

«Legal ist das nicht, oder?» Georg grinste.

«Wir haben einen Durchsuchungsbeschluss von Vincenzo Mauro.» Enrico hielt stolz ein Stück Papier hoch.

Als sie sich in dem riesigen Büro umsahen, sank auch Antonio der Mut. Nach was sollten sie suchen? Und wo? Die Wände rechts und links waren raumhoch mit Einbauschränken zugestellt. Schildchen mit Buchstabenkombinationen von A bis Z ließen die Vermutung zu, dass sich in den tiefen Schubladen die Patientenkartei befand. Antonio zog eine Schublade auf und sah dicht an dicht Hängeordner hineingepresst. Die Reiter zeigten volle Namen. Das machte die Sache vielleicht etwas einfacher.

«Allora! Wir suchen nach den Namen Brione, Cattarese, Cuméo, Menasi, Rigoni, Sandrini, di Brazzi und da Veronella. Jeder nimmt sich einen Teil der Schränke vor. Es muss schnell gehen.»

«Wer ist da Veronella?», fragte Enrico.

«Das weiß ich noch nicht. Hier hoffe ich auf Lavinia. Keine Ahnung, ob diese Spur zu etwas führt.»

Die nächste halbe Stunde arbeiteten sie schweigend. Nur hin und wieder hörte man das Auf- und Zuschieben der Schubläden,

Gemurmel und Flüche. Dann waren sie durch und hatten nichts gefunden. Mit gesenkten Köpfen standen sie im Raum. Georg fing sich als Erster.

«Sollte Talenti wirklich Dreck am Stecken gehabt haben, so wird er die entsprechenden Akten kaum hier einsortiert haben. Ich bin sicher, dass es noch eine verschlossene Schublade oder einen Safe gibt. Oder, sehr viel wahrscheinlicher noch, er hat die betreffenden Akten längst vernichtet. Wenn es in dieser Klinik zu fahrlässiger Tötung oder Tötungsdelikten gekommen ist, werden wir das ganz sicher nicht hier finden.»

Unvermittelt flog die Tür auf, und OP-Schwester Anna erschien auf der Türschwelle. Zornesrot im Gesicht herrschte sie die Herren von der Polizia an.

«Was machen Sie hier? Sie haben hier nichts verloren. Raus mit Ihnen!» Energisch ging sie auf Antonio zu und baute sich wütend vor ihm auf. «Hier gibt es nichts, was Sie interessieren könnte.»

«Das haben wir inzwischen auch festgestellt. Aber ich bin sicher, dass Sie uns sagen können, wo wir etwas von Interesse finden werden.»

Die Schwester rang nach Luft. Es war ihr anzusehen, dass sie zwischen Zorn und Hilflosigkeit schwankte. Die Situation ging entschieden über ihre Kompetenz, ihr Wutanfall war nur ein kurzes Strohfeuer.

«Wo ist die Oberärztin Giordano? Wir werden der Sache jetzt ein für alle Mal auf den Grund gehen. Und wir bleiben, bis wir Bescheid wissen. Ist das klar? Wir kommen gerade von einem weiteren Tatort.»

Die Augen der Schwester weiteten sich. Entsetzt trat sie mehrere Schritte zurück.

«Direttore Sandrini vom Gesundheitsamt von Verona wurde vor einer knappen Stunde ermordet. Der Täter hat vermutlich das gleiche Gift wie bei Signor Cuméo verwendet. Es wird Zeit, dass wir klar sehen, Schwester, bevor weitere unschuldige Menschen sterben müssen. Wir kennen weder den Täter noch seine Motive. Wir haben lediglich Vermutungen, und das reicht nicht aus. Ich glaube kaum, dass Sie weitere Todesopfer auf Ihr Gewissen laden möchten, oder sehe ich das falsch?»

«Ich erzähle Ihnen, was ich weiß, Signori.» Schwester Anna versuchte sich zu fassen. Antonios Appell an ihr Gewissen ließ ihre Kampfeslust endgültig erlahmen. «Aber ich fürchte, es ist nicht viel. Papiere werden Sie hier keine finden. Dottor Talenti hat eine Menge Ordner vernichtet. Ob er zu Hause etwas aufbewahrt, weiß ich nicht.»

Vergeblich schob sie ihre zitternden Hände ineinander. Das Zittern wollte nicht aufhören. Antonio rollte den Schreibtischstuhl ihres ehemaligen Chefs in die Mitte des Raums und nötigte die Schwester, Platz zu nehmen. Er, Georg und Enrico blieben in einigem Abstand vor ihr stehen und warteten ab.

«Alles begann vor anderthalb Jahren. Am Karsamstag kam eine junge Frau zu uns zur Entbindung. Sie hieß Erica. Angeblich war sie die Tochter eines Freundes von Talenti. Einen Familiennamen haben wir nie erfahren, was schon seltsam genug war. Sie galt als besondere Patientin des Chefs. Er nahm sie mit großem Brimborium in Empfang. Auf dem Zimmer standen Blumen und Obst. Er schärfte uns ein, sie besonders bevorzugt zu behandeln. Begleitet wurde die junge Frau von ihrer Mutter. Der Chef ging davon aus, dass die Entbindung kurz bevorstand. Am Samstag noch, spätestens jedoch Sonntagmorgen. Alles war vorbereitet. Doch den ganzen Sonntag tat sich nichts, und Dottor Talenti wurde unruhig. Die Patientin spielte nicht mit. Sie wollte weder eine vorzeitige Einleitung der Geburt noch einen Kaiserschnitt. Am Sonntagabend rief Talenti die Dottoressa und mich in sein Büro und sagte: ‹Ich kann nicht länger bleiben. Meine Frau und ich haben bereits vor einem Jahr einen Skiurlaub in Sankt Moritz gebucht. Eigentlich hätte ich gestern schon fahren sollen. Aber jetzt will meine Frau nicht länger warten, und es gibt ja auch keinen Grund dafür.›

Er zeigte uns die Aufnahmen der letzten Ultraschalluntersuchung. ‹Das wird eine völlig komplikationslose Geburt›, sagte er. ‹Das Kind liegt richtig, die Mutter ist jung und gesund. Es gibt überhaupt keine Veranlassung, dass ich selbst die Entbindung vornehme. Mein Freund …›, er meinte den Vater von Erica, ‹ist wie immer überängstlich. Ich finde das völlig übertrieben. Dottoressa, Sie übernehmen die Entbindung. In einer Woche bin ich zurück, und ich bin sicher, alles ist in bester Ordnung.› Dann stockte er einen Moment und sah uns beide scharf an. ‹Aber selbstverständlich kein Wort zu irgendjemandem. Sie bewahren beide darüber Stillschweigen, dass ich in die Berge gefahren bin, ist das klar?›

Natürlich habe ich meinen Mund gehalten, Commissario. Bis heute! Und ich bin sicher, die Dottoressa hat es nicht anders gemacht.»

«So ist es, und ich hätte es für richtig gehalten, dass es so bliebe.»

Von allen unbemerkt hatte die Oberärztin das Büro des Chefs betreten. Aufgebracht sah sie zu den beiden Kommissaren.

«Ich finde Ihr Benehmen skandalös. Also, was wollen Sie von uns?»

«Was glauben Sie, Dottoressa?» Antonio trat näher und maß sie mit einem durchdringenden Blick. «Lassen Sie die Schwester weiter berichten, und halten Sie sich gefälligst zurück. Sie bekommen noch Gelegenheit, die Geschichte aus Ihrer Warte zu erzählen. Aber ich warne Sie, Dottoressa. Sie haben uns schon mal einen Bären aufgebunden. Es reicht! Weshalb wollen Sie Talenti weiter schützen? Er ist tot. Oder werden Sie bedroht? Gibt es jemanden, der Sie unter Druck setzt?»

Die Oberärztin wich erschrocken zurück. Antonios heftig vorgebrachte Fragen erschreckten sie. Sie senkte den Kopf und schwieg. Antonio gab sich zunächst zufrieden. Es ärgerte ihn maßlos, dass Machtmenschen wie Talenti immer erreichten, was sie wollten. Die kleine OP-Schwester fürchtete um ihren Job und hielt den Mund, egal, was passierte. Die Oberärztin musste einspringen, wenn der Herr Chefarzt keine Lust oder etwas Besseres vorhatte. Anschließend berechnete er sein Honorar. Der teure Urlaub musste schließlich finanziert werden. Weshalb deckte die Dottoressa ihren toten Chef?

«Am Ostermontag gab es vormittags immer noch keine Anzeichen bei Erica, dass die Geburt kurz bevorstand», berichtete Schwester Anna weiter. «Das Mittagessen wurde geliefert. ‹Mangia bene› brachte gebratene Hühnerschenkel in Zitronensauce. Zum Dessert gab es Tiramisu. Es war ja Ostern. Doch das Essen war nicht in Ordnung. Wir hatten Glück im Unglück, dass über die Feiertage wirklich nur wenig Personal und nur wenige Patientinnen in der Klinik waren. Erica jedenfalls bekam eine schwere Salmonellenvergiftung. Wir wussten nicht, ob es die Hühnerschenkel waren oder das Tiramisu. Dieses Dessert dürfte in eine Klinik wie die unsere gar nicht geliefert werden.»

Da Talenti mit faulen Eiern erstickt worden war, war zumindest für den Täter die Ursache der Todesfälle glasklar gewesen. Antonio schüttelte es. Was für ein makabrer Fall.

«Gleichzeitig setzten bei Erica die Wehen ein. Die junge Frau konnte die Geburt nicht mehr richtig unterstützen. Sie kämpfte mit Durchfall und Erbrechen. Die Dottoressa …» Hier unterbrach sie sich und sah hilfesuchend zu ihr hin.

«Ja, ich habe mich auch infiziert», bestätigte die Oberärztin leise. «Mir ging es sehr schlecht, musste mich pausenlos übergeben. Die Medikamente, die ich eingenommen hatte, halfen zunächst nicht. Der Schwangeren durfte ich die Antibiotika nicht verabreichen. Und so kämpften Erica und ich um das Kind. Doch der Geburtsvorgang dauerte viel zu lange. Das Kind bekam zu wenig Sauerstoff und kam gegen zwei Uhr morgens tot zur Welt.» Über das Gesicht der Ärztin liefen Tränen. «Ich konnte einfach nichts tun, Commissario. Ich war völlig hilflos. Und einen Tag später war auch Erica tot. Ich hatte das Leben einer zweiunddreißigjährigen Frau und eines Säuglings auf dem Gewissen.» Sie sah Antonio verzweifelt an. «Damit geht man nicht hausieren. Das erzählt man nicht rum. Wir haben den Mund gehalten, Anna und ich. Darum musste uns Fabrizio gar nicht lange bitten. Im Gegenteil, meine Karriere als Ärztin stand auf dem Spiel. Und seine als Chefarzt. Also haben wir alle zusammengehalten.»

Antonio und seine Kollegen sahen sich betroffen an.

«Schon am Dienstag hatte ich in Sankt Moritz angerufen und Dottor Talenti zur Rückkehr bewegt», sagte Schwester Anna. Sie hatte sich wieder gefasst. «Als er am Mittwochmittag kam, war es auch für die Mutter zu spät. Die eingesetzten Antibiotika halfen nicht mehr. Das Gespräch zwischen ihm und den Eltern der jungen Frau erfolgte hinter verschlossenen Türen. Ich habe sie nie gesehen und wollte sie auch nicht kennenlernen. Einige Monate später gingen die Anwälte bei uns ein und aus. Von mir wollte niemand etwas wissen. Gott sei Dank! Unserem Dottore konnte man nichts nachweisen. Aber ...» Hier sah sie wieder zur Ärztin hin.

«Ich bekam eine Vorladung, um vor Gericht als Zeugin auszusagen, aber schon am nächsten Tag hat mich Richter Gioberti angerufen und mir mitgeteilt, dass das Verfahren eingestellt wurde.»

«Warum?»

Sie lachte gequält auf. «Sie glauben doch nicht, Commissario, dass ich danach gefragt habe.»

«Und was vermuten Sie?»

«Irgendjemand hat dem Richter gutes Geld geboten, schätze ich.»

«Wer hat Fabrizio Talenti in der Angelegenheit anwaltlich vertreten?»

«Keine Ahnung. Er hat sich darüber nicht geäußert.»

«Simone Cattarese?»

Die Ärztin schüttelte den Kopf. «Nein, sicher nicht. Fabrizio vertraute Cattarese nicht. Während des Prozesses waren Cuméo und sein Anwalt bezeichnenderweise nicht in Verona. Anschließend scheinen sich Talenti und Cuméo geeinigt zu haben, denn er beliefert uns bis heute.»

«Aber er war doch darin verwickelt mit seiner Catering-Firma.»

Dottoressa Giordano zuckte die Schultern. Mitleidig sah sie ihn an.

Antonio hatte eigentlich genug gehört.

«Welche Rolle spielte der Direttore der Gesundheitsbehörde?»

Die Dottoressa lachte auf. «Rolle ist gut. Dottor Sandrini hat einen geschönten Bericht über die hervorragenden hygienischen Bedingungen unserer Klinik erstellt. Dieser Bericht war eine der Grundlagen für das Gerichtsverfahren.»

«Sie hatten sich alle gegenseitig gut geschmiert und Stillschweigen erkauft», warf Enrico ein, der nicht mehr an sich halten konnte. «Dottor Sandrini hat beide Augen zugedrückt, sonst hätte auch er seinen Posten verloren. Während in der Familie dieser Erica alles vor die Hunde ging.» Er sah seinen Commissario Capo an, der bleich und schweigsam an der Wand lehnte.

Ihm war speiübel. Er reagierte nicht, stattdessen sah er zu Georg hinüber, der fassungslos und entgegen seiner sonst humorigen Art nur seine Mokassins aus dunkelblauem Velourleder anstarrte. Mitten in diese verstörte Stimmung und das Schweigen der beiden erschöpften Frauen läutete das telefonino von Antonio.

«Lavinia, was hast du herausgefunden?», fragte er atemlos.

«Allora, im Gesundheitsministerium ist kein Dottor Bonaviri tätig.»

Nichts anderes hatte er erwartet.

«Der Familie da Veronella gehört ein riesiges Gut und eine Reihe von Häusern und Grundstücken in Veronella bei San Bonifacio. Die Gemeinde liegt ungefähr 40 Kilometer östlich von Verona. Bastiano da Veronella war Springreiter und Pferdezüchter. Er ist vor fünf Jahren gestorben und hat alles seiner einzigen Tochter, Letizia da Veronella, vererbt. Sie ist verheiratet mit Simone Cattarese.»

Die schlanke Gestalt im grauen Sommermantel vor der Grabstätte im Cimitero Monumentale war also Cattarese gewesen. Für Antonio gab es nun keinen Zweifel mehr. Der Anwalt war ein Verwandlungstalent. Für seinen Beruf nicht die schlechteste Voraussetzung. Er hatte sie alle mit Bravour sehr lange an der Nase herumgeführt.

«Außerdem hat mir die Bank versichert», fuhr Lavinia fort, «dass es keinen Überweisungsauftrag von Cattarese an Menasi und Brione gab. Er hatte also nie vor, die Bedingungen des Vertrages, den er selbst aufgesetzt hatte, zu erfüllen.»

«Fausto soll eine Fahndung nach Cattarese herausgeben. Und er soll sich erst gar nicht mit Vincenzo Mauro aufhalten. Er hat mit Sicherheit Einwände, gegen den Kollegen zu ermitteln. Ist Spiro inzwischen aufgetaucht?»

«Nein, leider nicht, Commissario.»

«Wird die Kanzlei des Avvocato schon beobachtet?»

«Certo, Commissario!»

«Und seine Privatadresse?»

Am anderen Ende der Leitung herrschte Stille.

«Ich kümmere mich sofort darum.» Und ein wenig später: «Es tut mir leid, dass ich daran nicht gedacht habe.»

«Wenn Sie die Privatadresse herausgefunden haben, schicken Sie die Carabinieri, die die Kanzlei observieren, dorthin. Commissario Breitwieser, Enrico und ich fahren jetzt unverzüglich zur Porta Borsari und sehen uns in der Kanzlei um. Die Carabinieri sollen so lange warten!»

46

Als er nach einer guten Stunde wieder zu sich kam, hatte er einen üblen Geschmack im Mund und großen Durst. Immer noch benommen stand er vom Bett auf und schleppte sich ins Bad. Er wusch sich das Gesicht, putzte die Zähne und trank mehrere Schluck kaltes Wasser. Beim Blick in den Spiegel erschrak er. Fahl und sehr müde sah er aus und um Jahre gealtert. Mit beiden Händen hielt er sich am Waschbecken fest, weil seine Beine sich schwach anfühlten. Ärgerlich verfluchte er die Tabletten und seine Weichheit. Warum musste er auch gleich vier Stück von dem Teufelszeug nehmen?

Wieder zurück im Schlafzimmer, begann er zu begreifen, was er vor seinem Blackout eigentlich vorgehabt hatte. Er griff sich den Koffer, nahm einen beigefarbenen Trench aus dem Schrank und fasste, um sich zu vergewissern, in die Innentasche seines Sakkos. Doch seine Brieftasche war nicht dort. Hilflos sah er sich im Schlafzimmer um, zog mehrere Schubladen auf und entdeckte den grauen Sommermantel, den er über den Polstersessel geworfen hatte. Eigentlich war er sicher, dass die Brieftasche nicht im Mantel war. Es kostete ihn enorme Überwindung, dieses Kleidungsstück anzufassen. Vorsichtig griff er in die große Außentasche und bekam das Medizinfläschchen zu fassen. Er nahm es heraus und hielt es ins Licht. Die Flüssigkeit füllte noch etwa die Hälfte des Fläschchens. Spielerisch warf er die Medizin in die Luft und fing sie mit der rechten Hand auf. Was sollte er damit machen? Erneut fiel ihm Spiro ein. Dieses nichtsnutzige Subjekt hätte die gerechte Strafe verdient. Darüber würde er in Veronella nochmals nachdenken. Dazu hatte er jetzt keine Zeit. Er ließ das Fläschchen in die Außentasche seines Sakkos gleiten und ging in die Diele, immer noch auf der Suche nach seiner Brieftasche.

Auch auf dem Garderobenbord fand er die Ledermappe nicht. Und dann fiel es ihm ein! Er hatte sie auf seinem Schreibtisch in der Kanzlei liegenlassen. Die Kommissare hatten ihn erfolgreich abgelenkt. Es half nichts. Bevor er nach Veronella fuhr, musste er zurück zur Porta Borsari. Dann konnte er aus dem Safe auch gleich noch das restliche Bargeld und seinen Reisepass nehmen. Wer weiß, wofür dieser gut war. Wenn er sich doch noch für eine Flucht ins Ausland entschied, war er wenigstens vorbereitet.

Er ging in die Küche und schaute vorsichtig an den Gardinen vorbei auf die Via de Canal hinab. Doch es schien alles ruhig und unauffällig. Er eilte zurück in die Diele und nahm die Autoschlüssel.

Der Verkehr war immer noch dicht, obwohl es inzwischen fast acht Uhr abends war. Niemand hielt ihn auf, keine Kontrolle der Carabinieri stellte sich ihm in den Weg. Sollte Fontanaro wirklich noch ahnungslos sein? Er konnte das fast nicht glauben.

Direkt auf der Piazzetta vor seiner Kanzlei wagte er nicht zu parken. Er fuhr daran vorbei, um zu kontrollieren, ob er einen Polizeiwagen irgendwo entdeckte oder eine Zivilstreife, die den Palazzo beobachtete. Er wusste genau, welche Autos sie dafür benutzten. Er kannte sogar einige Nummernschilder. Aber er konnte nichts Auffälliges entdecken. Um sicherzugehen und nicht doch in eine Falle zu tappen, umrundete er den Palazzo und parkte am Lungadige. Er musste so zwar einige Schritte laufen, aber die Alfetta fiel unter den anderen Autos weniger auf. Die Dunkelheit kam ihm zu Hilfe. Er klappte den Kragen seines Trench hoch und eilte an der Häuserwand auf der Rückseite des Palazzo entlang. Über den Hinterhof betrat er das Gebäude. Er verzichtete darauf, Licht zu machen. Der Schein der Straßenlaternen reichte völlig. Er lauschte, ob er Stimmen hörte. Gut möglich, dass die Carabinieri inzwischen seine Büroräume auf den Kopf stellten. Dann konnte er heimlich, still und leise den Rückzug antreten. Vorsichtig spähte er im Treppenhaus nach oben. Doch alles schien ruhig. Ein letzter Blick zurück, ob ihm niemand von hinten gefolgt war, dann stieg er, so leise wie möglich, die Treppe hinauf in den zweiten Stock.

Auch hier war alles ruhig. Der Steuerberater nebenan war schon nach Hause gegangen. Er zog den Schlüsselbund aus der Tasche, sperrte auf, knipste das Licht im Korridor an und eilte zu seinem Büro. Er steckte die Brieftasche ein, die wie erwartet auf seinem Schreibtisch lag, und drehte sich zur Wand. Hinter einer geschmacklosen Jagdszene in Öl, die er von seinem Schwiegervater geerbt hatte, befand sich der Safe. Er stellte die Nummernkombination ein, und die Tresortür öffnete sich mit einem leisen Klick. Er griff in das dunkle Fach hinein und holte ein Bündel Geldscheine heraus, als er eine Bewegung hinter sich wahrnahm. Doch bevor er sich noch umdrehen konnte, fühlte er den kühlen Lauf einer Waffe an seiner Schläfe.

«Du hast wohl geglaubt, du bist besonders schlau!»

Die Stimme kam ihm bekannt vor, doch er wusste nicht, zu wem sie gehörte. Ohne sich umzuwenden, hielt er der Person in seinem Rücken das Bündel Geldscheine hin. Vielleicht gab er sich damit zufrieden.

«Das ist doch schon mal ein Anfang. Doch wir zwei unterhalten uns noch. Du sollst schließlich wissen, wer dich um diese Zeit besucht. Ich bin ja nicht so ein feiger Hund wie du, komme nicht heimlich bei Nacht und Nebel vorbei und zünde dir die Hütte über dem Kopf an.»

Giuseppe Spiro! Sein fehlgeschlagener Mordversuch wurde ihm nun zum Verhängnis. Dass er ausgerechnet dem schmierigen und skrupellosen Geflügelmäster ausgeliefert sein sollte, erfüllte ihn mit ohnmächtiger Wut. Er ballte die Fäuste, bereit zuzuschlagen. Doch eine falsche Bewegung würde ihn unweigerlich das Leben kosten. Spiro war kein zimperlicher Mensch. Wer einmal seine armen, malträtierten Hühner gesehen hatte, traute ihm jede Gemeinheit zu. Der Typ hatte definitiv nichts mehr zu verlieren, zu tief saß er im Schlamassel.

«Verschränk deine Hände hinter dem Kopf, dreh dich langsam um, und dann stell dich mit dem Rücken an die Wand. Ich will doch mal schauen, ob da nicht noch mehr zu holen ist.»

Er versuchte gar nicht erst den Helden zu spielen und tat, was Spiro von ihm wollte. Die kleine Pistole in seiner rechten Hand war nun mitten auf sein Gesicht gerichtet und machte ihm klar, dass er im Moment keine andere Chance hatte, als stillzuhalten.

Während der Geflügelmäster im Safe herumwühlte, weitere Geldscheine fand und in die Tasche seiner Jeansjacke schob, überlegte er fieberhaft, wie er den anderen ablenken konnte und vielleicht eine Chance bekam, seine prekäre Situation zu verbessern.

«Du hast wohl geglaubt, es hat dich keiner gesehen am Montagmorgen.» Spiro lachte hässlich. «Dem Staatsanwalt von Pordenone habe ich erzählt, ich hätte einen mir unbekannten Mann weglaufen sehen. Man will ja niemanden hinhängen.» Wieder lachte er, und der Reisepass wanderte in seine Jackentasche. «Aber ich war nicht im Stall wie sonst, sondern nebenan, um Futter zu holen. Und als ich wieder herauskam, sah ich dich gerade noch, wie du das laufende Auto angeschoben hast, oben auf der Straßenkante, wie du ein Stück mitgelaufen bist, bis die Karre genug Geschwindigkeit hatte, in meinen Stall rauschte und explodierte.»

Ein wütender Blick traf ihn. Spiro hatte den Safe komplett geleert. «Ich hab genau gewusst, dass du das warst. Dein dürres Gestell ist unverkennbar.»

Kein Wunder, dass er ihn erkannt hatte. Schließlich hatte er zusammen mit Cuméo mehrmals bei ihm vorbeigeschaut und Geld abgeliefert. Cuméo war kein Freund von Überweisungen gewesen. Aber seinen Avvocato als Zeugen hatte er doch immer gern mitgenommen. Er fixierte seinen Gegner und sagte: «Was haben Sie vor, Signor Spiro?»

Der andere lachte schallend. «Signor Spiro!», äffte er ihn nach. «Ist die Lage auch aussichtslos, so bleiben wir doch immer höflich und arrogant.» Böse musterte er ihn. «Ich werde dir sagen, was ich mit dir vorhabe, du Vogelscheuche von einem Avvocato. Ich werde ...» Dann stockte er, weil ihm der überraschte Blick seines Opfers gar nicht gefiel.

47

Antonio stellte seinen Dienstwagen am Straßenrand der Via Armando Diaz unweit der Kanzlei von Cattarese ab. Zusammen mit Georg und Enrico stieg er aus und sah sich um. Die Piazzetta war menschenleer. Auch in der Bar gleich gegenüber war wenig los. Nur ein Raucher stand vor der Tür und sah gelangweilt zu ihnen herüber. An der Straßenecke klebte ein alter weißer Fiat Punto förmlich an der Hausmauer. Parkplätze waren hier Mangelware.

«Die Carabinieri sind schon weg!», stellte Antonio ärgerlich fest. Er blickte die Fassade nach oben. Ein Fenster war hell erleuchtet. Wenn er sich nicht sehr täuschte, dann gehörte es zum Büro von Cattarese. «Giorgio, hast du eine Waffe bei dir?»

Georg brummte Undeutliches und sagte dann: «Ich bin im Ausland. Da trage ich keine Waffe.»

Gemeinsam traten sie auf den Palazzo zu. Antonio versuchte, die Eingangstür aufzudrücken.

«Merda! Verschlossen!»

Enrico zückte seine Waffe, um das Schloss aufzuschießen.

«Stop! Sei pazzo!» Im letzten Moment konnte Antonio seinen

eifrigen Mitarbeiter stoppen. «Wir gehen hintenherum. Muss ja nicht gleich jeder wissen, dass wir im Anmarsch sind.»

Beleidigt schob Enrico seine Waffe wieder unter das Jackett. Antonio ging voraus, im Laufschritt durch die Porta Borsari hindurch, das nächste schmale Gässchen, den Vicolo Ostie, links hinein und in den Hinterhof des Palazzo. Der Eingang auf der Rückseite stand offen.

«Attenzione!», flüsterte Antonio und hielt seine Kollegen mit einer Handbewegung zurück. Er spähte in den Hausflur. Ein schwacher Lichtschein fiel im zweiten Stock auf die schmale Treppe. Er hörte Stimmen, doch er konnte nichts verstehen. Er deutete mit dem Kopf nach oben und legte den rechten Zeigefinger an den Mund. Sehr leise und vorsichtig näherten sich die drei der Eingangstür zur Kanzlei Cattareses. Sie schlichen den Korridor entlang bis zur offenstehenden Tür, die ins Zimmer des Avvocato führte. Mit angehaltenem Atem lauschten sie dem Gespräch. Cattarese hatte unangenehmen Besuch. Endlich erfuhren sie von einem Augenzeugen den Tathergang in Pordenone, als Cattarese Spiros Hühnerstall in Flammen setzte. Das war besser als jedes Geständnis. Dann allerdings wurde Spiro dreist.

«Ich werde dir sagen, was ich mit dir vorhabe, du Vogelscheuche von einem Avvocato. Ich werde ...» Er drehte sich um und blickte in den Lauf von Enricos Waffe.

Antonio trat rasch und behände hinter seinem Ispettore hervor, und es gelang ihm, dem überrumpelten Giuseppe Spiro die Waffe abzunehmen, die dieser etwas zu locker auf Cattarese gerichtet hatte, in der völlig richtigen Annahme, dass ihm von dort keine Gefahr drohte.

«Meine Herren, ich denke, wir unterhalten uns in der Questura weiter.»

Cattarese schaute die Kommissare immer noch fassungslos an. Dann schien ihn die unerwartete Befreiung aus seiner Lage zu überwältigen. Ganz langsam ließ er die Arme, die er immer noch hinter dem Kopf verschränkt hielt, sinken, und dann gaben seine Beine nach. Er rutschte an der Wand entlang ab und schlug ziemlich unsanft auf dem Boden auf. Dort blieb er liegen.

Spiro schüttelte den Kopf und lachte hämisch. «Und so ein Weichei hat versucht, mich umzubringen, Commissario!»

Enrico legte ihm kommentarlos Handschellen an und brachte ihn gemeinsam mit Georg nach unten ins Freie und zum Dienstwagen.

Antonio rief inzwischen einen Rettungswagen und informierte Petrelli. Die Kanzlei und die Privatwohnung musste sich die Kriminaltechnik jetzt besonders intensiv vornehmen. Cattarese selbst gehörte ins Krankenhaus. Einen Carabiniere stellte Antonio zur Bewachung ab. Außerdem brauchte er von dem Avvocato eine Blutprobe. Dessen erweiterte Pupillen hatten ihm gar nicht gefallen. Sein Zusammenbruch war ihm nicht geheuer. Zudem mussten sie seine DNA feststellen. Antonio brauchte unwiderlegbare Beweise, dass Cattarese an den Tatorten gewesen war.

Eine gute Stunde später, als Cattarese ärztlich versorgt und Spiro bei Fausto, Enrico und Lavinia gut aufgehoben war, machten sich Antonio und Georg auf die Suche nach dem Staatsanwalt.

Sie trafen ihn tafelnd bei «Da Bruno» an.

«Euer Staatsanwalt hat immer großen Durst, wenn er abends hier auftaucht.» Bruno grinste und zeigte ihnen die Flasche Brunello, die er gerade entkorkte. «Ein sehr guter Kunde mit einem ausgezeichneten Geschmack. Seid höflich zu ihm!» Er trat an den Tisch von Vincenzo Mauro und schenkte ihm sein Burgunderglas voll. «Salute Dottore!»

Mauro interessierte sich allerdings weniger für den höflichen Bruno, sondern sah den beiden Kommissaren entgegen. Vor ihm auf seinem Teller lag ein ansehnliches Stück Rindersteak mit Ofenkartoffeln und gratiniertem Blattspinat.

«Ah, i Commissarii!», rief er aufgeräumt. «Prego!» Dabei deutete er einladend auf die beiden Stühle ihm gegenüber. Er schnitt sich ein ansehnliches Stück Fleisch ab und meinte: «Was verschafft mir die Ehre? Neuigkeiten? Festnahmen?» Er lachte mit vollem Mund und war sichtlich bester Laune.

«Esatto!», entgegnete Antonio ungerührt und setzte sich neben Georg. «Festnahmen!»

Vincenzo Mauro vergaß einen Moment weiterzukauen, bevor er zustimmend nickte. «Bravo, bravo!»

«Wir haben vor gut einer Stunde Giuseppe Spiro und Avvocato Cattarese festgenommen. Den einen wegen wiederholten Betrugs, den anderen wegen Mordverdachts in mehreren Fällen.»

Klirrend fiel das schwere Besteck auf Mauros Teller.

Der Staatsanwalt begann mit beiden Händen fragend wedelnde Bewegungen zu machen, bevor er einen Ton herausbekam. «Signori, ich bitte Sie! Avvocato Cattarese ist über jeden Zweifel erhaben. Was haben Sie sich nur dabei gedacht?»

«Wir benötigen von Ihnen zwei Haftbefehle. Und das möglichst rasch.» Antonio war nicht zu Scherzen aufgelegt. Gerade im Moment war er auf Juristen ganz schlecht zu sprechen. «Spiro hat gesehen, wie Cattarese den Wagen in seinen Hühnerstall geschoben hat und wie dieser dort explodierte. Es war reiner Zufall, dass sich der Geflügelmäster nicht wie üblich um diese Zeit dort aufhielt. Wenn wir dem Avvocato sonst nichts nachweisen können, dann zumindest diesen Mordversuch.»

«Brandstiftung, Commissario, allenfalls Brandstiftung!»

«Unsere Leute stellen im Moment das Wohnhaus von Cattarese auf den Kopf», fuhr Antonio fort, als hätte er den Einwurf Mauros nicht gehört. «Ich vermute, dass wir dort Haare finden werden, die von der Perücke stammen, die im Wagen verbrannt ist. Dann können wir Cattarese sicher überführen.» Antonio wünschte, er könnte wirklich so sicher sein.

«Da wäre ich an Ihrer Stelle etwas vorsichtig, Commissario.»

Vincenzo Mauro hatte sich etwas gefasst. Er aß mit gutem Appetit weiter. Antonio beobachtete ihn mit Argwohn und zunehmendem Ärger. Er sah zu Georg hinüber, der ebenfalls mit zusammengepressten Lippen den Staatsanwalt beobachtete und an sich hielt, nicht unbedacht loszuschimpfen. Die beiden warfen sich vielsagende Blicke zu. Georg straffte sein Kreuz und strich mit einer entschiedenen Handbewegung das blütenweiße Tischtuch glatt.

«Ich denke», begann er, «dass wir Cattarese einen weiteren Mord anlasten können. Heute, am frühen Abend, haben wir den Direktor der Gesundheitsbehörde tot in seinem Büro aufgefunden. Der Wagen, der neben unserem Dienstfahrzeug in der Tiefgarage parkte, ist auf Letizia da Veronella zugelassen. Das ist die Gattin unseres geschätzten Avvocato. In der Manteltasche des honorigen Anwalts habe ich bei seiner Festnahme ein Medizinfläschchen gefunden, das Digitalis-Tropfen enthalten hatte, jetzt aber eindeutig auch nach Espresso roch. Sein Inhalt wird zurzeit von Petrelli untersucht. Sollte sich herausstellen, dass das Fläschchen die giftige Substanz enthält, die Cuméo und Sandrini ins Jenseits befördert hat, dann wird es für Ihren Collega verdammt eng.»

Mauro nickte mäßig beeindruckt, nahm einen Schluck von seinem Rotwein und sagte: «Collega Cattarese wird schweigen, bis sein Anwalt eintrifft. Aus ihm bringen Sie gar nichts heraus.»

Antonio befürchtete im Stillen Ähnliches. Sollte der Anwalt tatsächlich irgendwelche Medikamente eingenommen haben, wurde es für eine Anklage schwer. Doch dieses Detail behielt er erst einmal für sich. Andernfalls bewegte sich Vincenzo Mauro erst gar nicht.

«Er hat einen Freund in Milano», führte der Staatsanwalt in aller Ruhe aus, «den kenne ich noch vom Studium ... Anwalt für Strafsachen. Der verliert nicht gern.» Er hielt inne und sah die beiden Kommissare mit einem etwas überheblichen Lächeln an.

«Das wird eine schöne Aufgabe für mich, meine Herren. Wir haben von Rom noch eine Rechnung offen. Und ich darf Ihnen etwas verraten, was Sie kaum überraschen wird: Ich bin Misserfolge auch nicht gewöhnt. Ich bin ebenfalls ein ganz schlechter Verlierer.»

Antonio nickte ihm beifällig zu. Blöder Kerl, mach endlich deine Arbeit!

«Ich brauch von Ihnen einen kompletten Bericht über diesen neuerlichen Todesfall. Bedauerlich übrigens, sehr bedauerlich.» Ein weiteres ansehnliches Stück Fleisch verschwand in seinem Mund.

«Können wir mit Ihrer Unterstützung rechnen, Dottore?» Antonio verlor mehr und mehr die Geduld.

«Assolutamente! Sie bekommen von mir alle nötigen Papiere. Auch die nachträgliche Genehmigung für die Durchsuchung der Privaträume von Cattarese.» Er grinste und trank sein Glas leer.

Auch diese Bemerkung ließ Antonio unerwidert an sich abtropfen. Er würde einen Teufel tun und sich vorschreiben lassen, wann eine Hausdurchsuchung nötig wurde. Manchmal war eine Entscheidung vor Ort zu treffen, und dies ging gesetzlich völlig in Ordnung. Und er hatte sich noch nie davor gescheut. Die Steuer- und Bilanzsünder, die Mauro in Rom vor Gericht gebracht hatte, waren vielleicht mit Samthandschuhen anzufassen gewesen, weil es sich um Persönlichkeiten des öffentlichen Lebens handelte. Für Kapitalverbrechen galten andere Regeln, und wenn er diese ein wenig an die jeweilige Situation anpassen musste.

«Es gibt nichts Spannenderes», informierte Mauro seine Zuhörer, «als eine gut ausgearbeitete, hieb- und stichfeste Anklageschrift gegen einen Kollegen. Das ist genau nach meinem Geschmack. Aber ...», und hier hob er drohend den Zeigefinger seiner rechten Hand, «aber ich brauche Beweise, meine Herren, nicht zu widerlegende Beweise. Das Medizinfläschchen ist ein guter Anfang. Und dies alles am besten bis Samstag, damit wir mit der Untersuchungshaft der beiden Verdächtigen keinen Ärger bekommen. Richter Gioberti ist sehr gründlich.»

48

SAMSTAG, 29. SEPTEMBER 2012
VERONA, 17.00 UHR

«Glaubst du, sie reißen das Spiel noch herum?» Antonio schaute verzweifelt auf seinen Flachbildfernseher und verfolgte mit bangen Blicken die vergeblichen Versuche der Bayern, den Ball ins Tor von Werder Bremen zu schießen. In der Hand hielt er einen Teller und schob sich einen Bissen Apfelstrudel nach dem anderen in den Mund.

«Sicher, nur die Ruhe! Werder ist doch kein Gegner für uns!» Georg saß neben ihm auf dem Sofa und ließ sich den Apfelstrudel, den Marissa gebacken hatte, ebenfalls schmecken. Entgegen seiner sonstigen Begeisterung für ein Fußballspiel war er mit seinen Gedanken ganz woanders. Und das lag nicht am erfolglosen Dribbeln der Bayern, sondern an der elementaren Frage, ob er für den Abend bei Stefania richtig angezogen war. Vielleicht hätte er doch ein Jackett wählen sollen anstelle des legeren dunkelblauen Baumwollpullovers?

«Schau dir das doch an! So wird das nie was! Ich glaub es einfach nicht! Giorgio, hast du den Fehlpass gesehen?»

«Sicher, bin ja nicht blind!», brummte Georg halbherzig und versuchte ernsthaft, sich auf das Spiel zu konzentrieren.

«Wie steht's denn?» Marissa kam in den salone und ließ sich mit einer Zeitung auf einem der Polstersessel nieder.

«0:0!», entgegneten beide gleichzeitig.

Vom Fenster hinter ihr traf die schrägstehende Sonne auf Marissas schwere schwarze Haare. Ihre Locken schimmerten bläulich und fielen weich um ihr schmales Gesicht.

Georg sah seinen Freund von der Seite an, dann wanderte sein Blick zu dessen Frau, die in die Zeitung vertieft war. Giulia, die Tochter, war bei einer Freundin und würde erst am Sonntagvormittag wieder heimkommen. Marissa hatte dafür gesorgt, dass sie alle ungestört zu Stefanias Weinfest gehen konnten und sich nicht um das Kind kümmern mussten. Das letzte Stück seines Apfelstrudels wanderte in seinen Mund. Er hatte selten einen besseren gegessen. Antonio war zu beneiden, um Marissa, um Giulia, um seine Familie und sein Heim. Anflüge von Neid kannte er kaum an sich. Doch in diesem Moment wusste er, dass in seinem Leben eine Lücke klaffte, die er wohl nicht mehr schließen konnte.

«Tor, Tor!» Antonio sprang auf und warf die Arme in die Luft. «Na, endlich! Es wurde aber auch Zeit!» Er lachte und ließ sich ins Sofa zurückplumpsen.

Georg riss sich zusammen und verfolgte die Zeitlupe. Luiz Gustavo hatte die Bayern endlich in Führung gebracht.

«Du bist aber nicht richtig bei der Sache, oder?» Endlich fiel es Antonio auf. «Was ist los mit dir? Bist wohl in Gedanken schon bei Stefania.» Er lachte gutmütig.

«Nein, ich bin in Gedanken bei unserem Fall», log Georg, ohne rot zu werden. Sofort ließ Marissa ihre Zeitung sinken.

«War es wirklich Cattarese? Hier in den Meldungen heißt es, dass er seine tote Tochter und sein totes Enkelkind gerächt hätte. Stimmt das?»

«Woher die Zeitungsfritzen das schon wieder wissen? Hast du keine Nachrichtensperre verhängt, Toni?»

«Mauro hat gestern Nachmittag ein Interview gegeben, hat sich mit den Ermittlungserfolgen gebrüstet, was willst du da noch mit einer Nachrichtensperre?»

Andererseits war Antonio stolz auf seine Leute und auf Petrelli, die von Donnerstag auf Freitag durchgearbeitet hatten. Er selbst und Georg hatten nach dem Treffen mit Mauro noch die Wohnung von Cattarese zusammen mit Petrelli akribisch durchsucht, den ganzen Freitag über Verhöre geführt und Akten gelesen. Von Cattarese hatten sie nichts erfahren. Er schwieg beharrlich, wie Mauro schon vermutet hatte. Es blieb ihnen nichts anderes übrig, als auf den Mailänder Staranwalt und auf das ärztliche Gutachten zu warten.

«Hier steht», Marissa ließ sich nicht beirren, «dass seine Frau in einem Sanatorium liegt und nicht vernehmungsfähig ist. Ist das nicht furchtbar?»

«Ich habe mit ihrem Arzt gesprochen.» Georg erbarmte sich und gab Marissa endlich eine Antwort. «Er hält auch Cattarese für geistig nicht zurechnungsfähig. Da muss sich vor ein paar Tagen ein mittleres Drama auf dem Balkon der Klinik abgespielt haben. Der Doktor meinte, sein Assistenzarzt hätte nur mit Mühe einen Selbstmord der Frau verhindern können. Cattarese wirkte auf ihn wie unter Trance, gleichzeitig führte er sich sehr unbeherrscht und aggressiv auf. Die Eheleute seien, seiner Meinung nach, nicht mit normalen Maßstäben zu messen.»

«Jetzt malt mal nicht den Teufel an die Wand», ereiferte sich Antonio. «Das könnte dem Herrn Anwalt so passen. Erst Leute um die Ecke bringen und dann auf nicht zurechnungsfähig machen.»

«Er wäre nicht der Erste!», ergänzte Georg lapidar. «Die Cattareses hatten die reinste Apotheke in ihrem Medizinschrank. So eine Ansammlung von Päckchen und Fläschchen in einem Privathaushalt habe ich noch selten gesehen.»

Antonio mochte das Thema gar nicht vertiefen. Er fürchtete sehr stark, dass Cattarese zum Zeitpunkt seiner Taten, zumindest jedoch im Fall von Sandrini, nur bedingt schuldfähig war. Er musste eine Menge Antidepressiva an diesem Tag geschluckt haben. Wenn sein findiger Anwalt aus Mailand das ausschlachtete, dann blieb von der Anklage nicht mehr viel übrig. Und da half es dann auch gar nichts, dass sie im Zimmer seiner Frau einen Perückenkopf aus Styropor vorgefunden hatten. Petrellis scharfes Auge, unter Zuhilfenahme einer starken Lupe, hatte dann auch blonde Frauenhaare entdeckt. Auf seinen Bericht wartete er noch.

«Wir haben alles getan, um den Avvocato zu überführen. Alles andere ist Sache der Justiz.» Antonio wollte das Gespräch an diesem Punkt beenden. Es war Samstag, endlich, und es lief ein Fußballspiel, das er in den letzten Minuten sträflich vernachlässigt hatte. Wie um einen Schlussstrich zu ziehen, stellte er seinen Dessertteller ab und sagte: «Schau dir diese Bayern an, sie stürmen und stürmen, und was kommt dabei heraus?»

«Jetzt wart es doch ab! Erstens führen wir, und zweitens sind es doch noch fünf Minuten.»

«Du bist so schnell durch nichts zu erschüttern, oder?»

Antonios telefonino summte auf dem Couchtisch und enthob Georg einer Antwort.

«Pronto!»

«Commissario! Petrelli hier!»

«Was habt ihr herausgefunden?» Er schaltete den Fernseher auf Stumm und das Telefon laut. Scharf sah er Marissa an. Sie lächelte zurück, als wüsste sie nicht haargenau, was dieser Blick ihr sagen wollte.

«Entschuldige, Commissario, ich wollte deinen Nachmittag nicht stören. Ich weiß doch, dass ihr alle vor dem Fernseher sitzt. Aber die Bavaresi waren auch schon besser!» Er lachte.

Georg und Antonio verzogen abfällig den Mund. Petrelli hatte keine Ahnung von Fußball.

«Allora, mach es nicht so spannend, Petrelli!»

«Inzwischen haben wir die DNA von Cattarese ermittelt. Sie taucht an keinem der Tatorte auf. Zumindest haben wir keine

Substanzen gefunden. Er ist wirklich sehr vorsichtig und überlegt vorgegangen.»

Antonio brummte unzufrieden vor sich hin.

«Das gefällt dir nicht, Tonio, ich weiß.» Petrelli raschelte mit Papier. «Allerdings kann ich endlich zu den diversen Frauen und ihren blonden Haaren eine definitive Angabe machen. Auch diese Ergebnisse werden euch nicht gefallen. Der Collega tedesco ist doch bei dir, oder?»

Antonio nickte nur, als könnte Petrelli durch die Telefonleitung sehen.

«Die Damen Cuméo, Giordano und di Brazzi sind raus. Keine Übereinstimmung.»

Georg und Antonio sahen sich an. Damit war die Annahme von nur einem Täter, der sie alle auf dem Gewissen hatte, Fakt geworden.

«Die blonden Perückenhaare aus dem Schlafzimmer von Letizia Cattarese, verheiratete da Veronella, sind identisch mit den Haaren, die wir im Gebüsch von Pordenone entdeckt haben, mit den Haaren auf dem Kragen des schwarzen Damen-Sommermantels, der in Cattareses Kleiderschrank hing, und mit den Haaren, die wir auf dem Plastiksack, der Talentis Kopf umhüllte, sichergestellt haben.»

Antonio schüttelte es bei der Vorstellung, dass dieses Teil noch in der Asservatenkammer der Questura lag.

«Außerdem», fuhr Silvano Petrelli fort, «haben wir in der Schublade einer Frisierkommode eine große Sonnenbrille gefunden, die auf die Beschreibung passt, die uns die Putzfrau der Klinik gegeben hat.»

«Habt ihr auch einen schwarzen Strohhut entdeckt?»

«Nein, leider nicht.»

«Und du glaubst wirklich, eine Frau lässt sich ihre langen blonden Haare abschneiden, um sie als Perücke wieder aufzusetzen? Ist das nicht etwas absurd?», fragte Antonio.

«Hier kann ich weiterhelfen», mischte sich Georg ein. «Der Arzt, der Signora da Veronella im Sanatorium betreut, hat mir erzählt, dass sie kurz nach dem Tod der Tochter an Leukämie erkrankte. Sie musste sich einer starken Chemotherapie unterziehen und hat, so vermutete der Arzt, wie Frauen das üblicherweise machen, die über das nötige Kleingeld verfügen, ihre eigenen Haare zu einer Perücke verarbeiten lassen, bevor sie durch die Behandlung nach und nach ausfielen. Als sie in die Klinik Santa Ilaria eingeliefert wurde, war die Chemotherapie abgeschlossen, und ihre Haare wuchsen wieder nach.»

«Signora da Veronella befindet sich seit über einem halben Jahr in der Psychiatrie», fuhr Petrelli fort. «Ihr Mann hat sie zwar in einem privaten Sanatorium untergebracht. Aber sie ist eingesperrt. Darf das Haus nicht verlassen. Ihr Zimmer wird videoüberwacht. Als Täterin scheidet sie definitiv aus, falls dies noch immer eine eurer Überlegungen sein sollte, Commissario.»

Antonio winkte ab und schüttelte resigniert den Kopf. Es blieb nur der schweigende Cattarese übrig.

«Dio mio!», entfuhr es Marissa.

«Grazie, Silvano. Das genügt, glaube ich, um die letzten Zweifel bei Vincenzo Mauro zu vertreiben.»

«Für eine Anklage reicht es sicher. Doch ob es auch zu einer Verurteilung kommt?»

«Das ist dann nicht mehr unsere Sache. Ciao, a dopo!» Antonio legte sein telefonino auf den Tisch zurück.

«Hast du noch ein Stück Apfelstrudel für uns, cara? Das Spiel ist so anstrengend!» Antonio schenkte seiner Frau ein charmantes Lächeln.

Marissa erhob sich von ihrem Sessel. «Certo, un attimo.»

Als seine Frau in Richtung Küche verschwunden war, fragte er: «Du hast doch gestern noch mit dem Schlafwagenschaffner gesprochen, der Cattarese in München mit dem Gepäck geholfen hat.»

«Der wusste nicht wirklich viel. Cattarese hatte ein Schlafwagenabteil für sich. Er wollte während der Fahrt bis kurz vor Mestre nicht gestört werden. Er sei sehr müde und wolle nur noch schlafen, hatte er dem Mann von der Bahn erzählt. Hinter Treviso hat der Schaffner seinen Gast dann am Montagmorgen kurz vor acht Uhr geweckt und ihm einen Espresso und ein Hörnchen gebracht. Mehr wusste er nicht.»

«Konnte er den Mann beschreiben?»

«Angeblich trug er einen dunklen Anzug, und er zog einen kleinen Rollkoffer als einziges Gepäckstück hinter sich her.»

«Eine Arzttasche hatte er nicht dabei?»

Georg schüttelte den Kopf. «Lavinia hat auch die Herren Menasi und Brione nach der Arzttasche gefragt. Aber davon wussten beide nichts.» Er überlegte laut: «Der Bahnhof Pordenone liegt doch auf der Strecke Salzburg–Mestre?»

«Sì, Pordenone liegt zwischen Udine und Mestre.»

«Und der Wagen, der in Spiros Hühnerstall ausgebrannt war, war immer noch auf einen Mann in Gorizia zugelassen, den er nach eigener Aussage an eine ältere, großgewachsene Frau mit Sonnenbrille und blonden Haaren verkauft hatte?»

Antonio nickte, war aber wieder mit dem Fußballspiel beschäftigt. Die Nachspielzeit war angebrochen. Gebannt sah er dem Ballkünstler Mandžukić zu und ließ Georg weiter laut nachdenken.

«Unser schlauer Anwalt parkt den roten Škoda in Salzburg am Bahnhof. Im Kofferraum lässt er die ominöse Doktortasche mit Perücke, Buch, Plastikbeutel, Klebeband und faulen Eiern. Wenn diese noch ein paar Tage mehr auf dem Buckel haben, kann ihm das nur recht sein. Außerdem deponiert er dort Mantel, Hut und Sonnenbrille. Am Wiesn-Sonntag fährt er von München nach Salzburg, steigt im Gewühl der anderen Fahrgäste unbemerkt aus, fährt mit dem Wagen über Kufstein nach Verona und trifft dort gegen fünf Uhr morgens ein. Auf irgendeinem Parkplatz auf der Autobahn legt er seine Verkleidung an, fährt in die Innenstadt, sucht Talenti auf und bringt ihn um.

Anschließend fährt er weiter nach Pordenone. Das kann er morgens gut in anderthalb Stunden schaffen. Er lässt den Wagen mit allen Indizien, die ihm gefährlich werden könnten, in Spiros Hühnerstall rollen. Cattarese rennt zum Versteck, holt das Fahrrad hinter dem Gebüsch hervor, radelt damit zum Bahnhof und besteigt im lebhaften Berufsverkehr wieder unbemerkt den Zug mit Ziel Mestre, betritt sein Schlafwagenabteil und präsentiert sich dem Schaffner eine Haltestelle später als unausgeschlafener Gast, der sich über sein Frühstück freut. Die Fortsetzung der Geschichte ist uns bestens bekannt.»

Marissa sah ihn mit aufgerissenen Augen an. Sie hielt immer noch zwei Teller mit Apfelstrudel in den Händen und versperrte den beiden Männern die Sicht auf den Fernseher. «Was für ein perfider Plan.»

«Marissa, stell doch einfach die Teller ab und setz dich wieder hin!» Antonio wurde ungeduldig. Die Geschichte von Georg leuchtete ihm ein, doch im Moment war für ihn etwas anderes viel interessanter. Er beugte sich weit nach vorne, um besser sehen zu können.

Im gleichen Moment rief der Reporter laut: «Gol! Gol! I bavaresi sono splenditi e incredibile!»

«Verdammt, jetzt haben wir das Tor verpasst.» Antonio sprang auf und schob Marissa etwas zur Seite, die im letzten Moment die Apfelstrudelstücke vor dem sicheren Sturz auf den Boden bewahrte. Er baute sich vor seinem Flachbildschirm auf, um die Zeitlupe zu verfolgen.

«Männer!»

«Mann!», korrigierte Georg sie sofort. Er saß gemütlich auf der Couch, langte nach dem noch warmen Apfelstrudel und freute sich über Antonios Begeisterung, der das Tor von Mandžukić in den höchsten Tönen lobte.

«Gut, dass dich keiner deiner Kollegen von der Questura sieht. Du bekämst drei Tage Hausverbot, Minimum.» Und als sich Antonio immer noch nicht vom Fernseher losreißen konnte, sagte er zu Marissa: «Ihr müsst im nächsten Jahr zum Oktoberfest kommen. Am mittleren Italiener-Wochenende, dann fühlt ihr euch nicht so allein. Was glaubst du, was heute auf der Wiesn los ist? Bayern hat gewonnen, wenn auch auswärts, die Sonne scheint, und Hundertschaften von Italienern sitzen dicht an dicht in den Biergärten vor den Zelten und lassen es krachen! Selbst als Münchner hast du das Gefühl, du bist im Urlaub.»

«Was du wieder alles erzählst, Giorgio», sagte Marissa ungläubig und lachte. «Jetzt wärst du vielleicht doch lieber zu Hause und auf der Festa di Birra. Stattdessen musst du mit uns auf ein Weinfest gehen.»

«Das ist schon ein extrem matter Ersatz!» Antonio hatte sich beruhigt, die Flimmerkiste ausgeschaltet und sich wieder neben Georg auf der Couch niedergelassen. Mit einem schiefen Lächeln bedachte er seinen Freund. «Stefania kann es sicher nicht mit den feschen Münchnerinnen aufnehmen, die du sonst so gewöhnt bist?»

«Jetzt mach mal halblang!» Georg merkte, dass ihn der Scherz auf dem falschen Fuß erwischte. Und um nicht als völliger Idiot dazustehen, gab er es endlich zu: «Stefania ist eine ausgesprochen attraktive und sympathische Frau.» Und als ihn seine beiden Freunde sehr wissend angrinsten, fügte er noch hinzu: «Mehr gibt es dazu nicht zu sagen!»

Eine Lachsalve antwortete ihm.